Für Max, Leo, Sophia, Tim

Petra Hauser, geboren 1950 in Karlsruhe, hat in Heidelberg Germanistik und Anglistik für das Lehramt an Gymnasien studiert. Sie unterrichtet heute in verschiedenen Institutionen der Erwachsenenbildung Englisch und Literatur. Im Jahre 2009 erschien ihr Debüt-Roman „Das Glück ist aus Glas“, der mittlerweile in der 4. Auflage vorliegt. Er gehört zu den meistverkauften Titeln der Region. 2011 veröffentlichte sie die Novelle „Falsche Wimpern“.

Petra Hauser

Die Tage vor uns

Roman

Fortsetzung von
„Das Glück ist aus Glas“

Lindemanns Bibliothek

Herausgegeben von
Thomas Lindemann

Bibliografische Information der Deutschen Nationalbibliothek
Die Deutsche Nationalbibliothek verzeichnet diese Publikation in der Deutschen Nationalbibliografie; detaillierte bibliografische Daten sind im Internet über http://dnb.d-nb.de abrufbar.

Käppelestraße 10 · 76131 Karlsruhe · www.infoverlag.de
Lindemanns Bibliothek · Band 177
ISBN 978-3-88190-705-7

Die Tage, die vor uns liegen,
sind wunderbare Geschenke,
jeder einzelne von ihnen.
Aber das, was man erlebt hat, ist Besitz;
wenn man ihn betrachtet,
gerade aus einem gewissen Abstand,
gewinnt man ein Gefühl der Bedeutung.

Erster Teil

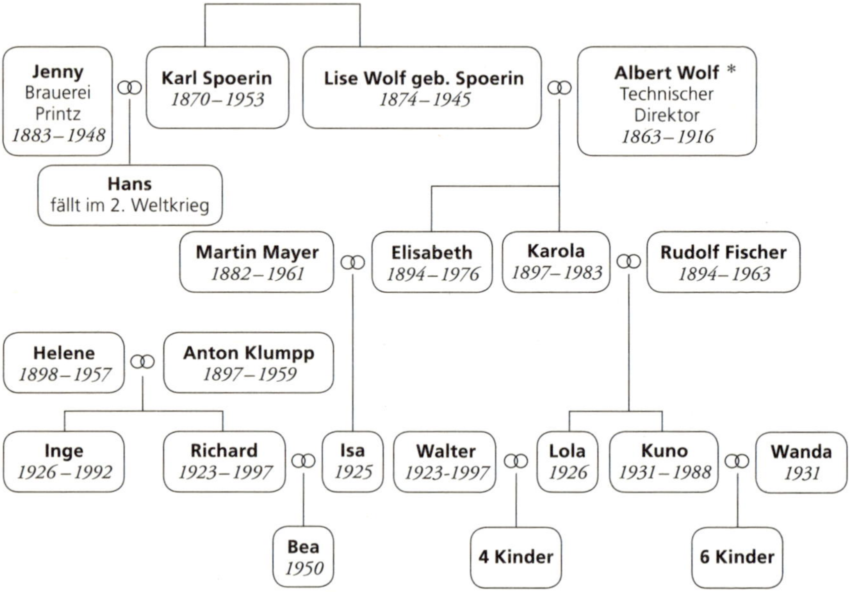

* Albert Wolf ist der Enkel des Firmengründers der Kosmetik-Firma Wolff und Sohn, Gottlob Friedrich Wolff. Elisabeth und Karola sind die Töchter von Albert und Lise Wolf

Die Bewohner des Hauses in der Lebrechtstraße 77
1. Stock: Elisabeth und Martin Mayer, Bea
2. Stock: Karola und Rudolf Fischer
3. Stock: Isa und Richard Klumpp, Lola und Kuno Fischer, später kurz auch Kunos Frau Wanda und ihr Baby

Die Nachbarn
rechts: (Einfamilienhaus) Wernerle Griener und seine Familie
links: 1. Stock: Vater und Mutter des Priesters
2. Stock: Hans und Hilde und ihre Eltern

Aus den Trümmern

Das Glück, überlebt zu haben, ist eine Schutzhülle. Man hat nichts zu lachen, aber man lächelt. Und trottet neben, hinter, vor all den anderen dünnen, hungrigen Menschen her, tut, was getan werden muss, jeden Tag.

Das sind die späten vierziger Jahre, die Zeit nach dem Krieg.

Man sieht Frauen um ihre gefallenen Männer und Söhne und Kinder um ihre Väter weinen. Man muss zusammenrücken. Da sind die Ausgebombten, die nichts mehr haben als das nackte Leben. Vertriebene, die man „Flüchtlinge" nennt, kommen aus dem Osten; was sie erfahren haben, können sie nicht beschreiben, man muss es in ihren Augen lesen. Es wird erzählt von den letzten schrecklichen Angriffen, die blühende Städte ausgelöscht haben, Hamburg, Dresden in Schutthalden verwandelt haben. Von Plünderungen und Vergewaltigungen. Das ist der Krieg, das ist die Niederlage, wir waren schuld! Die Deutschen haben das alles angezettelt, und nun wird die Welt über uns zu Gericht sitzen, sagen manche, aber die meisten schweigen.

Während die Alten sich am Riemen reißen und aufräumen, finden sich die Jungen zusammen zum Tanzen, zum Flirten, zum Pläneschmieden. Noch weiß man nicht, was man eigentlich sein wird: eine besetzte Zone, Umerziehungs- und Säuberungsmaßnahmen aller Art unterworfen, oder ein autonomer Staat, eine eigenständige Gesellschaft, die sich Mühe gibt, wieder dazu zu gehören zum Kreis der Völker und Nationen. Jeder Staat hat doch irgendwann einmal Schuld auf sich geladen, behauptet man. Dass die deutsche Schuld alles übertrifft, davon spricht man noch nicht, man vergleicht noch nicht, versucht nicht das eine Leid gegen das andere aufzuwiegen.

Es gibt viele, die ihrem Leid nicht mehr lange standhalten und den Kriegsopfern und den Ermordeten nach kurzer Zeit nachsterben. Es gibt auch diejenigen, die eine atemberaubende Phantasie entwickeln und schnell zu Wohlstand kommen. Die Zäune und Mauern um die Gärten der Vorstadthäuser werden verstärkt und gepflegt, Schlösser und Riegel werden angebracht. Neue Wohnblocks werden gebaut, um die vielen aufzunehmen, die von allen Enden des Landes her angeschwemmt werden; aber auch schöne Villen in weitläufigen Gärten am Rande der Stadt und auf dem Turmberg für diejenigen, die auf einer unzerstörten, soliden Grundlage aufbauen oder sich mit gewagtem Sprung in ein neues Wohlleben stürzen können. Märchenviertel, Rosengärtle. Die Stadt verändert ihr Gesicht.

Vorsichtig wagen sich Elisabeth, Martin und Isa hinaus unter die Menschen. Halten sich immer noch vor allem an die, von denen sie wissen, dass sie ein ähnliches Schicksal hatten. Während Elisabeth nun nicht mehr arbeiten „muss" – das bedeutet, dass man ihr dort im Kontor kündigt, und da ist sie sogar froh, denn wie erschöpft ist sie doch manchmal von allem, was es nun zu tun gibt, helfen, organisieren, Not lindern, wo man kann – ist Martin noch einmal gefragt bei der kommissarischen Leitung von Betrieben, die auf die „Entnazifizierung" ihrer Besitzer warten müssen. Er ist Ansprechpartner für die Besatzer, für die Übergangsadministration, er kann endlich wieder etwas tun.

Auch im Ausschuss für rassisch Verfolgte, den Olly Goyert mit jenen, die sie kennt und für achtbar hält, gründet und der später eingeht in die christlich-jüdische Gesellschaft, gibt es genug Arbeit für Elisabeth, Martin und Isa. Sie nehmen teil an den Treffen und stellen sich zwischen die anderen Frauen, Männer und Kinder, neben die, die zurückkommen aus dem Exil oder aus den Lagern, dünn, mit traurigen Augen und verschlossenem Mund. Sie helfen, Wohnungen zu beschaffen, Kleider, Lebensmittel; Kontakte zu offiziellen Stellen sind besser zu bewerkstelligen, wenn man nicht allein antreten muss gegen das Kopfschütteln und das Schulterzucken, gegen die Tatsache, dass überall Not herrscht, Geldnot, Wohnungsnot, Not am Allernotwendigsten.

Suchen und Wiederfinden

Martins und Elisabeths Korrespondenz mit dem Roten Kreuz zeigt bald schon Wirkung. Der erste Brief von Martins Schwester Rosi aus Palästina trifft ein. Sobald sie weiß, dass sie leben: der Bruder, seine Frau und seine Tochter, schickt sie Pakete, denn sie hat erfahren, dass sie hungern. Sie schickt auch Photos von ihren beiden Enkelsöhnen und erzählt, dass es ihnen gut geht, es ist fast friedlich hier in Tel Aviv, macht euch keine Sorgen um uns, Klaus hat ein ganz gutes Auskommen mit einem Handel für Kurzwaren.

„Mein Gott Martin, was mag das bedeuten, geht er hausieren damit?"

Nein, nein, er hat einen kleinen Laden, ein richtiges kleines Warenhaus ist das.

Danke, schreibt sie später, für eure Gratulation zur Gründung unseres Staates, sicher, ich bleibe, hat doch keinen Sinn, meine Kinder zu verlassen, sie brauchen mich, wir sind zusammengewachsen in den vielen Jahren der Unsicherheit und Gefahr, könnt ihr euch das vorstellen? Hier in unserer Gegend sprechen fast alle Deutsch; Gott sei Dank sind wir sozusagen unter uns, denn die anderen schimpfen uns die Jekkes, das bedeutet „Deutsche", und das tut weh. Meine Schwiegertochter Trude lernt eifrig die neue Sprache des Landes und die Buben sprechen sie perfekt! Klaus tut sich noch schwer damit, aber er kommt bei seinen Kunden mit Deutsch durch. Hier habt ihr auch die Adresse von Ernst in New York, schreibt ihm doch mal, er wird sich freuen.

Ernst Mayer, der jetzt „Ernest" heißt, schreibt, es gehe ihm gut, auch Annemie gehe es gut. Jedoch Erna, Martins Schwägerin, ist tot. Sie war in Lissabon hängen geblieben bei Kriegsbeginn, fühlte sich nicht wohl, nahm immer mehr ab, schließlich stellte ein befreundeter Arzt, der auch noch auf die Ausreise wartete, fest, dass sie Krebs hatte. Aber sie wollte sich nicht operieren lassen, weil sie tagtäglich damit rechnete, mit dem nächsten Schiff endlich fort zu kommen. Als sie schließlich 1940 in New York eintraf, war es nur noch, um dort bei ihren Kindern und in Freiheit zu sterben. Ernest arbeitet nun, da er aus der Armee entlassen worden ist und man ihm in der Bank seines Vetters gekündigt hat, als „Undertaker".

„Unternehmer, Martin, sieh mal, er hat's zu was gebracht."

„Unternehmer ja, Mutti", sagt Isa. „Bestattungsunternehmer!"

Der Vater von Isas Freunden aus dem Weiherfeld wurde nach Auschwitz gebracht und wahrscheinlich schon am nächsten Tag dort vergast. Gott sei Dank hat er nicht noch lange darauf warten müssen, sagt seine Tochter heute. Der von seiner Heimatstadt gefeierte Sportstar war gerade 51 Jahre alt geworden.

Herr Kander, der Vater der Frau Münzesheimer, der nach Elisabeth und Martin in deren schöne Wohnung in die Stephanienstraße 30 einzog, rettete sich vor Kriegsbeginn und bevor im ersten Großangriff das Haus zu Schutt und Asche wurde mit einem befristeten Besuchervisum nach Birmingham. Als es ablief und nicht mehr verlängert wurde, wählte er den Freitod.

Doktor Homburger, der einstmals Karolas Leben gerettet hatte und jahrzehntelang Arzt war für alle in der Karl-Friedrich-Straße 4, konnte als Arzt in Palästina nicht genug Geld verdienen, um sich zu ernähren. Er nahm sich kurz nach seiner Emigration das Leben.

Das Frollein Pfister, die Schneiderin, deren Bruder Lagerleiter in Dachau war, hat Mühe, sich nach dem Krieg eine Existenz aufzubauen. Man hört, sie nehme allerlei „Gelegenheitsarbeiten" an. Elisabeth denkt nach und kommt zur Erkenntnis, dass man sie schließlich nicht für das Verhalten ihres Bruders strafen darf, wäre das nicht Sippenhaft, so wie es die Nazis postuliert hatten? So berät man und entscheidet, dass man die Kuchen für Isas Hochzeit von ihr backen lässt und ihr so ein bisschen was zu verdienen gibt. In der Nacht vor der Hochzeit ziehen Richard und Isa los mit dem Leiterwagen aus der Vorstadt hinein in die Südstadt und dann wieder zurück mit der süßen Fracht. Auf dem langen Weg erzählt Isa Richard, wie es alles begann, damals, wie es weiterging und wie es endete für sie, hier in Karlsruhe.

Der Wind hat sich gedreht

Am 29. März 1952 wird Martin siebzig Jahre alt.

„Unser Leben währet siebenzig Jahr, und wenn es hoch kommt, so sind es achtzig Jahr, und wenn es köstlich gewesen ist, so ist es Mühe und Arbeit gewesen." So zitiert er aus den Psalmen für sich selbst und für diejenigen, die ihm zuhören. Die Bibellektüre ist sein Lebenselixier.

Aber er verfolgt auch die Landespolitik, die Staatspolitik, die Außenpolitik. Es interessiert ihn das Spiel der Mächtigen, Schach auf den Konferenztischen der Welt. Steht das nicht im Gegensatz zu seinem geistigen Rückzug in die Erwartung der Endzeit, fragt ihn sein Schwiegersohn Richard.

„Müsste es dir nicht schnuppe sein, was die dort alles bestimmen, wenn du auf den großen Knall wartest, eher morgen als übermorgen?"

Der Mensch denkt und Gott lenkt, entgegnet Martin.

„Ja, mach nur einen Plan, sei nur ein großes Licht, und mach noch einen zweiten Plan, geh'n tun sie beide nicht. Denn für dieses Leben ist der Mensch nicht schlau genug. Niemals merkt er eben allen Lug und Trug", trällert Isa vor sich hin und will damit der Diskussion zwischen ihrem Vater und ihrem Mann die Schärfe nehmen.

Sie spielen mit Wörtern und stellen sich vor, wie alles das ist, was sie nicht mit ihren Sinnen erfahren können wie in der Zeit, als ihnen außer Wörtern und „Vorstellungen" fast nichts mehr geblieben war.

Aber der Wind hat sich gedreht.

Gestern noch wollte fast keiner etwas mit ihnen zu tun haben. Manche sogar hätten sie gerne weg gehabt, dort in den Lagern oder in den Duschen.

„Ach sei still, bitte, sprich nicht davon, es ist schlimm genug, dass man nun wirklich weiß, was los war, dass es nicht nur ein Raunen ist, ein mystischer Schrecken."

Heute wollen alle möglichen Leute ihre Freunde sein, wollen bescheinigt bekommen, dass sie ihnen eigentlich nie etwas Böses angetan haben. So schreibt man „Persilscheine" für diesen und jenen, die darum bitten, weil es weitergehen muss. Denn vor dem Schlimmen blieben sie ja bewahrt; es gab viele, die sich bis zum Ende der Schreckenszeit anständig verhielten, das kann man doch bestätigen.

Wenn Isa rebelliert und sagt: „Diese Schulkameradin hat alle anderen gegen mich aufgehetzt, mir das Leben zur Hölle gemacht, und nun soll ich ihrer Mutter Anstand bescheinigen?", dann deklamiert Martin: „Mein ist die Rache, spricht der Herr!" und Elisabeth fügt hinzu: „Sie hatten Angst, es war gefährlich."

Isa schüttelt nur den Kopf über ihre Eltern.

Seit Elisabeth und Martin Hedwig Engelmanns erste Briefe aus Montauban in Frankreich bekommen hatten, vorsichtige Hinweise darin auf das, was in den Lagern geschehen war, begraben sie ihre Einwände unter der Dankbarkeit der Verschonten.

Isa spürt, sie muss die Wut bezähmen, die immer wieder in ihr hochkocht, wenn sie hört, was den Einzelnen passiert ist, wenn sie sich ausmalt, was sie durchgemacht haben. Sie lernt, den Aufruhr niederzuringen, denn sonst stünde etwas zwischen ihr und ihren Eltern, und sie braucht ihre Familie nötiger als alles andere, denn sie ist das einzig Verlässliche.

Von den Verwandten aus der Parfümeriefabrik kommt eine Entschädigung, man hat um sie kämpfen müssen mit Hilfe eines Rechtsanwalts, den man erst mal entlohnen musste. Wiedergutmachung: Was ist das für ein unklarer Begriff! Was falsch, böse und schlecht war, kann doch nicht wieder gut gemacht werden.

Heimat

Das Haus in der Lebrechtstraße 77 ist Heimat für Elisabeth und Karola, ihre Männer und ihre Kinder. Dazu kommt Richard, Isas Mann. Dazu kommt zu aller Freude Bea, das Kind.

Jeder schaut auf das Kind. Ein Kind ist immer eine Freude. Alle Spannungen lösen sich auf in der gemeinsamen Freude an diesem Kind, diesem unschuldigen neuen Menschen, diesem sichtbaren Zeichen, dass das Leben weitergeht.

Isa und Richard leben mehrere Leben gleichzeitig. Sie versuchen, das Jungsein nachzuholen, sie versuchen Fuß zu fassen in der neuen Zeit, sie versuchen, die Vergangenheit abzulegen wie eine bearbeitete Akte, indem sie sich stundenlang all das Schreckliche erzählen, was ihnen passiert ist, was ihnen angetan wurde; sie erwägen neue Ziele, dafür sind sie noch nicht zu alt, aber wo wären sie zu suchen? Sie klammern sich an ihr Kind, sind beide vernarrt in ihre Tochter. Sie ist die Inkarnation der Hoffnung auf bessere Zeiten für die beiden, sie soll es besser haben, in diesem Satz verfestigt sich alle Suche nach Ziel und Richtung ihres neuen Lebens. Ein glücklicher Mensch soll das Kind werden, frei von Sorgen, alle Möglichkeiten werden sie ihm eröffnen, dass ihr Leben ein Erfolg werde.

Jede freie Minute holen sie ihre Räder aus dem Keller, setzen das Kind in den Fahrradsitz und dann ziehen sie los, durch die Wälder, durch die Auen. Verstehen nicht, dass das Kind nicht immer fröhlich ist. Es fürchtet sich vor dem geheimnisvollen Ruf des Kuckucks, der tief drin im Frühlingswald sein Weibchen lockt. Ganz steif wird die Kleine. Da halten sie an, nehmen sie aus dem

Sitz, stellen sie auf die Wiese, lenken sie ab, zeigen ihr die Natur, die Gräser, Blüten, Blätter, die Ameisen, Spinnen, Regenwürmer und lachen Beas Angst vor dem Kuckuck weg. Wenn's weiter nichts ist als das, dann wird es gelingen! Dann wird sie sicher glücklich, unsere Kleine!

Sie sind eine Familie, eine kleine, eine große Familie. Vielfach verbunden sind sie miteinander, aber jeder lebt wie in einer Kapsel sein eigenes Leben, hat seine eigenen Hoffnungen und Ängste. Nähe und Vertrautheit ergeben sich nicht selbstverständlich, sie müssen immer wieder neu gewollt und hergestellt werden, das gelingt mehr oder weniger. Manchmal ist da nicht mehr als Stillhalten, nicht dagegen sein. Die allgemeine Not schafft einen Zusammenhalt, schafft eine grundsätzliche Verlässlichkeit, die man braucht wie das tägliche Brot.

Was heißt das? Das heißt: 750 Gramm Brot und zwei Kilo Kartoffeln pro Person wöchentlich. Kann man sich vorstellen, wie wenig 125 Gramm Fleisch sind? Gekocht, gebraten schrumpelt es zusammen zu einem Nichts, man überlegt, wie man das winzige Stück Braten teilen soll. Elisabeth geht zum Metzger Sailer ins Rüppurrer Bahnhofsgasthaus. Ums Haus rum, an der Tür geklingelt, ein Lächeln aufgelegt, ein Händedruck. Herr Sailer führt sie durch die muffigen Korridore treppauf, treppab in seine Küche und hat was für sie, immer wieder, auch noch später, als plötzlich in den fünfziger Jahren noch einmal alles knapp wird und sich lange Schlangen bilden vor Metzger Bischoff, vor Frau Irnstätters Milchladen oder Frau Umfrieds kleiner Kolonialwarenhandlung. Das Kind an der Hand folgt sie Herrn Sailer und nimmt, was er ihr gibt, manchmal sind es nur Knochen, die sie in Fettaugen auf der eingebrannten Grießsuppe verwandelt.

Wie in jeder Familie werden ihre Mahlzeiten viel zu wenig gelobt. Sie muss sich ihre Bestätigung abholen, muss sie von den Gesichtern ihrer Lieben ablesen.

Elisabeth versucht die Augenblicke auszukosten, wenn sich ihre Familie um Lises großen Tisch versammelt. Wenn sie verschmelzen zu einem Wir.

Sie sind unterschiedlich aneinander gebunden. Es entsteht ein Netz von Allianzen, dem stehen Misstrauen und Vorbehalte entgegen. Elisabeth gelingt es immer wieder, zu glätten, zu vermitteln, weil sie jeden ernst nimmt, jeden versucht zu verstehen und sich jedem zugehörig fühlt.

Für sie hat noch einmal ein neues Leben begonnen, das weiß sie nicht, keiner weiß es, erst im Rückblick kann man das so sagen.

Sie zieht das Kind groß. Zunächst unterstützt von Martin. Elf gemeinsame Jahre haben sie als Großeltern von Bea. Da gibt es viel zu besprechen. Wieder einmal haben sie einen Grund, sich gegenseitig aus der eigenen Kindheit zu erzählen, alte Legenden, neue Legenden, zum Lachen und zum Weinen. Gemeinsam überlegen sie, was wichtig war für sie und wie man es verwandeln könnte, so dass es auf die neue Zeit passt und dem Kind zugute kommen kann.

Warten, warten, warten.

Bea sagt, warten ist ihr Beruf.

So wie der Beruf der Mama Büro ist und der Beruf des Opas Radio hören und Zeitung lesen und beten und der Beruf der Oma da sein.

Nachts hat das Warten ein Ende, nachts, wenn sie alle zusammen sind im großen Haus in der Lebrechtstraße 77. Unten im ersten Stock wohnen die Oma und der Opa, sie heißen Elisabeth und Martin Mayer. Und bei ihnen wohnt seit einiger Zeit ihr Enkelkind Bea.

Im zweiten Stock wohnen Tante Karola und Onkel Rudolf Fischer mit Goldi, ihrem Boxerhund.

Im dritten Stock unterm Dach wohnen Lola und Kuno, die Kinder der Fischers und Isa und Richard Klumpp, Beas Eltern.

Die Oma beschwört sie immer wieder, geh doch hinauf zu deinen Eltern, sie vermissen dich. Aber Bea will nicht. Sie macht ab und zu ein Besüchle oben im dritten Stock, wo die Eltern ihr Schlafzimmer und ihre Küche haben. Es gibt dort einen kleinen Stuhl, der ist mit feinem dunkelgrünem Samtstoff bezogen. Wenn Bea sich darauf setzt, kann sie beide Füße auf den Boden stellen. Sie nennt es einen Kinderbequemsessel und beharrt darauf, obwohl der Papa sagt, es ist ein Fußschemel für müde Krieger, so wie er einer ist. „Gib ihn mir, komm", sagt er, „du darfst dann auf meinem Schoß sitzen." Das will sie gern, weil der Papa so gut nach Rasierseife und nach Zigarettenrauch riecht und weil er ihr mit seiner weichen, tiefen Stimme kleine Melodien ins Ohr brummelt oder einen Knallfroschkuss in den Nacken schmatzt. Aber länger will sie oben nicht bleiben. Also geht sie wieder hinunter zu den Großeltern und will auch nicht mehr nachts in ihr Paidibett, das neben dem großen Bett der Eltern steht. Sie schläft bei Oma und Opa im Gräbele, da ist es immer schön warm.

„Ist vielleicht besser so, jetzt wo sie größer wird", meint der Opa und Bea ist froh, dass er sie versteht.

Bea ist jetzt schon groß, sie ist vier. Aber das nützt ihr nichts, denn sie darf nicht wie Wernerle Griener oder Karin Krämer, die Nachbarkinder, in den Kindergarten gehen, den Karin „Kinderschul" nennt.

Bea darf auch nicht außerhalb des Zaunes mit Wernerle und Karin Dreirad oder Roller fahren. Sie hat kein Rad und keinen Roller, weil das gefährlich ist, weil man einen Unfall haben kann, sich ein Bein oder einen Arm brechen kann, was nicht das Schlimmste wäre, sagt der Papa, aber da wird die Mama böse und sagt, ihrem Kind wird nichts passieren, noch nicht einmal das und schon gar nicht etwas anderes. Aber was sollte ihr denn passieren, sagt der Opa, wir sind doch jetzt im Frieden. Da erwidert die Mama trotzig, dass leider auch der Frieden gefährlich und tückisch ist. Deshalb muss man sich auch im Frieden vor allerlei bewahren und vor allem das Kind. Denn wenn dem Kind etwas passieren würde, dann wäre auch ihr Leben am Ende. Dabei greift sie sich mit beiden Fingern hinter ihre Brillengläser und reibt in ihren Augen, so lange, bis der Opa kommt und sie streichelt.

Bea seufzt. Sie hat eine Verantwortung für das Glück der Mama, das weiß sie. Darin sind sich die Oma und sie gleich, denn die Oma hat eine Verantwortung für Bea.

Die Oma tut, was sie kann, um das Warten leichter zu machen. Bea darf in der Küche neben der Oma spielen, damit sie sofort den Augenblick erkennen kann, wenn die Oma fertig ist, wenn alles Geschirr wieder im Schrank ist, die Stühle unter den Tisch geschubst, die Zitronenscheibe auf dem Rand des Terrazzospülsteins abgelegt, mit der sich die Oma die Fingerspitzen säubert, was sie manchmal mit einem zischenden Seufzer kommentiert, denn die Nägel mehrerer Finger sind schrundig und gespalten. „Der Mangel", nickt Doktor Beil, der Hautarzt, wenn sie ihm ihre mangelhaften Finger hinstreckt und verschreibt ihr etwas, zum wie vielten Mal? Noch was Neues, denn die Oma wird und will nicht so schnell aufgeben.

Elisabeth ist froh, dass die Jungen jetzt an die Zukunft denken. Die Vergangenheit ist was für die Älteren. Sollen die Jungen sich erst einmal ihre eigene Vergangenheit anschaffen.

Dass das Leben für ihre Tochter und den Schwiegersohn so schwierig würde, das hätte sie nicht gedacht, als der Friede kam, als das große Unrecht vorbei war, als die Menschen vorsichtig aus den Trümmern krochen und aufeinander zugingen, zögerlich, das ja, denn immer würde es Gräben geben, die sich nicht schließen ließen. Auch nicht durch Geld. Vor allem dadurch nicht.

Karola, Rudolf, Lola und Kuno, sie sind auch Elisabeths Familie. Karola ist ihre Schwester, ihre kleine Schwester, die ihr am Herzen liegt, seit sie lebt und für die sie sich verantwortlich fühlt, im Auftrag der Mutter, die sich immer ein Leben lang verantwortlich gefühlt hatte – auf ganz besondere Weise – für dieses Kind, das sie dem Tod abgerungen hatte, damals, als es ein Baby war ...

„Ach Mama, bitte komm uns nicht mit diesen uralten Geschichten, wir kennen sie und wollen sie nicht mehr hören. Das ist eine längst vergangene Zeit und dazwischen gab es noch mal eine Zeit, in der war dein Schwesterchen eine erwachsene Frau. Warst du immer zufrieden mit ihrem Verhalten? Hättest du dir manchmal nicht gewünscht, dass sie sich deutlicher auf deine Seite stellt?"

Man hatte eine Aussprache, gleich nach dem Krieg, die Mutter lebte damals noch, lag aber schon im Sterben. Martin sagte dem Schwager und der Schwägerin, wie enttäuscht er sei, dass sie das Unrecht, das man ihnen angetan hatte, nicht deutlicher benannt hatten. Da entschuldigen sich die beiden, Rudolf und Karola, es sei ihnen nicht bewusst gewesen. Das Ausmaß des Unrechts hätten sie nicht erkannt!

Und dann zog Elisabeths Schwester ein mit den Ihren, ins ererbte Haus, und man musste sie daran erinnern, dass Elisabeth einst ihr Erbteil dazugegeben hatte beim Hauskauf, aber nicht in Erscheinung treten durfte als Besitzerin, weil sie ...

„Ja, das stimmt. Aber sie hatte doch ihre eigenen Probleme, meine Schwester. Die Tochter erkrankt an Scharlach. Es war ein Glück, dass Lola davonkam. Rudolf schwer kriegsbeschädigt. Nur ein Lungenflügel ist ihm geblieben und all die Medikamente, die er nehmen muss. Die schöne Durlacher Wohnung verwüstet von den Franzosen, in die Zimmerecke geschissen haben sie!"

A la guerre comme à la guerre, erwidert Martin. Auch er will nun, dass man es gut sein lässt. Isa muss schlucken.

„Isa, bitte, nimm Rücksicht auf die Gefühle deines Vaters!", so beschwört Elisabeth ihre Tochter immer wieder.

Sicher, ja, sie wird sich beruhigen und auch die Enttäuschung schlucken, dass kein persönliches Wort von denjenigen kam, die damals ihre letzte, allerletzte kleine Existenzgrundlage vernichtet hatten.

„Das stimmt nicht ganz, Isa", entgegnet Elisabeth. „Mein Vetter Fritz, der hatte mir die Hand hingestreckt und von ihm wusste ich, dass er nicht mit seinem Vater einverstanden gewesen war, der uns weg haben wollte." Das war ja kein Kunststück mit einem Vater nicht einverstanden zu sein, der sich nicht darum kümmerte, was das bedeutet hätte: Vernichtet werden. Seine Nichte, die Tochter seines Bruders, hätte er verrecken lassen. Das spricht Isa nicht aus, das denkt sie nur. Jeder weiß es, warum also es aussprechen. Man sollte die falschen Wörter vermeiden, die wehtun, schwach machen.

Auch Elisabeth hat im Stillen solche Gedanken. Die riesengroßen Plakate mit den Leichenbergen darauf, dann jene Filme der Amerikaner, die von allem berichten, was gewesen war, hat sie sich angeschaut. Die Gespenster mit den großen Augen, die Brillenberge, die leeren Schuhe, die Gräben, darin die ausgemergelten Körper, aufeinander geworfen wie Steine. Und die Duschen. Manchmal muss sie darüber sprechen, mit Martin, abends in ihrem Bett.

„Aber leise, sonst wacht das Kind auf!" Sie lauschen gemeinsam auf die tiefen Atemzüge der Kleinen, die zwischen ihnen liegt.

„Sie werden allenfalls einen Schafspelz überstülpen, der Wolf darunter schlummert nur, glaub's mir, Elisabeth, so lange, bis sie sich wieder sammeln können zu einer neuen Hetzjagd, so war es immer und immer wieder."

Nein, das will sie nicht glauben. Nicht in dieser Zeit der Erneuerung. Nicht jetzt, wo jeder etwas zu beklagen hat. Die zerstörten Häuser. Schutthalden. Ratten statt Menschen bevölkern sie. Die vielen Toten, die Flüchtlinge, die ohne irgendetwas gekommen sind, die keine Kraft mehr haben und doch aus dem Nichts heraus weiterleben müssen. All die Alpträume.

„Wer, das frage ich dich, wer hätte denn freiwillig töten wollen? Töten ist wider die Natur. Man hat die Menschen zum Töten gezwungen, verführt."

Mein Gott, ist sie wirklich immer noch so naiv? Hat sie nicht erkannt, wie der Mensch zum Wolf unter Wölfen werden kann? Die Verrohung schleicht sich ein und macht sich breit, erfasst jeden. Wenn bessere Zeiten beginnen, ducken sich alle und keiner will es gewesen sein. „Man" sagt sie.

„Man, wer soll das sein?"

„Du weißt schon, Hitler und die Seinen, aber jetzt bitte: scht! Das Kind regt sich schon."

Sie hat die Welt eingeteilt in die Guten und die Bösen, wie ein Kind. Schiebt die Vergangenheit weg von sich und denkt jetzt vor allem an ihr Enkelkind und seine Zukunft.

Die Taufe

Elisabeth steht mit Richards Eltern in Briefkontakt, erzählt in langen Briefen getreulich von den Fortschritten der gemeinsamen Enkelin. Wie oft haben die anderen Großeltern Bea bisher gesehen? Nicht mehr als fünfmal. Es ist nicht so weit dorthin in den Odenwald, und doch ist die Fahrt immer ein Riesenaufwand. Richard muss sich ein Auto leihen, dann müssen Bea und ihre Oma eine Medizin einnehmen, weil es ihnen übel wird beim Autofahren, weil Bea „Käsehusten" bekommt, wie sie es nennt, und dann gar nichts mehr essen will, damit es nicht wieder aus ihr heraushopsen kann. Bea ist ohnehin ein dünnes, blasses Püppchen, noch weniger essen darf sie wirklich nicht. Die Medizin schmeckt bitter. Bea muss würgen, wenn sie sie einnehmen soll.

Elisabeth führt ein langes Gespräch mit dem neuen Apotheker der Rosenapotheke, dem netten, charmanten Herrn Doktor Ketteler. Er freut sich jedes Mal, die Oma zu sehen und die Oma freut sich auch, ihn zu sehen. Sie lässt sogar zu, dass der Herr Doktor Ketteler sich zu Bea herabbeugt und ihre Kirschaugen bewundert, wie er es nennt, ihr über die Haare streichelt und sanft in die Wange zwickt. Bea macht sich ganz steif und schaut ihn düster an. Sie kann es nicht leiden, wenn irgendein Fremder sie anfasst. Sie hat keine Kirschaugen, jedenfalls nicht für den Doktor Ketteler. Sie kneift ihre Augen zusammen wie die Katze von Frau Kramer und ebenso ihren Mund, versteckt sich hinter der Oma und hofft, dass sie bald wieder gehen. Aber auch hier muss sie warten, warten, warten, weil der Apotheker und die Oma kein Ende finden bei ihren Gesprächen. Schließlich bekommen sie Tabletten, die aussehen wie Bonbons. Sie rutschen glatt und süß durch den Hals und lassen eine angenehme Müdigkeit in die Glieder fließen, mit deren Hilfe man die Reise nach Mosbach unbeschadet übersteht, so dass man sich freuen kann auf alle, die man dort trifft.

Die anderen Großeltern und die Tante Inge wohnen in einer Wohnung zusammen mit einer weiteren Familie. Das ist der Alois und seine Frau mit ihren beiden Kindern. Richard kennt den Alois von früher, tja, den kennt er und hält nicht viel von ihm. Warum, das sagt er nicht. Wenn sich die beiden Männer begegnen, geben sie einander die Hand, aber meist hört man nur, wie der Alois die Tür öffnet und gleich wieder schließt, wenn die Karlsruher Karawane herannaht, sich langsam Schritt für Schritt die gewendelte uralte Steintreppe hinaufschafft, Isa dabei immer direkt hinter Bea, ihre Arme geöffnet, bereit, das Kind aufzufangen, sollte es trotz der mehrfach geflüsterten Ermahnungen der Mutter: „Schau vor dich! Langsam! Pass auf! Halt dich fest!“ straucheln oder gar fallen wollen. Manchmal sieht man die Lydia, Alois Frau. Sie strahlt, lässt ihre schönen weißen Zähne blitzen, sie sagt nicht viel, präsentiert sich nur immer mit diesem alle Einwände zerschmelzenden Lächeln, mit dem sie sich in dieses Haus und in das Herz von Alois eingeschmeichelt hat, mitsamt ihrem „Franzosenbankert“, wie die alte Frau Kraft, die Mutter vom Alois, Elisabeth anvertraut, zwischen Tür und Angel, als sie so dasteht, nichts Böses ahnend und auf die anderen wartet, die sich zu einem Sonntagsspaziergang zusammentun wollen, während Richards Mutter Mittagsruhe hält.

Leider gelingt es Bea nie, dieses merkwürdige Wesen zu sehen, auch die Oma hilft ihr da nicht weiter. Stattdessen trifft sie die beiden Kinder des Nachbarn, die Monika und den Dieterle, gibt beiden brav die Hand, obwohl ihr das bei dem Dieterle nicht so leicht fällt, weil irgendetwas mit seiner rechten Hand nicht stimmt. Sie ist knochig und es gibt viel zu wenige Finger an ihr, das kann Bea verstohlen bemerken, später, wenn sie zusammen am großen Tisch sitzen. Bea weiß, dass man niemals darüber sprechen darf, wenn ein Mensch ein „böses Händchen“ oder einen „bösen Fuß“

hat. Man muss so tun, als ob es nicht so wäre, das ist ein wichtiges Gebot, die Oma erklärt es ihr immer wieder. Zum Ausgleich für die Unzulänglichkeit ihres Bruders ist Monika mit allem gesegnet, was ein Mädchen braucht, sie hat wunderschöne blauschwarze Haare, die in langen Flechten rechts und links an ihrem Kopf hinabhängen, sie hat strahlende schwarze Augen unter dichten gebogenen Wimpern und eine Haut wie aus Samt, glatt und dunkelbraun. Sie hat das gleiche schöne Lächeln wie ihre Mutter. Wenn sie lächelt, entstehen zwei lustige Grübchen neben ihren Mundwinkeln. Monika ist Inges Liebling, wie eine Tochter, so sehr liebt die Tante Inge die kleine Monika. Jederzeit dürfen die beiden Kinder zu ihr kommen, wenn die Eltern keine Zeit für sie haben. Während das Dieterle sich lieber zu seiner Großmutter ins Erdgeschoss begibt und dort den Katzen am Schwanz zieht, bis man ihr Jaulen durchs geöffnete Fenster hören kann, hilft Monika der Tante Inge in der Küche, oder sieht ihr zu, wenn sie Puppenkleidchen näht für Beas Puppe.

„Ja, die Monika war dabei, als die schöne Garderobe für deine Schildkrötpuppe entstanden ist, denk nur Bea!"

So kann sie sich bestens vorstellen, welche Freude Bea haben muss an all den hübschen Sachen.

„Oh ja, sicher", die hat sie.

Bea schluckt, besorgt darum, dass man ihr ansehen könnte, wie wenig das stimmt, was sie gerade beteuert. Sie spielt nicht gern mit Puppen und wenn sie mit Puppen spielt, dann nur mit Karin Krämer zusammen, weil diese es will, das heißt, Karin darf wählen, wer ihr Kind sein soll und was es anhaben soll, sonst geht sie lieber mit Wernerle Griener Roller fahren. Auf diese Weise landen all die modernen hübschen Puppenkleider bei Karin, das ist doch klar. Wie soll man so etwas erzählen, wenn man in zwei strahlende Gesichter sieht, das von Monika und das von Tante Inge, deren Strahlen ganz sicherlich nur den einen Grund hat, nämlich ein Nachempfinden von Beas Freude. Solche Geheimnisse wachsen allmählich in Beas Seele, weil sie in ihre Welt gehören, von der die Erwachsenen so wenig wissen können wie sie von der ihren.

Kinder, Kinder, Kinder. Es gibt viel zu wenige in Beas Nähe. Bea ist hungrig auf die Gesellschaft von Kindern. In ihrem Haus gibt es acht Erwachsene. Bea ist das einzige Kind. Alle lieben sie, alle wollen sie nudeln und mit ihr scherzen und dies und das von ihr wissen und amüsieren sich köstlich über Beas Sprache; die ist so, dass man alles aufschreiben könnte, sagt die fesche Lola und nimmt sie in die Arme, schwingt sie hoch in die Luft, bis die Mama „Schluss" schreit, laut und angstvoll.

Bea ist Opas „Puppchen, du bist mein Augenstern", sie ist Kunos „kleines B", sie ist für den Papa sein „Füchsle". Die Oma sagt Bea, weil das ein schöner, ganz neuer Name in der Familie ist.

Während also Bea eine schöne Zeit hat mit den Kindern des Nachbarn im alten Haus in der Schlossgasse 15, in Mosbach, im dunkel geheimnisvollen Odenwald, wo die Ritter einst wohnten und gegen die Räuber zogen, während Isa und Richard mit der dünnen Inge und ihrem Emil, der bald ihr Mann werden soll, einen weiten Spaziergang machen, führt Elisabeth ein ernstes Gespräch mit Helene, der anderen Großmutter.

Man habe damals nach der Geburt des gemeinsamen Enkelkindes besprochen, mit der Taufe zu warten, bis es Richards Mutter, Helene, wieder besser ginge. Man wollte sie dabei haben, das ist doch klar, und nun möchte sie noch einmal darauf zu sprechen kommen. Die Taufe liege ihr am Herzen, denn sie habe das Gefühl, der Schwiegersohn und die Tochter nehmen keinen Anstoß daran, ein kleines Heidenkind großzuziehen.

„Leider sind die beiden weit abgerückt von allem, was uns einstmals doch so wichtig war, ihr wisst ja, dass uns die Kirche großen Halt gab, im Krieg und auch in den Jahren davor. Vielleicht ist der Martin schuld daran, dass die Kinder sich abwenden vom Glauben. Er übertreibt es leider mit seinem Bibelstudium ein bisschen."

Inzwischen beschränkt sich Martins Bibellektüre auf die Apokalypse des Johannes. Er wartet jederzeit auf den großen Zusammenbruch, „dass ER komme, zu richten die Lebenden und die Toten." Elisabeth schweigt dazu, nimmt das alles nicht so ernst, denn sie ist doch dabei, ein Kind großzuziehen. Jede ihrer Anstrengungen verlöre ihren Sinn, wenn sie nicht an eine Zukunft für dieses Kind glauben könnte, eine gute Zukunft. Darunter versteht sie eine Welt, die jener untergegangenen Welt gleichen soll, in der sie selbst einstmals ein glückliches, fröhliches Kind war. Eine Welt mit Grundsätzen, Regeln, Ritualen. Jeder Mensch muss sich in feste Formen und Normen schmiegen. Sich dort zusammenfinden mit anderen Menschen, die sich denselben Werten verbunden fühlen. Noch liegt vieles im Dunst des Trümmerstaubes. Es gilt, das Dauerhafte, das Unverzichtbare aus den Trümmern zu befreien, aufzurichten, mit neuem Leben zu füllen. So kann Elisabeth ihre Gedanken öffnen für die andere Oma, eine fremde Frau und doch verbunden mit ihr im einzigen Enkelkind, das sie beide haben, bisher jedenfalls.

Die Taufe also.

Helene berührt sachte Elisabeths Arm. So vieles geht ihr im Kopf um, sie kann es nicht aussprechen, sie weiß nicht, wie sie es sagen soll. Ihr Sohn hat sie gewarnt, sie möge sich in Acht nehmen, was sie sage! Er wolle kein falsches Wort hören. Was wäre falsch? Sie könnte es nicht benennen. Wenn sie mit ihrer Schwiegertochter Isa spricht, hat sie immer das Gefühl, auf einem Prüfstand zu stehen.

Sie ist zu müde von all den Schmerzen in ihren Gliedern, um sich zu verteidigen. Was weiß ihr Sohn davon, wie es in ihrem Inneren aussieht? Nichts. „Mutter" nennt er sie und reduziert sie damit auf ihre Funktion. Sagt ihr damit, du hast mir mein Leben gegeben, du hast mich bei meinem Namen gerufen, du hast mir all die schönen Anzüge genäht, die aus mir einen besonderen Jungen machen sollten, und ich wollte es sein, besonders, trug meine Nase besonders hoch und verschloss meine Lippen. Aber das war's, Mutter! Meine Liebe geht woandershin. Liebe hat er immer gefunden, anderswo. Jeder mochte ihn, Helenes Sohn, das erste Enkelkind der großen Schöpfe Familie. Jeder! Ein hübscher Kerl war er immer, sanft und geduldig, anpassungsfähig, kein Haudrauf und Irrwisch wie seine Schwester Inge. Und seine Sprüche! Seine Geschichten, die er erzählte, schon als Knirps verstand er es, aus allem, was ihm widerfuhr, eine Geschichte zu machen. Die erzählte er, genoss dabei die Aufmerksamkeit seines Gegenübers und war dankbar, dass sie so einfach zu gewinnen war. Alle hörten ihm gerne zu. Die Verwandten, Bekannten, die Nachbarn. Helenes Näherinnen auch, als sie noch Geschäftsfrau war, damals, vor 33, bevor sie zum Wohle des deutschen Volkes auf doppelte Berufstätigkeit verzichtete, zum Verzicht gezwungen wurde, und plötzlich nur noch das war: Mutter. Und Ehefrau, das auch. Ach ja. Helenes Gedanken drehen sich wie in einer Spirale abwärts in ein tiefes Loch hinein, in das sie sich endlich, endlich fallen lassen kann, wenn die Spritzen wirken, wenn die Schmerzen gehen, wenn sich alle Krämpfe lösen, wenn ihr ist, als ob sie wieder laufen könnte, als ob sie wieder die Nadeln zwischen die Lippen nehmen könnte, sich hinunterknien vor den Saum eines Kleides, dessen Idee stets ganz in ihrem Kopf war, sobald sie die Kundin und den von ihr gewählten Stoff sah. Das machte sie glücklich, mit flinken Griffen den noch von der Appretur steifen Stoff zu raffen und um die Körper der Frauen und Mädchen zu legen, festzustecken, die Idee eines Kleides, das daraus entstehen könnte, sichtbar zu machen auch für andre.

Aber Glück ist schon lange etwas, das sie herbeireden muss, das sie sich befehlen muss: Ist es nicht ein Glück, dass mein Sohn wieder aus dem Krieg heimgekommen ist? Und meine Tochter auch? Denn auch Inge war im Kriegseinsatz als Flakhelferin und was konnte man anderes tun als immer nur hoffen, wenn man rechts und links die Gesichter der Mütter in „stolzer Trauer" sah? Dass er geheiratet hat, wenn auch nicht die, die die Mutter gern gehabt hätte, aber so ist das, man zieht sie groß die Kinder und plötzlich kennt man sich nicht mehr aus mit ihnen. Kein blondes deutsches Mädel hat er genommen, stattdessen hat er sich seine Isa ausgesucht. Immer noch sieht sie so aus wie ein Mädchen, dünn ist sie, die weißen Baumwollsöckchen und die nachlässig zusammengewürfelten Kleider sagen nichts aus über sie. Helene will sich die Schwiegertochter nicht zur Feindin machen. Ihr Sohn hat sich längst auf die Seite seiner Frau geschlagen, er hat sich ihre Wut zu eigen gemacht, man muss sich hüten.

Aber mit Elisabeth kann man reden.

„Ihr solltet das Kind jetzt taufen lassen. Wir sind in Gedanken bei euch. Ich werde nicht mehr kommen können, Elisabeth. Nie mehr, verstehst du? Aber bitte, nichts zu den Kindern davon."

Elisabeth nickt. Nichts zu den Kindern? Da meint sie ihren Sohn. Die Tochter weiß doch längst Bescheid. Sie wird eine schwere Last tragen müssen. Muss Haushälterin, Unterhalterin, Krankenschwester für die schwer kranke Mutter sein. Hoffentlich hält der junge Mann, den Helenes Tochter sich erwählt hat, das aus. Er ist groß und kräftig, laut, voller Energie.

„Ja", lächelt Helene, so als ob sie Elisabeths Gedanken lesen könnte. „Meine Inge und ihr Emil lieben sich und das ist doch das Wichtigste."

Elisabeth kann nicht zurücklächeln. Helene macht sich etwas vor. Liebe! Liebe ist doch am Anfang nicht mehr als eine Idee, ein Traum. Man muss sie erst mit echtem Leben füllen. Und ist das Glück nicht zerbrechlich wie Glas?

Auf der Fahrt zurück nach Karlsruhe schweigt Elisabeth. Wie immer muss sie alles zurechtrücken, was sie erlebt hat, damit sie es daheim erzählen kann, denn Martin wird sie mit Fragen bestürmen. Sie muss ihm nicht vorenthalten, dass ihr das Milieu dort manches Stirnrunzeln abnötigt.

Der Abend beginnt schon. Richard biegt nun ein auf die Autobahn. Elisabeth lehnt sich zurück, den Arm hat sie um das Kind gelegt, das eingeschlafen ist, benebelt von der Wirkung der Reisetablette. Sie seufzt auf und schließt lächelnd die Augen. Sie kommt sich vor, als habe sie aus dem Schutt einen Stein geborgen und könnte ihn nun wieder zurechtrücken.

Die Taufe findet statt.

Die kleine Bea bohrt dem Pfarrer ihre schwarzen Augen in seinen flackernden Blick. Ungefähr ein Dutzend Menschen haben sich in den ersten beiden Reihen der großen Kirche zusammengefunden. Sie bereiten dem Pfarrer leichtes Unbehagen. Da sitzt der junge Mann, der Vater des Täuflings, den er hätte zurückgewinnen können für seine Gemeinde. Aber er hat es verdorben, wollte ihn dazu verpflichten, mit den vierzehnjährigen Burschen die Schulbank zu drücken beim Konfirmandenunterricht, bevor er ihn wieder für würdig hätte befinden können. Immerhin seine Familie war aus der Kirche lange schon ausgetreten. Also musste man sich doch irgendwie der Ernsthaftigkeit des Zurückkehrenden versichern. Nein, es war falsch gewesen, er hätte ihn aufnehmen sollen wie den verlorenen Sohn, voller Freude und ohne Bedingungen.

Neben ihm sitzt der Großvater, ein religiöser Phantast, der sich in einem privaten Bibelkreis seine eigene Exegese zurechtlegt.

Hinter ihnen eine alte Frau mit versteinertem Gesicht. Sie ist eine Heimgekehrte aus Gurs. Das Wort zu denken schon fällt dem Pfarrer schwer, weil er Fotos von dort gesehen hat und weiß, dass diese Frau die letzte und einzige ist aus ihrer Familie. Ihre Wangen glänzen tränenfeucht. Neben ihr die andere alte Frau, das ehemalige Dienstmädchen der Familie. Immer wieder blickt sie ängstlich auf ihre weinende Gefährtin, nimmt schließlich deren Hand und drückt sie. Im Vorgespräch hatte Elisabeth den Pfarrer eindringlich darum gebeten, diese Taufe nicht in einem Gottesdienst vorzunehmen. Es ist ein besonderer Fall, sagte sie mit ihrem Lächeln, das keinen Widerspruch duldet.

„Ich taufe dich auf den Namen Bea Ingeborg Hedwig Karola Martina."

Mit einer schnellen trotzigen Geste versucht Bea das geweihte Wasser von der Stirn zu wischen.

Es macht dem Pfarrer Mühe, weiterzusprechen. Diese Augen. Er liest eine Frage in ihnen. Die vielen Namen! Was hat sich die Familie dabei gedacht, dem Kind all diese Namen aufzuladen?

„Bea!", sagt der Pfarrer und holt Schwung. „Was für ein schöner Name!" Er räuspert sich und lächelt dem Kind aufmunternd zu.

„Bea steht für Beata, die Glückliche!"

Er extemporiert, hat das Gefühl, diesem Kind mehr schuldig zu sein als die übliche Kasualienansprache.

„Es ist ein Glück, hineingeboren zu werden in eine Familie, die liebevoll beschützend ihre Arme geöffnet hat, um dich aufzunehmen, und sie um dich schließt, um dich in ihrer Mitte zu bewahren und zu beschützen. Zu deinem eigenen Namen bekommst du noch die deiner Patinnen: Ingeborg, Hedwig, Karola und einen

Namen, der an deinen Großvater erinnern wird, dann, wenn du groß bist und wir Älteren schon zum Herrn heimgekehrt sein werden."

Er schaut auf und kann genau sehen, wie die Angesprochenen reagieren. Drei lächelnde und ein weinendes Gesicht. Wieder kehrt sein Blick zurück zum Kind.

„So wie deine Familie dich aufgenommen und angenommen hat, so nimmt Gott dich heute auf in seiner Kirche. Angenommen hat er dich schon am Tag deiner Geburt, weil sein Haus offen steht für alle Kinder dieser Welt."

Jetzt hat er die Kurve gekriegt, denkt Elisabeth. Sie fürchtete einen Augenblick lang, er wäre überfordert mit all den Ungewöhnlichkeiten, die ihm heute sein Amt erschweren. Aber er meistert sie. Es gelingt ihm, die Aufmerksamkeit des Kindes zu fesseln, so sehr, dass diese Stunde denkwürdig bleibt.

Bea lässt sich gewinnen für die Kirche. Elisabeth erklärt ihr, wer das ist auf dem großen Bild hinter dem Altar, Jesus Christus, der Sohn des lieben Gottes, unser Bruder, dort haben sie ihn ans Kreuz geschlagen, vorher haben sie ihn verlacht, seiner Würde entkleidet. Nachdenklich betrachtet Bea den nur mit einem Handtuch spärlich verhüllten knochigen Mann mit dem gequälten Gesichtsausdruck. Das hat sein Vater von ihm verlangt, dass er sich opfert. Dort am Kreuz hängt er und fleht seinen Vater an, erklär mir, warum du mich so leiden lässt. Jesus Christus muss lange warten, ehe der Vater ihn erlöst.

Das versteht Bea: Warten. Es gibt keine schlimmere Qual als Warten. Warten, bis die Mama nach Hause kommt und Zeit für sie hat, warten, bis Karin Krämer kommt und ihr hilft, die Nachmittage durch Spielen zu verkürzen, warten, bis sie groß ist und man ihr alles erklärt, was sie nicht versteht, warten, bis sie in die Schule darf, lesen lernen darf, damit sie selbst nach Erklärungen suchen kann in all den vielen Büchern, die es gibt in diesem Haus.

Elisabeth ist zufrieden. Sie hat wieder einen Grund, in die Kirche zu gehen und sie muss nicht alleine gehen. Vom Tag der Taufe an geht sie mit dem Kind getreulich fast jeden Sonntag in den

Kindergottesdienst. Das Jahr hat seine Gliederung zurückbekommen. Zwischen den Weihnachtsfesten, die Elisabeth zum Höhepunkt jeden Jahres werden lässt, kommen Ostern, das Pfingstfest der Erntedank und das Gedenken an die Toten. Elisabeth sitzt in der hintersten Bank, während die einarmige Diakonissin, Schwester Pauline, eine ganz aufrechte, anständige Person, den Kindern die Feste erklärt und dazwischen von Jesus und seinen Jüngern erzählt als handelte es sich um Blutsbrüder von Winnetou und Old Shatterhand. Zu Hause knüpft Martin an die gewonnenen Kenntnisse an und schmückt sie aus. Beas Lieblingsgeschichte ist die von Joseph und seinen Brüdern, sie will immer wieder von ihnen hören, wenn sie mit dem Opa zusammen Mittagsschlaf halten muss im Ehebett. Dann singt der Opa noch „Ein feste Burg ist unser Gott“, alle Verse, und dreht sich schließlich auf die rechte Seite, lässt seinem krampfgeplagten Herzen Raum, damit es ihn in einen seligen Mittagsschlaf gleiten lässt. Und lässt Bea Zeit, über den hübschen, ein bisschen eitlen, selbstverliebten Josef nachzudenken, der eigentlich gerne nur dazugehören würde zu den anderen Kindern seines Vaters, dem jedoch ein besonderes Schicksal bestimmt ist, das anzunehmen er erst allmählich mühsam lernen muss.

Eine unnormale Familie

Martin zieht sich auf einen Beobachterposten zurück. Aber er ist immer gesprächsbereit, vor allem für seine Tochter, die gleich, wenn sie ihr Fahrrad im Garten hinterm Haus abgestellt hat, zu ihm kommt, sich über Eck zu ihm setzt an Lises Ausziehtisch, der, obwohl auf seine Urform gestutzt, einen großen Raum einnimmt im mit Möbeln aus der Karl-Friedrich-Straße 4 voll gestopften Zimmer, das „Esszimmer“ genannt wird, aber viel mehr ist als das. Hier schlägt das Herz der Familie, hier werden Nachrichten ausgetauscht, hier beginnt jeder Tag und hier enden die Abende. Im Esszimmer gibt es ein „Buffet“, so nennt man hier den Schrank für Geschirr, der mit einem großen Pinsel aus Federn abgestaubt werden muss, weil er übervoll ist mit Schnitzereien aller Art. Löwenköpfe mit aufgerissenen Mäulern sitzen auf den auskragenden Ecken, kleine Säulen stützen den Aufsatz, ein Blätterkranz krönt die hohe Mitte. Zwei Truhen in zwei Zimmerecken, eine reich bemalt mit bunten Blumen, eine mit Schnitzereien verziert und einem Sitzpolster versehen, sind angefüllt mit Fotoalben und Tischwäsche. Elisabeths Sekretär, der einst im Boudoir ihrer Mutter stand, passt gerade so zwischen das Fenster zum Hof und die Glastür zur Veranda. Das Fenster ist aus bunten Glasscheibchen zusammengesetzt. Man hat es damals mitgenommen aus der Karl-Friedrich Straße 4, ohne zu wissen, dass man es so noch eine Weile vor der Zerstörung retten wird, die auf das bunte Glas lauerte beim ersten großen Angriff auf die Innenstadt. Goldene Glassteine überwiegen, deshalb hat man den Eindruck, dass immer die Sonne draußen scheint. Vor jedem Flügel hängt ein Glas-Medaillon mit

Bildern. Es sind Szenen aus der Oper „Der Freischütz". Was in dieser Oper passiert, erfährt Bea „bald", jetzt im Augenblick ist sie noch zu klein, es zu verstehen.

Der Servierwagen kann nie Gebrauch machen von seinen Rädern, weil er hinter der Tür eingeklemmt ist neben dem Vertiko, das man von Tante Karola im Austausch für Stühle bekommen hat. Die brauchte sie, nachdem der Hund ihre Stühle so zernagt hatte, dass man nicht mehr draufsitzen konnte, was sie selbst amüsierte, aber nicht Onkel Rudolf und auch nicht ihre Kinder, besonders nicht die Tochter Lola, die sich reihenweise ihre schönen Nylons daran zerriss.

Wenn Elisabeth auf der Chaiselongue liegt und einen Roman oder die Zeitung liest, das heißt den Teil, den Martin ausgelesen und an sie weitergegeben hat, dann kann sie sich im Winter die Füße wärmen am kleinen rotbraunen emaillierten Ofen, der direkt daneben steht. Wenn er allerdings besonders gut aufgeladen worden ist mit den schönen glänzenden Briketts aus dem Keller, dann muss ein gehämmertes Metallgestell um ihn herum aufgebaut werden, ein Paravent.

Buffett, Plumeau, Paravent. Diese Dinge bringen Karin Krämer zum Staunen, weil ihre Familie solche Sachen nicht hat und auch diese Wörter nicht kennt. Beim Wernerle gibt es das alles auch nicht. Darüber freut sich Bea. Die Freude hilft gegen die Angst, dass Karin eines Tages nicht mehr zu ihr kommen könnte, weil sie draußen, wohin Bea nicht darf, interessantere Beschäftigungen findet.

Das erste Mal kam Karin im Januar. Das ist die schrecklichste Zeit des Jahres, wo man nicht einmal mehr hinaus in den Garten kann, wo man in der Nacht aufwacht und die Nacht schon mitten am Tag wieder beginnt, wo man eine Fülle schöner Spielsachen hat, den Kaufladen, die Puppenstube, die kleine Küche, alle Puppen, Bären, Hasen aus Plüsch, liebevoll aufgereiht von der Oma auf kleinen Korbstühlen und alten Samtkissen mit Blumenornamenten, Kordeln, Trotteln, Zierknöpfen aus glänzendem Glas, aber niemanden, der hilft, mit diesen schönen Dingen zu spielen.

Karin hatte Angst, das sah man ihr an. Sie behielt den Griff der schweren Eingangstür in der Hand, eine Hälfte ihres Körpers blieb draußen, fluchtbereit. Sie betrachtete Bea eine Weile, dann sagte sie: „Du hasch jo rote Hoar!"

Was sollte Bea dazu sagen? Sollte sie nein sagen, nein, der Papa sagt, es ist füchslebraun, die Oma sagt, es hat die Farbe von reifen Kastanien, dein Haar, das ist selten und schön. Wäre es überhaupt klug, der Karin zu widersprechen? Das Warten hatte Bea gerade wieder einmal fast zum Weinen gebracht, so entschloss sie sich, nur zu nicken. Daraufhin Karin: „Hexe hawwe rote Hoar."

Das war Bea bisher unbekannt gewesen. Da ihre Haare ja nicht wirklich rot sind, sondern Karin vielleicht die feinen Unterschiede nicht so genau kannte oder ihr nur die richtigen Wörter fehlten, nickte Bea erneut.

Karin verließ ihren Posten und kam herein, ging mit Bea durch den spärlich erhellten Flur ins Biedermeierzimmer. Nach einem langen prüfenden Rundumblick auf Beas Puppenreichtum, die Puppen aus Elisabeths Kinderzeit, die anderen aus Isas guten Kindertagen und jene Puppe, die Beas väterliche Großeltern geschickt hatten, eine echte Schildkrötpuppe mit von Tante Inge maßgeschneiderten Kleidchen, entschloss sich Karin heldenmütig zu bleiben.

„Schbielemer?", sagte Karin.

Bea nickte zum dritten Mal. Das war so schön wie im Märchen.

Später saß Karin auf dem sechsten Stuhl und aß, was Elisabeth auftischte, auch und immer wieder Knäckebrot mit Erdnussbutter oder Sandkuchen mit Schokoladenguss oder eines der allerletzten Hildabrötle aus der Weihnachtsblechdose.

Fünf Leute sitzen täglich am Tisch, das kann Bea schon zählen, obwohl sie erst vier ist. Der sechste Platz ist da für den Gast. Das ist Karin Krämer. Das ist manchmal das Fräulein Reuter, wenn Oma sie nach dem Bibellesen mit Opa, Herrn Bloch und Herrn Flörsheim fragt, ob sie denn nicht vielleicht mitessen wolle.

„Ich bin so frei", sagt sie dann verschämt und sitzt dort auf dem Gästeplatz, isst mit Appetit jedes und auch noch das allerletzte

Krümelchen auf. Sie ist eine arme einsame Seele, zurückgeblieben nach dem Tod ihrer Eltern, die sie gepflegt hat. Darüber hat sie den Sprung in ein eigenes Leben verpasst. Jetzt quälen sie allerlei „Prüfungen", wie sie es nennt, und sie ist froh, sich ab und zu am Wort des Herrn aufrichten zu können. Sie hängt an den Lippen Martins, wenn er mit donnernder Stimme liest: „Wer überwindet, den will ich machen zum Pfeiler in dem Tempel meines Gottes."

Der doppelte Segen durch das Wort des Herrn und Elisabeths Königsberger Klopse tut ihr so gut, dass sie beim Abschied artig versichert: „Vielen Dank. Ich komme gern wieder."

Elisabeth ist froh, wenn sie etwas geben kann. Abgeben von dem, was sie hat und vor allem vom Glück, das sie alle haben, dass sie hier so froh und munter beisammen sind.

Manchmal sitzt auch Inges Ehemann, der Onkel Emil, auf dem Gaststuhl. Er reist mit Postkarten, kommt viel rum und so öfter auch mal in diese Gegend, in die Stadt mit allem, was sie dem Odenwald voraushat, und keiner in der Familie weiß, ob man das gut finden kann. Sollte er nicht lieber zu Hause sein so oft es geht, bei seiner Frau? Auch ihm schmeckt, was Elisabeth auf den Tisch bringt. Mehr noch genießt er es jedoch, sich das Herz auszuschütten über die schwierigen Verhältnisse in Mosbach. Richards Mutter, jeden Tag kann sie sich weniger bewegen. Die dünne Inge muss dem Vater helfen, sie aus dem Bett und wieder zurück zu heben. Der Vater ist verzweifelt, weil die Medikamente fast seine ganze Pension auffressen. Und die Mutter braucht immer stärkere Arznei. Der Arzt hat ihnen jetzt angekündigt, dass es so nicht weitergehe.

Jedes Mal, wenn ein Gast kommt, spitzt Bea die Ohren. Abends wenn sie allein ins Bett muss, ins dunkle Schlafzimmer unter den Riesenkissenberg, das Plumeau, dann liegt sie lange noch wach, spürt, wie es in ihrem Kopf zu rauschen beginnt und in ihrem Bauch eine Unruhe entsteht, die kribbelt und krabbelt. Sie steht auf und schleicht hinaus, geht durch die Diele hinüber zum Esszimmer, legt ihr Ohr an das glatte Holz und lauscht, was die Großen reden, denkt sich, dass es dort jetzt kein „Scht“ mehr gibt und dass deshalb die Geheimnisse sich enthüllen. Aber es ist anders. Alles, was sie hört, verwirrt sie noch mehr.

Sie hört die Oma klagen, dass Inge wahrscheinlich deshalb ihr Kind verloren hat, weil sie die schwere Mutter tragen musste. Das kann Bea einerseits gut verstehen, denn wie sollte Tante Inge zu der großen, dicken Oma Helene auch noch ein Kind auf den Arm nehmen können. Aber andrerseits hat sie nie ein Kind von Inge und Emil gesehen. Wo nur hatten sie es die ganze Zeit über versteckt? Fragen über Fragen.

Das Wernerle Griener sagt, er ist ein Mann und Bea ist eine Frau und es ist besser, ein Mann zu sein als eine Frau. Männer sind stärker und Männer dürfen sagen, was gemacht wird. Männer gehen jeden Tag fort, Frauen müssen im Haus bleiben. Männer können Zeitung lesen, Frauen müssen kochen und abwaschen. Männer dürfen sägen und basteln und Bäume schneiden und neue Triebe auf Bäume pfropfen, Frauen müssen sich hinknien und Unkraut zupfen. Männer dürfen auf Leitern steigen und sich die Welt von oben betrachten, Frauen müssen sich bücken und das Fallobst auflesen.

Nach und nach schleichen sich bei Bea Zweifel ein, ob Wernerles Sicht nicht allzu persönlich ist. Aber sie widerspricht ihm nicht, denn dass er ihr überlegen ist, weiß sie. Obwohl er einige Zentimeter kleiner ist als sie und noch dünner. Seine Überlegenheit resultiert aus zwei markanten Tatsachen: Er darf raus aus dem Garten, alleine! einkaufen, spielen, in den Kindergarten gehen. Und er hat Gertrude, seine größere Schwester. Außerdem kann er jederzeit sagen, dass er nicht mehr mit Bea spielen will und fortgehen. Das tut er auch ungeniert, sobald er im anderen Nachbargarten Karin Krämer auftauchen sieht. Karin allerdings verteilt ihre Zuwendung sehr gerecht an Wernerle und Bea. Mit Wernerle fährt sie Roller auf der Straße, aber zu Bea kommt sie ihrer schönen Puppen wegen. Das lässt Bea aufatmen. Sie muss nur warten, warten, warten, bis Karin genug Roller gefahren ist, dann kommt sie zu ihr.

All die Kennzeichen für Männer und Frauen lassen sich schwer auf Beas Familie übertragen. Also entweder stimmt es nicht ganz, was Wernerle sagt, oder sie sind so anders als alle anderen, dass bei ihnen hier in der Lebrechtstraße 77 nichts normal ist. Wahrscheinlich sind sie eine unnormale Familie. Wenn Bea so weit gekommen ist mit ihren Überlegungen, dann spürt sie auch schon, wie die Fragen, die niemand beantwortet, in ihren Kopf eindringen. Dann kommt das Unbehagen, dann kommt die Angst, dann kommt die Traurigkeit und bald schon kommen auch die Tränen. Wenn sie weinen muss, geht sie ganz nach hinten in den Garten an den Maschendrahtzaun, der die Mayer-Gartenhälfte von der Fischer-Gartenhälfte trennt. Dieser Maschendrahtzaun ist blitzneu. Die Mama hat darauf bestanden, dass er aufgestellt wird, damit Bea geschützt ist vor Tante Karolas Tieren, den Hühnern, den Hasen und vor allem vor Goldi, dem Boxerhund. Als er ein kleines Hündchen war, durfte Bea noch mit ihm spielen. Aber jetzt ist er groß, hat scharfe Zähne und Bea muss sich vor ihm hüten. Sie steht und schaut und versucht, die Angst zu üben, die Isa von ihr erwartet. Sie hütet sich, indem sie am Zaun steht und sehnsuchtsvoll hinüberschaut, sieht, wie Goldi mit Tante Karola Ball spielt oder einfach nur da liegt und seinen viereckigen Kopf in die Sonne hält. Wenn keiner da ist, der sie sehen kann, dann holt Tante Karola Bea in ihren Gartenteil und zeigt ihr, dass man vor dem Goldi keine Angst haben muss. Man muss ihn freundlich ansprechen und darf ihm nicht von oben die Hand auf den Kopf legen wollen zum Streicheln, sondern muss sie so von unten ganz ruhig hinhalten, damit er schnuppern kann, denn so ergründet er genau, wen er vor sich hat.

„Auch er hat Angst vor dir, schau mal, du bist so viel größer als er!“

Bea genießt das Streicheln und die Überschreitung der mütterlichen Regeln mit Schaudern, aber abends, wenn die Dunkelheit kommt, wenn sie allein im Bett liegt, wird ihr das Herz schwer, weil sie etwas getan hat, das sie eigentlich nicht darf. Sie bittet den lieben Gott um Vergebung. Bittet, er möge sie nicht verraten. Im Traum kommt die Mama auf sie zu und packt sie an beiden Oberarmen, schüttelt sie und reißt ihre schwarzen Augen weit auf, bis sie wie Dornen stechen: „Du sollst doch keine Hunde anfassen, das habe ich dir schon so oft erklärt! Du bringst dein Leben in Gefahr. Wenn ein Hund dich beißt, dann entzündet sich das und der ganze Körper wird so heiß, dass er verbrennt. Die Tante Jenny ist an einem Hundebiss gestorben! Wenn du dich in Gefahr bringst, bringst du auch mich in Gefahr. Du bist doch das Wichtigste, was ich habe."

Bea lernt, dass sie kein Recht hat, ihr Leben aufs Spiel zu setzen, weil es ihr eigentlich nicht gehört. Es gehört ihrer Mama. Und fremdes Eigentum muss man achten. Das hat ihr die Oma eindringlich erklärt.

So ist es im Haus in der Lebrechtstraße: Da sind die Frauen stark. Die Frauen gehen aus dem Haus: die Mama, um das Geld zu verdienen, von dem sie alle fünf leben, die Oma, um einzukaufen, um nach allen Leuten zu schauen, die zu ihnen gehören und denen es nicht so gut geht. Sie geht auch in die Stadt, ins Kino, ins Theater, um dem Opa zu erzählen, was dort überall passiert, denn der Opa geht nicht mehr raus, aber er ist sehr interessiert daran zu erfahren, was da draußen passiert. Der Papa ist nicht daran interessiert. Er sitzt und liest und raucht und spielt Gitarre, und dann geht er lange ins Bett und schläft und wartet, bis die Mama wieder nach Hause kommt, aber er wartet lieber alleine. Er hat sein eigenes Warten zu erledigen, kann Bea nicht helfen bei ihrem Warten. Er schmeichelt: „Komm, sei nicht traurig, mein Füchsle, im Herbst, da basteln wir einen schönen Drachen zusammen, ja? Und dann gehen wir auf die Wiese, die dort am Ende unserer Straße beginnt. Lassen ihn hoch in die Luft fliegen. So hoch, dass sich die Flugzeuge vor ihm in Acht nehmen müssen, die hier über uns wegfliegen."

Und damit hat Beas Warten wieder mal ein Ziel: Herbst. „Wann ist Herbst?", fragt sie. „Bald", antwortet der Papa.

Aber im Herbst ist er weg. Hat endlich eine Arbeit gefunden, in Scherzheim. Dort bleibt er von Montag bis Samstag. Dann erst kommt er zurück. Kommt mit einem Motorrad angebraust, und wenn er kommt, küsst er schnell die Mama auf den Mund, die sich an ihn klammert.

Dann sagt sie: „Das Kind hat auf dich gewartet." Da dreht er sich um, kommt zu Bea, packt sie, nimmt sie hoch, küsst sie, schließt sie ein in seine Arme, so dass sie das Gemisch aus Leder und Zigarettenrauch riechen kann, sogar den Duft von Rasierwasser findet sie darunter. Den herrlichen Papageruch, nach dem sie sich die ganze Woche über gesehnt hat.

Und Martin sagt: „Na?", aber die Oma sagt: „Komm erst mal heim zu deiner Frau. Die hat so auf dich gewartet. Und dann kommt zum Essen, es ist alles fertig."

Das Warten ist nicht nur für Bea ein Problem. Alle plagen sich mit Warten herum. Jetzt warten die Großeltern und Bea auf Isa und Richard.

Sie kommen lange nicht herunter. Die Oma muss die Töpfe auf dem Herd hin- und herschieben, bis alles schrumpelt und brenzlig riecht. Sie seufzt. Sie wartet. Sie sagt: „Lass mal, geh mal jetzt nicht hinauf. Die zwei brauchen Zeit, einander wieder zu finden."

Bea wundert sich, dass die Eltern Versteck spielen. Aber dann wundert sie sich doch nicht, denn sie hatte schon immer den Verdacht, dass ihre Eltern andere Eltern sind als die von Wernerle und Karin und auch andere Sachen machen als diese. Wenn es darum geht, die Eltern miteinander zu vergleichen, hat sie sich längst darauf verlegt, mit den Großeltern ins Gefecht zu ziehen. Der Opa ist so stark wie Wernerles Vater, sogar stärker, davon ist sie überzeugt. Die Oma hat so schöne Schuhe wie Karins Mutter. Und die Geschichten, die die Oma und der Opa ihr erzählen, sind tausendmal schöner als alles, was Wernerle und Karin jemals in ihrem Leben zu hören bekommen haben.

Lernen

Neben der Vorsicht ist das Lernen wichtig. Man muss lernen, danke zu sagen, bitte, guten Tag, gut' Nacht. Man muss lernen, das schwere Silbermesser und die Gabel zu halten „komilfo" – wie der Opa sagt. Damit es Bea leichter fällt, erzählt der Opa eine Geschichte. Sie handelt vom kleinen Martin, der sich anstrengen musste größer zu werden, weil alle es von ihm verlangten. Da waren sein Vater und seine Mutter, die ihm erklärten, dass sie eigentlich schon zu alt sind für so ein kleines Kind wie ihn, das ihnen der Herr noch spät schenkte, und mit solchen Geschenken kennt der Herr sich aus. Hat er nicht einstmals auch Sarah, der Frau des Abraham, den Isaak geschenkt, als sie schon graue Haare hatte?

„Und dann, wie geht die Martin-Geschichte weiter, Opa?"

Es ist schön, wenn der Opa sich verliert in seinen Geschichten, aber Bea will sie nacheinander hören, jede bis an ihr Ende.

Da waren auch die Rosi und der Willy, seine großen Geschwister, viel älter als er. Ihre Hände waren längst groß genug, Messer und Gabel zu halten comme il faut, als der kleine Martin geboren wurde. Er mühte sich ab mit dem Besteck und als es ihm nicht mehr aus den Händen fiel, begannen die Eltern alles zu komplizieren, indem sie seine Körperhaltung beanstandeten. Das nächste, was er lernen musste, war Meier's Konversationslexikon zu gebrauchen, anders als gedacht: Band 1 A bis C klemmte man ihm unter die rechte und Band 2 D bis F unter die linke Achsel. „Ellbogen anlegen!" hieß das. Messer und Gabel nur aus dem Handgelenk bewegen.

„Und dann, Opa?“ Dann ging er eben hungrig vom Tisch.

„Weil du es nicht gelernt hast?“

Nicht gleich jedenfalls. Denn lernen kann man alles, wenn man sich genug Zeit dafür nimmt und sich wirklich Mühe gibt. Na, verhungert ist er trotzdem nicht. Da war nämlich Lilith, sein Kindermädchen, die sich in seine Augen verliebt hatte.

„Und in deinen Charme, Martin, gell“, wirft die Oma mit strahlendem Lächeln dazwischen. Ja, nun, die Mädchen, die gaben ihm alles, was er wollte. Auch zu essen. Auch den ersten Schinken seines Lebens hat er ihnen zu verdanken, denn die Eltern, ... aber das ist wieder eine andere Geschichte und zuerst müssen wir nun über Sarah, Abraham und Isaak sprechen.

Isaak, der spät geborene Sohn. Der viel geliebte, den der Herr dann zurückforderte, um Abrahams Treue zu prüfen.

„Der Herr gibt, der Herr nimmt. Er allein weiß, was gut ist.“

„Nein, Martin, nicht weiter. Bitte nicht.“

Die beiden schauen einander an. Blicke wie Pfeile.

„Geh spielen, Bea“.

Sie geht, hat draußen Wernerles Pfeife gehört, aber beim Rausgehen hört sie noch wie der Opa sagt: „Wir können sie nicht immer vor allem bewahren. Sie muss doch wissen, was sein kann.“

„Jetzt noch nicht, Martin. Sie soll ein glückliches Kind sein.“

Was kann sein? Bea spürt etwas Dunkles, Bedrohliches. Das will Bea lernen: die Wörter der Erwachsenen zu verstehen. Wenn sie „Krieg“ sagen, wenn sie „Tod“ sagen, wenn sie „Hitler“ flüstern, will sie wissen, was gemeint ist.

Die Mama will, dass sie schwimmen lernt. Am Sonntag fahren sie mit den Rädern an den Baggersee. Dort treffen sie Männer und Frauen. Sie haben keine Kleider an. Auch die Oma geht mit. Es ist die neue Zeit, und es hat etwas mit Mamas Arbeit zu tun. Mama schreibt. Sie übersetzt und verfasst eigene Texte für eine Zeitschrift, die diese Leute lesen. Das erzählt Bea stolz dem Wernerle Griener.

Dann kommt einmal die „alte“ – das ist sehr unhöflich, man darf nicht „alt sagen“, auch nicht, wenn jemand es ist, man sagt „ältere“ – Frau Griener. Sie also kommt an den Zaun, winkt Bea mit dem Finger heran und gibt ihr den Auftrag, die Oma zu rufen. Die beiden sprechen miteinander, danach spricht die Oma mit der Mama und die Mama ruckelt mit ihren knochigen Schultern auf und ab und sagt: „Ja, ja, gut. Ich verstehe dich. Wir wollen friedlich mit den Nachbarn zusammenleben. Ich kann meinem Kind den Mund nicht verbieten, das werde ich auch nicht. Das nicht. Reden darf sie. Reden schadet keinem. Also gehen wir nicht mehr zum Baggersee. Gehen wir lieber ins neue Rüppurrer Sonnenbad."

Dort lernt Bea schwimmen. Mühsam. Denn zuerst einmal hat sie Angst. Vor dem Wasser, das kalt ist, das in den Augen und in der Nase brennt.

Der Papa schüttelt den Kopf. Er meint, es sei klar, dass das Kind sich so anstellt, weil Isa es ja immer päppelt. Es fehlt ihrer Tochter der Mut generell, weil sie ihn ihr aberzieht. Sie erzieht ihrer Tochter, die ja auch die seine ist, oder nicht? Sie erzieht ihr nicht den Mut ab, sie erzieht sie zur Vorsicht. Es geht hin und her zwischen den Eltern und es ist überhaupt nicht mehr schön im Schwimmbad. Die Oma nimmt Bea an die Hand und kauft ihr einen Schwimmring. Zeigt ihr, dass der sie trägt. Bewegt sich geduldig mit der Kleinen hin und her, bis sie die andere Bewegung annimmt, bis sie sich behutsam dem Wasser überlässt, bis sie lernt, dass das Wasser nicht schlimm ist, dass das Brennen in den Augen nicht schlimm ist, weil es wieder vergeht.

Schwimmen ist Beas erstes Freiheitsgefühl. Sie wird es lieben, das Wasser lieben bis zur Selbstüberschätzung. Sie wird immer zwischen zu viel Angst und zu viel Mut pendeln. Ein Leben lang.

Zeit

Plötzlich hat die Mama mehr Zeit. Mit Leidenschaft stürzt sie sich auf ihr Kind, baut stundenlang raffinierte Türme aus Bauklötzen, näht aus Flicken und zerrissenen Strümpfen, die mit klitzeklein geschnittenen Stofffitzelchen gefüllt werden, zwei Puppen, die Johnny und Lene genannt werden. Augen, Mund und Nasen werden aufgestickt, dann erweckt Isa die Puppen zum Leben, sie haben verschiedene Stimmen, eine tief, eine hoch, sie haben Charaktereigenschaften, Johnny ist ein Traumichnicht und Lene ein Tausendsassa. Bea ist glücklich.

Isa hat Zeit, weil sie ihre Stelle verloren hat. Der Verlag musste schließen. Isa ist auf Arbeitssuche.

Als sie nach einem langen Tag erschöpft nach Hause kommt, setzt sie sich wie immer zu ihrem Vater, um ihm zu berichten. Aber heute muss sie sich sehr überlegen, was sie erzählen kann, dem Vater in seine ängstlich weit geöffneten Augen hinein, und der Mutter, die sich nicht setzen will, weil sie lauschen muss, ob das Kind endlich schläft oder ob sie noch ein weiteres Mal zu ihm hinein müsste und „Guten Abend, gut' Nacht, mit Rosen bedacht" würde singen müssen – das wirkt so, als ob sie fluchtbereit wäre, weil sie sich davor fürchtet, es könne zu viel sein, die Neuigkeiten könnten sie überfordern, würden Tränen auslösen, Seufzen, Klagen, alles das, was sie einander doch vorenthalten wollen, weil sie einander Stärke vermitteln wollen, einander stützen wollen, damit der Aufstieg in die bessere Zeit hinein gelingen kann.

Dieser Ramberger, der Kerl auf dem Arbeitsamt, saß vor Isa ohne sie anzusehen, mürrisch über seine Akten gebeugt, schüttelte den Kopf immer wieder. Was dachte er? Dass sie nicht wusste, dass die Canadian Embassy eine große Zahl von Arbeitskräften angefordert hat, und dass sie mit ihren guten Noten in Englisch und Französisch im Abiturszeugnis, mit ihrer Mitgliedschaft im Deutsch-Amerikanischen Literary Debating Club, mit ihrer Erfahrung im Umgang mit Menschen beim Verlag, schwierigen Menschen, mit ihrer Erfahrung mit dem Schicksal als solches bestens geeignet ist für alles, was dort gebraucht wird, alles?

Darauf ließ er es dann hinauslaufen, auf dieses „Alles", nachdem er die Männer und Frauen vermittelt hatte, die vor ihr wie Hühner auf der Stange gesessen hatten und denen sie bei Gott nichts neiden wollte, weil sie – das konnte durchaus sein – alle genauso sehr wie sie diesen Job brauchten, weil vielleicht auch eine ganze Familie hinter ihnen stand, die sie ernähren mussten, auch ein alter Vater, eine Mutter, ein glücklos nach Arbeit suchender Ehemann, von ihnen abhing. Nachdem er alle diese Leute untergebracht hatte, warf er ihr wie einen Almosen das Wort „Springer" hin, das bedeutete soviel wie „Mädchen für alles". Im Medical Department, als Visa Officer und sogar bei Stage B, das war die politische Überprüfung der Einwanderungsbehörde – würde sie sich einarbeiten müssen.

Aber sie freute sich auf diese Herausforderung. Nach einem halben Tag schon konnte sie abschätzen, dass ihr Englisch weitaus besser war als alles, was da gesprochen wurde von den deutschen Mitarbeitern, in deren Arbeit man sie hatte reinschnuppern lassen. Und sie hatte sofort den Entschluss gefasst, sich bei der Berlitz-Schule anzumelden, dort einen Kurs zu machen, ein Dolmetscher-Examen abzulegen, dann hatten sie auch das Papier, das sie wollten, und dann würde sie auch eine feste Stelle dort anstreben können. Das will sie dem Vater sagen, indem sie sich vorbeugt und ihre Hand auf seine große warme Hand legt, so wie früher.

Den Ramberger hat sie überstanden. Für ihn braucht sie nur noch einen Nebensatz. Hatte ihn genau gemustert, sein schütteres Haar, wie er die Lippen zusammenkniff und immer wieder die Papierstöße aufeinander schob, Kante auf Kante ausrichtete. „Korinthenkacker“ hätte Richard ihn genannt. Er war ein subalterner Aktenschieber, der niemals auch nur eine Ahnung erhalten hatte von allem dem, womit sie sich wegträumen konnte aus dem muffigen Staub eines solchen tristen Büros.

Oder er war sogar möglicherweise einer, der einst einen höheren Posten begleitet hatte und den man nun politisch säuberte, indem man ihn dort in dieser muffigen Bude disziplinierte. Und somit war sie für ihn noch immer M1. Richard würde den Kopf schütteln, nein, frag nicht nach, für wie viele Menschen du das immer noch bist, würde er sie beschwören.

Ach Richard! Vielleicht hatte diesen Ramberger nicht nur ihr Abiturzeugnis geärgert, vielleicht hatte er auch in ihren Augen ein Glimmern entdeckt, ein Blitzen aus ihrem Herzen, das erfüllt war von der Gewissheit, dass das nicht alles ist! Es ist wichtig, eine Arbeit zu haben, ja, aber sie würde immer irgendwo eine finden. Viel wichtiger war die Nacht, deren Duft noch an ihr haftete, diese Nacht des gierigen, seligen ineinander Versinkens, das Gelingen dieser Nacht, die unauslöschbare Sicherheit, dass niemand ihr solche Nächte wegnehmen konnte, nicht die vergangenen, nicht die zukünftigen. Nähe ohne Worte. Zustimmung ohne Erklärung. Erfüllung, die alle Sehnsucht verschluckt. Wenn dieser Mann solche Nächte hätte, würde er dort anders sitzen, anders schauen, anders mit ihr reden.

So hatte sie ihn klein gemacht, so dass sie höflich sein konnte, seine demütigende Verachtung mit nichts als formeller Haltung ertragen konnte. Für den Vater machte sie ihn zur Unperson. Warum sollte sie eingestehen, wie schwer der Gang dorthin gewesen war, wie lang ihr das Warten wurde, dass sich Tränen hinter den Augenlidern stauten, Verzagen sich in Wut verwandelte, grenzenlose zerstörerische Wut, die vor nichts Halt machen kann? Es ist verflogen. Die Wut gebändigt. Isa ist wieder bereit, ihre Kräfte zu bündeln, um nach vorn zu schauen.

Bea bekommt eine weitschweifige unterhaltsame Erklärung über die neue Arbeit ihrer Mama. Sie darf im großen Atlas Kanada sehen, das Land, wohin die Menschen reisen wollen, mit denen Isa jeden Tag lange Gespräche führen wird.

„How can I help you?“ wird sie sagen, oder auch „Asseyez-vous.“ Und dann müssen diese Menschen so antworten in Englisch oder Französisch, weil sie das dort auch so tun, in Kanada.

„Wollen wir auch dorthin?“, fragt Bea.

Einmal vor einiger Zeit wollten wir auch fort, erklärt Isa ihrer Tochter. Aber es ging nicht.

„Warum nicht?“

„Das erkläre ich dir, wenn du größer bist.“

„Bald?“

„Bald!“

Die Botschaft veranstaltet im Advent eine Christmas Party für die Angestellten und ihre Kinder. Man trifft sich im Bürogebäude und alle Kinder dürfen sehen, wo die Eltern arbeiten. Dann fahren große schwarze Limousinen vor, alle werden hinein verfrachtet und zum Hotel gefahren, in dem die Feier stattfindet.

Es ergibt sich, dass Bea als Letzte in ein schon reichlich mit Kindern beladenes Auto hineingedrängt wird. Isa kann nicht mehr mit. Da wehrt sie sich, ruft, schreit: „Halt, nein, mein Kind“, sie will nicht, dass man sie trennt!

Isa stürzt auf das Auto zu und im letzten Moment, gerade, als der Chauffeur die Tür zuschlagen will, hält sie die Hand dazwischen.

Ein Schrei! Ein Heulen, Isa sinkt auf den Bordstein und hält sich die Hand. Bea wird wieder aus dem Wagen gezogen, setzt sich neben die Mama auf den Boden. Ein Gerenne beginnt, jemand bringt Verbandszeug, das im Nu rot ist vor Blut. Schließlich fährt ein Kollege von Isa diese und ihr Kind zum nahen Krankenhaus. Er sitzt mit Bea auf einer Holzbank und bietet ihr einen Kaugummi an, den Bea schnell kaut und schluckt. Es riecht merkwürdig auf diesem langen Flur und die Frauen, die lautlos hin- und her huscheln und dabei hoheitsvoll mit dem Kopf zu ihnen hin nicken, haben merkwürdige Hauben auf den Köpfen. Ist das das Paradies? Sind das die Engel des Herrn? Das fragt Bea den Mann.

„Aber nein, das ist doch nur das Vinzentiuskrankenhaus, und die Ärzte da drinnen werden den kaputten Finger annähen, eine Schiene und einen schönen weißen Verband darumwickeln, dann kommt deine Mutter wieder zu uns und dann gehen wir feiern!“

Bea ist sehr nachdenklich. Ihre Mutter, die immer alle Gefahren kennt und benennt, wie konnte ihr so etwas passieren! Es beschleicht sie eine erste Ahnung der Verletzlichkeit ihrer Mutter, eine Ahnung, dass auch die Mutter beschützt werden muss.

Das Warten geht schnell, Bea hat es durch Nachdenken kurz gemacht. Die Zeit hat ein neues Gesicht gezeigt.

Auf der Christmas Party sitzt die Mama nun blass und traurig am Rand und hält die verbundene Hand mit der anderen wie eine Mahnung aufrecht an ihre Brust gepresst. Die Kinder sind alle laut und schnell, ziehen Bea lachend in ihren Kreis. Aber Bea will das nicht, sie versteht nicht, was die Kinder sagen. Sie hat auch keine Lust, in den großen Sack hineinzugreifen, um sich ihr Geschenk zu holen. Trotzdem nimmt sie dankbar an, was man ihr schließlich bringt: „Spitz pass auf". Ein neues Spiel.

Aber zufrieden und ruhig werden sie beide erst wieder, als sie zu Hause im Esszimmer am Tisch sitzen und abwechselnd erzählen, was ihnen passiert ist. Opa und Oma hören zu, dieses Mal also ist es anders als sonst, dieses Mal hat Bea eine Geschichte zu erzählen. Sie sucht Wörter, die richtigen Wörter und sie spürt, dass die Großeltern mit großem Interesse lauschen. Das gefällt ihr. Sie spürt, dass sie an diesem Tag ein kleines bisschen schneller gewachsen ist als sonst.

Glück

Elisabeth ist Ansprechpartner für jeden im Haus in der Lebrechtstraße 77. Zuerst für das Kind, dessen Energie ungebremst auf sie prallt von früh bis spät und bis in die Nächte hinein.

Dann für ihren Mann, denn sie ist „Frau Martin Mayer", so nennt sie sich, so lässt sie es notieren, wenn sie etwas bestellt, buchstabiert diesen Namen: Em, A, Ypsilon.

Elisabeth ist Vertraute auch für ihre Nichte Lola, die nach bestandenem Abitur nun ein eigenes Leben haben will. Zusammen gehen sie zur Apotheke in der Karlstraße und Elisabeth stellt das junge Mädchen vor, erklärt, dass ihre Nichte Erfahrung als Schwesternhelferin gemacht habe. Gibt es hier eine Stelle für diese junge Frau aus gutem Hause, die eine Ausbildung machen will? Elisabeth setzt ihr Lächeln ein und man spürt ihrer Rede an, wie wichtig sie selbst es findet, dass diese junge Frau einen Beruf erlernen kann.

Aber als Lola ihren Eltern am Abend ihre Pläne eröffnet, gibt es Spannungen! Ihre Tochter hat das nicht nötig! Geld verdienen! Sie wird sich ‚gut' verheiraten, und bis das passiert, lebt sie im Haushalt ihrer Eltern und lernt das Wirtschaften an der Seite ihrer Mutter. Lola schmollt, gehorcht und sinnt auf Neues. Schließlich darf sie sich einschreiben in der Kunstakademie, durchläuft mehrere Klassen und kann immerhin, als der Zeitpunkt gekommen ist, ihre Verlobungsanzeige kunstvoll künstlerisch wunderwunderschön gestalten. Was die „flotte Lotte" gezaubert hat, bewundern die beiden, Elisabeth und Karola, mit Tränen in den Augen und viel Heimweh nach der guten alten Zeit, der „Friedenszeit", als es noch einen Kaiser und den Großherzog gab.

„Was hätte dazu unser Papa gesagt!"

„So ein unglaublicher Blödsinn", schimpft Richard, „und was für ein Riesenarschloch hat sich die Lola ausgesucht, was findet sie denn an dem? Ein Leisetreter, ein Grübler ist das, wird der sie glücklich machen?"

„Sie liebt ihn, Richard, sie liebt ihn und will ihn." Dafür hat Elisabeth Verständnis! für eine Gattenwahl, die nur dem eigenen Instinkt folgt. Gibt der Nichte Flankenhilfe, die sie eigentlich nicht braucht, denn Rudolf und Karola sind froh, dass ihre Tochter sich einen Akademiker und einen Karlsruher ausgesucht hat, es hätte nicht besser kommen können.

Es kommt schlimm genug. Etliche Jahre muss Lola auf ihren Bräutigam warten, treu und sehnsuchtsvoll. Sieht das Kind ihrer Cousine heranwachsen, und es bleibt ihr lange nichts als die Hoffnung auf eigene Kinder. Unterdessen immerhin darf sie sich etwas verdienen, womit sie sich ihre Aussteuer beschaffen kann und ihre seidenen Hochzeitsschuhe kauft, einen teuren weißen Bally-Traum. Sie geht als „Haustochter" zur Familie eines Generaldirektors, lernt kochen, waschen, bügeln und warten.

Immer wieder ist Elisabeth auch Schwester, Ansprechpartner für Karola, die ihr im Zwiegespräch Sorgen und Bedenken anvertraut, weil sie um die absolute Loyalität der Schwester nie besorgt ist. Schwestersein fällt Elisabeth manchmal schwer. Karolas Eigenheiten blühen wie der Flieder vorm Haus im Mai: üppig, exotisch, durchdringend, undurchschaubar. Die Loyalität zu ihrer Schwester bringt sie in Opposition zu ihrem Mann, der hinter sich nun seinen Schwiegersohn weiß. Die beiden haben wenig Verständnis für Karolas Hang zum Dekorativen, der sie dazu verleitet, alles in eine Komödie zu verwandeln. So entschlüpft sie jedem Zugriff, jeder Einschätzung, jeder Bewertung. Sie ist wie sie ist, oder nur, wie sie gesehen werden will. Operette, sagt Richard: „Und wie's da drin aussieht, geht niemand was an."

Karola hat ihre Hunde, Karola hat ihren Schrebergarten, Karola hat Hühner. Wenn die Hühner krank sind, muss die Putzfrau sie zum Tierarzt bringen. Wenn sie alt sind, kommt Herr Kiefer aus dem Dorf und schlachtet sie. Sie rennen kopflos im kleinen Hof hin und her.

„Nimmt denn keiner das Kind vom Fenster weg, ich kann mich doch nicht um alles kümmern."

„Bitte, Elisabeth, du musst!"

„Also gut, her damit, ich rupfe sie für dich, ich nehme sie aus, kochen musst du sie dann selber."

„Bitte Elisabeth, ich kann nicht!"

„Also gut, her damit, ich koche auch noch die Suppe. Aber essen müsst ihr sie!"

„Ich kann nicht! Ich kann doch nicht die Agathe essen! Das Ännchen, das Käthchen von Heilbronn!"

Man darf die Suppe nicht wegschütten, man darf nichts wegwerfen, man hat so gehungert, also muss man immer dankbar sein für jedes Krümelchen auf dem Teller, das einem bleibt.

„Unreif! Karola, das Verziehkind ihrer Mutter!"

„Bitte Martin! Sie ist eben sehr sensibel."

Kapriziös! Das kann sogar Elisabeth zugeben. Und ihre eigenen Einwände schluckt sie dann hinunter, weil sie verteidigen muss, wo angegriffen wird.

Alles, was der Garten erbringt, wird getreulich geteilt, wenn das Obst heranreift: die dunkelroten Pfirsiche mit dem grauen Pelz, die hellrosa Pfirsiche mit dem süßen weißen Fleisch, die herben schwarzen Johannisbeeren, die sauren hellroten, die weißen mit der harten Haut, die Stachelbeeren, deren Inneres man sich am Gaumen entlang wie Gelee in die Kehle rutschen lassen kann, bevor man die behaarte Schale kaut und vielleicht dann doch noch ausspuckt, die wenigen Himbeeren, die manchmal beim Pflücken schon zerfallen, die Hände blutrot färben, und schließlich die kleinen wurmstichigen sauren Äpfelchen, die man aufliest, in Blechwannen sammelt und im Leiterwagen hinüber fährt zum Bauer Wieland, der sie zu Most presst, den man in hellgrün leuchtenden Flaschen fröhlich wieder einlädt in den Wagen. Zwei für dich, zwei für mich.

„Mach du das, Elisabeth", sagt Karola. „Du kannst das so gut. Ich muss mir einfach immer das Schönere nehmen, aber du schaffst es, dass allen Gerechtigkeit widerfährt."

„Absurd!" lacht Isa und wendet sich etwas wirklich Wichtigem zu, einem neuen Erzählband von Ernest Hemingway, einem Essay von Ortega y Gasset, darüber wird sie in ihrem literarischen Zirkel referieren am nächsten Mittwoch. „Grotesk“, murmelt auch Richard und schüttelt heftig den Kopf.

„Grotesk ist dieses großherzoglich erzbürgerliche Operettengehabe, kein Wunder, dass alles so kommen musste, wie es kam.“

Kuno aber, der Kronprinz, sitzt wie immer am Klavier und übt und übt zum hundertsten Mal „Glückes genug“, weil er doch bald sein Konzert hat. Er wird ein berühmter Pianist werden und Gott sei Dank hat man ihm den Weg schon bereitet, indem man ihm einen so außergewöhnlichen, edlen Namen gab.

„Jetzt reicht's mir!“, schnauzt Richard. Er nimmt seinen Hut und schwingt sich auf sein Fahrrad. Isa stürmt hinterher, sie treten in die Pedale, lassen die Häuser hinter sich, radeln über Feldwege bis weit hinaus in die Auenwälder, bis fast an den Rhein, bis an das freie Wiesenstück, von dem aus Richard die Segelflugzeuge beobachten kann, wie sie von Forchheim aus aufsteigen, die Leine ausklinken, an der man sie in die Luft gezogen hat; wie sie ihren ersten weiten weichen Schwung ausführen und auf dem Wind schweben. Da erst kehrt Ruhe bei ihm ein, da erst steigt er ab, lässt sich in die Wiese fallen, steckt sich „eine ins Gesicht“, wie er es nennt, lässt den Rauch langsam durch die Nasenlöcher entweichen und erlaubt, dass Isa erschöpft ihren Kopf an seine Schulter lehnt.

Elisabeth ist jetzt sozusagen von Beruf Großmutter, und oberstes Gebot für sie ist die Sicherheit des Kindes. Ohne dies erläutern zu müssen, vermittelt Isa ihrer Mutter eine klare Linie: Sie geht arbeiten, Geld verdienen für alle, das klappt nur unter der Voraussetzung, dass sie ihr Allerliebstes, ihr ganzes Glück, ihr Kind, in guten Händen weiß. Also kein Spielen auf der Straße, kein Kindergartenbesuch, immer ‚an der Hand‘ oder ‚unter den Augen‘ sich maßvoll bewegen, nicht auf Bäume klettern, nicht Rollschuhfahren und „Messer, Schere, Feuer, Licht sind für kleine Kinder nicht!“

Elisabeth enttäuscht ihre Tochter nie, sie erfüllt die Pflicht, ihr Enkelkind aufzuziehen, mit Hingabe. Dabei holt sie nach, wozu ihr als Mutter die Kraft, die Nerven und die Geduld fehlten: Zeit verbringen mit dem Kind, als ob es die Zeit nicht gäbe. Stundenlang Vorlesen, Federballspielen, bis auf fünfhundert Schläge ohne Fallenlassen, Plätzchenbacken im Dezember, Blumenkränze flechten im Juli, Kastanien sammeln im Oktober und immer wieder Geburtstagfeiern im März. Die allerbesten Kuchen kann sie backen, sagt ihre Familie! Backen und Kochen sind Pflichten, denen sie sich unterzieht, mit einer gewissen Verbissenheit, aber ohne wirkliche Freude, ohne ihre kostbaren Ringe abzulegen oder das Kleid mit dem kleidsamen Ausschnitt. Eine Schürze bindet sie sich um, darunter bleibt sie sichtbar und immer Dame.

Ihrer Tochter und ihrem Schwiegersohn wünscht sie eine bürgerliche Existenz. So darf sie es nicht nennen, denn Richard ist das Bürgerliche ein Dorn im Auge, ganz besonders dann, wenn es gar wie hier in dieser Umgebung ab und zu ins Kleinbürgerliche abrutscht. Das Kokettieren mit Scheinwerten macht ihn ärgerlich. Wenn man diesem neuen Staat ein Gesicht geben will, dann sollte es ehrlich sein, das Notwendige beim Namen nennen, ebenso wie das Falsche. Ihm imponiert Kurt Schumacher, er bewundert, verehrt ihn, und damit ist er radikal gegen eine mögliche Anerkennung des „Kölner Fuchses“ Adenauer, dem Martin mehr und mehr vertraut.

„Der Schumacher weiß genau Bescheid, er hat gekämpft im Krieg, er hat gewarnt vor der braunen Gefahr, hat sie Verdummung genannt, Verblendung, und damit hat er denjenigen ihren Ausweg gelassen, die ihn brauchen, um jetzt weiterzuleben.“

Martin gibt zu, dass dieser Schumacher eigentlich kein „Sozi“ ist, deutlich genug distanziert er sich vom Kommunismus. Er ist ein nicht nur gebildeter, ein nicht nur streitbarer, sondern auch ein kluger Mensch. Ein mutiger Kämpfer, ein zäher Idealist, einer mit Sendungsbewusstsein, das aus seiner Liebe zu den Menschen resultiert, deren Gleichwertigkeit er unterstreicht. Aber er wird es nicht schaffen, die immer noch Verblendeten zu gewinnen, sie wollen seine moralischen Appelle nicht hören. Das ist er: zu moralisch. Martin glaubt vielmehr an die Überzeugungskraft des Pragmatikers Adenauer.

„Er gibt den Menschen eine Vaterfigur, die brauchen sie nötig, weißt du, Richard."

Mit Vaterfiguren tut der sich schwer. Sein eigener Vater ist auch jetzt noch als alter Mann übergroß und ihm stets mit Erwartungen begegnet, die er nicht erfüllen konnte. Das ging schon in seiner Kindheit los, und es zieht sich wie ein roter Faden in seine Gegenwart hinein. Er war nie der Draufgänger, den sich der Vater gewünscht hatte. Trotz redlicher Bemühungen.

Damals, als er dem kleinen Richard eine Tasse in die Hand gab und sagte, wirf sie weg, damit du einmal siehst, was man mit Kraft erreichen kann, blieb sie heil, die Tasse. Damals, als er im Sport Erfolge hatte, immer besser wurde im Turnen und so den Vater wirklich stolz machte, da kam der Unfall. Das Knie kaputt und dann zwei Jahre ein Hinkefuß, dem Vater erneut nichts als eine große Sorge, bis man einen jungen Professor fand, der allerlei Tricks anwendete, um Richards Knie zu reparieren. Der ihm auch eine andere Perspektive gab, eine, die sich neben der des Vaters behaupten konnte.

„Mit einer solchen Achillesferse kann man leben, man braucht nur etwas mehr Phantasie! Man kann auch Sportler sein", erklärte der junge Professor und riet ihm, sich mal für den Sport des Segelfliegens zu interessieren.

Das führte zur freiwilligen Meldung zum Kriegseinsatz, führte zur Pilotenausbildung, führte ihn in die Nische, wo er keine Waffe in die Hand nehmen musste. Alles Zufall, flüstert Richard, nachts, wenn er mit Isa die Erinnerungen hinunterwürgen muss, die zäh vom Himmel tropfen und keinen Schlaf erlauben. Und dann, wie hätte er studieren sollen, ohne Geld, ohne Bücher, ohne Kraft. Isa nickt im Dunkeln, sie versteht ihn.

Martin ist eine neue Vaterfigur, eine Option zum eigenen Vater. „Papa", sagt Richard zum Schwiegervater. Vater nennt er ihn nie. Dieses strenge Wort bleibt nur auf den eigenen Vater gemünzt. Dass es ihn schmerzt zu ahnen, dass sein Vater seinen anderen Sohn, der im Krieg sein Leben verloren hat, vielleicht besser verstanden hatte als ihn, darüber kann er wieder nur Isa erzählen, nachts, wenn sie Arm in Arm wach liegen, einer untrennbar verbunden mit dem anderen, wenn ab und zu eine Ruhe und eine Zufriedenheit sich ausbreiten, die aus der verzweifelten Suche nach Nähe und dem kurzen Glück ihres Gelingens resultiert.

„Der Hugo sah dem Vater ähnlich. Das muss schwer gewesen sein für seine Mutter, die ihn alleine und unverheiratet groß gezogen hat. Es war schwer auch für meine Mutter, als er das erste Mal kam, um uns zu besuchen. Und es war jedes Mal erneut schwer für sie. Hugos Mutter hat meinen Vater nicht heiraten wollen, weißt du, sie und ihre Familie lehnten ihn ab, weil er auf der falschen Seite stand. War Zöllner und fadengerade. Hugos ganze Verwandtschaft hatte die Finger bis zum Ellbogen im Schmuggelgeschäft dort an der Schweizer Grenze."

Isa lächelt in der Dunkelheit. Mein Gott, was würde die Oma sagen zu ihrer neuen Verwandtschaft. Uneheliche Kinder und Schmuggler hätte sie allenfalls in einem Roman, aber niemals im wirklichen Leben geduldet. Isa vermisst ihre Großmutter nicht. Sie glaubt zu wissen, dass auch Elisabeth ihre Mutter nicht vermisst, aber Karola, die seufzt und jammert immer wieder: „Ach, wenn doch die Mama noch da wäre!"

Dann nimmt Elisabeth ihre kleine Schwester in den Arm und flüstert ihr geheimnisvolle Botschaften zu, die sie beruhigen. Es ist ein Glück für Karola, jetzt hier im Haus zusammen mit der Schwester zu wohnen. Sie gibt ihr Rückhalt, hilft ihr, wieder festen Tritt im Leben zu finden nach all dem Schrecklichen, das ihr widerfahren war.

Auch Karola will ihre bürgerliche Existenz wieder aufrichten, will wieder wer sein. Für sich selbst hat sie diesen Anspruch, denn die Menschen um sie her kümmern sie wenig. Sie braucht deren Anerkennung nicht. Eigentlich braucht sie nur die Anerkennung ihres Mannes, den sie immer noch schmerzlich liebt und der so stumm und undurchschaubar sein eigenes Leben lebt, neben ihr, kaum noch mit ihr. Bastelt stundenlang an seinem „Pfupferle" herum, einem Fahrrad mit Mopedmotor, arbeitet wieder dort im Gasinstitut und weiß man denn, ob das nicht gefährlich ist? Dann trifft er sich regelmäßig mit seinen Skatbrüdern im „Kaiser Friedrich", da wird geraucht und getrunken, und kann er das denn, ohne Schaden zu leiden, mit seinem einen Lungenflügel, mit seinem schwachen Herzen? Man kann diese Sorgen äußern, aber da zieht er sich noch mehr in sich selbst zurück.

Karola versucht ihn aufzuheitern, erzählt ihm dies und das, von der Frau Konrad, Elisabeths Putzfrau, die man so schlecht versteht. „Ha-ha, ho-ho, schu-schu-schu", so klingt es. Karola weiß, wenn Elisabeth das hören würde, wäre sie böse mit ihr.

„Man macht sich nicht lustig über das körperliche Gebrechen eines Menschen", das würde sie sagen. „Das arme Fräulein Konrad kann nichts für seine Hasenscharte. Als sie geboren wurde, war Krieg und die besten Ärzte mussten verletzte Soldaten zusammenflicken, also blieb keiner, der sich um so ein armes Würmchen kümmern konnte, denk doch mal nach, Karola."

Karola denkt nicht nach. Warum sollte sie darüber nachdenken, es ist ihr egal, ob das Fräulein Konrad sie taktlos findet oder nicht. Aber ihr Mann ist ihr nicht egal und sie wird immer und immer wieder alles versuchen, um ihn glücklich zu machen.

Diese neun Menschen, die unter dem Dach des Hauses Lebrechtstraße 77 vereinigt sind, sind einander so nah wie es geht angesichts ihrer unterschiedlichen Hoffnungen und Ängste. Es gelingt am besten in den Nächten, wenn sich ihre Atemluft miteinander vermischt oder wenn sie ihre Mahlzeiten einnehmen und dann noch immer wieder an Weihnachten, das zunächst getrennt gefeiert wird. Am ersten Weihnachtstag aber besucht man sich gegenseitig wie einstmals als Lise Wolf noch lebte. Die schmucken Attribute und unverrückbaren Rituale, der Christstollen und die Butterbackes, der rosarote Heringssalat und das Küssen auf beide Wangen, rundum, reihum, das Schmatzen und das Gelächter erweckt den Eindruck, dass hier eine Familie beieinander ist, in der jeder jeden liebt.

Das zerbrechliche Glück ihrer Alltage versucht Elisabeth weiterzugeben, indem sie etwas tut für andere, deren Defizite sie spürt und anerkennt, deren Kummer, deren Sorgen sie zu verstehen glaubt. Es geschieht ganz ohne die Überheblichkeit dessen, dem es besser geht, vielmehr so, als ob sie damit eine Dankesschuld an das Schicksal abtragen wolle.

Sie geht zu den Leimfrieds, die in den Schrebergärten bei der Autobahn wohnen, wie damals als es nichts gab und man froh war um solche Anlaufstellen. Sie kauft ihnen körbeweise Obst ab, denn davon leben sie. Leben in ihrer hölzernen Hütte; mit dem alten Ofen heizen sie ihre Gesichter und Bäuche, während ihr Rücken fast zu Eis gefriert, müssen hinaus in das kleine Häuschen mit dem Herzloch, um dort auf dem Balken sitzend in das stinkende Loch hinein zu ... Ach, es ist unbeschreiblich, man findet keine Worte für solche Armut. Und ihre Geschichte haben sie immer noch nicht erzählt. Darauf wartet Elisabeth noch, wartet, dass die beiden ihr eines Tages so viel Vertrauen schenken, dass sie erfährt, wie sie von dort, wo sie herkommen – und man kann erraten, dass es weit ist, weil Frau Leimfried „Kle-ise“ sagt, wenn sie Knödel meint, und „Kiche“ für Küche – wie sie nun hierher verschlagen worden sind.

Elisabeth geht zu Frau Eberhardt, lässt Pulloverchen und Strumpfhosen stricken für Bea aus aufgeribbelten Pullovern von Lise und Tante Jenny, die sie vom Speicher holt, dort aus den großen Überseekoffern ausgebuddelt hat. Auch Unterhosen aus hellgrüner Baumwolle mit Durchziehgummi, die schnell zu kurz sind und die angestrickt werden mit fast gleichfarbigem Garn, bis sie in der Weite nicht mehr passen. Dann werden sie weiterverschenkt an die vielen kleinen Kinder der Familie Hermann in der Kleiststraße, weil immer Bedarf ist an allem, dort, wo viele Kinder sind.

Einmal im Monat kommt Erika Pfundt ins Haus. Sie trägt einen schweren Ledermantel, denn sie fährt mit dem Motorrad. In dicken, prall gefüllten Taschen bringt sie Kaffee und Schokolade, Zigaretten, Seidenstrümpfe, Strickwaren und Unterwäsche.

„Dann hajich noch ’ne neue Chose, die is’ dufte, schau’n se doch mal her“, sagt sie mit ihrer rauchigen Flüsterstimme und krabbelt etwas aus der Tasche, so, dass man ihre rot lackierten Fingernägel bestaunen kann; nie sieht sie einem ins Gesicht. Sie bietet an, was sie hat, und dann wartet sie, bis man wählt. Elisabeth wählt immer. Vor allem den duftenden Kaffe, den ihr Schwiegersohn so gerne trinkt, und natürlich Zigaretten für die Jungen.

Sie hat sich schon etwas vom Haushaltsgeld zur Seite gelegt für diesen Einkauf, der sein muss, der stattfindet, bis die Erika nicht mehr kommt, weil sie jetzt im Dorf einen kleinen Laden eröffnet hat.

Eines Tages erzählt Elisabeths Freundin Sascha von Camill Macklot. Ja, den kennt sie, kannte ihn, besser gesagt, damals als er und sie jung waren. Er beschäftigte sich vor allem damit, Portraits anzufertigen, hatte doch auch ein Biologiebuch illustriert, schöne bunte Blumenbilder angefertigt, ganz naturgetreu! Aber was ist aus ihm geworden? Er hat nicht hineingefunden in die neue Zeit, steht neben ihr und es geht ihm nicht gut.

„Tja! Wer hat heute noch Geld dafür, ein Bild zu kaufen?"

Es geht nicht darum, ein Bild von ihm zu kaufen, noch nicht jedenfalls. Erst einmal sollte dieser Maler einen Auftrag bekommen, damit er etwas zu tun hat, meint Elisabeth. Sie wird dorthin gehen, wo er wohnt, in die Bahnhofstraße, wo er sein Atelier hat, sie wird fragen, ob er das Kind malt.

Und wie und wovon will sie das bezahlen? Von Isas sauer verdientem Lohn? Nein! Von ihrem Ersparten! Seit das Geld wieder vertrauenswürdig ist, hat sie wie damals die Tante Louise eine „Luxus- und Kleiderkasse" angelegt. Man muss sich ab und zu etwas gönnen, das trägt bei zur Lebensfreude. Richard schüttelt den Kopf, Martin zieht sich hinter seine Zeitung zurück und Isa lächelt: Man kommt einfach nicht gegen ihre Mama an, wenn sie etwas wirklich will!

So pilgern also Elisabeth und Bea zweimal im Monat zum Maler Macklot und seiner Frau. Sie hätte gerne ein schönes goldgerahmtes Bild, das sie neben die anderen hängen will, neben ihre Großmütter, neben ihre Mutter als junge Frau mit dem roten Sonnenschirm, neben sich selbst, ja doch, es gibt ein Bild von ihr, von ihrem Vater gemalt.

„Ich bin doch die geborene Wolf!"

Der Maler nickt stumm mit gesenktem Kopf. Dann weist er Bea an, sie solle sich setzen, hierhin auf diesen Hocker, über den ein Samttuch gebreitet ist. Sie thront erhöht auf einem Podest, mitten im Raum unter einem gläsernen Dach, über das manchmal Vögel trippeln und auf dem der Wind schon die ersten Herbstblätter zu dunklen Haufen zusammengewirbelt hat. Bea muss still halten; der Maler fürchtet sich davor, dass ein Kind das nicht kann, deshalb gibt er ihr eine türkisgrüne XOX-Keksdose auf den Schoß. Sie darf alle Kekse essen, wenn sie nur still hält.

Bea isst nicht gerne. Nichts und auch nicht Kekse. Das weiß der Maler nicht. Bea wundert sich nicht darüber, denn dieser Mann ist merkwürdig abwesend, seine Füße schlurfen über den Boden, all seine Bewegungen sind langsam, so, als ob er sie beim Ausführen noch einmal überprüfen müsste. Nie schaut er Bea direkt an, immer streift sein Blick an ihr entlang und um sie herum. Er ist ihr unheimlich. Dennoch weiß sie, wie sehr der Oma daran liegt, dass sie brav hier sitzen bleibt und sich von diesem Mann malen lässt. Sie steckt zwei Kekse in den Mund, in jede Wange eines. Damit er zufrieden ist. Still halten fiele ihr auch ohne diesen Proviant nicht schwer, es gibt so viel zu sehen. Rundum hängen und stehen und liegen Bilder. Wenn die Vögel auf dem Dach landen, sieht man zuerst nur ihre Füße und hört das Klickern ihrer Krallen. Wenn sie etwas aufpicken wollen, dann nähert sich ihr Schnabel und ihr Kopf taucht nur für einen Augenblick in die Sichtbarkeit ein, ruckelt hin und her, man erkennt das eine, das andere Auge, dann verschwindet der Kopf wieder. Plötzlich erstarrt der Vogel und gleich darauf fliegt er weg, so als ob das, was er zufällig unter sich entdeckt hat, ihn erschreckt hätte.

Der Maler macht komische Grimassen, wenn er mit dem weit von sich gestreckten Pinsel auf die Leinwand tüpfelt. Er zwinkert mit den Augen. Er hält seinen Daumen in die Luft, stemmt den Zeigefinger dagegen, führt beide dann zum Bild. In dem großen hellen Raum riecht es scharf und ätzend, wunderbar! Bea ist benebelt von diesem herrlichen Geruch und all dem Fremdartigen, Unbehaglichen, das sie umgibt. Das auszuhalten bereitet ihr ein geheimnisvolles dunkles Behagen, dem sie sich zögernd überlässt, weil sie weiß, hinter der geschlossenen Tür, wenige Schritte entfernt, sitzt die Oma, in deren sichere Umarmung sie sich jederzeit flüchten kann.

Es dauert, bis das Bild fertig ist. Weihnachten vergeht und schon blühen die ersten Veilchen, da holt Elisabeth das Gemälde mit Goldrand ab. Bea findet sich schön. Die Bea auf dem Bild hat viel mehr Haare. Und ihr schönes rotes Cordsamtkleid aus Amerika, das „Pretty-baby-dress", leuchtet weithin, die Blumenborte ist „wie in echt", das bestätigt auch Karin Krämer. Aber Elisabeth mag das Bild nicht. So schrecklich ernst sieht die Kleine aus. Und die Backen sind so unnatürlich dick. Sie wollte ein lächelndes fröhliches Kind sehen, nicht eine melancholische Puppe.

„250 deutsche Mark, Donnerwetter!"

„Das ist doch Kunst, Martin!"

Elisabeths Brauen wölben sich sorgenvoll und man sieht ihr an, wie unangenehm ihr die Situation nun geworden ist. Aber Isa macht der Mutter keine Vorwürfe. Gerade jetzt verdient sie gut bei der Kanadischen Botschaft und so also können wir uns das leisten. Wir werden es abstottern, monatlich.

„Es ist eben ein überholter Krampf, ein Portrait malen zu lassen, heutzutage photographiert man!", meint Richard.

Und wie sollen dann solche Leute wie der Maler aus der alten Zeit weiterleben?

„Es kann nicht jedem geholfen werden", sagt Richard. „Jeder muss für sich sehen, wie er zurecht kommt."

Kurze Zeit darauf erfährt man, dass der Maler tot ist.

„Ja, wie denn das?"

„Die Armut vielleicht, die Verzweiflung ... aber scht! nichts darüber zum Kind."

Elisabeth hatte das Gefühl, die beiden Eheleute kamen gut zurecht, waren einander zugetan und lebten bescheiden, aber beharrlich so vor sich hin. Sicher, eine künstlerische Anerkennung blieb wohl weitgehend aus. Aber wenn man einander hat, ist das nicht Grund genug, weiterleben zu wollen?

Elisabeth grübelt und will diesen Tod nicht gelten lassen. Wenn man sich Mühe gibt, meint sie, dann muss man, dann kann man durchhalten, auch in schweren Zeiten.

Pilgern

Bea und Elisabeth sind eine Einheit. Elisabeth bedeutet Wärme und Wohlbefinden für das Kind. Bei ihr hört das Warten auf und mit ihr gewinnt das Leben Farbe und Glanz.

Hand in Hand verlassen sie die Sicherheit, öffnen das Gartentor und gehen hinaus.

„Wir pilgern", sagt Elisabeth.

Immer wieder passiert es, dass die Oma jemanden sieht, eine Frau, einen Mann, den kenne ich doch, flüstert sie und geht auf ihn zu, stellt sich neben ihn und lächelt.

„Guten Tag", sagt sie und sieht die Person abwartend an, so als ob auch der andere lächeln würde, so als ob es seine wie zur Abwehr vorgeschobene Schulter nicht gäbe, so als ob da keine Falte stünde zwischen seinen Augenbrauen.

„Ach, erkennen Sie mich denn nicht? Ich bin Elisabeth Mayer, die geborene Wolf", sagt sie und wartet, dass sich endlich das Erkennen zeigt.

Das Kind steht daneben und fühlt sich unbehaglich, weil etwas nicht so abläuft, wie es sollte. Der andere nickt zurückhaltend: „Ach ja?", oder aber es bleibt jede Reaktion aus. Manchmal wenden sich die Menschen ab, Bea weiß nicht, ob sich die Oma geirrt hat, ob der andere nicht der ist, für den man ihn gehalten hat, oder ob er nur nicht reden will. Was hofft die Oma? Dass der andere fragt, wie es ihr geht, ihr sagt, dass ihm alles leid tut, was passiert ist, damals „im Krieg", denn da war all das Schlimme, so viel weiß Bea nun auch. Obwohl keinem in ihrer Familie ein Arm oder ein Bein fehlt, obwohl alles da ist, was sie brauchen, trotz all dem unglaublichen Glück, das sie doch hatten, ist die Oma verletzt worden „im Krieg“, so sehr, dass ihr Leben bedroht war, oh ja, das war es. Das bestätigt Elisabeth dem Kind, denn man kann seine bohrenden Fragen nicht immer nur ersticken, wenn man will, dass aus dem Kind ein aufgeschlossener Mensch wird.

Aber diese Leute wissen nicht, was die Oma von ihnen haben will, sie sagen nicht „Rumpelstilzchen“ und der böse Zauber verfliegt. Deshalb gibt Elisabeth irgendwann auf, flüstert nur noch, den kenne ich doch, das ist doch der oder die und weißt du noch, sagt sie, wenn ihre Tochter dabei ist, was er gemacht hat, damals? Dann fleht Isa die Mutter an: „Bitte geh jetzt nicht wieder dorthin und sage, du bist die geborene Wolf, das interessiert doch keinen mehr, Mutter!“

Quer durch die Stadt fahren sie. Zum Friseur, zum Schuster, zum Zahnarzt, zum Hautarzt, zum Kinderarzt. Weil Elisabeth diese Leute kennt aus der christlich-jüdischen Gesellschaft und weil man wissen muss, mit wem man es zu tun hat.

Sie sitzen zuerst im Bähnle und landen beim Albtalbahnhof. Steigen um in die schmale Straßenbahn, klemmen sich dort zwischen fremde Menschen, ihnen gegenüber sitzen in einer weiteren langen Reihe noch mehr fremde Menschen. Bea starrt sie an und kommentiert laut dicke Bäuche, rote Ohren, Gerüche, Geräusche. Die Oma sagt, das darf man nicht: Man schaut die Leute nicht so neugierig an, man deutet nicht mit dem Finger auf sie, man macht keine Bemerkungen über sie. All das kann sie verletzen. Bea starrt den Schaffner an, wie er breitbeinig dasteht, wie er mit seinem Bleistift, der einen Gummikopf hat, einen Fahrschein vom Block löst und ihn abreißt, dabei schaukelt er hin und her gegen die Bahn mit der Bahn, duckt sich, schaut hinaus, wartet, wenn Leute einsteigen, zieht dann an der schwarzen dicken Schnur, die von einem Ende der Bahn zu ihrem anderen gespannt ist und lose über seinem Kopf hängt, zieht kräftig und es bimmelt. Die Bahn fährt wieder an, ein Aufstehen und Hinsitzen beginnt. Ein Mann steht auf, eine alte dicke Frau setzt sich, die Oma sieht den Mann stehen und schubst Bea an, dass sie aufstehen soll, dem Mann Platz machen, auf den Schoß der Oma krabbeln soll. Warum darf dieser Mann jetzt sitzen?

Die Oma erklärt ihr alles. Ein Herr macht einer Dame Platz, ein jüngerer Mensch einem älteren Menschen. Alle müssen aufstehen, wenn jemand kommt, der ein böses Bein oder einen bösen Fuß hat. Man muss das alles machen, ohne darüber zu reden. Man lächelt nur: Danke, bitte. So geht das. Bea seufzt. Es ist schwierig. Sie fragt sich, warum nicht die Müden sitzen dürfen. Sie ist immer so müde, wenn sie stundenlang durch die Stadt gelaufen und gefahren sind.

„Das Leben ist schwierig und unlogisch", sagt der Opa.

Das Wernerle wundert sich sehr. Seine Mutter geht zum Schuster in der Göhrenstraße, zum Friseur in der Löwenstraße, zu einem Hautarzt geht keiner in seiner Familie. Alles ist einfach, logisch und normal. Bea weiß es inzwischen, sie weiß, dass sie keine normale Familie sind. So duldet sie also, dass das Wernerle sie nun auch „kleines B" nennt, wahrscheinlich hat er gehört, wie einer sie gerufen hat, denn inzwischen sagen alle so zu ihr: „Unser kleines B". Dass sie nicht normal ist, macht sie kleiner als andere. Auch kleiner als das kleine Wernerle.

Dem Wernerle seine große Schwester, die Gertrude, hat immer sehr viel Klugheit in ihrem Kopf. Sie macht ein Gedicht auf Bea.

„Unser kleines B ist ein kleines Weh. Ein Weh-weh ist das B. Es tut mir weh, seh' ich das B."

Wenn Bea sie sieht, geht sie ins Haus zurück oder auf die andere Seite des Gartens. Dort ist jetzt eine neue Familie eingezogen. Man weiß noch nicht viel über sie, aber die Oma kennt die Frau aus der „Gesellschaft", es sind sehr anständige Leute, Leute mit denen man reden kann, mit der Frau jedenfalls redet die Oma und sogar der Opa redet mit ihr, kommt raus aus dem Haus, geht zum Zaun und spricht mit dieser Frau.

Die Frau Kramer und ihr Sohn sind ausgezogen. Bea ist froh, obwohl Frau Kramers Sohn, der Helmut, gesagt hat, dass er sie heiraten wolle, und das ist nun nicht mehr möglich. Zuerst gefiel ihr der Gedanke, weil sie dachte, dann bin ich auch zu zweit, so wie all die anderen im Haus. Dann aber gefiel es ihr nicht mehr, weil er sagte, dann musst du für mich waschen und kochen, mir die Schuhe putzen und die Hemden bügeln und noch vieles mehr.

Sie kann das alles nicht. Sie will, wenn sie einen Mann heiraten würde, ihn doch so glücklich machen wie die Oma den Opa, wie die Tante Karola den Onkel Rudolf, wie die Mama den Papa, wie die Lola ihren Walter und wie der Kuno die Prinzessin, die irgendwo auf ihn wartet, so wie es der Opa immer vorschlägt.

„Es muss schon eine Prinzessin sein für ihn, was? Ein normales Mädchen käme der Frau Mutter wohl nicht gelegen."

„Ach Martin, bitte nicht so. Er hat halt die Richtige noch nicht gefunden."

„Ach Isselche, glaubst du denn, es gäbe sie, eine, die deiner Schwester recht wäre für ihn?"

Donnerstags pilgern Elisabeth und Bea an den Ost-End-Dorf-Platz zu Lauser und gehen schnurstracks durch in den Glaskasten am hinteren Ende des Ladens, wo auf glänzendem Eis die Fische liegen mit ihrem einen Auge, dessen gebrochener Blick kaum zum Aushalten ist. Am Freitag gibt es Fisch zum Mittagessen. Die Oma wechselt ab zwischen Kabeljau und Rotbarsch und Bea hofft, dass sie nichts davon essen muss. Sie mag weder „Mönier", das heißt nach Art der Müllerin, noch „Schermula", das heißt mit Zwiebeln und Petersilie. Sie weiß, dass die Oma diese Sachen für den Opa kocht, und sie versteht die Oma, weil sie sieht, wie sich das Glück auf seinem Gesicht breit macht beim Essen.

„Wunderbar hast du das fertig gebracht, Isselche", sagt der Opa und lächelt verschmitzt und die Oma lächelt zurück und Bea spürt, dass etwas in der Luft liegt zwischen den beiden, ein Geheimnis, das sie nicht benennen kann. Noch nicht. Vielleicht bald. Sie nimmt sich vor, danach zu fragen.

Manchmal pilgern sie ins Rüppurrer Dorf zu einem verzauberten Haus. Von außen sieht es aus wie ein Wohnhaus, aber wenn man die vier Treppen hinaufsteigt und die Eingangstür öffnet, hört man ein Geklingel. Es ist genau das gleiche Geräusch, das Bea kennt von der Fee, die Stroh zu Gold zaubern kann und lauter solche Sachen. Nun also steht man nicht in einem Flur, sondern in einem dunklen großen Raum voller Regale, auf denen sich Putzeimer und Handfeger, Bürsten, Wischlappen und Waschschüsseln in allen Größen türmen und drängeln; weiter hinten im Raum gibt es Töpfe und Pfannen, Siebe und Kochlöffel, auch Gläser, Teller, Tassen. Frau „Ostern“ und Herr „Ostern“ stehen hinter einem langen Tisch, in dem sich viele Schubladen befinden, aus denen sie Messer aller Art hervorholen, Scheren, Zangen, kleine, mittlere, große. Auch eine „flotte Lotte“, die die Oma braucht, um aus den vielen überreifen Tomaten eine schöne schmackhafte rote Suppe zu kochen. Lange müssen sie aufs Pflücken warten, eigentlich werden sie erst abgebrochen, als Frau Griener die Oma immer wieder darauf hingewiesen hat, dass sie reif sind, und vielleicht habe sie das nicht gesehen, da sie ja kaum noch im hinteren Teil des Gartens sei, nur noch vorne auf der Sitzbank?

Auch Ausstecherle für Butterbackes, den Stern, den Mond, den Schneemann und die Gans, auch das schlanke S für die Spekulatius, das Karree fürs Zedernbrot und den gezackten Kreis für die Hildabrötle. Nach und nach leistet sich die Oma diese neuen Ausstechformen, jede Anschaffung macht sie froh und beschwingt ihre Schritte auf dem Heimweg.

Freitags pilgern Bea und die Oma manchmal in die Stadt zum Marktplatz, dann weiter zu Fuß in die Kronenstraße zu Hedwig und Berta. Sie gehen durch den dunklen Flur, der nach Bohnerwachs riecht und in dem jeder Schritt knirscht und quietscht, ganz ans andere Ende der Wohnung in die Küche hinein. Noch auf dem Flur flüstert die Oma mit Berta.

„Wie geht es ihr?“

„Schlecht“, sagt Berta und winkt ab.

Wenn sie die Küche betreten und am Fenster die dunkle Silhouette sehen, den Rücken, um den ein schwarzer Häkelschal geschlungen ist, den schmalen Kopf mit den weißen Haaren, dann weiß Bea, jetzt kommt das Schlimme. Sie wird beide, Berta und Hedwig, küssen müssen. Bei jedem Besuch muss die Oma es ihr erneut abringen.

„Die Hedwig spricht nicht viel. Und man muss sehr aufpassen, was man ihr sagt. Weil es viele Wörter gibt, die ihr wehtun, weißt du. Es bleibt also nur, ihr anders zu zeigen, dass man für sie da ist.“

Hedwig lässt sich küssen, von der Oma, von Bea, sie bleibt steif und ungerührt dabei. Dann aber nimmt sie Beas Hand und hält sie und schaut sie an und Bea glaubt, dass ihre Mundwinkel zucken, dass schließlich so etwas wie ein Lächeln auf ihrem Gesicht erscheint. Wenn sie loslässt, zieht sich Bea in eine Ecke zurück und setzt sich. Schaut und hört.

„Wie schön, gell Frau Engelmann, das ist schön, dass die Frau Elisabeth kommt und der Isa ihr Kind mitgebracht hat, so schön ist das doch."

„Bea", sagt Hedwig deutlich.

„Ja, ja, die kleine Bea, das ist ein so liebes Kind, so lieb isch sie doch!"

Die Oma muss erzählen, wie es in der „Gesellschaft" geht, das will Hedwig hören. Elisabeth erzählt von den Frauen, die dort nach und nach auftauchen und helfen. Hedwig nickt oder winkt müde mit der einen Hand ab, daraufhin schaut Elisabeth Berta an, die im Hintergrund steht und wacht wie ein Engel des Herrn. Berta reißt die Augen auf und presst die Lippen zusammen, zuckt mit den Schultern, nickt, schüttelt den Kopf, zieht die Stirn in Falten, öffnet die Lippen zu einem stummen Oh. Elisabeth zeigt keine Reaktion darauf. Sie erzählt, dass Martin sich aus dem Vorstand zurückgezogen hat, sein Herz sei nun immer schonungsbedürftiger, er könne die Menschen, diese vielen unbekannten Menschen schlecht ertragen.

Da nickt Hedwig. Das versteht sie, er weiß, wie die Menschen sind. In den Bösen schlummert das Gute, in den Guten keimt das Böse, die Gejagten können zum Jäger werden und am Ende seines Daseins wird jeder jämmerlich, auch der mächtigste, grausamste Mörder. Aber ob auch Elisabeth das versteht, bezweifelt sie.

Wie seine schöne Naive sich gegen das Böse gestemmt hat, immer und immer wieder mit der ganzen Kraft ihres Glaubens an den göttlichen Funken im Menschen, weiß Hedwig noch genau. Manchmal dachte sie, das kann ihm doch nicht genug sein, dem Martin Mayer, da findet sein kritischer Geist zu wenig Widerhall. Dann fing sie ihn ab auf seinem Weg aus dem Laden nach oben.

„Auf ein Wort, Herr Mayer. Haben Sie schon das gehört?"

Er diskutierte mit ihr, wog ab, was sich hinter den Propagandameldungen verbergen mochte. Aber Martin blieb nie länger als es brauchte, um die wichtigsten Nachrichten auszutauschen, und wenn er aufstand um zu gehen, dann entspannten sich seine Gesichtszüge, er freute sich auf seine Frau, seine Tochter, er ertrug die Kritteleien seiner Schwiegermutter, es gelang ihm gar, diese immer wieder zu besänftigen, sie einzuwickeln in seinen Charme, ihr den Rückhalt zu geben, den die alte Dame brauchte.

Was er im Gespräch mit Hedwig hätte finden können, war nicht wichtig für ihn. Er war gebunden an seine Frau, gebunden in einer Liebe, die ihresgleichen suchte. Und Elisabeth hatte es geschafft, Kraft dieser Liebe, ihren Mann und ihre Tochter vor dem zu bewahren, was Hedwig widerfahren war und worüber sie nicht gefragt werden will. Manchmal stellt sich Hedwig insgeheim die Frage, ob Elisabeth nun auch erkannt hat, dass die Gejagten und Verfolgten nur Menschen gewesen waren und immer noch sind. Nur Menschen, keine Heiligen. Ach, wie kann man nur annehmen, dass all das, was ich erlebt und gesehen habe, erzählbar ist?

Berta schlägt die Augen nieder. Nun wird von den Paketen gesprochen, die kommen aus Amerika, von frommen Menschen dort gepackt, liebevoll zusammengestellt, voller Fürsorge.

„Care", flüstert Hedwig und nickt.

„Da, schau mal, die Bea hat eines der Kleidchen an."

Bea kommt aus ihrer Ecke hervor, hält den Rock an seinem Saum mit beiden Händen hoch, dass er sich aufspannt wie ein Schirmchen und beginnt vorsichtig, sich zu drehen. Dann singt sie leise: „Puppchen, du bist mein Augenstern, Puppchen, ich hab dich gar zu gern. Das singt mein Opa immer für mich", sagt sie.

„Das ist gut", nickt Hedwig.

Ein bisschen Leben ist nun in sie eingedrungen. Wie es diesem und jenem geht, will sie jetzt wissen und Elisabeth kann zu jedem Namen etwas sagen. Am Ende, wenn Bea sich von Hedwig verabschieden soll, hält sie wieder lange Beas kleine Hand und fragt schließlich: „Wie sind deine Namen? Alle?"

„Bea, Ingeborg, Hedwig, Karola, Martina.“

„Das ist gut.“

Da sitzt nun der verbliebene Rest der Familie Wachenheimer in Regina Wachenheimers Korbsessel, dem Fenster zugewandt, zieht sich mit der einen Hand das gehäkelte Umschlagtuch fest um die Schultern, die andere klammert sich an den Griff eines Stockes, umschließt dessen silbernen Kopf, der von besseren Tagen zeugt.

Da sitzt Elisabeth und schweigt mit ihr. Da sitzt das Kind und schweigt mit ihnen. Bea weiß, sie ist Hedwigs Patenkind. Der Pfarrer hat sie an ihre gegenseitige Verantwortung gemahnt. Irgendwie sind sie wichtig füreinander.

Manchmal steckt Hedwig Elisabeth einen Geldschein zu: „Für das Kind“, flüstert sie und Elisabeth hält ihn in der Hand, steckt ihn erst ein, nachdem Hedwig ihr die Finger darum schließt und ihre Faust wegschiebt.

„Kann sie das denn?“, fragt sie später beim Gehen Berta und die nickt.

„Sie kann. Der Doktor Spanier, der Schwager, er hat für sie gesorgt. Wir kommen gut durch, wissen Sie, Frau Mayer, so gut durch kommen wir doch.“

Reginas Mann hat für die Schwägerin gesorgt, obwohl er nun eine neue Familie hat, Frau und Kinder. Aber das hatte er sich nicht nehmen lassen. Das würde sie gerne der Mutter erzählen, Lise müsste manches revidieren, manche böse Spekulation müsste sie widerrufen. Im Nachhinein ist Elisabeth froh, wenn das Schlimme kleiner wird, wenn Menschlichkeit durchschimmert, wo keiner sie mehr vermutet hätte.

Einmal im Jahr hat Hedwig Matze für sie. Wenn sie es ihnen übergibt, sagt sie: „Chag Sameach“ zum Kind und nickt hoheitsvoll.

„Passet auf euch auf.“ Bertas Stimme hat eine Eindringlichkeit, die Bea in Angst versetzt. Vorsichtig schließt die alte Frau die Glastür. Der Vorhang zittert hinter der milchigen Scheibe, dann hört man, wie sich der Schlüssel zweimal im Schloss dreht und sich die quietschenden, knirschenden Schritte entfernen.

Daheim will der Opa alles wissen.

„Die Hedwig wird immer wunderlicher“, sagt Elisabeth. „Sie kann zwischen denjenigen, die da sind, und denjenigen, die nicht mehr sind, schwer unterscheiden. Die Berta hat' s nicht leicht mit ihr. Die Berta trägt es, weil sie immer an ein Wunder geglaubt hat, weißt du, immer! Einer wird zurückkommen, hat sie gesagt, und auf den warte ich. Manchmal denke ich, was wäre aus der Berta geworden, wenn keiner gekommen wäre?“

„Müssen wir nicht dankbar sein für jeden Einzelnen, der entkommen ist?“

„Dankbar, ja. Aber was ist das für ein Leben? Sie tragen all die Toten mit sich rum und die Bilder der Verbrechen, das Wissen.“

„Sie werden Zeugnis ablegen am jüngsten Tag, wenn er kommt zu richten die Lebenden und die Toten.“

Bea mag nicht, wenn der Opa solche Sachen sagt. Wann wird der sein, der jüngste Tag?

„Bald“, sagt der Opa und es scheint, er fürchtet sich nicht davor, sondern erwartet ihn mit Gelassenheit. So bleibt Bea nur das Vertrauen, dass die Erwachsenen über alles Bescheid wissen, das Gute und das Böse. Es hilft nichts, sie ist in ihrer Hand, so wie sie alle in Gottes Hand sind.

Nun schweigen auch die Großeltern. Jeder in seine Gedanken versunken. Auch das Kind muss sich seinen eigenen Ort suchen.

Nicht nur die Mama schreibt auf der Schreibmaschine, sondern auch die Oma. Zuerst sitzt sie lange mit dem Opa zusammen, hat einen Spiralblock auf den übergeschlagenen Knien, auf den sie hübsche Ringe und Schleifen malt, die sie später in Wörter verwandelt, in Briefe. Zwei, drei, vier Blätter dreht sie aus der alten schweren ‚Adler' heraus, zwischen ihnen liegen die schönen zitternd-zarten glänzend blauen klebrigen Kopierbögen, die alles, was die Oma auf die erste Seite schreibt, auf die anderen Blätter zaubern. Bea ist fasziniert, das Zuschauen macht das Warten erträglicher. Das Zuhören auch.

Die Zauberformel, die alles möglich macht, heißt: „Mit vorzüglicher Hochachtung, Ihr sehr ergebener ... “

Für solche Sachen haben Wernerle und Karin kein Ohr. Bea bleibt allein damit. Sie liebt es, Papier zu sammeln, auf das sie malen darf. Sie malt Kringel und Schleifen darauf und flüstert „Mit vorzüglicher Hochachtung Ihr sehr ergebener ... " und fühlt einen Schauder in sich. Papier und Bleistifte, Bücher und Zeitungen interessieren Bea mehr als alle Puppen auf der Welt.

Manchmal pilgern Bea und Elisabeth in den Dammerstock zu Elisabeths Freundin Elsbeth Stark. Gott sei Dank muss Bea Elsbeth nicht küssen, nur die Hand muss sie ihr geben. Sie mag Elsbeths Hand nicht. Sie ist weich und schlaff. Aber die Oma ist sehr daran interessiert, der Elsbeth eine Freude zu machen, und ein Kind ist immer eine große Freude für jeden.

Meistens nimmt auch dort die Oma ihren Block auf das übergeschlagene Knie und malt diese Kringel darauf, während sie zuhört, was Elsbeth sagt. Es ist ein gequälter Singsang, den die Oma kaum noch versteht.

Oft sitzen noch andere Leute bei Elsbeth. Alle bilden einen Kreis. Es wird Tee getrunken und Hefezopf gegessen und eine Frau liest mit lauter Stimme etwas vor. Zum Schluss klatschen alle.

„Die Toni Weidner war großartig heute", erzählt Elisabeth Martin danach. „Sie hat jetzt begonnen, ‚Das unauslöschliche Siegel' von der Langgässer zu lesen."

„Und das Kind?"

„Das Kind liebt die schönen Wörter."

Bea liebt die schönen Wörter, manche klingen wie ein Abrakadabra oder Simsalabim, sie hängen geheimnisvoll zwischen all den anderen gewöhnlichen Wörtern, die Bea lange schon gut kennt. Die Oma weiß, dass diese Wortketten noch keinen Sinn ergeben für Bea. Elisabeth vertraut darauf, dass Bea den Sinn nicht versteht. Sie will diese Lesungen erleben, das Kind muss versorgt sein, da muss das Kind eben mit. Elisabeths Wille ist vital. Sie vertraut darauf, dass das Kind durch seine Unwissenheit und seine Unschuld geschützt wird vor der Erkenntnis des Leids und des Schreckens, der aus Elsbeths Augen, aus Hedwigs Augen ausbricht, wie Wasser, das sich nie und nimmer daran hindern lässt, einen Weg zum Ausbrechen zu finden. Elisabeth vertraut darauf, dass sie das Kind beschützen kann vor allem Bösen, so wie es ihr gelungen ist, ihre Familie zu beschützen vor dem Bösen. Im Vertrauen auf Gott, im Vertrauen auf die Götter. Alle Götter sind in ihren Augen den Menschen ähnlich. Ihr Zorn kann nicht ewig dauern. Jetzt ist die Zeit angebrochen, in der alles wieder gut wird so wie am Ende eines Märchens.

Am Sonntagmorgen pilgern Elisabeth und Bea in die Kirche. Aber die Sonntagnachmittage sind leer. Sie sind wie dunkelgraue Nebellöcher, in denen man droht zu ersticken. Alle schlafen nach dem Essen lang, vor allem Isa und Richard, auf deren Anwesenheit das Kind lauert. Wo bleiben sie denn?

„Lass sie, sie brauchen das. Es trennt sie so viel in der Woche, so viel anderes Leben hat jeder von ihnen, dass sie Zeit brauchen, um zueinander zurückzufinden."

Bea ist froh, dass die Oma ihr alles erklärt, immer, immer wieder, so lange, bis sie es versteht.

Martin

Das Leben hat jetzt wieder eine Routine, eine Geborgenheitsmuschel. Martin steht spät auf. Elisabeth hat längst mit Isa und dem Kind gefrühstückt, hat beim Bäcker Neff einen Berches für Martin geholt. Diesen bereitet er sorgsam für sich zu, legt kleine Scheiben Edelweiß Camembert darauf, schneidet alles in mundgerechte Stückchen und süffelt dazu seinen Kaffee. Martin liest die Zeitung. Er hält sie weit ausgebreitet vor sich. Wenn sie sich dem Blättern widersetzt, bläst er auf die Seiten, bis sie sich voneinander lösen. Das Rascheln und Knistern hüllt ihn ein, er ist unerreichbar. Nur ab und zu ruft er nach Elisabeth. Da, das muss sie sich anhören. Er liest mit Pathos vor und sie hört zu, im Stehen, weil sie eigentlich gerade dies und das tun wollte, setzt sich dann doch, schlägt die Hände vor den Mund, schüttelt den Kopf, lächelt, lacht laut auf, nimmt Anteil, lässt sich hineinziehen in seine Gefühle, teilt sie mit ihm.

Martin macht Toilette. Zuerst reißt er die beiden Fensterflügel auf, im Sommer, im Winter, bei Sonne, bei Sturm. Stellt sich in die Mitte vor die Öffnung, so als ob er eine Rede halten wollte. Dann stößt er prustend Luft aus, atmet wieder ein, reißt die Arme zur Seite, verkreuzt sie vor der Brust, geht in die Hocke, richtet sich wieder auf, dreht und wendet den Kopf im Nacken, trippelt, trappelt, stampft mit den Füßen auf den Boden. Danach zieht er sich die von Isa in einem großen Emailletopf auf dem Herd gekochten Unterhemden und Unterhosen an, das Tageshemd darüber, das er sich selbst gebügelt hat, und die graue Hose mit den steifen Falten dazu, die Hosenträger knüpft er ein in die vorgesehenen Schlaufen, lässt die Gummi über seinen Schultern krachen, nun schlüpft er in die Hausjacke, eine weiche Filzjacke mit Paspeln am Rand und schönen Vogelfedermotiven in Purpurrot, Flaschengrün und Sonnenuntergangsgold. In diese Jacke bohrt die Kleine gern ihre Nase, wenn sie auf Opas Schoß sitzt.

Er zeigt ihr, wie man den Bleistift halten muss, wenn sie malt, das tut sie gern, weil es das Warten erleichtert. Aber sie will den Stift anders halten, stampft mit dem Fuß auf! Nein!

„Ach Gott, Isselche, was mag wohl aus diesem Kind mal werden, sie ist so kapriziös?"

Elisabeth lacht. „Sie ist gescheit, Martin, glaub's mir! Sie malt doch sehr geschickt und denkt sich lustige Geschichten aus zu ihren Figuren."

Es fällt ihm schwer, das zu glauben. Er denkt, dass Elisabeth „in Bea hineinsieht" und sie viel zu sehr verwöhnt. Man kann so ein kleines Kind niemals zu sehr verwöhnen, erwidert Elisabeth. Wer weiß, was noch auf sie zukommt in diesem Leben und auf dieser Welt. Das Polster einer behüteten Kindheit hat doch noch keinem geschadet.

Elisabeth genießt es, zu erleben, wie Bea sich ihre Welt einrichtet, und hat Spaß daran, diese kleine Seele zu formen nach ihren Vorstellungen, die sich an der eigenen Kindheit orientieren.

Sie haben wenig Geld, aber Geld ist doch nicht das Wichtigste. Ideen sind Kapital! Elisabeth geht hinauf auf den Speicher und rumort dort herum in den großen Koffern, zieht dieses und jenes heraus und versinkt dabei in Erinnerungen. Dann findet sie etwas, findet ein altes Kleid, auf das kann sie verzichten. Trägt es zu einer Nachbarin und lässt die Nachbarin Puppenkleider nähen. Findet ihre eigenen Haare, den schönen weichen Zopf, den sie sich damals hatte abschneiden lassen, weißt du noch, Martin? Den trägt sie zu Doering und lässt ihre Puppe mit dem zartrosaroten Porzellangesicht mit diesen Haaren schmücken. Wochenlang heimliche Freude, die sie erfüllt, als ob sie selbst noch ein Kind wäre. Dann am ersten Dezember wird das ‚Biedermeierzimmer' abgeschlossen und Elisabeth beginnt mit den Weihnachtsvorbereitungen. Weihnachten ist immer ein Fixpunkt gewesen für sie. Jetzt erst recht!

Sie holt ihre Puppenstube vom Speicher, den Kaufladen, die kleine Küche. Sie packt die Möbelchen aus, die unser Papa hat anfertigen lassen in der Theaterwerkstatt, weißt du noch, Karola? Die beiden Schwestern verlieren sich im Betrachten, und es umschließt sie eine Eintracht, die alle anderen Familienmitglieder außen vor lässt. Jeden Tag wird etwas anderes aufgebaut, geputzt, Elisabeth trägt das Zerbrochene zu einem Nachbarn, der es für sie repariert, sie holt die Puppe ab, zieht ihr die neuen Kleider an, setzt sie neben die anderen Puppenkinder und plant und überlegt und ist beschäftigt und freut sich. Karola lässt zu, dass diese Gegenstände, die aus ihrer gemeinsamen Kindheit stammen, dort aufgebaut werden bei der Schwester, denn in ihrer Familie geht das Leben vorerst weiter. Dort ist das erste Zeichen einer neuen Zeit angekommen: das Kind.

Auch die Wachsengelchen und die alte staubige Krippe mit den bemalten Gipsfiguren gehören also Elisabeth, die sie hegt wie eh und je, die sie lange in den Händen dreht und wendet, betrachtet, stumm befragt, ob sie nicht auch froh sind, dass nun die Zeiten wieder besser geworden sind.

Karola hängt nicht so sehr am Vergangenen. Sie braucht nur wenig um zu erinnern. Sie erinnert, wenn überhaupt, nur ausgewählte Momente. Die neue Welt, die sie sich aufbaut nach ihren eigenen Vorstellungen, bedarf der Erinnerungen nicht. Das Schöne will sie, das Besondere. Wenn sie das Besondere nicht haben kann, dann will sie gar nichts. Das ist ihr dann lieber. Dann wird sie die Hoffnung und die Sehnsucht nach dem nicht Vorhandenen nähren, das ist auch Glück für sie.

Sie ist froh, dass Elisabeth, die ältere Schwester, über die Erinnerungen wacht. Sie verlässt sich auf Elisabeths ausgleichendes Wesen. Immer ist sie um Gerechtigkeit bemüht, auch wenn sie sich von ihrer eigenen Familie bespötteln lassen muss: „Die Karola baut auf deine Geduld und deine Grundanständigkeit. Lass dich nicht ausnützen!“

Elisabeth kneift die Lippen zusammen und schluckt alle Einwände hinunter. Sie macht es so, wie sie will, sie lässt sich nicht gern die Spielregeln von anderen aufzwingen. Von niemandem.

Martin ist froh, dass sie zufrieden ist, glücklich gar, wenn es um das Kind geht. Er hört sie werkeln, weiß, dass sie da ist, auch wenn jeder seiner eigenen Beschäftigung nachgeht. Er spürt, wie Elisabeth die Zukunft des Kindes als ihre eigene anzunehmen beginnt, wie ihre Schritte wieder zielsicherer und fester werden. Er lässt sie und zieht sich selbst in seinen Glauben an das nahe Ende dieser Welt zurück.

Auch er hat vieles, was ihn an die Vergangenheit erinnert. Immer noch ein Dutzend steife Einsetzkragen, immer noch kleine weiche Polster zum Polieren seiner Fingernägel, immer noch Stiefel aus persischem Hochlandrindleder, immer noch seinen Ehering, den er manchmal aufsteckt, auf den kleinen Finger, der Ringfinger ist zu dick angeschwollen. Er kann ihn betrachten, die Gravur ist tief; wie frisch gestochen ranken sich die Girlanden umeinander, das Gold glänzt wie am ersten Tag.

Um Martins Herz sorgt sich Elisabeth. Lange schon. Seit damals, als die Anfälle begonnen haben, Anfang der dreißiger Jahre. Regelmäßig kommt nun ein junger Arzt ins Haus, er wohnt in der Nachbarschaft. Er wacht wie damals der Doktor Homburger über Martins Herz, aber auch über seinen Leistenbruch, den er mit einem raffinierten ledernen Gürtel in Schach hält. Dann eines Tages werden die Beschwerden so schlimm, dass Doktor Brauns energisch werden muss: Sofort wird er Martin in die Klinik einweisen. Operation!

Der schwere schwarze Schatten der Angst legt sich über alle und lässt sie verstummen. Das Kind wagt nicht zu fragen. Elisabeth denkt an die vielen Krankenhausbesuche, die sie absolviert hat in ihrem Leben. Die Tanten, die Mutter, der Onkel. Und immer wieder drückt sie schwer ihr Gewissen, dass sie damals als ihr Vater starb mit nur 53 Jahren, zum Tennisspielen ging und länger ausblieb als sonst und so den kostbaren Moment eines Abschieds verpasste. Sie lauert auf das Klingeln des Telefons und endlich kommt der erlösende Anruf: Alles gut gegangen.

Zusammen pilgern Elisabeth und Bea quer durch die Stadt in das große dunkelrote Backsteinhaus in der Moltkestraße, um den Opa zu besuchen.

Elisabeth erschrickt: Das ist ein schrecklicher Gestank nach Verwesung hier und, mein Gott, warum schreit dieser Mann im Bett neben dir so laut?

„Zwölf Männer in einem Zimmer, da riecht's nicht mehr nach Veilchen und Lobelien, Isselche", erwidert Martin, der aufrecht in seinem Bett sitzt und schon die Tage zählt, bis er wieder nach Hause kommen kann.

Und er kommt nach nur wenigen Tagen, weil er es dort nicht ausgehalten hat. Ist wieder da, alle danken dem Schicksal, dem lieben Gott, den Schutzengeln, dem Arzt und der Natur.

„Er hat halt doch eine gute Natur, dein Martin, gell Schwesterle?", kommentiert Karola schmeichelnd, die auch froh ist, dass ihr lieberlieber Schwager wieder da ist. In diesem Hause lässt man sich nicht hängen, da hat die Krankheit als solche einen schweren Stand. Man hat schließlich zu kämpfen gelernt und dann: Contenance, wie unsere Mama sagen würde.

Wenn man die Siebzig überschritten hat und im Reich des Alters angekommen ist, nur noch die allerletzte Verwandlung vor einem liegt, die einen wieder integriert in das Ganze der Natur: „Von Erde bist du genommen, zu Erde sollst du werden!", wenn man Zeit hat für Erinnerungen und die Gelassenheit, das Geschehene hinzunehmen als unveränderbar, wenn alles Wenn-Sagen seinen Reiz verloren hat, dann macht man sich ab und zu daran zu resümieren, den Bogen eines Menschenlebens nachzuvollziehen. „Nihil nisi bene", nur das Gute solle man erinnern, so lautet ein Sprichwort. Es hat etwas Groteskes, wie schnell die Menschen das Schlechte verdrängen und vergessen können. Der naive Wunsch nach einer märchenhaft heilen Welt verwirklicht sich in dieser Schönfärberei.

Martin ist nicht bereit dazu. Er ist auch nicht bereit hinzunehmen, wie seine Schwägerin und sein Schwager unerreichbar sind für seine Sorge um den gemeinsamen Besitz. Man wohne doch im Eigenen, so wird immer wieder argumentiert, wenn er die nötigen Reparaturen anmahnt. Man zeigt ihm die kalte Schulter, man hat wohl kein Geld, was macht man mit den Einkünften, die nicht gering sein können? Er weiß es nicht. Man nennt ihn einen Schwarzmaler, einen Kümmerer, einen Mahner, übereifrig. Da kocht seine Wut so hoch auf, dass er ihr Luft machen muss, er muss die Explosionen zulassen, obwohl er weiß, dass seine Frau darunter leidet. Man lebt zusammen in diesem Haus, dem Erbe seiner Schwiegermutter, das ihnen geblieben ist, und wie gut haben sie es doch, dass ihnen etwas geblieben ist, wie viel besser als andere. Hat man dann nicht die Pflicht, dieses Gut auch zu pflegen und zu hegen, zu erhalten für die nachkommende Generation? Vieles ist und bleibt ihm ein Rätsel an der Verwandtschaft seiner Frau.

Seit sein Schwiegersohn dazugestoßen ist, hat er einen, mit dem er sein Befremden teilen kann. Das ist Balsam für seine Seele. Obwohl er weiß, dass am Ende die alles ausgleichende Strategie seiner Frau wieder die Oberhand gewinnen wird. Sie wird Harmonie über alle Unvereinbarkeiten breiten wollen und sie wird es auch schaffen. Sie sieht ebenso wie damals ihre Mutter in der Familie den ersten und schicksalhaft zugefallenen Raum, in dem es sich zu arrangieren gilt. Nach außen hin Hofberichterstattung: das Wir.

Es bleibt für ihn ein Gefängnis. Aber seinen eigenen Freiheitsdrang, seinen Wunsch unabhängig und ungebunden zu leben hatte er einst aufgegeben, um diese Frau zu gewinnen, und nun hat er sie und mit ihr alles, was zu ihr gehört. Und wenn er Bilanz zieht, bleibt immer noch ein unfassbarer Gewinn. Immer noch nach 40 Jahren.

Martin nimmt die Zeitung auf, die Fensterflügel sind offen, es dringen die Gartengeräusche ungehindert herein. Vögel, Hunde, menschliche Laute, das monotone Brummen eines Flugzeugmotors, schließlich das Geknatter von Rudolfs Pfufferle, Kunos Vespa und als Letztes das Kleppern von Schutzblech, wenn Isa nach Hause kommt und ihr Fahrrad die Kellertreppe hinunterschiebt, nachlässig, müde, in ihr aufgestaut das Aufbegehren gegen alle Ungereimtheiten und Ungerechtigkeiten, denen sie sich ausgesetzt fühlt und die sie mit Diplomatie erträgt und nun hier abladen wird bei ihrem Vater, der allerersten Station ihrer täglichen Heimkehr.

Kuno

Kuno, der herrliche, von Karola so sehr geliebte Sohn, trägt schwer an dieser Liebe. Er ist jetzt Pianist und „spielt". Verdient sogar Geld damit. Karola setzt sich zu ihm auf ihre schöne Loggia in der Beletage mit Blick über das grenzenlose Gartenband zwischen den Häusern der Lebrecht- und Fronstraße, die einander aus der Distanz zunicken im behaglichen Wissen um ihre bürgerlich etablierten Bewohner. Alles hat sich hier in der Vorstadt so schnell geordnet, dass in den frühen fünfziger Jahren nur noch einzelne Lücken vom Krieg flüstern können, weil sie sich hinter der Blütenpracht der uralten Obstbäume, der Kastanien und Linden schamvoll verbergen. Karola streicht ihr Kleid glatt, das verwaschene Muster bleibt so kapriziös wie der Schnitt des Kleides. Karola streicht sich mit gerundeter Hand die ondulierten Haare zur Haube, legt den Kopf halb schräg in den Nacken, schlägt die Beine übereinander und stützt eine Hand aufs Knie.

„Erzähl doch mal, Kunole, erzähl' mal, wer dein Publikum ist, dort, wo du auftrittst."

Kuno spielt mit einem einsamen, auf dem Tisch vergessenen Silberlöffel, fädelt ihn geschickt durch seine langen feingliedrigen Finger, lässt ihn dann mit Aplomb fallen.

„Huren und ihre Macker, Mutter! Es ist eine Bar, in der ich spiele, ein Tanzpalast, verstehst du? Und nicht die Royal Festival Hall!"

Mein Gott, der Bub! Ob das proletenhafte Verhalten von Elisabeths Schwiegersohn auf ihn abgefärbt hat, das wüsste sie gern. Merkwürdigerweise geht von diesem Fremden – immerhin ist er nicht von hier, das hört man an seinem Dialekt – ein Zauber aus, dem sich ganz offensichtlich niemand in diesem Haus entziehen kann. Karola beobachtet, wie sich Martin zu seinem Schwiegersohn setzt, von ihrem erhöhten Platz kann sie hinunter in den Garten schauen, sieht die beiden Männer einander zugewandt im intensiven Gespräch, sieht sie nicken, sieht, dass Martin den Duft von Richards Zigarette einsaugt, die Augen dabei schließt und genießt, sieht, dass auch der junge Mann sich im Gespräch mit seinem Schwiegervater entspannt, seinen gerundeten Rücken anlehnt, die schmalen Hände faltet, die Beine übereinander schlägt. Karola spürt die Eintracht zwischen den beiden jenseits aller Meinungsverschiedenheiten, von denen sie auch weiß, denn die Wände in diesem Haus sind dünn.

„Dein Sohn ist rebellisch, und so muss es auch sein für einen jungen Mann! Viel zu spät begehrt er auf", so beruhigt Elisabeth ihre Schwester, „geht doch auf die Dreißig zu. Wie sieht's denn aus mit einer Frau?"

Das will man, dass Frauen und Männer sich zu Paaren zusammenfinden, Kinder kriegen, die Städte sich wieder bevölkern, eine neue Generation heranwächst, die es besser haben soll.

Seine Schwester Lola macht ihm die Sybill schmackhaft, eine ganzganz liebe Freundin von ihr. Und es gibt da und dort in der Nachbarschaft aufmerksame Blicke von Müttern und Töchtern, denn der Kuno ist doch ein großer und gut aussehender junger Mann. Vielleicht ein bisschen zu blass und zu temperamentlos. Immer noch trägt er seinen kindlichen Schmerz in sich, die lange Zeit, in der er nicht gehen konnte, weil man ihm die Beine brach, um sie zu richten. Die beiden Mädchen, seine Schwester und seine Cousine, waren damals voller Vitalität und Lebenslust. Ihre Streiche bezogen ihn nicht ein, vielmehr war er oft Zielscheibe für sie. Die Schule, na ja, nicht so sein Fall, denn dass er Anwalt oder Steuerberater werden sollte oder vielleicht Ingenieur wie sein Vater, das wäre ihm nie in den Sinn gekommen. Er ist der Künstler im Haus, einen Künstler gab es immer in der Familie. Die Erwartungen seiner Mutter begegnen in dieser Hinsicht seinen eigenen Zukunftsvorstellungen, so viel kann man erraten, denn darüber reden tut er nicht.

Wenn sie sich zum Schachspielen zusammenfinden, Cousine Isa und ihr Mann, sein Freund Dieter und er, wenn sie die berühmten Partien nachspielen, dann frotzelt man nebenher, politisiert, philosophiert ein bisschen. Aber über das Persönlichste, die eigene Glückserwartung, spricht man nicht. Reflektiert man sie überhaupt? Oder lässt man sich nicht vielmehr vom Heute in das Morgen und das Übermorgen nur hineintreiben?

Sein Konzert war ein großer Erfolg.

„Er ist begabt. Technisch brillant. Im Ausdruck noch verbesserbar, aber, mein Gott, so ein junger Mann! Es braucht Erfahrungen, Sie verstehen, was ich meine, verehrte Frau Fischer: Abgründe, Sehnsüchte! Und Erfüllung, Sie wissen sicher, was ich mir darunter vorstelle!" Das sagte der bekannte Musikkritiker zu Karola, der Mutter des Künstlers, obwohl er es eigentlich nicht hätte sagen dürfen. Er sagte es nur, weil sie ihn ein bisschen verlockte mit ihrem Lola-Montez-Blick und dem Dekolleté. Oh ja, wenn es sein muss, dann kann sie auch ein Muttertier sein, nicht nur ihre Schwester!

Immerhin, Kuno wird also nicht damit rechnen können, ausschließlich von Konzert zu Konzert zu eilen und darauf seine Existenz zu gründen. Man hat ihm empfohlen, noch ein zweites Instrument zu erlernen, mit dem er schließlich als Orchestermusiker sein Brot verdienen könne.

Und so gibt es neue Töne im Haus.

„To-to-to-to", klingt es tief grunzend, amusisch und unmelodisch. Niemals lange. Kurz darauf schon zu aller Erleichterung perlen die Klänge Brahms'scher Walzer oder auch das Neue, Jazz genannt, das in den Ohren juckt wie Hagebuttenmark, durch die dünnen Wände und Etagenböden in der Lebrechtstraße 77.

Richard klimpert zarte Gitarrenakkorde und Isa versucht sich an Mozart-Koloraturen, wenn sie durchs Treppenhaus eilt, aufwärts, abwärts, erfreut sich an dem schaurig-schrägen Widerhall. Musik liegt in der Luft in diesem Haus.

Fragt sich nur, was für eine, mault Kuno, dem das alles viel zu wenig Stil und Form hat. Da geht er lieber zu seinem Vetter Detlev Printz und macht mit ihm Musik. Im Tonstudio, zwischen gepolsterten fensterlosen Wänden verlieren sich die beiden in einer Jam-Session. Da treibt er weit weg von allem, was er sonst nicht abschütteln kann, weil er es nicht richtig packen kann und auch nicht wirklich anpacken will. Wenn er immer wieder diese Freiheit finden kann, hat er genug Kraft, alles andere zu ertragen. Und ist nicht Ertragen der beste aller Wege? Beim Kämpfen geht man doch nur kaputt.

Richard

Seine Schwäche. Schweißtropfen perlen von seiner Stirn, rinnen von den Schläfen, ein glänzendes Band entlang der Halsschlagader. Immer wieder der Durchfall, dass ihm dann schwarz wird vor Augen, kaputt ist er, kaputt gemacht hat man ihn.

Aber auch das Pech, das ihn verfolgt, das an ihm klebt und Isas Zweifel, ob er sich ausreichend dagegen auflehnt oder zu schnell hineinfallen lässt. Ihre Weigerung, eine Lebensstrategie anzuerkennen, die ihrer eigenen nicht verwandt ist. In ihr ist vor allem Zorn, Sucht nach der immer kalten und simplen Wahrheit, dass die Menschen vor allem schwach, dumm und gemein sind. Die Taten der Güte und Einsicht, der Treue und Liebe sind rar. Sie geschehen, oh ja, aber so wie Blitze den schwarzen Gewitterhimmel erhellen, vereinzelt, plötzlich, unvorhersehbar.

Richard will in Ruhe gelassen werden und ist bereit dafür zu bezahlen, indem er die anderen in Ruhe lässt. Seine Auflehnung ist nicht mehr als ein Grollen. Nur im engsten Kreis seiner Familie erlaubt er sich, sie zu zeigen. Nach außen bleibt er stets liebenswürdig, schweigsam, überwiegend ein Zuhörer. Nur wenn er eine seiner Geschichten erzählt, wenn er sie in die Länge dehnt, mit Details schmückt, wenn er sie auf ihr Ziel zutrudeln lässt, das immer das wahre Sein hinter dem falschen Schein enthüllen will, nur dann lebt er auf; dann blitzt verschmitzter Humor aus seinen Augenwinkeln, kräuselt er seine Lippen, um sein diebisches Vergnügen am Erzählen nicht allzu deutlich zu verraten. Dann bekennt er sich zur Freude, die das Leben ihm schenkt, auch ihm.

Sein Weg in den aufkommenden Wohlstand hinein ist gewunden und voller Stolpersteine. Er traut der Zukunft nicht, ist nie mit der Vergangenheit fertig.

Also gut, er ist ein abgebrochener Student. Nicht der einzige schließlich. Es stimmt ja, was der Schwiegervater sagt, er muss den Mund halten, weil er ein Niemand ist, niemand hat werden können. Er kann nicht wie die, die vorher schon auf den Chefsesseln saßen, an den schweren eichenen Schreibtischen, zur Tagesordnung übergehen. Ausgetüftelt haben sie, angeblich ohne zu wissen, was! Deshalb wurden sie als nicht oder nur „minder belastet" eingestuft, während wir, die wir unsere Ärsche hingehalten haben, ohne richtig Bescheid zu wissen, rumgeschoben wurden wie Material, ausgenutzt, unser Idealismus, unsere Gutgläubigkeit, unser Gehorsamseifer, den sie uns anerzogen haben, mit dem sie unsere Urteilsfähigkeit eingeschränkt haben, wir sind die Angeschmierten. Er schraubt sich hinein in seinen Groll, sein Hass bleibt dennoch allgemein, unpersönlich, erreicht niemanden direkt und verpufft deshalb, oder schlägt zurück auf ihn selbst.

Ach! Martin schüttelt den Kopf. Einerseits versteht er ihn. Er selbst – damals – vor langer Zeit –, er selbst war voller Aufbegehren, gegen die Regeln, die seine Eltern pflegten, an denen sie ängstlich festhielten. Deshalb ging er fort. Weit fort, nach Frankreich. Probierte sich aus, erlebte einige Jahre des Erfolgs, des Genusses. Die hatte er immerhin im Gegensatz zu seinem Schwiegersohn, der von der Schulbank direkt in den Krieg wechselte. Martin konnte das „savoir-vivre" lernen, die Kunst, den gelungenen Augenblick in die Länge zu dehnen. Aber dann holte ihn das Deutschsein ein. Bei Kriegsbeginn wäre er interniert worden; das wollte er bei Gott nicht, sich einsperren lassen. Also kam er nach Hause, wurde Soldat und hielt wie Richard seinen Kopf hin. Verwundung, Auszeichnung, dann plötzlich ein neues Leben, eines, das ihm zufiel, ungeplant und ungewollt. Nach Kriegsende sah es doch immerhin so aus, als ob bessere Zeiten kämen. Der Ebert! Mein Gott, wenn er nicht gestorben wäre! An einem durchgebrochenen Blinddarm, das muss man sich mal überlegen, an solch einem Detail entschied sich das Schicksal des Landes. Dann der Stresemann, mit nur knapp über 50 auch weg. Was wäre gewesen, hätte man diese beiden Staatsmänner länger haben dürfen. Was für Schicksalsfügungen! Was für eine dunkle Macht musste dahinter gestanden sein. Der „altböse Feind“ höchstselbst!

Und deshalb andrerseits, man sollte sich fügen!

Wenn Richard auch eine Aversion hat gegen die in diesem Haus bevorzugten theatralischen Begriffe, so muss er doch zustimmen, in der Tat, als die Sozialdemokraten führungslos wurden, rutschte die Politik ins falsche Gleis. Deshalb müsste jetzt wenigstens dafür gesorgt werden, dass man wieder auf Spur kommt.

„Aber wer, Richard, wer wäre so gut wie der Schumacher? Für den Ollenhauer wird es schwer werden, sich gegen Adenauer zu behaupten. Dem Ollenhauer fehlt das Charisma eines Schumacher und auf den Adenauer kann man vertrauen, er steht für eine neue Beständigkeit, eine breite bürgerliche Mitte.“

Jetzt ist es aus mit der Harmonie. Richard kann und will nicht begreifen, was seinen Schwiegervater so blind macht, dass er das Reaktionäre an der Politik des alten Mannes nicht erkennt. Und so beißt sich die Schlange in den Schwanz, sie sind wieder am Anfang ihrer Diskussion, jeder ist zurückgeworfen auf seine Position, Schluss mit Verständnis.

„Kommt ihr zum Essen“, ruft Elisabeth.

Danach legt Richard seine Serviette sorgsam zusammen, fädelt sie in den alten silbernen Ring ein, dieses lächerliche Symbol der bürgerlichen Welt, die Elisabeth mit so viel Beharrlichkeit hier wieder auferstehen lässt, legt ihn stumm neben seinen Teller, er rückt mit dem Stuhl zurück, steht auf, schiebt ihn unter den Tisch und geht wortlos aus dem Zimmer, geht hinauf , zieht sich mit einer Zigarette hinter ein Buch zurück und versinkt in Unerreichbarkeit.

Wie sehnsüchtig man an ihn denkt! Fünf Tage sind sie ohne ihn, am sechsten wird er ungeduldig erwartet, am siebten ist er da und doch nicht nur für seine Frau und sein Kind, weil er an diesem einen Tag auch immer wieder zu sich selbst finden muss. Isa schmeichelt ihm ab, dass er erzählt, was dort passiert, in Scherzheim, in der Baustoffhandlung und mit wem er es zu tun hat. Sie hat Verständnis für kleine Fluchten, Eskapaden.

Ins Casino mit dem Krapuschek. Das wollten sie einfach mal ausprobieren. Und während der Ivo mit Gier und Leidenschaft nach Strategien suchte, gewann Richard so – ein Fingerschnippen – hundert Mark. Er lacht in sich hinein und legt ihr etwas in den Schoß, ein kleines Paket in knisterndes Seidenpapier verpackt.

„Mein Gott, Richard", ruft sie aus, nimmt die Schuhe in die Hand, die er in einem der schönen Geschäfte direkt vor dem Casino gekauft hat für genau 100 Mark, für sie, seine Frau, die er liebt, die sein Lebensmittelpunkt geworden ist, obwohl er es verdammt noch mal nicht aussprechen will, das nicht, aber sieht sie es nicht?

Samtweiches schwarzes Wildleder und Absätze, so hoch! Wird sie überhaupt darin gehen können? Sie müsste den Kopf schütteln über ihn, wenn sie sich nicht immer sagen würde, dass seine Jugend mit 18 zu Ende war und er jetzt das Recht hat, das verfluchte Recht, ein bisschen davon nachzuholen. Solche planlosen Verrücktheiten gesteht sie ihm zu, obwohl sie eigentlich gerne hätte, dass er ein Familienvater wäre, ein so genannter treu sorgender, aber das darf sie nicht, solches Scheiß-Spießergeschwätz muss sie sich verkneifen, wenn sie das bisschen gemeinsame Zeit nicht in Disharmonie verbingen will.

„Der Krapuschek, dein Kollege, mit dem hast du viel zu tun? Und wie ist dein Chef? Erzähl doch, Richard!"

Wie sind die Einflüsse, denkt sie, wagt es aber nicht auszusprechen. Einflüsse auf ihren Mann fürchtet sie, weil er immer noch ziellos, richtungslos durch sein Leben zu trudeln scheint, trotz Lohn und Arbeit. Sie fürchtet, dass er sich ausnutzen lässt, dass man seine Gutmütigkeit erkennt, seinen Hang, sich angenehm machen zu wollen. Er will geachtet sein. Das will er, sie weiß es und nennt es eine Schwäche, demonstriert ihre eigene Stärke, ihre Unabhängigkeit vom Wohlwollen aller. Wer ihr etwas bedeutet, den kann sie gewinnen, das weiß sie. Aber die meisten Menschen sind ihr egal. Sie kann sich schon vorstellen, wie die vor gar nicht allzu langer Zeit über sie gedacht hätten. Ohne zu wissen wer sie ist, hätten sie ihr ein Etikett aufgeklebt. Nein, solche Leute braucht sie nicht darüber zu belehren, nach welchen Kriterien man den Wert eines Menschen bemisst. Das ist bei Gott nicht ihre Aufgabe.

Dass die vertane Jugend immer wieder auftaucht in Traumblasen, die er zu realisieren versucht, rücksichtslos, verantwortungslos, egoistisch, wie sie es nennt. Man muss doch sein Schicksal annehmen! Wir sind jetzt eine Familie, eine Mutter, ein Vater und ein Kind. Ein Wir. Das ist doch unser Schicksal.

Nachts wenn sie beieinander liegen und sich wieder einmal die Sicherheit gegeben haben, dass sie zueinander gehören, untrennbar und für immer und ewig, dann fängt er endlich an, ihr zu erzählen: Er muss hinaus zu den kleinen Bauern, zu den Möchtegernpolitkern und Immernoch-Beamten auf den Landratsämtern, auch zum aufstrebenden Unternehmertum, muss sie davon überzeugen, dass sie bei seinem Chef ihre Steine und ihren Zement kaufen sollen. Das bedeutet für ihn, dass er ihnen zusätzlich Zeichnungen macht, statische Berechnungen, ihnen verspricht, dass er ihren Bau betreut, immer wieder kommt, sich ihren Kummer anhört, dass die Gelder nicht fließen, die man erwartet, dass der Regen, die Kälte ihre Pläne durchkreuzen.

Schließlich erzählen sie ihm noch von der Krankheit ihrer Frauen, dem schlechten Lebenswandel ihrer Töchter, zeigen ihm stolz ihre neuen Traktoren, auf Pump gekauft. Es darf dem Familienvater nichts passieren, sonst bricht das raffinierte Gerüst aus Krediten und Zukunftsvisionen zusammen wie ein Kartenhaus, und ihre Angehörigen gehen mit ihm unter, das vertrauen diese Männer ihm an. Alle wollen es besser haben, und vor allem will jeder, dass es die junge Generation besser haben möge. Wer kann ahnen, dass gerade eine Generation heranwächst, die vom Erbe ihrer Väter nichts wissen will, die bewusst anders als die Väter leben oder das Leben einfach wegwerfen will?

Eines Tages bringt er den Krapuschek mit in die Lebrechtstraße.

Er setzt sich auf den sechsten Stuhl, schaut sich um, saugt das schöne Porzellan, die weißen Stoffservietten und die dampfende duftende Soße in sich ein mit lächelnder Gier. Ein Gast, wohlerzogen, immerhin. Er antwortet höflich auf die Fragen, die Martin ihm stellt. Dann entwickeln die beiden jungen Männer ihren Plan vor der ganzen Familie. Ein Schwimmbecken soll gebaut werden. Das hat wunderbar Platz im riesengroßen Garten. Erdaushub, Steinmauern, alles kein Problem. Baustoff und kräftige Hände sind vorhanden. Sein Charme, sein Lächeln, die richtigen Komplimente an Elisabeth wischen Isas Bedenken weg.

Zwei drei Monate lang an jedem Wochenende kann die Nachbarschaft diesem Schauspiel folgen: Zwei junge Männer, die dort, wo in allen Gärten ringsum Möhren, Erbsen und Bohnenstangen, Rettich und Blumenkohl auf die Ernte zureifen, ein Loch graben. In ihren Köpfen ist es schon ein Traum von Hollywood. Sie sehen vor sich Wasserperlen von weißen, weiblichen Schultern rinnen, während sie sich den Schweiß von der Stirn wischen, lachen, abends müde in die alten Korbsessel sinken, rauchen, den Schnaken wehren, den Vogelstimmen lauschen und glauben, sie haben jetzt die Zukunft im Griff, die Welt gehört ihnen!

Isa weiß, dass ihre Tage in der Botschaft gezählt sind, denn mit nach Köln, wohin man verlagern wird, kann sie nicht. Sie kann ihre Eltern nicht im Stich lassen, ihr Mann arbeitet im Süden des Landes, das Kind wird eingeschult. Sie ist in wenigen Wochen ohne Arbeit, wenn sie nicht irgendetwas findet, das zu ihr passt. Aber vielleicht reicht das bald aus, was ihr Mann nach Hause bringt, um die ganze Familie zu ernähren. Dann kann auch sie – so wie alle Frauen – zu Hause bleiben bei ihrem Haushalt und ihrem Kind, vielleicht noch ein weiteres Kindchen, einen Sohn haben, oder, was sie immer schon wollte, Gedichte schreiben, Bilder malen, ihre Möglichkeiten entfalten. Endlich!

Sie sitzt an ihrem Schreibtisch in der Redtenbacherstraße, tippt Briefe und Formulare auf Deutsch, Englisch, Französisch und plant im Hinterkopf eine neue Ära im Hause Mayer-Klumpp, da wird sie ans Telefon gerufen. Martin berichtet ihr, Richard habe einen Unfall gehabt. Bei einer Baubesichtigung sei er unter einem Erdrutsch begraben worden. Man habe ihn befreit und in der Nähe der Unfallstelle in die nächste Klinik gebracht.

„Komm nach Hause, wir warten auf neue Nachrichten."

Stumm vor Angst vor dem Ungewissen sitzt sie da, schaut in die Augen ihres Vaters, ihrer Mutter und liest darin die Hoffnung, dass es sich lohnt, nicht aufzugeben. Richards Chef, einsilbig, spröde, gibt ihr an, wie das Krankenhaus heißt und dann hört sie ihn selbst: „Ich leb noch." Hat sich einen Rollstuhl geben lassen, weiß doch, dass sie sich sorgt, ist schon nicht so schlimm, wird wieder werden. Vorerst ist er dankbar, dass er da unten nicht ersticken musste. Sein Bein wurde übel zugerichtet, das bessere Bein, er lacht bitter auf, das Knie haben sie mit dem Pickel erwischt, als sie ihn ausbuddelten. Der Kopfverband kommt bald wieder ab, der Arm ist nicht gebrochen, nur gezerrt und geschunden. Das ist Scheiße, weil er doch Kraft brauchen wird für Krücken, und na ja, der Chef wird ihn nicht halten, das ist klar. Er behauptet, diese Baubegehung habe er auf eigenes Risiko unternommen.

„Wir nehmen uns einen Anwalt", schlägt Isa vor.

„Komm erst mal her und bring mir einen Stapel Bücher mit."

Der Chauffeur der Botschaft erklärt sich bereit, sie zu fahren und das Kind geht mit.

„Komm her zu mir, mein Füchsle", das will er, will, dass man ihm seine Kleine aufs Bett setzt, damit sie aus der Nähe sehen kann, nichts ist Anlass zu Erschrecken, nicht der weiße Verband um seinen Kopf, der Verband um seinen Arm, das riesige Gestell, in dem sein Bein sich ausruht, weil es wieder zusammenwachsen muss. Und bald schon kommt er nach Hause, dann hat er Zeit für Bea, dann spielen sie zusammen.

Er kommt mit zwei Krücken, stakt sich die hölzerne Treppe hinauf und lässt sich in den kleinen Sessel fallen, lächelt das Kind an, das ihm seinen Fußschemel bringt, das ihm seine Bücher, seine Gitarre, seine Zigaretten, sein Feuerzeug bringt und sich neben ihn stellt, ihn betrachtet, sich an ihn schmiegt, bis Isa kommt, sie hat eine Suppe für ihn!, bis Elisabeth kommt, sich zu ihm setzt, sich seine Geschichte anhören will, bis Martin kommt, sie auch hören will, sogar Karola, Rudolf, Kuno, alle zeigen sie, wie froh sie sind, dass er lebt!

Aber Richards Tage, Wochen, Monate vergehen. Schweigen umgibt ihn wie eine Mauer. Auch für das Kind hat er kaum noch Aug und Ohr.

Er kommt nicht mehr in den Garten in diesem Jahr, soll er sich den Nachbarn zum Fraß vorwerfen? Er will nicht, dass sie ihn so sehen. Die Herbstgeräusche kann er auch durchs Fenster hören, das Rascheln der Blätter, die Lockrufe der Zugvögel, er hört sogar, wie die Mostäpfelchen mit dumpfem Plopp in der Blechwanne landen, hört, wie der Leiterwagen aus dem Hof gezogen wird, hört jeden Abend Onkel Rudolfs Pfupferle einlaufen, hört „Tiritomba, Tiritomba ... " aus dem Nachbarhaus, das Lachen seiner Tochter und den Schrei, als sie vom Rand des Schwimmbeckens, das noch keines ist und nie eines werden wird, hinunter fällt auf die groben Waschbetonplatten.

Als sie ihre Schrammen zeigt, die beiden großen Pflaster auf den aufgeschürften Knien, entlockt er ihr ein Geständnis, das sie der Mama nicht zu machen wagt: Einmal nur wollte sie probieren, wie es sich mit Karin Krämers schönen neuen Schnallenschuhen gehen lässt, was das für ein Gefühl ist, so schöne Schuhe anzuhaben! Aber die Karin hat viel größere Füße, also waren die Schuhe schlapprig und ihre Füße sind herausgerutscht.

Isa will das Jod sehen, das man aufgeträufelt hat. Ja, das glaubt sie gern, dass es furchtbar brannte. Aber Jod muss sein, sonst kann es eine Blutvergiftung geben und ...

„Halt mal, Isa, halt. Wie wär's wenn wir, sobald ich wieder Fahrrad fahren kann, zu Schuh-Mayer gingen und mal schauten, ob es dort hübsche rote Schnallenschuhe in der richtigen Größe zu kaufen gibt?"

Oh ja, Bea liebt ihren Papa!

Onkel Karl Spoerin

„Um den Onkel müssen wir uns kümmern, es ist doch der einzige Bruder von unserer Mama."

„Ja sicher, wir kümmern uns."

Der Onkel Karl Spoerin wird eingeladen. Dieses Mal findet der Kaffee oben bei Karola statt. Der Onkel setzt sich auf die dunkle Holzbank ins „flämische Zimmer", lässt seinen Blick schweifen und erinnert sich, wie oft er auf dieser Bank gesessen war. Damals als junger Mann, noch unverheiratet und unglücklich, kam er zu seiner Schwester und hat sich einbeziehen lassen in das Glück, das sie sich aufbaute: ihre Familie. Dann immer wieder auch mit seiner Jenny, später dann endlich mit Hans, dem sehnlich erwarteten Sohn, noch in der Karl-Friedrich-Straße 4. Schließlich ab '39 hier in Rüppurr.

Mit festem Griff hielt Lise ihre Familie zusammen, befahl ihre Verwandten an einen Tisch. Inszenierte eine Vorzeige-Familie, zwang sie in ein Tableau wie einst beim Darstellen lebender Bilder. Besonderen Wert legte sie darauf, ihre Schwiegersöhne, diese beiden so sehr unterschiedlichen Männer, in männlichen Beschäftigungen zusammenzubringen. Ermunterte sie zum Billardspielen, schickte sie an den Schießstand im Schützenhaus, immerhin, beide waren doch Soldat gewesen, damals im ersten Krieg, beide verwundet, beide desillusioniert. Lise hoffte, dass sie so auf Gemeinsamkeiten stoßen könnten. Mit ähnlicher Unerbittlichkeit hielt sie Wache über ihre Enkeltöchter. Lernen sollten sie, sich zu benehmen comme-il-faut, damit sie sich nicht ausschlossen, mutwillig, unbedacht, aus der Gesellschaft, in die sie doch unangefochten gehören sollten. Da war diese so genannte Gesellschaft längst zerfallen.

Ach ja! Die Lise und die Jenny hatten eigentlich recht daran getan zu gehen, bevor sie hätten erkennen müssen, dass die alte Welt kaputt ist und in dieser neuen Welt kein Platz mehr für uns alte Leute. Immerhin, Lises Töchter, die Elisabeth und die Karola, die sorgen jetzt dafür, dass das Leben weitergeht. Es war in guten Händen bei den Nichten. Sein eigener Zweig aber war verdorrt.

Heute muss er den beiden sagen, dass es ihm schlecht geht, dass er krank ist, dass er nicht mehr lange leben wird. Stumm nehmen sie es hin und versprechen, ihn im Krankenhaus zu besuchen.

Regelmäßig und treu, abwechselnd die eine und die andere, kommen sie dieser Pflicht nach.

Er magert ab, schläft fast immer. Ab und zu öffnet er die Augen und sagt das, was ihm wichtig ist: „Das hatte ich nicht gedacht, wisst ihr, dass es für mich noch irgendetwas geben könnte, das mir einen Sinn in mein Leben brächte, nachdem die Jenny und der Hans tot waren. Aber ich hatte doch noch einige gute Jahre. War noch mal oben im Schwarzwald, hab die würzige Tannenluft eingeatmet und wenn ich allein war, alle Lieder gesungen, die mir in den Kopf kamen. Meine Mittwochabende mit dem Frings und dem Moser, zwei Bier und ein Schnitzel und viel zu dischputieren, das hat mir gefallen. Die Gerti, die eine gute Schwiegertochter ist für mich, und ich, wir konnten viel reden über meinen Hans. Aus ihm hätte etwas werden können, wenn ihn der Krieg nicht umgebracht hätte." Umgebracht sagt er, so als ob der Krieg eine Person wäre, mit der man rechten kann. Aber wer will einem kranken, alten Mann widersprechen? Sogar Martin, der dem Onkel Karl einiges nachzutragen hätte, bedauert ihn nun. Denn Elisabeth erzählt, er habe Schmerzen, es jucke ihn am ganzen Körper und nachts verfolgten ihn Alpträume.

Dann kommt eines Tages Karola zurück aus dem Krankenhaus, vollkommen aufgelöst.

„Ich hab ihn gefragt, ob er Schmerzen hat, aber er gab keine Antwort. Atmete nur so schwer, als ob er mit jedem Luftzug ein Gewicht stemmen müsste."

Sie hat seine Hand genommen, festgehalten, was sonst hätte sie denn tun können?

„Plötzlich hat er einfach aufgehört zu atmen, Elisabeth!"

Und wie sie seine Hand losgelassen hat, da konnte man ihre Fingerabdrücke auf seinem blassen Fleisch sehen. Karola reißt die Augen auf und erstarrt in der Erinnerung an das, was sie erlebt hat.

Elisabeth nimmt sie in den Arm und hält sie fest.

Bei sich denkt sie: Früher haben wir sie immer vor dem Tod und dem Sterben bewahrt. Haben sie weggebracht, als der Papa starb, als die Tante Ida starb, um ihre schwachen Nerven zu schonen. Aber vielleicht war das falsch. Man hätte ihr möglicherweise viel mehr abverlangen müssen, das wäre eine Chance gewesen für sie. Elisabeth seufzt auf: Ach ja, es war nicht alles richtig, was die Mutter durchsetzte und aufrechterhielt. Sie mag es noch so gut gemeint haben. Aber sicherlich mache auch ich unbewusst Fehler als Mutter. Das Tröstliche an allem ist, dass das Leben trotzdem weitergeht, gerade mit diesen unsinnigen Wiederholungen.

Wieder einmal wird geteilt. Dieses Bild für dich, das für mich. Porzellan, Tischtücher, Besteck, Schmuck. Die Gerti hat, was sie braucht, und sie hat ja keine Kinder, also, wozu sich mit so viel Besitz belasten.

„Es gehört in eure Familie, ihr habt doch das Kind, die Bea, und sicher wird es bald noch mehr Kinder bei euch geben."

Die Partituren, das Gästebuch. Karola will das alles nicht. Sie will nur das, was sie schön findet, was ihr gefällt. So erhält Elisabeth alles, was übrig bleibt, verwahrt es, hütet es, nimmt es ab und zu in die Hand und betrachtet es, liest die Briefe, blättert im Gästebuch, versichert sich all der Jahre und Tage, die der Onkel gelebt hat, der Schmerzen, die er erlitten hat, des Glücks, das er erfahren hat.

Schließlich taucht noch ein kleines Kästchen auf, eine Perlenkette darin und ein Zettel. Diese Kette soll Isas Kind gehören, der kleinen Bea. Auf sie sind derzeit alle Zukunftshoffnungen der Familie gerichtet.

So legt sich der Onkel also zu den anderen auf den großen stillen schattigen Friedhof am Rande der Stadt. Und Elisabeth pilgert zu den Gräbern. Mit der Tochter und dem Kind. Trägt Frühlingsblumen, dann Geranien, dann Erika und „die duftenden Reseden" aus Onkel Karls Lieblingslied, schließlich kleine Weihnachtsbäume mit winzigen roten Kerzen auf die Gräber. Steht vor jedem Grabstein und liest die Namen. Erzählt dem Kind, wie alles zusammenhängt. Die Printz von der Brauerei, die nicht verwandt sind mit denen aus der Färberei. Die Wolf mit dem einen und die mit den zwei f. Der Mann von meiner Freundin, der Sascha. Der Bräutigam vom Polizist.

Vom Polizist?

Ja, von der Lisa Stüber, die war Polizist im Krieg.

Im Krieg?

„Ach, im Ersten Weltkrieg, weißt du. Als der Krieg vorbei war, war die Lisa schon 24 und da sie nicht so hübsch war, es wenige Männer gab, und sie auch nicht irgendeinen Witwer nehmen wollte, um ihm seine Kinder großzuziehen, da blieb sie halt ledig."

„Und du Oma? Du warst doch auch schon 26, als du den Opa geheiratet hast?"

„Ach ja, aber das ist eine ganz andere Geschichte."

„Erzähl mir diese Geschichte."

„Mhm, heute noch nicht. Aber später mal, wenn du größer bist."

Bea wird sich alles merken, eines Tages wird sie darauf bestehen, dass diese Geschichten erzählt werden müssen.

Frühling

Wenn es länger hell bleibt, wenn es wärmer wird, wenn man durchs offene Fenster hört, wie sich die Vögel übertrumpfen mit ihren geschwätzigen atemlosen Zurufen, dann geht Elisabeth hinunter in den Keller und schaut nach ihren Geranien. Sie raschelt die welken Blätter des Vorjahres von den dicken fleischigen Stielen, tröpfelt vorsichtig lauwarmes Wasser in die Kästen und holt sie schließlich hinauf ans Licht, setzt sie zwischen die Fliegengitter und die bunten Fensterscheiben, beobachtet jede einzelne Pflanze, ob sie bereit ist, mit winzigkleinen Trieben ihr Weiterleben zu signalisieren, oder ob sie sich im Winter dazu entschlossen hat, zu Erde zu werden.

Alles, was nicht mehr lebt, wird zu Erde, geht zurück zur „Mutter Erde", so erklärt es Elisabeth dem Kind und nimmt sich das Bilderbuch mit den „Wurzelkindern" zu Hilfe.

Martin schüttelt den Kopf und presst die Lippen aufeinander. Man könnte meinen, dass Zwerge und Feen, Zeus und Pan direkt neben dem Heiligen Geist in einem unsichtbaren Raum nicht weit von uns entfernt sitzen und unser Leben verwalten, wenn man sie so reden hört. Elisabeth ruckelt mit den Schultern. Und wenn schon. Das Kind hat Fragen und die Bibel reicht leider nicht immer aus als Quelle der Weisheit.

„Die Natur, die Schöpfung ist und bleibt ein Wunder und das Kind sollte bald verstehen, was ein Wunder ist! Man darf eine so ernste, heilige Sache doch nicht profanieren."

„Ach, Martin, alles Ernste und auch das Heilige wird sie noch früh genug kennen und verstehen lernen, wenn sie erwachsen ist. Jetzt ist sie erst mal ein Kind."

Richard pflichtet dem Schwiegervater bei, Elisabeths Hang zum Gefühligen, eine Tendenz zur Operette ist deutlich bemerkbar.

„Ich will nicht immer wie zwischen Mahlsteinen zerrieben werden. Ich will so sein, wie ich bin." Leise sagt sie das, aber bestimmt, und wenn man in ihre Augen blickt, wenn man die wie zu einer Frage gewölbten Brauen sieht, weiß man, dass das keine harsche Forderung, sondern ein Appell ist.

„Aber ja, Mutti, wir lieben dich doch alle, so wie du bist, und wir wissen auch alle, was wir an dir haben", Isa kommt und nimmt die Mutter in ihre Arme. Da drängelt sich das Kind zwischen sie und sie bilden eine Dreiereinheit, stehen da, beieinander, wie eine einzige dicke mächtige Überfrau. Die beiden Männer wenden sich kopfschüttelnd ab, ernst, schmunzelnd, ärgerlich, resignierend.

Frühling! Die schweren Filzdecken mit den glänzenden Messingringen werden von den Verandatüren abgehängt.

Am ersten Sonntagmorgen, an dem die Sonne so kräftig scheint, dass man ohne Jacke hinaus kann, lässt Richard sich alle Schuhe bringen, die aufpoliert werden müssen. Bea trägt sie ihm zu, und so stehen sie auf der Treppe, die von der Veranda hinunter in den Hof führt, warten geduldig, bis sie dran sind.

Richard sitzt, raucht, pfeift und summt vor sich hin, dabei cremt er Spitzen und Fersenkappen ein, nimmt ein anderes Tuch und poliert auf, lässt die Schuhe noch ein Weilchen dort stehen, die Sonne streichelt über ihre glänzende Oberfläche. Bea freut sich an all der schimmernden Schönheit so lange, bis die ältere Frau Nachbarin am Zaun steht und mit dem Finger lockt, sie möge herkommen, eine Nachricht in Empfang nehmen, dem Papa sagen, es sei heute Sonntag und das da sei eine Sünde!

Bea nimmt diese Botschaft entgegen und überbringt sie ihrem Vater.

„Was ist das, eine Sünde?"

„Scheißspießergeschwätz", brummt Richard.

Mehr will er nicht erklären. Bea muss die Oma zu Rate ziehen.

Erst mal ist „Scheiße" ein Wort, das es gar nicht gibt, deshalb will sie es nicht hören, versteht sie das? Ebenso ist das Wort

„Spießer“ ein Wort, das wir nicht sagen. Und nun gehen wir und holen die Schuhe rein.

Bea spürt die Spannung in der Luft. Die Oma hat einen roten Kopf bekommen und er zittert ganz leicht, so als ob sie etwas nachdrücklich verneinen wolle.

Was also ist eine Sünde?

Elisabeth seufzt. Es wird immer schwieriger mit dem Kind. Wirklich Zeit, dass sie in die Schule kommt.

„Bitte, Martin, kannst du ihr das beantworten?“

Ja, sicher kann er das, es gibt nichts Leichteres.

„Setz dich zu mir.“ Er beginnt zu erzählen.

„Es war einmal eine Prinzessin in Ägypten, ... “

Elisabeth ist erleichtert. Das wird eine Weile gehen.

Gott sei Dank wird es nun von Tag zu Tag mehr Frühling. Die Tür, die aus der Küche zur Veranda führt, bleibt ebenso auf wie die Tür zum Garten. Der Opa hat einen Handwerker kommen lassen, der mit lautem Getöse ein Loch in die Wand schlägt und dort ein schönes neues Fenster einbaut, aus dem kann Elisabeth hinausschauen und Bea darf ganz allein hinuntergehen in den Garten, dort spielen, wenn sie bleibt, wo die Oma sie jederzeit sehen kann.

Der Garten ist riesig, ist voll geheimnisvoller Pflanzen und Tiere. Würmer, Käfer, Fliegen, Vögel, manchmal kommt eine Katze aus der Nachbarschaft, die sich schnell entfernt, wenn Bea sie streicheln will. Die Pfirsichbäume duften, an den Johannisbeersträuchern erscheinen winzig kleine hellgrüne Blattspitzen und dann die Triebe, aus denen später die Beeren werden. Das Gestrüpp am Zaun erwacht zu neuem Leben, jetzt kann man wieder hoffen, dass daran eines schönen Tages Himbeeren wachsen. Kein Krümelchen Erde wird bald mehr zu sehen sein, weil alles wachsen darf wie im Paradies, die Wicken, der Löwenzahn, Grashalme, kleine dünne, lange dickere, mit und ohne Blütenähren.

„Wann tut ihr denn mal jäten“, will das Wernerle wissen.

„Bei uns muss nicht gejätet werden, weil es bei uns kein Unkraut gibt. Bei uns gibt es nur die Natur und die ist schön in jeder Erscheinungsform“, das sagt Richard, Elisabeth nickt, ist einig mit ihm insoweit es ihren Garten betrifft. Manchmal aber – genau genommen jeden Frühling bis auf ihren aller-allerletzten zwanzig Jahre später – wagt sie es, sich mit ihrem Schwiegersohn zu überwerfen. Wenn die Anemonen ihren weißen Blütenteppich unter die alten Bäume des kleinen Wäldchens breiten, das dem Krankenhaus gegenüber liegt, dann muss sie sich bücken und dicke Büschel ausreißen, sie heim tragen und mitten auf ihren Tisch stellen. Sie muss! Da kann er sagen, dass die Natur für alle da ist und keiner das Recht hat, sie zu zerstückeln und einen Splitter davon für sich zu beanspruchen, da kann er ausmalen, wie es aussähe, wenn jeder das machen würde, wie leer es dann wäre auf den Wiesen und in den Wäldern, Elisabeth lässt sich nicht einschüchtern, sie beansprucht diese Freude für sich.

Der große Apfelbaum auf Karolas Gartenseite summt vor Bienen, von denen Bea sich fernhalten muss, weil sie stechen können und weil ein Bienenstich letztendlich durchaus zum Tode führen kann, wie alles, wovor sie sich hüten soll. Bea gräbt in der würzigen schwarzen Erde, bis sie auf dicke weiße Engerlinge stößt, sie versucht, einen Regenwurm zu füttern mit den duftenden Blütenblättern der ersten Veilchen, die sie in Büscheln unter dem alten Quittenbaum gefunden hat. Der süße Geruch der Veilchen ist es, der die Gewissheit bringt, dass Beas Geburtstag naht.

Sie darf jetzt eine größere Gesellschaft geben, nicht nur das Wernerle und die Karin werden kommen, nein!, die Oma hat noch eine ganze Reihe von Überraschungsgästen eingeladen, sie hat einen Sandkuchen gebacken und ihn mit bunten Zuckerostereiern verschönert, auch noch einen Gugelhupf und einen roten Wackelpudding und abends gibt es Wienerle mit Kartoffelsalat. Man spielt Topfschlagen und „Was soll das Pfand in meiner Hand, was soll derselbige tun?“, auch „Goldne, goldne Brücke“ und „Hänschen piep einmal“.

Eine große Hilfe ist der Oma das Lieschen, sie ist ein richtiges Schulmädel, kommt bald schon ins Gymnasium. Sie hat ein „böses Füßchen“, über das man nicht spricht, aber auch nicht sprechen muss, denn sie hat einen raffinierten Schuh an, der ihren Fuß so unterstützt, dass sie nicht hinken muss. Das Lieschen und seine Familie wohnen ganz in der Nähe. Isa nimmt Unterricht in Russisch bei Lieschens Mutter und wenn Lieschen Geburtstag hat, werden Elisabeth und Bea dort eingeladen. Auch Lieschens Familie ist eine unnormale Familie, weil es in dieser Familie überhaupt nur Frauen gibt. Die Oma, die Mutter und das Lieschen. Trotzdem haben sie eine schöne große Wohnung, schöne glänzende Möbel und an der Wand hängt ein wunderschönes Bild. Es zeigt ein riesengroßes Haus mit vielen Fenstern. Das war das Haus in Russland, in dem Lieschens Mutter heranwuchs in einer ganz anderen Zeit, bevor sie nach Berlin „fliehen" musste, wo sie beinahe ein Filmstar wurde. Bea liebt Lieschens Geschichten. Sie sind fast so schön wie die Geschichten ihrer eigenen Familie. Bea liebt den bauchigen rotgolden glänzenden Kessel, aus dem Lieschens Großmutter Tee einschenkt, und es gefällt ihr, wenn sich die Gäste gegenseitig einen Löffel rotes Johannisbeergelee in die Teetassen tropfen lassen, sich dabei anlächeln und schließlich diesen süßen Tee mit Genuss süffeln.

Zum Abschluss von Beas Geburtstagsgesellschaft, es beginnt schon dunkel zu werden, kommt endlich Isa nach Hause. Schnell wirft sie ihren Mantel, ihre Tasche auf das Sofa und baut im Biedermeierzimmer das Kasperletheater auf. Die Kinder sitzen still und stumm davor und hören zu, wie Isa die Fingerpuppen zum Leben erweckt und sie in ein Abenteuer hineintreibt, bei dem sie nur haarscharf dem bösen Zauberer entwischen können.

Lange noch liegt Bea wach an diesem Abend. Überlegt hin und her, ob sie noch einmal aufstehen soll. Wenn ihre Beine nicht so schwer wären, würde sie es tun, aber sie verschiebt es auf morgen. Sie will doch unbedingt fragen, ob der Zauberer der „altböse" Feind ist und ob die Oma die Kiste gut verschlossen hat, in der er warten muss, bis die Mama ihn wieder auferstehen lassen wird.

Der altböse Feind

Groß' Macht und viel List, sein grausam Rüstung ist, auf Erd' ist nichts seinsgleichen. Aber wer ist er? Der Nachbar Wappnitz vielleicht? Den man manchmal hinter seiner Gardine sieht? Den die Oma nicht grüßen wird, das wird sie sicher nicht tun. Das nicht! So weit geht auch ihre Versöhnungsbereitschaft nicht. Oder der Riesengebirgemann, der immer wieder kommt, durch die Straßen zieht und mit schöner sanfter Stimme „Oh du mein Riesengebi-hi-hir-ge" singt, sich dann hinter die Zäune wagt, an den Haustüren klingelt und um Geld bittet, was vielleicht „viel List" sein könnte, so wie seine Sanftheit, seine Traurigkeit, seine Langsamkeit? Oder der Lumpensammler, der „Alt-eise, Ba-bier, Hasefell" rufend durch die Straßen zieht und ab und zu eine Glocke hin- und herschwingt. Oder Herr Fischer, der einmal in der Woche aus dem Dorf drüben ins „neue Viertel" kommt, eindringt in den Garten, sogar nach hinten geht in den Hof und dort die Kartoffelschalen aus dem Zinkeimer, den die Oma ihm bereitstellt, in einen mitgebrachten anderen Eimer umschüttet. Er wird seine Schweine damit füttern, die vielleicht alles verzauberte Prinzen sind, wer will es wissen? Oder aber einer der Unsichtbaren, deren Namen sich die Erwachsenen immer zurufen. Dann nicken sie mit dem Kopf und wissen Bescheid, und Bea ist noch zu klein um zu wissen, was und wer gemeint ist. Sie sagen: Adenauer, Goethe, de Gaulle, Ben Gurion, Mozart, Hitler, Papst Pius, Schiller, Gandhi, Albert Schweitzer, Eichmann, Klotz, Stalin, Eisenhower und seufzen und nicken und legen einen ausgestreckten Finger vor die geschlossenen Lippen. Man spricht nicht mit Fremden, man geht nicht mit Fremden, nie, nirgendwohin, auch wenn sie einem noch so leuchtende Versprechungen machen.

„Aber wer, Opa, wer ist der Feind?", fragt Bea, bevor sie das Lied singen, bevor der Opa in seinen seligen Mittagsschlaf versinkt und Bea neben ihm liegt und darauf wartet, dass er endlich wieder aufwacht, den Rollladen mit Getöse hochzieht und den Tag weiterleben lässt.

„Der Feind ist in einem jeden von uns", antwortet Martin.

„Und ob die Welt voll Teufel wär' und wollt uns gar verschlingen, so fürchten wir uns nicht so sehr, es soll uns doch gelingen! Nehmen sie den Leib, Gut, Ehr, Kind und Weib: Lass fahren dahin, sie haben's kein' Gewinn, das Reich muss uns doch bleiben. So Gott will und wir leben, mein Puppchen, wird es uns gelingen."

Sie muss es einfach glauben, sie ist das kleine unwissende B, aber sie ist in Gottes und der Oma Hand und so wird „es" auch ihr gelingen.

Isa

Was sie liebt, was sie hasst, ist kaum nachvollziehbar.

Diese Farbe, dieses Kleid, modern? Interessiert sie nicht. Aber hat Blanche nicht genau solch ein Kleid an in „Endstation Sehnsucht“? Das interessiert sie zum Beispiel. Die anständigen Leute, mit denen ihre Mutter redet, sind nicht mehr als Hintergrund für sie, aber die Frau Kammer aus dem übernächsten Haus, die interessiert sie, zu der zieht es sie hin, von ihr hört sie sich an, was sie zu sagen hat über ihren Sohn, die Schwiegertochter, deren Kinder, das ganze „Schicksal“ dieser tapferen Frau, das geht Isa tagelang nicht aus dem Kopf und besonders dann nicht, als sie entdeckt, wie unsicher die Schritte der Nachbarin am Abend werden und wie gut sie zu später Stunde allen Kummer in nichts als einen kleinen Seufzer vor einem großen, breiten Lächeln verwandeln kann. Wie macht die Frau Kammer denn das? So wie die Philosophen und die Weisen, indem sie sich etwas gönnt, einen kleinen Flug ins Vergessen, einen Schnaps vielleicht oder auch zwei. Wenn alle anderen Nachbarn nur noch den Kopf schütteln über diese zügellose, verkommene Person, dann hat Isa ihr Herz weit aufgemacht für sie. Ihr Universum ist das Chaos, die Existenzen an seinem Rand, die aus allen Ordnungen gerutscht sind, die schaut sie an, versucht, in ihre Seelen zu blicken und dort nach den Gründen für ihre Zerrüttung zu suchen.

Klofrauen und Penner, skurrile Außenseiter, Nonkonformisten, Dissidenten.

Das kann Isa, auf einem unsichtbaren lockeren Seil durch ihre Tage und Nächte tanzen, ganz ohne abzustürzen. Einerseits deshalb, weil sie weiß, was man tun muss, damit man am Leben bleibt, und andrerseits, weil sie weiß, dass sie niemals weiter fallen kann als in die Arme ihrer Eltern.

Isas Vertrauen in ihre Mutter ist grenzenlos. Elisabeths Durchhaltevermögen gepaart mit einem stillen und unerschütterlichen Kampfesmut sind der Grund, in dem Isas Lebenszuversicht wurzelt. Jetzt soll es die Mutter gut haben, jetzt will Isa kämpfen. Es geht nicht mehr ums Überleben, es geht nur noch darum, täglich etwas zu essen zu haben und schließlich darum, an dem teilhaben zu können, was man später das Wirtschaftswunder nennen wird und was sich für den Einzelnen manifestiert in Teilhabe am technischen Fortschritt, am Wohlergehen, an jener Art von bürgerlichem Luxus, der zukünftigen Generationen als solcher gar nicht mehr nachvollziehbar ist: Haushaltsmaschinen, ein Auto, ein Jahresurlaub, Kleider, die man kauft, obwohl man sie nicht bräuchte. Äußerlichkeiten.

Untrennbar bleibt Isa mit ihren Eltern verbunden. Welch ein Glück, dass Richard schon bald die Schwiegermutter als Mutter annimmt. Sie vermittelt Richard einen neuen Begriff von Mütterlichkeit, ein bedingungsloses Angenommenwerden trotz aller Unstimmigkeiten, in dem er sich einrichtet und das er mit Fürsorge beantwortet, als es später darum geht, Elisabeths abnehmende Kraft, ihre Zerbrechlichkeit zu berücksichtigen und Verantwortung für sie zu übernehmen.

Die Zerstörungen des Krieges lassen neue Muster entstehen. Neue Familienstrukturen. Menschen schaffen sich Nähe jenseits konventioneller Familienformen. Mehr geduldet als akzeptiert, immer anfechtbar und zerbrechlich, aber überlebensnotwendig. Geschwistersymbiosen, Wohngemeinschaften, die aus Schicksalsgenossenschaft entstehen, Großfamilien, Stieffamilien aller Art, sie leben recht und schlecht und manchmal sogar gut trotz des Werbebilds der Stunde, das ein verführerisch einfaches lächelndes Vater-Mutter-Kind-Idyll zeigt.

Nie beneidet Isa ihre Mutter darum, dass Elisabeth dem Kind näher steht als sie selbst, seine kleinen Freuden und seinen Kummer unmittelbar miterlebt.

„Dein Kind wartet auf dich", das ist der erste Satz, den Isa bei ihrer Heimkehr von der Arbeit zu hören bekommt. Bea wartet auf sie, weil sie ein phantastischer Spielkamerad ist. Kräftemessen mit Isa bringt prickelnde Herausforderungen. Aber Isa sieht sich nicht in erster Linie als Spielkamerad, sie liebt ihr Kind, weil es ein Teil ist von ihr selbst. Bea ist in Isas Augen die Synthese zweier Menschen, die sich immer wieder schmerzhaft aneinander reiben und doch lieben. Ihre Tochter soll es besser haben als sie, dafür will sie kämpfen; alle Hindernisse will sie dem Kind aus dem Weg räumen.

Erschöpft von der Arbeit kommt sie heim, aber der Appell der Mutter erreicht sie. So nimmt sie die Kleine an die Hand, geht mit ihr in den Garten, versucht zum Kind und zu sich selbst zu kommen, beim Gezwitscher der Vögel, dem Gegacker der Hühner, dem fernen Lachen von Kindern, dem Gebell von Hunden und im Duft des Grases. Sie setzt sich in den Sandkasten und backt Kuchen mit Bea oder lässt sich die ersten reifen Tomaten zeigen, bricht eine ab, riecht an ihr, beißt hinein und genießt das herrlich säuerliche Aroma, lässt auch Bea hineinbeißen, die sofort das Gesicht verzieht.

„Nein, das schmeckt scheußlich!"

Bea betrachtet nachdenklich Isas Gesicht, sieht den Genuss sich breit machen. Wie schafft sie das nur? Wie kann sie so glücklich aussehen, wenn sie so etwas Saures in den Mund nimmt? Es muss auch hier ein Geheimnis geben. Natürlich hat es damit zu tun, dass Bea noch ein Kind ist und Isa erwachsen. Manchmal kommt es Bea so vor, als ob Kindsein bedeutet, unvollständig zu sein. Und immer wieder, Jahr für Jahr, geht sie dorthin zu den Tomatenstauden, allein und verstohlen, greift sich eine Frucht, beißt hinein und wartet auf Erkenntnis.

Isa verstehen zu wollen ist schwierig. Sie kann lustig sein, lachen, dass sich ihr ganzer Körper krümmt wie ein Fragezeichen, ihr Lachen ist laut und nimmt keine Rücksicht. Aber sie kann auch wütend sein, ihre schwarzen Augen aufreißen und mit ihnen auf Bea einstechen, wenn diese etwas getan hat, was sie nicht hätte tun dürfen, etwas Gefährliches, etwas Ungezogenes, etwas

Dummes. Isas Zorn ist schlimmer als jedes Gewitter. Bea versucht ihn zu vermeiden. Und sie versucht, sich hinter der Oma zu verstecken, die alles erklären kann, immer alles verständlich machen kann, es so dreht und wendet, dass auch Isas Ärger sich legt. Isas Neugier ist so vital wie ihr Zorn, wenn sie etwas interessiert, dann kennt sie keine Grenzen, dann bohrt sie nach, sucht, forscht, lässt nicht locker. Zorn und Neugier, die Überzeugung, dass Kampf besser ist als Fügsamkeit, das sind ihre Lebensgeister.

Isa hat die tollsten Einfälle. Sie basteln zusammen einen Messplatz, eine Kinderpost, einen Stadtgarten. Tagelang lauert das Kind auf Isas Rückkehr von der Arbeit, lockt sie sofort an die „Baustelle". Sie sammeln Zeitungen, Tüten, Dosen, Kartons, Streichhölzer, Briefklammern, Wollreste, Knöpfe, weiße, rosa, braune Kieselsteine, die eine ungeahnte Schönheit entfalten, sobald man sie nach Farben sortiert. Der Lauterberg, das Milchhäusle, das Elefantenhaus entstehen zuerst. Dann die Gehege. Elisabeth beobachtet ihre Kinder mit glücklichem Lächeln und bringt eines Tages aus der Stadt Tiere mit. Kleine glänzende Holzpferde, Affen, Tiger, Löwen, einen Elefant, eine Giraffe.

Karin Krämer und Wernerle stehen fassungslos vor diesem Wunder, das sich auf den Teppichen des Biedermeierzimmers so ausgebreitet hat, dass man kaum noch von der Tür bis in die hintere Ecke gelangen kann, wo das Telefon steht.

Aber manchmal kommt Isa nach Hause und verschwindet sofort im Badezimmer, schließt sich ein und bleibt dort lange. Elisabeth klopft an die Tür: „Isa, komm doch bitte heraus, das Kind wartet auf dich."

Das Kind, das Essen, das Leben warten, aber Isa bleibt verschwunden. Wenn sie endlich wieder herauskommt, sieht man, was sie gemacht hat. Ihr Gesicht ist rot und entstellt. Sie hat die kleinen Unebenheiten, Überbleibsel ihrer Sepsis von damals, die immer wieder aufblühen, in tiefe blutende Löcher verwandelt.

Elisabeth schaut sie traurig an und kneift die Lippen zusammen. Ihr Kopf zittert leicht wie in einem vielstimmigen Nein.

Bea ist verstört. Wenn sie sich einen winzigen Schnakenstich wundkratzt, wird sie geschimpft, warum aber wird Isa nicht geschimpft? Alle tun so, als ob sie nichts sehen würden. Auch Richard erduldet die Zerstörung im Gesicht seiner Frau mit Gleichmut. Und Isa trägt diese Verwüstung mit trotzigem Blick, trägt sie hinaus auf die Straße, trägt sie in die Öffentlichkeit, so als ob sie eine Ordnung wiederhergestellt hätte. Bea wagt nicht zu fragen. Noch nicht.

Du bleibst sitzen

Das unglaublich Wunderbare, das sich ereignen wird in diesem Haus, hier in der Lebrechtstraße 77, ist ein nie vorher Dagewesenes, ein großes Familienfest, das sich wie eine Kapuze für einige Tage über das ganze Haus stülpt, es in Vibrationen versetzt, die man hören, sehen und riechen kann.

Isa setzt den großen Waschkessel aus Zink auf den Herd, in dem sie Richards weiße Hemden kocht. Während sie wartet, bis es dampft und sie mit der Zange die Hemden immer wieder eintauchen muss, weil sie sich unversehens in dicken Stoffblasen aus dem seifig grauen Wasser herauswölben, läuft sie herum und singt vor sich hin, eilt immer wieder zum Küchentisch, wo ihr Notizblock liegt und ein Stift, den sie sogar mehrfach spitzen muss, weil er sich so abwetzt bei allem, was sie strichelt und schreibt und durchstreicht und neu schreibt.

„Das ist die Ballade von Liebe und Freud', von Lola und Walter und einer Hochzeit. Holla-di jetzt wird's recht, holla di ho ..."

Das wird der Refrain sein für ein Lied, das die Mama dichtet eigens für ihre liebe Cousine, die nun endlich – dieses Wort darf man nicht sagen – heiraten wird.

Lola ist schon einige Zeit wieder zu Hause, schläft lange, aber wenn Bea es nicht mehr aushalten kann, darf sie kommen zu ihr, darf sie ein bisschen kitzeln, bis sie die Augen öffnet und sich die verrutschten Haare kratzt, gähnt, streckt, das Nachthemd vom Körper reißt und nur mit einem Schlüpfer bekleidet wie ein Soldat aufstellt, um ihre Morgengymnastik zu machen. Sie will doch eine Figur haben wie Gina Lollobrigida oder Marilyn Monroe, sie will schön sein, wunderwunderschön. Das gehört sich so für eine Braut am glücklichsten Tag ihres Lebens.

Dann kommt die Manikür, das ist eine Pflicht. Lola hat sich mit ihren Händen abgefunden, obwohl sie sie lieber schlanker hätte, lange schmale Nägel hätte sie gerne, dünne Finger, aber ach, so etwas Unvollkommenes bekommt man eben vom lieben Gott als Aufgabe zugeteilt. Seit allerdings die liebe gute Tante Elisabeth ihr gesagt hat, dass ihre Hände denjenigen ihres Großvaters Albert so gleichen wie ein Apfel dem anderen, kann sie sich mit ihrem Aussehen abfinden. So hatten sich Alberts Finger um den Stift und den Pinsel gebogt, wenn er sich versenkte in seine Zeichnungen und das Bemalen der Holzplatten, die sich dann zu den herrlichen Kulissen fügten, mit denen er die Theaterbesucher erfreute und zu Bewunderung anregte.

Dann kommt die Pedikür, das ist eine echte Kür, sagt Lola, weil sie mit ihren Füßen wirklich zufrieden ist. Die Zehen sind gerade, so kurz oder so lang wie sie sein sollen, und sogar Gina Lollobrigida wäre froh, wenn sie auf solchen wohl geratenen Füßen tänzeln und springen könnte.

Der duftige Hochzeitsschleier hängt schon bereit, das Kleid, die phantastischen Schuhe aus weißem Satin. Lola schaut sie an, so als ob sie sie damit noch verbessern könnte, dann kümmert sie sich um die Erneuerung ihrer Frisur, sie plustert eine Haarhaube auf ihren Kopf, fasst die Haarenden an, dreht sie um ihre Finger, bis die Schillerlocken wieder wippen und tanzen in all ihrer Pracht.

Bea muss starren und staunen.

Bald wird sie fort sein, die Lola, das macht Bea traurig. Aber sie kommt doch immer wieder zu Besuch! Also keine Angst.

Bea erzählt von ihrem Kleid, das gerade bei Frau Kögler in der Tulpenstraße genäht wird, nachdem die Oma durchsichtigen hellblauen Organza und dazu mittelblauen Taft gekauft hat. Frau Kögler macht daraus ein Drunterkleid und ein Drüberkleid, eine Riesenschärpe wird auf Beas Rücken sitzen, passend dazu hat sie ihre ersten Riemchenschuhe bekommen, blitze-weiße zarte kleine Schuhe, die sie so liebt, dass sie sie abends mit in ihr Bett nimmt, neben sich legt aufs Kopfkissen, damit sie das Letzte und das Erste sind, was sie sehen kann an jedem Tag bis hin zur Hochzeit. Die Frau Kögler hat manches zu tun, denn sie fertigt auch noch ein Kleid aus warm-braunem Brokat mit einem tiefen spitzen Ausschnitt und untenrum ganz auf Figur für Elisabeth, und zusätzlich noch eines für Isa, mit Stehbundkragen und in Tunika-Stil aus schwarz-grün gestreiftem Taft, der sich weich um die dünne Mama schmiegen wird, so erzählt Bea. Ah, das gefällt Lola, diese schönen Geschichten von schicken Kleidern und Frau Kögler, die den Mund immer voller Stecknadeln hat, die sie überall in Bea hineinsticht, worüber die Oma ärgerlich wurde, das konnte man an ihren verkniffenen Lippen und dem leichten Zittern ihres Kopfes sehen.

So, so, so, zeigt Bea, spielt alles nach und sie lachen zusammen, sind fröhlich, sind glücklich, sie haben großes Vergnügen an den klingenden neuen Wörtern, die Bea Frau Kögler abgelauscht hat, die sie immer wieder im Mund zerschmelzen lassen wie Sahneeis: Organza, Brokat und Tunika.

Natürlich will Lola, dass ihre Familie schön ist, schöner als die neue Familie, in die sie hineinheiraten wird. Von der erzählt sie Bea nun. Es gibt da zwei Kinder, ein Mädchen, Walters Halbschwester, und einen kleinen Jungen, Walters Neffe, beide ungefähr so alt wie Bea. Die Aussicht auf Kinder, die ihr nahe stehen, in gewisser Weise, geben Bea Kraft, über Lolas hochgezogene Augenbrauen und den besonderen Tonfall hinwegzusehen und -zuhören, den alle Erwachsenen hier im Haus schnell annehmen, sobald sie Bea etwas erklären, und alle Gespräche mit den Erwachsenen münden immer in Erklärungen oder Erzählungen. Erzählungen liebt Bea, Erklärungen ärgern sie, weil sie ihr nur zeigen, was sie alles nicht weiß und wie abhängig sie vom Wissen der Erwachsenen ist, die es ganz nach Belieben handhaben: großzügig oder knauserig, mit viel geheimnisvollem Getue oder so knapp und karg, dass Bea darauf verzichten könnte.

Diese Kinder also: „Bin ich dann mit ihnen verwandt, wenn du geheiratet hast? Sind sie dann wie eine Cousine und ein Cousin für mich?“

Lola weiß um Beas Sehnsucht nach Kindern, weiß wie sehr sie Karin und das Wernerle um Geschwister beneidet und dass sie jeden Abend ein Zuckerstück ans Fenster legt, weil Frau Oly ihr gesagt hat, das muss man machen, nachdem Bea ihre Bewunderung für Erika Olys neues Schwesterchen kaum zurückhalten konnte.

„Mhm, verwandt ... ", Lola schnauft beim Auf- und Abschwingen ihrer Beine. Dann muss sie das kleine B einfach aus dem Zimmer schubsen, weil sie sich mal wieder ein bisschen konzentrieren will auf das große einschneidende Ereignis, das ja vor allem sie betrifft.

Bea hüpft die Treppen hinunter, versucht zwei Stufen auf einmal zu nehmen, was ihr dieses Mal gelingt. Sie hat das Gefühl, ganz kurz in der Luft zu schweben, zwischen den Treppenstufen.

Mit diesen neuen Fast-Familienmitgliedern zusammen wird sie vor dem Brautpaar hergehen dürfen und aus einem kleinen Korb Blumen streuen, wenn sie die Kirche verlassen. Außerdem hat Elisabeth von Frau Dörflinger ein Blumenkränzchen anfertigen lassen, das wird Bea auf den Kopf setzen; sie wird aussehen wie eine Prinzessin. Sie wird auch Knickse machen, heimlich natürlich, nur wenn es der Papa nicht sieht, denn es soll keiner sich ärgern müssen an diesem Festtag.

Und sogar Martin wirft sich in Schale, Hemd und eingeknöpften Kragen, einen Tupfer Odekolonje nicht zu vergessen, den Ehering steckt er sich auf seinen rechten kleinen Finger, von wo er blitzen wird im Sonnenschein, einen ganzen Tag lang.

Richard chauffiert in mehreren Fuhren die Hochzeitsgesellschaft in die Kirche. Dort sammeln sich die alten und die neuen Verwandten, Freunde und auch Neugierige, die es hier immer gibt, denn diese Kirche steht mitten im alten Dorf Rüppurr. Kurz bevor das Brautpaar einzieht unter den Klängen der Orgel, die Kuno perfekt handhabt, betreten die Kinder aus Lolas neuer Familie die Szene. Der kleine Junge mit den blonden Haaren und den lustigen Augen verschwindet nahezu hinter dem Mädchen, das mit abgesenkten Lidern und steifem Nacken durch den Mittelgang schreitet, so als ob sie die Hauptperson wäre. Ihre langen, glänzenden Haare fließen über den Rücken, sie trägt ein weißes schimmerndes Seidenkleid, das über ihre Schuhe fällt und bis zum Boden reicht, in der Taille eine mintgrüne Schärpe, die am Rücken zu einer Schleife mit zwei lang herabfallenden Enden zusammengefasst ist. Dicht hinter den beiden Kindern geht die Mutter des Mädchens, Walters Stiefmutter. Die Kinder setzen sich neben Bea, die Frau in die Reihe dahinter.

Und dann ziehen sie ein: Das Brautpaar lächelt, obwohl Walter einen Arm verbunden hat und ihn in einer Schlinge trägt. Lolas Lider flattern, ihre Augen strahlen, ihre Lippen versuchen am Lächeln festzuhalten, so lange, bis man ihr Gesicht nicht mehr sehen kann, nur noch ihren Rücken.

Die Lieder, die Musik, was der Pfarrer sagt, alles fließt über Bea hinweg. Sie spürt die Spannung wachsen. Bald wird ihr Auftritt kommen, bald werden die drei Kinder ihre Körbe aufnehmen und vor dem Festzug aus der Kirche ziehen, Blütenblätter streuen unter die ersten gemeinsamen Schritte des glücklichen Ehepaars.

„Tretet nun herzu", sagt der Pfarrer und lächelt aufmunternd.

Da wendet sich Lola um und streckt ihren Strauß von sich. Das Mädchen steht auf, der Junge steht auf, da steht auch Bea auf, aber sie spürt im selben Augenblick einen eisernen Griff auf ihrer Schulter und hört: „Du bleibst sitzen!"

Du! Du! bleibst sitzen, während die beiden anderen Kinder aus der Reihe treten, zu Lola eilen und ihr den Strauß abnehmen, den das Mädchen schließlich halten darf.

Wo ist die Oma? Lässt sie das zu? Diese unglaubliche Ungerechtigkeit? Bea kann die Tränen nicht zurückhalten, sie kommen einfach. Aber es sind keine Tränen der Verzweiflung, es ist die rote Wut, die sich ihrer bemächtigt.

Hätte man sich das alles nicht denken können? Hätte die Oma nicht wissen müssen, dass man lange Haare und ein langes Kleid braucht, wenn man den Strauß halten will? Hätte man nicht wissen müssen, dass diese Stiefmutter „groß Macht und viel List" kennt? Immerhin, man liest doch jeden Sonntag in den Märchenbüchern von Stiefmüttern und ihren schlimmen Tricks.

Ach, was für eine wunderschöne Braut ist ihre Nichte Lola! Elisabeth kämpft mit der Rührung. Ach, und der junge Mann mit den schönen lockigen braunen Haaren und dem vorsichtigen sympathischen Lächeln! Da hat er sich noch die Hand verletzt, weil er etwas fertig machen wollte für den Tag des Einzugs in das neue Heim. Er wird seiner Frau sicher jeden Wunsch von den Augen ablesen, es kann ja nicht anders sein. Und sie werden es besser haben als wir, kein Krieg, keine Not, keine Angst um Leib und Leben wird sie niederdrücken. Sie werden eine fröhliche Familie gründen, ein Haus bauen, einen Traum in Realität verwandeln.

Elisabeth ist ergriffen von Rührung. Erinnert sich an ihre eigene Hochzeit, an die raffinierten Arrangements ihrer Mutter Lise, die das kleine private Fest mit großem Aufwand dekorieren sollten, und dass sie selbst dafür keinen Blick hatte, nur für ihn, ihren Martin, mit dem sie endlich vereint war. Sie hatte das Ziel all ihrer Mädchenwünsche erreicht. Den Mann, den sie liebte, mehr als alles andere auf der Welt, hatte sie gewonnen. Und wie naiv war ihr Glück damals. Von Liebe hatte sie nur einen Ahnungsschimmer. Dass Liebe Schmerz bedeutet, Angst, Verzweiflung, Sehnsucht, die wie Messer in die Seele schneiden, das wusste sie noch nicht. Sie greift nach Martins Hand. Er nimmt sie und drückt sie sanft, streicht mit seinem Daumen zärtlich an ihrem Zeigefinger entlang, hin und her. Sie atmet tief ein, bläht ihre Nasenflügel, spürt, wie sie zittern, weil in ihr das Weinen beginnt, das ihr Tränen aus den Augen treibt, denen sie einfach ihren Lauf lässt.

Die Biene!, denkt Isa, ist nun am Ziel ihrer Wünsche. Das neue Leben kann beginnen! Sie wird schon schnell genug merken, wie wenig das Eheleben mit der Romantik unserer Mädchenträume zu tun hat. Sie wird die neuen Möglichkeiten des Glücks bald lernen, warum auch nicht. Und der Walter sollte seine Skepsis nicht zu weit treiben. Was würde Sigmund Freud zu seiner verletzten Pfote sagen? Unaussprechbares! Unfair ist das. Er bekommt eine gute, eine hingebungsvolle Ehefrau. Lola wird ihm jeden Wunsch von den Augen ablesen! Die gute Cousine ist fest entschlossen, diese Ehe zu einem Erfolg zu machen, da ist sich Isa sicher. Immerhin sind wir die Enkelinnen von Lise Wolf und haben was gelernt von unserer Oma!

Ist das ein Gewusel, diese vielen fremden Gesichter. Man muss sich mit dem Ellbogen anstoßen und mit den Augen rollen, wenn man den oder jenen beobachtet und sieht, wie er ... Pscht! Contenance. Gelacht wird später.

Dann kommt die schöne Hochzeitsballade. Es werden Blätter ausgeteilt und man beginnt zu singen.

Bea sitzt mit den beiden anderen Kindern an einem „Katzentischle". Der kleine Junge ist freundlich, lustig, stellt Bea Fragen und freut sich, wenn sie antwortet. Das Mädchen ist erwartungsgemäß hoheitsvoll und unnahbar. Die Ballade hat siebenundzwanzig Strophen. Wenn die veränderlichen Zeilen gesungen werden, ist der Gesang etwas leiser, denn das Gereimte erfordert akrobatische Sprünge im zugrunde liegenden Lied, aber es wird gestaunt und gelacht beim Singen, diese Einigkeit, dieses selige Geschunkel, wenn sich der Refrain, den man bald schon auswendig kann, kraftvoll aus allen Kehlen schwingt. Kann das Leben überhaupt schöner sein?

Bea will überhaupt nicht mitsingen, denn sie kann doch nicht lesen und vor allem nicht diese vielen lustigen Sätze, die Isa aufgeschrieben hat. Sybille bemerkt Beas Unzulänglichkeit sofort. Ein schneller Blick, unter den überlangen Wimpern hervorgeschossen, hat sie aufgeklärt, man sieht es dem kleinen schadenfrohen Lächeln an, das sich auf ihre Lippen stiehlt und mit dem sie sogar weitersingen kann.

Nach dem Essen muss Martin sich ausruhen. Er geht hinunter in die Mayer'sche Wohnung, zieht seine Hausjacke an und setzt sich dann in den Garten, beaufsichtigt die drei Kinder beim Spielen.

Harald hat Beas Verstimmung bemerkt. Er lockt sie mit Vorschlägen, versucht sie aufzumuntern. Sybille hat sich zu Martins Füßen auf ein Kissen gesetzt, achtet darauf, dass der Saum ihres Kleides einen malerischen Kreis um ihre Füße schlägt und hört Martin zu, wie er erzählt.

In diesem Sommer sind die Schnaken besonders aggressiv. Bald schon jammern die Kinder über Stiche an den Armen, am Hals, in den Kniekehlen, man weiß nicht, wo man zuerst kratzen soll.

Martin holt essigsaure Tonerde und Watte und betüpfelt fürsorglich die roten Pusteln, mit der gleichen Hingabe kümmert er sich um alle drei Kinder und gibt damit Bea Anlass, sich erneut und noch tiefer in ihren Kummer hineinzuwühlen. Das ist ihr Opa, diese Kinder haben keinerlei Rechte an ihn!

Erst in der Nacht, als sie todmüde ins Bett sinkt, die Oma noch einen Augenblick neben ihr sitzen bleibt, bevor sie zurückgeht, um Karola beim Aufräumen zu helfen, kann Bea ihr Herz ausschütten und es entsteht eine erste noch sehr unfertige Version dieser Geschichte, die immer, immer wieder erzählt werden sollte, die Bea eines Tages in einen Klassenaufsatz verwandeln wird, für den sie eine sehr gute Note erhält.

Martin steht im Flur und lauscht durch die offene Tür. Als Elisabeth vorsichtig die Tür zuzieht, darauf achtet, dass der verabredete Spalt offen bleibt, der einen dünnen Lichtfaden einlässt zu Bea, die dort so alleine liegt, sagt er: „Siehste, Isselche, ich sage es immer und immer wieder: Ihr habt sie zu sehr verwöhnt. Ihr kleines Ich ist nicht nur verletzlich, sie ist ein richtiger Narziss! So kann doch nichts aus ihr werden. Man muss ihr mehr abverlangen."

„Narziss? Ist das der, der in den Teich fällt, weil er sich in sein Spiegelbild verliebt hat?"

„Na ja, weißte, Isselche, das ist auch ein Schlüsselwort aus dem Buch, das die Isa gerade liest."

„Du meinst das über die Seelenkunde?"

„Mmh. Ich finde es hoch interessant, es gibt Erklärungen für das Unverständliche, man kann so vieles endlich wenigstens verstehen, wenn auch nicht begreifen."

Später, als sie endlich rechts und links neben dem Kind unter ihren riesigen Kissenbergen liegen, will Elisabeth noch einmal darüber reden.

„Dieses Buch, du weißt schon, was ich meine, das Isa liest und über das du vorhin gesprochen hast, gibt es auch Erklärungen, damit man ihn verstehen kann – Hitler", flüstert Elisabeth nach einer längeren Pause.

„Vielleicht auch den."

„Und das Verstehen, hilft es zu heilen, wenn noch Zeit ist?"

„Ich glaube, ja, da gibt es Hoffnung."

„Ich verstehe, was du mir damit sagen willst, Martin", Elisabeth nickt und er hört das Rascheln ihrer Haare auf dem Kissen. „Es ist gut, dass sie in die Schule kommt. Unter Kinder. Dann wird alles anders."

Martin weiß, sie wird tun, was sie für richtig hält, das Kind weiter päppeln, es ist ihr Augäpfelchen. Aber, auch das weiß Martin, sie ist pragmatisch genug, dass sie die Gefahren ihrer Liebe spürt und, darauf verlässt er sich, es wird ihr immer wieder etwas einfallen, womit sie die Erziehung dieses Kindes zu einem guten Ende führt.

Pflichtschuldig spricht Elisabeth Isa auf Martins Bedenken an, will einen Rat, wie sie dem unguten Element im Wesen des Kindes etwas Anderes, Besseres entgegenhalten könnte, vertraut auf die Klugheit der Tochter, zu der sie längst aufschaut.

„Narziss? Jedes Kind hat eine solche Phase. Es ist wichtig, dass sie sich rundum geliebt und anerkannt fühlt. Ein Zuviel an Anerkennung kann es doch für ein Kind nicht geben."

Isa denkt an ihre eigene Kinderzeit, denkt daran, wie ihr alle Anerkennung verloren gegangen war, die Freundinnen wollten nicht mehr mit ihr spielen, die Oma Lise wollte ihren Vater weghaben, die Onkels aus der Fabrik vertrieben sie aus dem Haus, schließlich war der Existenzkampf für die Eltern so bedrängend, dass sogar sie ihrer Tochter immer weniger Zuspruch geben konnten. Und dann der Tag, an dem sie ihr eröffneten, sie könnte doch mit anderen Kindern nach England auswandern, allein!, da fühlte sie sich einen Augenblick lang so, als ob der Boden aufginge unter ihr und sie ins schwarze Nichts fiele.

Richard möchte bloß keine Komplikationen. Ein Kind großziehen, das ist das Natürlichste auf der Welt. Man liebt es und lässt es gewähren. Es soll wachsen dürfen wie die Blumen im Garten, alle Blumen so wie sie wollen. Er ist gegen Drill und Beschneidung natürlicher Impulse.

Bea fühlt die Blicke der Erwachsenen auf sich, schmiegt sich in sie oder duckt sich unter ihnen weg, sie probiert alle möglichen Verrenkungen aus. Und wartet auf das Neue, das das Morgen und das Übermorgen für sie bereithalten.

Das Ende der Langeweile

„Mir ist immer so schrecklich langweilig", brummelt Bea. Sie steht auf der untersten Querleiste des Gartenzauns und blickt traurig hinter Wernerle Griener her, der mit einer kleinen Tasche auf dem Rücken Richtung Kindergarten davonschlendert.

„Aber Schätzle!", tröstet sie Elisabeth und sinnt darauf, Bea glücklich zu machen. „Wie wär's denn mit Musik?"

In einer exklusiven kleinen Kinderrunde lernt Bea nach neuem Konzept die Noten, schon mit fünf Jahren! Der Unterricht beginnt im Keller einer Nachbarin, einer herzensguten, hilfsbereiten, anständigen Frau aus gutem altem Mannheimer „Haus" – aus Richards Heimat, man hört es am Tonfall! –, die noch spät einen Nachkömmling bekommen hat, der genau so alt ist wie Bea und dem es genauso langweilig ist zu Hause. Dort beginnen die Kinder DO-RE-MI-FA-SO-LA-SI-DO zu singen und einander die handtellergroßen farbigen Notenbälle zuzuwerfen. Später im Konservatorium kommt Chorsingen dazu, Blockflöte und Xylophon. – Das Kind ist musikalisch, das behauptet Elisabeth, wenn es auch bockt und nicht richtig zu Hause üben will, wenn es auch immer so verloren am Rande steht und mit keinem der anderen Kinder sprechen will. Es soll auch ein Instrument lernen dürfen.

„Ich will Geige spielen", sagt Bea!

Man hat eine Geige. Richard hat eine bekommen von seinem Musikergroßvater. Jedem seiner Enkelkinder hat dieser mindestens eines, manchen, in die er größere Hoffnung setzte, sogar mehrere Instrumente vermacht. Aber die Lehrerin rät Elisabeth ab davon. Dieses Kind plagt sich nicht gern, es ist träge, will nur das tun, was ihm leicht fällt. Elisabeth hat damit etwas zum Nachdenken bekommen, denn Antriebslosigkeit liegt in der Luft. Isas Mann und seine Familie leiden sehr stark darunter. Isas Schwiegermutter verpackte sich einstmals, noch bevor die Krankheit sie so in Besitz genommen hatte wie jetzt, bei ersten Anzeichen von Schmerzen schon in ihr Bett und verharrte dort stundenlang mit nichts als Selbstmitleid. Natürlich hält man hier im Haus von Lise Wolf und ihren Kindern mit anderen Erbanlagen dagegen. Man sehe sich nur die tapfere Karola an, sie hat doch das gleiche Leiden wie Isas Schwiegermutter.

Meine Familie, deine Familie, was für ein nutzloses Gezeter, meint Richard. Das Kind ist aus zwei Töpfen zusammengerührt.

Das stellt Bea sich vor: Da steht der liebe Gott und wirft ein bisschen Oma Helene und ein bisschen Oma Elisabeth in einen Topf und rührt daraus eine Masse, die knetet er schließlich zu einem Bea-Dambedei. Die Augen von dem, die Ohren von jenem, die Beine, das Gemüt, die Trägheit, den Mangel an Lachen und Zuversicht, die Angst, alles kommt von irgendwoher. Ein Ich-Selbst gibt es nicht. Bea ist anscheinend also ein Abklatsch der Großen, die ihr so rätselhaft sind, dass sie sich selbst fremd ist.

Ein schönes Stückchen Verantwortung ist sie für ihre Oma, das erklärt diese Frau Bender-Streit, der sehr gefragten Musiklehrerin mit der neuen Methode.

Man darf das Kind nicht überfordern, will ihm lieber nur das Machbare abverlangen. Wäre das Klavier also nicht besser als die Geige? Sie selbst und auch ihre Tochter haben achtbare Erfolge im Klavierspiel vorzuweisen. Trotz gewisser Zweifel, ob das Klavierspiel einer höheren Tochter aus der Kaiserzeit vergleichbar ist mit dem, was die ehrgeizige Klavierlehrerin von ihren Schülern fordert, stimmt sie also zu, das Kind als Schülerin aufzunehmen. So beginnt Bea Klavier zu spielen. Geht zur gestrengen und inzwischen schon in Kreisen musikalischer Eltern für ihre Methode und die Bücher, die sie dazu verfasst hat, berühmten Lehrerin. Sie arbeitet sich schnell und nachlässig durch die ersten Schritte zu Schumann und Mozart hinauf.

„Jetzt üben wir die ersten vierhändigen Diabelli-Sonatinen zusammen“, strahlt Elisabeth, ermahnt das Kind, die Lehrerin nicht so „wüscht“ nachzuäffen, wie sie am Klavier hin- und herwogt beim Vorspielen der Stücke und danach in Halbschlaf versinkt, bis das Kind den ersten Patzer macht jedenfalls, und der kommt meistens bald, denn üben will sie immer noch nicht.

„Ach Gott, Martin, was soll ich nur mit ihr machen?“ Faul ist sie, aber faul will Elisabeth sie nicht nennen, lässt auch nicht zu, dass andere sie so nennen. Verträumt, das lässt sie allenfalls gelten.

Martin bleibt stumm, verzieht sich hinter seine Zeitung.

Elisabeth versteht, dass Bea von Langeweile gepeinigt wird, versteht ihre Enttäuschung, dass sie nicht wie Wernerle Griener und Karin Krämer in die Kinderschul' darf.

„Schau, dort im Kindergarten sind so viele Kinder beieinander, die husten und schniefen und verteilen ihre Krankheiten hin und her, die harmlosen, aber auch die schlimmen, die lebensbedrohlichen. Gerade hat man wieder davon gehört, dass es einen Fall von Kinderlähmung gab. Das wollen wir doch nicht, wir wollen nicht, dass du krank wirst. Und bald, ganz bald schon darfst du in die richtige Schule gehen.“

Elisabeth organisiert noch eine weitere Vergnügung für ihr Enkelkind.

Gymnastik.

Beas Körpergefühl sollte besser werden. Ihre schlimmen rachitisch krummen Beinchen hat man mit Massage so einigermaßen hingekriegt, aber jetzt darf man nicht nachlassen. Die Frau des Kinderarztes, die Elisabeth kennt aus der Gesellschaft, empfiehlt eine Gymnastik- und Tanzgruppe. Die Leiterin ist Frau Knoop, auch sie gehört in den Kreis der C-J-Gesellschaft, der sich immer noch zusammenfindet, als ob man dort eine andere Sprache spräche.

Elisabeth und Bea pilgern nun jeden Dienstag in die Innenstadt, finden sich in einem großen kalten Raum mit glänzendem Holzfußboden ein. Unter einer Gummihaube verborgen, schlummert an der hinteren Wand ein Flügel, auf dem Bea schon den Flohwalzer klimpern kann, den hat der Kuno ihr beigebracht, sie ist stolz darauf. Sie renommiert mit ihren Künsten vor den anderen Kindern, denn Frau Knoop lässt auf sich warten. Manchmal kommt sie gar nicht. Wenn sie kommt, ist sie sehr unterschiedlich gestimmt. Es kann sein, dass sie fröhlich in die Hände klatscht, dabei zittern ihre Wimpern, als ob das Klatschen eine Wasserfontäne aufspritzen ließe, an anderen Tagen aber muss sie zuerst umständlich ihre Haare richten, ihre Schuhe binden, dann steht sie auf, müde, steif, blickt um sich und starrt die Kinder an, als ob sie sagen wollte: „Wer seid ihr, was wollt ihr hier, macht dass ihr wegkommt, stört mich nicht in meinem Frieden."

Wenn sie auf dem Flügel spielt, dann wird es wirklich lustig. Die Kinder sammeln sich in der Mitte des Raumes, fassen sich an den Händen und drehen ein Rad, das aus ihren Körpern besteht, die Arme sind die Speichen. Sie springen immer schneller, immer schneller. Atemlos lachen sie, berauschen sich an ihrem Leichtsinn. Plötzlich hört man einen lauten Schrei: „Stopp! Das ist doch viel zu gefährlich, die Kinder könnten auf den Boden schleudern."

Das Rad zerfällt, die Kinder sehen sich um, wer sie gestört hat. Bea erstarrt in Scham. Es war ihre Oma. Sie hat das Gefühl, dass alle Kinder sie vorwurfsvoll anschauen.

„Ja, ja! Mein Gott ja. Also Schluss für heut", singt die Knoop'sche, und will sie denn jetzt nicht ihr Geld haben? Doch, doch, ach der schnöde Mammon! Nachdenklich pilgern Elisabeth und Bea wieder nach Hause und erzählen dort zweistimmig, was sie erlebt haben.

Bea liebt ihre Oma. Die Oma ist ohnegleichen. Sie ist etwas Besonderes und manchmal schon hat Bea sich vorgestellt, dass die Oma eine verzauberte Prinzessin sein könnte. Dass darin das große Geheimnis liegt, das man ihr erst enthüllen wird, wenn sie alt genug dafür ist.

Niemals geht die Oma ohne Hut aus dem Hause. Immer trägt sie eine Kette um den Hals und ihre blitzenden Fingerringe. Sogar wenn sie in den Konsumladen direkt gegenüber geht, niemals ohne Hut, mit oder ohne Feder, mit oder ohne Tüll, aber jedenfalls farblich abgestimmt auf ihr Kleid, die Jacke, den Mantel! Neben den Nachbarinnen in ihren bunten Kleiderschürzen leuchtet ihre Einzigartigkeit.

Und mehrfach pilgern Elisabeth und Bea zusammen zu Frau Jäger-Heberling, einer Hutmacherin, die eine anmutige Art hat, wie die Oma es nennt, mit der tänzelt sie um Elisabeth herum und betrachtet von allen Seiten, wie der ein oder andere Rohling sich auf dem Kopf der verehrten Frau Mayer ausmacht, das flüstert sie vornehm und anmutig und blinzelt dabei konzentriert aus den zusammengekniffenen Augen. Zwanzig Hüte hat Elisabeth oder mehr. Bea kann gut bis zwanzig zählen. Stolz führt sie Karin Krämer ins Schlafzimmer der Großeltern, öffnet den schweren Kleiderschrank und zeigt die Pracht der Kopfbedeckungen, die sich im obersten Fach zusammendrängen. Karins Mama hat keinen Hut. Nicht einen einzigen. Sie braucht keine Hüte, sie hat Haare. Bea weist Karin nicht darauf hin, dass auch Elisabeth durchaus Haare hat, schöne lockige Haare. Sie will nicht, dass Karin sich auf irgendeine Art ärgern muss. Sie will, dass sie glücklich ist, wenn sie zu Bea kommt. Denn Karin ist nun schon in der großen Schule, hat viele neue Freundinnen und außerdem geht sie immer wieder gerne auch ins Nachbarhaus zu der Familie, die dort eingezogen ist, um das Baby der Leute in seinem Kinderwagen herumzufahren. Bea weiß, wie die Frau aussieht, und vor allem weiß man, dass sie gerne Musik hört, denn immer wieder lässt sie laut ihren Schallplattenspieler laufen, sie spielt vor allem das Lied: „Tiritomba, tiritomba ... doch das Ringlein brach entzwei."

Wenn Karin auf das Baby aufpasst, zieht die junge Mutter sich besonders hübsch an. Ein weißes Kleid mit dicken schwarzen Punkten darauf, das einen weiten schwingenden Rock hat, unter dem mehrere Petticoats hervorblitzen. Um die Taille hat sie sich einen breiten schwarzen Gummigürtel gezurrt, dessen schwere Metallschnalle im Sonnenlicht blinkt, wenn sie einsteigt in den offenen Wagen eines schicken Herrn, der nicht ihr Ehemann und auch nicht ihr Bruder ist. Sie lacht und wirft ihren Kopf in den Nacken, dreht sich um, lässt ihr Beuteltäschchen auf den kleinen Rücksitz fallen. Dann hört man den Motor aufheulen und der

Wagen startet, davon fahren die beiden, die sehr fröhlich und sehr glücklich aussehen.

Die Nachbarschaft kennt kaum ihren Namen. Nur die Hausbesitzerin natürlich. Sie ist fast schon eine Freundin der Oma, das hat Bea festgestellt. Wenn sie einander sehen in ihren Gärten, eilen sie an den Zaun und begrüßen sich freundlich, weil sie einander kennen aus der Gesellschaft und einander vertrauen, aber auch „weil ich sie mag", sagt die Oma. Sie reden über dies und das und auch über die junge Mieterin und dann machen sie große Augen, zucken mit den Schultern, raunen einander Wörter zu. Was stimmt denn da nicht, denkt Bea.

Warum darf man nicht einfach glücklich sein?

So nicht, erklärt Elisabeth. Es ist nicht richtig, was sie tut. Glücklich sein hat auch damit zu tun, dass man das Richtige tut.

Eines Tages wird Karin fortgeschickt. Das Baby ist nicht mehr im Haus, es ist bei seinen Großeltern. Und kurz darauf kommen Möbelwagen. Die Nachbarsfamilie ist ausgezogen, eine andere Familie zieht ein. Sie hat zwei Kinder: ein Mädchen, etwas älter als Karin Krämer, und einen Jungen. Noch bleiben sie dort hinter ihrem Gartenzaun. Aber man sieht sie. Sie lächeln, Bea lächelt zurück. Es gibt neue Kinder, ganz in der Nähe, ein neues Mittel gegen die Langeweile. Vorerst nur etwas zum träumen.

Mit der Oma, in ihrem Schlepp, wie es Richard nennt, schafft Bea alles! Sie schafft es auch, in der großen, richtigen Schule aufgenommen zu werden, obwohl die Schulärztin sie nicht nehmen will. „Zurückstellen" will man sie. Sie sei noch nicht reif, behauptet diese Hexe!

Nur weil Bea sich nicht von ihr anfassen lassen wollte und nach ihrem Finger schnappte, als sie trotzdem versuchte, sich ihr zu nähern, um in ihre Ohren zu schauen.

„Mit Engelszungen, Martin, mit Engelszungen hab ich geredet, wie langweilig es dem Kind doch zu Hause ist, dass es jetzt endlich mal was lernen will, dass es unter Kinder kommen muss. Und Gott sei Dank ist die Lehrerin, Frau Arnold, eine so verständnisvolle Frau, selber Mutter, eine junge Witwe überdies, denk dir nur,

Martin. Ach ja, diese Frau hat ein Herz, in dem nicht nur Paragraphen regieren."

So hat Elisabeth also ihr Enkelkind in der Schule untergebracht, ganz kurz nach seinem sechsten Geburtstag, und durchgesetzt, was Tochter und Schwiegersohn ihr auftrugen, dass sie in die „gemischte" Klasse eingeschult werde, „hinein in die Vollen", sagt Richard; er ist schon immer der Meinung gewesen, dass nur Erfahrung klug macht, worauf es jedes Mal Spannungen gibt, denn die Mama sagt, was hat man von Erfahrung, wenn sie einen verletzt, verwundet oder tötet? Lieber hält sie ihr Kind aus allem raus, und es bleibt gesund an Leib und Seele dabei. Isa weiß gar nichts von Beas Seele. Sie bannt ihre Tochter in ihre Verbote mit ihren Katastrophenphantasien, mit ihrem schwärzesten Blick.

Am Abend bevor die Schule beginnt, überkommt Bea eine große Angst. Weinend kommt sie aus dem dunklen Schlafzimmer noch einmal heraus, rennt ins Esszimmer, platzt hinein in den Kreis der Erwachsenen und weint hemmungslos.

„Schule, Schule", weint sie, mehr kann sie nicht sagen.

„Aber, aber, mein Füchsle, komm mal her zu mir", schmeichelt der Papa. Bisher hat sie sich doch nur gefreut auf die Schule. Endlich unter Kinder zu kommen, wird das nicht wie im Paradies sein?

„Ja", sie nickt und grübelt: Endlich die Grenzen des Gartenzauns hinter sich lassen. Endlich mit all den Kindern alles machen können, dürfen und müssen, ohne immer um Erlaubnis zu fragen.

„Na, siehst du!"

Alle freuen sich mit Bea. Die Mama hat ihr eine Schultüte gebastelt, der Papa hat ihr diesen wunderschönen besonderen Ranzen gekauft. Ein edles Modell in grünem Leder. Wie immer hat er eine Geschichte zu erzählen: Da war noch ein anderer Mann, der wollte diesen Ranzen auch, hatte sogar zuerst danach gegriffen.

„Junge oder Mädchen, hab ich ihn gefragt und ihn streng angeschaut dabei, schau mal so", Bea muss schon wieder lächeln.

„‚Junge', sagt er. Da hab ich ihm erklärt, dass Grün keine Farbe für einen Bub ist. Der wird gehänselt damit, hab ich ihm gesagt. Also überlassen sie den lieber mir für meine Tochter."

Damit ist die Ordnung hergestellt. Bea bekommt einen wunderschönen unnormalen grünen Ranzen. Am nächsten Tag stellen sie fest, es ist der einzige grüne Ranzen ringsum. Zögernd löst Bea sich von der Hand der Großmutter und ihr neues Leben beginnt.

Zweiter Teil

Schule ist Paradies

Das schaffen sie, die acht Erwachsenen, in deren Umarmung und Umklammerung Bea aufwächst, dass sie die Schule als Tor zur Welt der Erwachsenen und damit zum interessanteren Teil der Welt schlechthin betrachtet. Dreizehn Jahre lang bleibt Beas Glücksgefühl unvermindert erhalten, das sie erfüllt, sobald sie das Wort „Schule“ auch nur denkt. Dieses Glück erinnert sie immer wieder daran, wie unnormal sie ist und lehrt sie, sich in ihrer Unnormalität wie im Glück einzurichten. Elisabeth sieht und spürt das Glück ihres Enkelkindes wachsen. Isa hat überhaupt keinen Sinn für Normalität. Über Glück macht sie sich keine Gedanken. Sie ist neugierig auf die Möglichkeiten, die das Leben ihr bietet und was andere glücklich macht, interessiert sie. Sie grübelt. Wenn sie das Gefühl hat, zum Kern einer Wahrheit durchzustoßen, fühlt sie sich ruhig werden. Diese Ruhe ist dem Gefühl des Glücks sehr ähnlich.

Während Martin besorgt die Bundestagsdebatten verfolgt, die sich mit der neu gegründeten Armee in beiden deutschen Staaten befassen, während er versucht, Klarheit zu gewinnen, wie nah der nächste Krieg sein könnte, wann man beginnen müsste, wenigstens die Jungen in Sicherheit zu bringen, denn worin liegt der Sinn des Lebens, wenn man es nicht zulässt, während Isa Woche für Woche ihren Gehaltsstreifen betrachtet und jeden Pfennig mehr mit Freude begrüßt, rüstet Elisabeth das Kind für die Schule. Kauft Stifte, Radiergummi und Spitzer, das Neueste und das Beste, was man bei Papier-Dewerth finden kann. Dann geht sie noch nebenan zu Textil-Dewerth und lässt sich die neusten Kniestrümpfe aus reiner Baumwolle mit Lochstrickerei zeigen. Fünf neue Schildpatt-Haarklämmerchen mit festen Zähnen, damit sie Beas Tolle halten, die kräftiger wird, als man erwartet hat. Nun ähnelt ihre Frisur doch noch der, die der Maler ihr verpasst hat auf seinem Portrait. Auf ihrem Heimweg lässt sich Elisabeth beraten am „Süßen Eck", über Brausepulver in Tütchen und Brausewürfel, Lakritzeschnecken und Eisschokolade. Beas Schultüte soll sich mit jeder anderen messen können. Nun kann ihr neues Leben beginnen, Beas neues Leben bedeutet auch für Elisabeth ein neues Leben. Neue Herausforderungen, neue Menschen, neue Sorgen und neues Glück.

Schule heißt unzensierter Umgang mit anderen Kindern, vielen unterschiedlichen Kindern, von deren Eltern man nichts weiß, nicht ob sie „anständige Leute" sind, die sich „kümmern" um ihre Kinder, die „Vorstellungen" haben von Sicherheit zum Beispiel oder davon, was „man" tut und was nicht. Schule heißt, schrittweise in die Welt eindringen, die direkt vor der Gartentür beginnt.

Beas Angst, dass sie in der Schule schnell wieder das kleine B sein könnte, das abseits steht, weil alle anderen Kinder einander schon kennen aus der Kinderschul', ist unbegründet, das spürt sie in den ersten Schultagen. Sie steht nicht als Einzige da und lehnt sich schutzsuchend an Omas Seite, da stehen vereinzelt noch andere solche Kinder an ihre Mütter gelehnt, in ihren Augen sieht Bea ihre eigene Befangenheit vervielfältigt. Natürlich finden sich diejenigen zusammen, die sich aus dem Kindergarten kennen, aber sie kommen aus drei verschiedenen Kindergärten, es ergeben sich also drei kleine Zirkel, die einander fremd sind. Und zwischen diesen dickeren Kinderklecksen stehen die Einzelkinder, zwei Kinder, deren Familien erst zugezogen sind, und auch zwei, über die gleich getuschelt wird, es wird mit dem Finger auf sie gezeigt. Sie heißen Peter und Odette Reinhard. Sie haben glänzend schwarze Haare und braun gebrannte Gesichter und Hände und sie wohnen neben der Scheune hinterm Dorf in Wohnwagen. Was keiner so recht wagt, probiert Bea aus, sie geht zu Odette und fragt, ob sie sich neben sie setzen will. Man verachtet und bewundert sie dafür, das heißt, man beachtet sie und diese Beachtung mag Bea, sie wächst in ihr und beginnt ein Gefühl des eigenen Wertes zu entwickeln. Vor allem auch dann, wenn sie die zustimmenden Blicke der Lehrerin auf sich fühlt. Sie muss nur lernen, das sagt die Lehrerin ruhig, aber bestimmt, ihre Antworten, die so schnell aus ihr herauswollen, nicht einfach hinauszuposaunen. Sie ist nicht allein, da sind noch 42 andere Mädchen und Buben, die auch schöne Antworten parat haben und sie loswerden wollen.

Viel zu früh steht Bea nun jeden Morgen im Flur mit dem Ranzen auf dem Rücken und wartet, bis die Oma ihren Hut aufgesetzt hat und sie endlich zusammen lospilgern können. Bald schon sagt sie: „Ab jetzt kann ich alleine gehen so wie die anderen."

Aber dieser Wunsch wird sich nicht erfüllen. Elisabeth bringt das Kind in die Schule, liefert es dort ab und übergibt es der Lehrerin. Tagaus, tagein, vier lange Jahre vergehen dabei. Sie holt Bea wieder ab und hat nach und nach eine Traube von Kindern um sich herum versammelt, kleine Hände, die sich in ihre drängen, „Oma, Oma, Oma", rufen alle Kinder. Beas Oma wird zur festen Größe im Schulablauf der Kinder, die sich morgens in immer neuen Gruppierungen sammeln beim Schutzmann Ecke Löwen- und Herrenalber Straße. Nachdem er ihnen einen Witz erzählt, dann seine Arme ausgebreitet und damit die Autos zum Stillstand gebracht hat, gehen sie weiter in die Schule.

Elisabeth merkt sich die Namen der Kinder, sie lobt eine neue Schleife, neue Schuhe, sie sieht Kummer und Sorgen auf den Gesichtern und weiß von Tag zu Tag mehr über jedes einzelne Kind. Erfährt auch diese und jene Geschichte über deren Eltern.

Wenn Bea und Elisabeth in der Göhrenstraße auf das Fräulein Langenbach treffen, das ist die Handarbeitslehrerin, darf Bea an der Hand des Fräuleins in die Schule gehen, die Oma kehrt um. Fräulein Langenbach ist lieb, aber unerbittlich, was Beas Leistungen betrifft, die sind so beschränkt, dass sich auf der Stirn des Fräuleins eine steile Falte bildet. Nur dieses schöne glänzende rote Papier falten, falzen und die Streifen glatt abreißen soll sie. Was ist denn das hier? Das kann man nur wegwerfen, nicht in das schöne Album einkleben, das wir anfertigen wollen, um es euren Eltern zu zeigen, damit sie sehen können, was ihr gelernt habt.

Bea sagt, sie habe es noch nicht „gelernt“, und auch die anderen Kinder haben es nicht gelernt, sie können es schon aus der Kinderschul’ und sie kann es eben nicht, weil sie dort nie war. So was! Ist sie vorlaut? Das gibt’s nicht, jetzt ab in die Ecke, denk nach über deine ungezogene Antwort. Bea ist verwundert über die Strenge des Fräuleins, bleibt eine Weile in der Ecke stehen und geht dann auf ihren Platz zurück. Da greift das Nachbarkind, das Monika heißt, nach ihrem Papier, nimmt es schnell unter den Tisch auf seinen Schoß, faltet, falzt, reißt und legt Bea die fertigen geraden Streifen in ihr Album. Wortlos.

Mit diesem Kind will sie spielen. Elisabeth muss das erst klären. Wo wohnt das Kind, wird die Lehrerin gefragt. Im Dorf, in einem Haus hinter dem eigentlichen Haus. Die Oma pilgert mit Bea dorthin und sie finden nicht nur das Kind und seine Mutter, sondern noch etliche andere Kinder. Es ist eine große Familie. Eine schöne große Familie mit vielen Kindern. Oh, wie gerne hätte Bea auch Geschwister! Kinder, Kinder, Kinder. Monika denkt anders. Ihre Geschwister verhindern zunächst, dass sie kommen darf, da sie das Baby hüten muss, während die Mutter arbeitet. Und an einen Gegenbesuch von Bea ist hier nicht zu denken, trotz aller Anständigkeit, deren sich Elisabeth schnell versichert hat.

Bea liebt alle Kinder.

„Mein Gott, Martin, sie hat kein Gefühl für die richtige Distanz!“

Wie sollte sie auch? Sie muss doch etwas nachholen, was die anderen Kinder ihr voraushaben: Das Gefühl für einen Unterschied kann sie erst entwickeln, wenn sie eine Auswahl hat, die hatte sie bisher nicht. Aber es ist so, als ob sie eine Entwicklung verpasst habe, die zu einer bestimmten Zeit hätte stattfinden müssen. Immer wieder magnetisieren Menschen Bea, sie rutscht unüberlegt in eine ungute Nähe oder ist unfähig, sich einzurichten in einer geforderten Entfernung, so wie es die jeweilige Konstellation will. Ein Muster, das an ihr haften bleibt. Lange.

Bea will alle ihre Klassenkameraden zu Freunden haben und so lädt sie ein zu sich nach Hause. Alle!

„Bitte sprich in Zukunft mit mir ab, wenn du jemanden einladen willst“, sagt Elisabeth, „damit ich mich vorbereiten kann. Wir müssen deinen Gästen doch etwas anbieten können.“

Und sie will wissen, wer diese Kinder sind. So pilgern sie also reihum auch in andere Häuser, ins Dorf, in die Gartenstadt, ins Märchenviertel, in die Gagfah-Siedlung. Das ein oder andere Kind nimmt Elisabeth erst mal ins Badezimmer, wäscht ihm die Hände, das Gesicht, schmiert dann Butterbrote, Erdnussbutterknäckebrote oder kauft süße Hörnchen und Zuckerkringel bei Neff. Dann schlägt sie vor, welches Kind doch sehr gut zu Bea passen könnte und welches möglicherweise nicht der richtige „Umgang“ für sie sei. Widerwillig schließt sich Bea der Meinung ihrer Oma an. Bea ist begeistert, wie sich ihre Welt erweitert, auch weil sie neue Wörter lernt, die es in ihrer Familie nicht gibt. Es gibt Kinder, die sagen: „Wo isch euer Abort?“ und Bea sagt, sie haben so etwas nicht. Ihre Väter gehen nicht zur Arbeit, sie gehen „schaffe“. Die Mütter haben viel „Erwet“ und man isst „Krumbiere“ zum Mittagessen. „Laafe, kaafe, seiche, schaffe, noi, hinne, drunne, drowwe.“ Wunderbare Wörter. „Halt kein Hofbadisch, so wie hier“, sagt der Papa. Er weiß auch Bescheid über Wörter, denn er spricht auch eine andere Sprache, so wie der Opa auch. Beas Ohren haben viel zu tun und freuen sich an all den ungewohnten neuen Klängen.

Eines Tages kommt auch das Mädchen mit den schönen Zöpfen und den Grübchen in den Wangen, dessen Mutter Elisabeth kennt von früher. Und dieses Kind wird Beas Freundin. Sie haben sich so viel zu sagen, dass die Lehrerin sie weit auseinandersetzt, damit sie nicht nur ausschließlich miteinander „schwätzen“, sondern auch das tun, wozu sie eigentlich in der Schule sind, rechnen, lesen und schreiben lernen.

Wie wunderbar, Bea hat eine Freundin. So wie die Oma ihre Sascha, so wie die Mama ihre Ilse hat, eine Kollegin in der Botschaft, hat Bea ihre Johanna und ist damit ein bisschen erwachsener und „normaler“ geworden.

Die Kinder, die gern kommen, schütten Elisabeth nicht nur das Herz aus, sie kommen auch mal mit ihrem Schulheft und lassen sich helfen, auch von Martin, wenn eine Rechenaufgabe schwierig ist, oder der Oberrheinische Tiefgraben nicht recht Form annehmen will im Heimatkundeheft.

Die Schule ist das Hauptthema im Haus in der Lebrechtstraße 77. Jeder nimmt Anteil. Jeder Erfolg wird zur Legende, immer wieder erzählt, auch Karola erfährt davon und lobt Bea, schenkt ihr ein Gutsele als Belohnung. „Mach nur weiter so, damit du so gescheit wirst wie dein Opa Martin, gell!“, das sagt sie dazu und streichelt Beas Wange.

Ganz besonders gern unterhält Elisabeth sich mit Beas jungem Musiklehrer, der sich auch auskennt im Theater, er soll einstmals zusammen aufgetreten sein mit der Marika Rökk, hat man Töne?

„Die Julischka, die Julischka aus Buda-Buda-pescht“, trällert Tante Karola los und stützt ihre rechte Hand in die Taille, als Elisabeth und Bea ihr erzählen vom Lehrer Halle, der ein hübscher junger Mann ist, aber das hat sich Karola schon gedacht. Er kann Klavier spielen, er kann singen, lachen, ist fröhlich und verständnisvoll, und er wagt es schließlich, der sehr verehrten Frau Mayer zu bedenken zu geben, dass das Kind nun doch schon ein Schulkind ist und kann man es jetzt nicht ein bisschen loslassen, es alleine in die Schule gehen lassen, mit all den anderen Kindern zusammen?

„Nein“, sagt Elisabeth da und ihre Augenbrauen wölben sich angestrengt, „das geht nicht. Das Kind ist mir anvertraut. Es darf ihm absolut nichts passieren. Was ich verhindern kann, muss ich verhindern. Das heißt, ich muss es so weit behüten, wie es irgend geht.“

Ob er das versteht oder nicht. Er antwortet nicht, er sieht ihr an, dass es hinter diesen einfachen Sätzen eine komplizierte Wahrheit gibt, die nicht vermittelbar ist.

Beas Schulalltag bereichert nicht nur ihr eigenes Leben. Er verwandelt sich magisch in kleine und große Geschichten, Szenen, die man erzählen und sogar nachspielen kann. So erfahren auch Martin und Karola wie der Herr Halle aussieht, wenn er am Klavier sitzt, das Fräulein Langenbach, wenn sie häkelt und ihre Zungenspitze zwischen den Lippen hin- und herwandert, die „Dande Luis", die Hausmeisterin, wenn sie die heißen Kakaofläschchen der „Milchspeisung" aus dem Wärmeofen zieht und an die Kinder verteilt oder wenn sie in den Unterricht hineinplatzt, um Briketts nachzulegen in den großen runden Kanonenofen.

Nur die Frau Arnold, die will Bea nicht nachmachen, weil das Nachmachen immer auch ein bisschen klein machen ist. Die Frau Arnold ist ihr heilig. Sie wird geliebt von ihren Schülern. Sie tun alles für sie, still sitzen, rechnen, die Lotte- und Hans-Kärtchen bunt anmalen und mit Tu-Wort-Kärtchen zu schönen Sätzen ergänzen, schön schreiben, immer wieder Bögen, Bögen, Bögen exakt zwischen die Linien setzen, nicht darüber, nicht darunter dürfen sie wachsen. Elisabeth und Karola staunen über die neue Methode, Richard sagt: „Wird schon werden", und Isa fragt: „Hast du auch deine Hausaufgaben gemacht? Zeig mal her", aber ja doch, das weiß Bea inzwischen, dass man die Hausaufgaben machen muss, nicht nur, weil es Frau Arnold so will, sondern auch, weil alle es wollen und weil alle glücklich sind, wenn sie ein Lob erhält.

Der Tag ist nicht mehr fern, an dem sie nicht nur lesen kann, was Hans und Lotte machen, sondern alles, was in den vielen Büchern steht, die es in diesem Haus gibt.

Und nicht nur das: Bei der nächsten Hochzeit in diesem Haus wird Bea mitsingen, dessen ist sie sich ganz sicher.

Reden

Isa freut sich neuerdings jeden Morgen auf ihre Arbeit. Seit sie sich angefreundet hat mit Ilse Kregeloh.

Manchmal sind die Wochenenden schwer wie Blei.

Sie erzählt der Freundin, dass Richard wieder Arbeit hat. Diese neue Arbeit bedeutet allerdings erneut Trennung, ungeduldiges Warten von Montag bis Freitag oder gar Samstag auf die freien Tage und dann zu wenig Zeit, um einander wirklich nah zu kommen. Man kann sich nur einen Teil dessen erzählen, was man erlebt hat. Und für alles andere einen richtigen Zeitpunkt zu finden, ist auch nicht immer leicht.

Ilse nickt und blinzelt Isa Verständnis zu. Es muss nicht alles ausgesprochen werden.

„Er wird von seinem Chef über Land geschickt, besucht die Kunden, Bauunternehmen in ganz Baden-Württemberg, die die Baustoffe der großen Bremer Firma kaufen wollen, für die sein Chef eine Generalvertretung hat."

Isa ringt um angemessene Ausdrucksweise, will ihre Zweifel, ihre angestauten Vorbehalte nicht gleich preisgeben.

„Das ist ein älterer Herr, freundlich, aber vor allem geschäftstüchtig. Hat sich jetzt also einen jungen Mann geholt und schickt den über Land, Knochenarbeit machen, wie Richard es nennt. Das heißt, Richard muss ausbaden, was sein Chef am grünen Tisch geplant hat. Das ist nicht immer so, wie es ein Bauingenieur planen würde. Aber immerhin ist auch Richard kein diplomierter Ingenieur, was ihm egal ist, scheißegal, wie er sagt, und ... "

„ ... dir nicht! So ist das, keiner fragt uns, warum wir dort sind, wo wir sind, Isa, wir kämen vor lauter Erklärungen nicht mehr zum Eigentlichen. Und dann, vergiss nicht, die Menschen malen sich alles schön. Ob all das, was die Staniek, die Kramer, die Stankowski, der Kraft, der Holl dir erzählen, wirklich stimmt, wer will das prüfen? Dichtung und Wahrheit!"

Es ist Isa eigentlich ziemlich egal, was die Menschen im Allgemeinen denken. Aber er, ihr Mann ist ihr nicht egal.

„Er redet nicht über das, was ihn dort draußen überfordert, was ihn verletzt, was ihn ärgert. Er erzählt mir immer nur, wie schön es ist, auf den kurvenreichen Straßen durch den Schwarzwald zu fahren, bei offenem Fenster, so dass man die Tannen riechen kann und das Moos, tausend und eine Sorte Moos gäbe es, solche Sachen erzählt er mir."

„Und dann ist er dir fremd und unnahbar, dein Gutester, und du weißt nicht, wie du an ihn ran kommen sollst, was?"

Fremd und unnahbar, ja, so kann man sagen.

„Ach Isa, schau, manchmal bin ich dicke mit meinem Süßen, manchmal bin ich nicht dicke, aber ich weiß, dass ich ihn liebe."

Isa schaut sie an und sieht ein zufriedenes Leuchten in Ilses Augen. Inzwischen hat Isa manches aus Ilses bewegtem Leben erfahren. Sie weiß von zwei vorangegangenen Ehen, vom kleinen Sohn, den Ilse verloren hat durch Diphtherie, nach und nach hat sie preisgegeben, wie sie als ganz junges Ding aus einem behüteten großbürgerlichen Elternhaus direkt in ihre erste Ehe mit einem wesentlich älteren Mann hineinrutschte. Ein Gentleman war er, der sie wie ein kostbares Juwel als Dekoration an seine Seite geholt hatte. Aber dann kam das Erkennen, die bittere Erfahrung, dass sie ihm doch nicht genug war. Ihr zweiter Mann kehrte von einer Dienstreise nicht mehr zurück. Er fuhr los nach einem „Bis bald" und das war's. Tödlicher Verkehrsunfall. Schließlich traf sie den Kregeloh, der wollte sie haben, obwohl sie das Kapitel Männer eigentlich für beendet betrachtet hatte. Und nun sind sie schon über 5 Jahre verheiratet, mit Familie im Hintergrund, Bruder, Schwägerin, Nichten und Neffen und allem Drum und Dran. Immerhin, er ist Offizier und macht doch eine gute Figur, oder nicht?

Die einige Jahre ältere Freundin hat Isa viele Erfahrungen voraus, die sie offenlegt. Sie diskutieren darüber, was man ein schlechtes, was man ein gutes Leben nennen kann; so treten die Qualitäten und Defizite der eigenen Lebensbedingungen klarer zutage.

Bea freut sich auf die Pausen. Wenn es klingelt, verlässt sie gleich ihren Platz, geht hinüber zu Johanna. Die beiden kleinen Mädchen lachen, tuscheln, stoßen sich an dabei, finden kein Ende, müssen von Frau Arnold zur Ordnung gerufen werden. Anfangs hatte Bea Angst, Johanna wollte nichts mit ihr zu tun haben, denn Johanna kannte viele Kinder vom Kindergarten. Aber Bea konnte nicht anders, immer wieder musste sie hinüberlaufen zu ihr, sich neben sie stellen, sie ansprechen, und schließlich glaubte sie daran, dass auch Johanna in ihr eine Freundin sah. Bea bewundert die kleine Johanna. Immer hat sie gute Ideen, weil sie so viel mehr weiß. Ihr großer Bruder Joachim ist verantwortlich für diese Weisheiten. Wenn Bea Johanna besucht, was sie jetzt öfter darf, dann gibt Joachim sich sehr spröde.

„Was macht ihr Weiber denn wieder? Püppchen wiegen, Zöpfchen flechten, Händchen halten? Und kann das kleine B das überhaupt? Darf das kleine B das überhaupt oder muss sie erst die Oma fragen?"

Bea fürchtet sich vor ihm. Johanna schiebt ihn aus dem Zimmer und schließt die Tür ab, lässt ihn von außen an das Holz trommeln, dass Bea sich noch mehr fürchtet.

Dann kommt Johannas Mutter und sorgt energisch für Ruhe und Ordnung. Sie ist immer freundlich zu Bea, gibt den beiden Mädchen Geld und schickt sie zum kleinen Laden an der nächsten Ecke, dort dürfen sie „Mürbli" kaufen, die bestreicht sie dann mit Butter und Marmelade und das ist ebenso extravagant und schön wie der Oma ihr Erdnussbutterknäckebrot.

Sie spielen elegante Damen. Sie spielen Bibliothek. Sie malen und erzählen sich Geschichten zu ihren Bildern. Sie singen stundenlang zweistimmig: „Wahre Freundschaft soll nicht wanken ..."

Sie träumen sich in die Zukunft hinein. Wie wird es sein, wenn sie groß sind und reich und schön und verliebt?

Ach ja, eigentlich sind sie beide jetzt schon verliebt. Johanna hat sich verguckt in den Sohn ihrer Mieter, der schöne braune lockige Haare hat und ein vornehmes Hochdeutsch spricht, weil seine ganze Familie woanders her kommt. Johanna hat Grund zu der Annahme, dass auch Rolf sie liebt, denn er legt manchmal kleine Geschenke vor die Tür, nur für sie. Eine schöne Muschel, die er aus den Ferien am Meer mitbrachte, eine Tüte mit Brausebonbons, eine Zeichnung von Tappsi, Johannas Hund.

Bea ist verliebt in Hans, den Sohn der Nachbarn. Aber sie wagt bisher nur, ihm nachzuschauen und ihn zu bewundern, wenn er mit seinem Rad auf der Straße hin- und herfährt, schnell, dann wagemutig scharf bremst, so dass sich das Hinterrad aufbäumt wie ein Pferdepopo. In letzter Zeit kamen Hans und seine Schwester Hilde öfter zu Bea in den Garten, um mit ihr zu spielen. Daraus kann man schließen, dass Bea Hans auch beeindruckt hat, aber sicher weiß sie es nicht. Die beiden Mädchen sind froh, dass sie einander ihre Geheimnisse anvertrauen können.

Manchmal, wenn Johannas Mutter nicht da ist, gehen sie überall im Haus herum, um geheime Entdeckungen zu machen. Johanna zeigt Bea die schönen Schuhe ihrer Mutter, ihren Schmuck. Dann das neue schwarze glänzende Klavier, das angeschafft wurde, damit Johanna nun auch Unterricht nehmen kann. Und schließlich den alten dunklen Schreibtisch und darauf das Bild vom Peterle. Das Peterle ist Johannas Bruder, den sie nie gekannt hat, denn er war schon tot, als sie geboren wurde. Er war ein wunderbares, wunderschönes Kind. Viel schöner und viel lieber als Joachim und Johanna. Die Mutter sehnt sich immer noch nach ihm, das erzählt Johanna. Und weil sie so viel Sehnsucht hat, fehlt ihr manchmal die Luft zum Atmen. Dann pfeift es aus ihrer Brust heraus, dann werden ihre Augen riesig groß, dann laufen ihre Lippen blau an und sie braucht sofort eine starke Medizin.

All das beeindruckt Bea so sehr, dass es sich in ihre Nächte hineinschleichen will. Sie redet mit der Oma darüber, abends, wenn sie gebetet haben und die Oma ihr einen letzten Gutnacht-Kuss geben will. Da beginnt die Oma zu erzählen.

Ja, das Peterle. Seine Mama hat ihn auf dem Rücken ins Krankenhaus getragen während eines Fliegerangriffs, damals im Krieg. Auch Beas Mama lag dort schwer krank und die Oma besuchte sie, sooft sie durfte. Johannas Mutter flehte die Ärzte an, ihr Kind zu operieren, wieder gesund zu machen, aber es war zu spät. Sein Blinddarm war durchgebrochen und hat seinen Bauch vergiftet. Johannas Mama weinte so, dass man es überall auf dem ganzen langen Flur hören konnte. Und mitgeweint hat die Oma damals, weil sie doch um ihr eigenes Kind bangte.

Da wird Beas Angst riesengroß und legt sich wie eine dicke Katze auf ihre Brust. Lange, lange ist das Peterle in ihrem Kopf, in ihren Träumen und lächelt wie auf dem schönen Bild.

Erst wenn sie mit Johanna darüber reden kann, wenn Johanna erklärt, dass Joachim und sie fest entschlossen sind, für das Peterle mitzuleben, wie auch immer das zugehen soll, erst da wird die Traurigkeit ein bisschen leichter.

Johannas Familie ist ganz sicherlich auch eine unnormale Familie, weil es gestorbene Kinder sonst nirgendwo gibt, soweit Bea weiß. Sie passen also zusammen und Bea fühlt sich erleichtert und froh darüber.

Herbst

Der Sommer ist dick und rot. Der Winter liegt schräg über dem Boden, wie ein eisgrauer Nebelhauch. Der Frühling ist bunt getüpfelt und lacht leise vor sich hin. Der Herbst ist Glück. Wenn es nicht immer wieder den Herbst gäbe, wäre das Jahr nicht zu ertragen.

Üppig und lebendig, ohne die lähmende Kraft der sommerlichen Hitze, glimmt die Wärme des Herbstes. Das Obst zerfällt unter dem schwirrenden, sirrenden Eifer der Insekten langsam, wenn man es nicht aufliest und verwertet. Elisabeth bringt ihre Tage nur noch in der Küche zu, bis in die Dunkelheit hinein schnippelt sie, wäscht, zupft Beeren von ihren Stielen, köchelt in riesigen Töpfen einen dicken Brei, dessen heißer Geruch durch alle Wände dringt und einen dunkelroten Duftring ums Haus legt. Der Küchenhocker steht schon umgedreht auf den zweiten Hocker gestülpt da, eine alte Windel ist an seinen Füßen befestigt. Sie wartet auf das Obstmus, unter dem Tuch steht die große Tonschüssel mit dem Sprung, außen ist sie glänzend braun, innen weiß. Der rote Saft wird durchtropfen und sickern, kommt zurück in den Topf mit Zucker und wird erneut gekocht zu Gelee. Nun werden die Marmeladengläser gespült, umgedreht auf weiße Tücher gestellt. Die Zellophanfolie liegt bereit, die dünne Schnur.

Bea darf helfen, darf die vorgeschnittenen kleinen runden Zellophanstückchen direkt auf die Marmelade legen, bevor die Gläser mit einem durchsichtigen Zellophanhut verschnürt werden. Bald kann Bea auch die Schilder schreiben, sagt die Oma, jetzt wird es Martin noch übernehmen, wie immer schon. Schreibt mit seiner schönen Schrift: „Vierfrucht" oder „Cassisgelee" oder „Quittenmus". Dann wandern die Gläser in einen Korb und den trägt die Oma schließlich hinunter in den Mayer'schen Keller. Dort stehen sie wie die Soldaten und warten auf den Winter, auf die unterschiedlichen Aufgaben, die sie erfüllen werden. Cassisgelee für die Hildabrötchen an Weihnachten, Quittenmus für die Gittertorte an Martins Geburtstag, Vierfrucht aufs Frühstücksbrot.

September, Oktober: Raschelnde Blätter, die von den Herbststürmen umhergewirbelt werden und sich schließlich in der Baugrube des Schwimmbades sammeln. Dass man jetzt ein Strickjäckchen braucht und Kniestrümpfe, wenn man noch draußen spielen will, dass der Nachmittag schon um fünf Uhr zu Ende ist, nicht erst zur Abendessenszeit, dass man immer den Wernerle im Garten nebenan sieht, hört, wie er dies und das helfen muss und dass man ihn bewundert, wie er sogar schon auf die Leiter steigen darf und seinem Vater etwas zureicht: Von dort oben blickt er hoheitsvoll hinüber zum kleinen B, tut aber so, als ob er sie nicht sähe.

Dass eines Tages der Lastwagen von Kohlen-Gerstner kommt, der Mann mit dem schwarzen Gesicht an der Haustür läutet, sich dann riesige Handschuhe anzieht, die Heckklappe des Wagens herabsausen lässt, einen Sack von der Ladefläche zieht und ihn auf seinen Rücken lädt. Mit dem stapft er breitbeinig hinunter in den Keller, und dann hört man, wie die Eierbriketts oder die schönen glänzenden Kohlequader herauspurzeln, sich aufhäufen in der Mayer-Ecke oder im Fischer-Keller. Hinter dem Mann schwebt eine dünne schwarze Wolke aus dem Keller auf: „Schnell Tür zu!"

Dem stolzen Wernerle kann man ab und zu den Rücken zeigen, denn die beiden Geschwister aus dem Nachbarhaus auf der anderen Seite kommen nun regelmäßig zum Spielen, aber auch, um mit Bea ins Haus zu gehen, ins Esszimmer, sich von Elisabeth mit Erdnussbutterbroten verwöhnen zu lassen und beim behaglichen Kauen zuzuhören, wenn Martin erzählt.

„Von Afrika, Herr Mayer, erzählen Sie von dort."

Beas Aufmerksamkeit ist zweigeteilt. Einerseits liebt sie die Geschichten, die der Opa erzählt. Sie kennt sie meist schon, aber dennoch sind sie jedes Mal anders, nur Anfang und Ende bleiben gleich. Andrerseits muss sie Hans beobachten und bewundern. Seinen langen schmalen Kopf, die hellblonden Haare, sein weißes Hemd, dessen Kragen über den V-Ausschnitt seines hellblauen Pullovers ausgelegt ist. Er sieht immer so aufgeräumt aus. Alles an ihm ist in Ordnung bis hin zu seinen sauberen kurz geschnittenen Fingernägeln an den langen schmalen Händen. Wenn er sitzt, ist er kaum größer als Bea, wenn er aufsteht, überragt er sie um Haupteslänge. Wenn er kommt, wartet er, bis die Oma ihm die Hand gibt, beugt seinen Kopf tief, so dass sein Kinn fast den Brustkorb berührt. Sein Fahrrad ist immer blitzblank geputzt, er würde es niemals irgendwo im Hof auf den Boden fallenlassen, immer stellt er es unter, auf der Rückseite des Hauses, neben dem Kellereingang. Wenn Hans und Hilde mit ihr Mensch-ärgere-dich-nicht spielen, kann es passieren, dass Hans fragt, ob sie nichts Interessanteres habe, nicht nur solch einen Babykram, dann ist sie unglücklich, denn sie will vor allem nicht, dass er sich nach anderen Spielkameraden umsieht, sie will, dass er kommt, so oft er kann, sie will, dass er ihr die Möglichkeit gibt, ihn zu betrachten und hofft darauf, von ihm in Betracht gezogen zu werden in irgendeiner oder doch vielleicht in der Art und Weise, in der Johanna von ihrem Schwarm, dem Sohn der Mieter beachtet wird.

Krankheit und Tod

Die Gesundheit jedes Familienmitglieds ist Gemeinschaftsgut in dieser Familie. Als Martin ins Krankenhaus musste, waren seine Frau und seine Tochter krank vor lauter Sorge. Wenn Elisabeth ihre Beine aufbindet und sie streichelt, weil kratzen gefährlich ist, leiden Martin und Isa mit. Sie hat eine offene Stelle, alle sind ratlos, weil die Haut sich nicht darüber schließen will. Immer wieder werden neue Methoden ausprobiert, Salben, Zinkleimverbände, Verödungen, aber es hilft nichts, diese Beine wollen zeigen, wie müde sie sind.

Wenn etwas mit Bea nicht stimmt, dann gerät das ganze Haus in Aufruhr und Hysterie, wie Richard es nennt. Gott sei Dank haben wir den besten Kinderarzt, den es in Karlsruhe gibt. Es ist nicht der sehr bekannte, zu dem alle Kinder aus Beas Klasse gehen, sondern ein anderer, der in der Innenstadt wohnt, man muss zu ihm pilgern. Man geht zuerst nicht in seine Praxis, sondern in seine Wohnung, weil Elisabeth seine Frau kennt, aus der Gesellschaft. Es ist eine schöne große schlanke Frau mit leiser sanfter Stimme und fragenden Augen. Die beiden Frauen reden nicht viel miteinander, sie lächeln einander nur zu und schon ist alles klar. Die Tochter des Kinderarztes ist so alt wie Bea und auch sie ist ein „Nachkriegskind“, ein „Zässerle“, dünn und blass. Also erhalten beide eine besondere Behandlung. Sie werden dick mit Niveacreme eingeschmiert und dann unter eine Höhensonne gelegt. Da liegen sie stumm und starr nebeneinander, sehen einander nicht, denn auf die Augen hat man ihnen Brillen gespannt, die statt Gläser Deckelchen haben.

„Hast du nichts gesprochen mit der Anne? Sie ist doch so nett."

Der Oma wäre es sehr recht, wenn Bea sich mit Anne befreunden würde. Das wäre „der richtige Umgang". Aber Bea umgeht es lieber, mit Anne auch nur ein einziges Wort zu sprechen. Sie weiß nicht, was sie hätte sagen sollen und Anne wusste es auch nicht. Bea wird zu Annes Kindergeburtstag eingeladen. Bea argwöhnt, dass die Oma so lange mit Frau Korn geredet und sie angelächelt hat auf die ihr eigene Weise, dass diese gar nicht anders konnte. Bea ist böse mit der Oma, sie spricht nicht mit ihr, sondern macht ein mürrisches Gesicht. Die Geburtstagsgesellschaft besteht aus einer Auswahl passender Kinder, in deren Gesellschaft die Oma sie sehr gerne sieht. Bea soll ihre Spiele mitmachen, aber sie kennt diese Spiele nicht, sie soll mit ihnen sprechen, aber sie weiß nicht, was. Nach einer Weile lassen die Kinder die stumme, bewegungslose Bea links liegen. Das ist Bea lieber als gefragt zu werden, ob sie das kleine B sei, mit diesem ganz besonderen Hochmut in der Stimme, den sie nur zu gut kennt. Endlich kommt die Oma, um sie zu holen. Nun will sie doch nicht gehen, weil noch niemand geht. Da stellt sich die Oma vor die Kindergruppe und singt: „Einer muss den Anfang machen, gute Nacht zu sagen".

Bea möchte vom Boden verschluckt werden, so sehr schämt sie sich über das unnormale Omaverhalten. Aber die Kinder sehen es anders, sie klatschen spontan in die Hände. Es ist schrecklich, so eine Oma zu haben, denkt Bea. Und schrecklich schön ist es auch.

An den Nachmittagen lockt Elisabeth Martin in den Garten.

„Setz dich zu mir", sagt sie. Sie hat ihren Stopfkorb vor sich, einen Fingerhut aufgesteckt, das glänzende Stopfei wandert von Strumpf zu Strumpf und Martin lächelt.

„Was ist?"

„Früher, Isselche, früher ... "

„ ... hast du das gemacht, das weiß ich doch. Aber jetzt komm, erzähl mir was."

Er schweigt. Das lässt ihr Raum für ihre Gedanken. Ganz allmählich beginnt sie wieder, dem Leben zu trauen. Es ist nicht leicht. Sie müssen rechnen, den Pfennig umdrehen. Zusammen führen sie ein Haushaltsbuch, notieren gewissenhaft jede Ausgabe. Immer noch kämpfen sie um Martins Wiedergutmachungszahlungen. Dass Richard jetzt mitverdient, hat Entspannung gebracht. Vielleicht kann Isa bald nur noch halbtags arbeiten, hat dann mehr Zeit für ihr Kind und für sich selbst. Und Elisabeth hat mehr Zeit für ihren Mann. Vielleicht kann sie ihn dazu bewegen, doch wieder mit ihr auszugehen, einen Spaziergang würde sie gerne mit ihm machen, so wie früher, eingehängt in seinen Arm, stolz auf ihn, er sieht immer noch gut aus, „macht was her", wie die Mutter es ausdrücken würde. Der letzte Spaziergang, den sie miteinander unternahmen, endete in einem Fiasko. Sie kamen bis zur Kirche. Dann bekam Martin keine Luft mehr, musste sich in den Schatten setzen und vor allem dorthin, wo keiner ihn sehen würde, wo keiner vorbeikommen würde. Die Menschen, sagte er, die vielen Menschen beklemmen ihn.

„Viele Menschen, Martin?" Hier, außerhalb der Stadt, im Grünen, zwischen wohl behüteten Gärten, alten Bäumen, wo man jedem, dem man begegnet, in die Augen schaut und mit einem Kopfnicken einen guten Tag wünscht, wenn man ihn nicht kennt, bei vielen aber bleibt man stehen, gibt ihnen die Hand, fragt nach ihrem Befinden, weil sie mehr sind als Gesichter, weil sie ein Nachbar, der Apotheker, der Doktor, der Pfarrer, der Vater oder Sohn von jemandem sind, den man kennt. Man weiß doch hier, mit wem man es zu tun hat.

„Nein, oh nein, das weiß man noch längst nicht und wird es nie wissen. Das ist es doch, dass man es nicht wissen kann, wen man vor sich hat. Wirklich! Die Menschen. Ich kann sie alle nicht mehr ertragen."

Sie sah sich um, wollte feststellen, wer den Schrecken bei ihm ausgelöst haben könnte. Niemand war da.

Als sie schließlich wieder zu Hause angelangt waren, weinte sie. Sie hatte sich gefreut auf diesen Ausgang. Martin tröstete sie nicht. Er zog sich zurück und sie sprachen nicht mehr darüber.

Im Sommer wird es Bea erneut langweilig. Sechs Wochen ohne Schule, drei Wochen ohne Johanna. Warten, warten, warten. Zurückfallen in die Zeit, bevor die Schule begann. Erinnert werden an die elende Isolation, an das Dasein als kleines B mit beschränkter Erwartung an seine Tage, an sein Leben. Nun sind sogar Hans und Hilde in Urlaub, Karin Krämer ist täglich bei ihrer Schwester, die ein Baby bekommen hat.

Elisabeth atmet auf, als die Schule wieder beginnt. Sie hat sich an die fünf freien Morgenstunden gewöhnt. Sie bedeuten mehr Zeit für ‚Eigenes'. Sie kann zwischen Einkaufen und Kochen mal wieder Klavier spielen, Briefe schreiben, an die Schulfreundinnen in der Schweiz, in Italien, an Beas andere Großeltern, an Richards Schwester.

Eines Tages kommt ein Anruf aus Mosbach. Martin ist am Apparat und so muss er sich anhören, was dort los ist. Der Hausarzt hat sich geweigert, weiterhin die starken und immer stärkeren Schmerzmittel zu verordnen, die Helene braucht. Er riet zu einer Kur, die sie aus der Abhängigkeit von diesen Mitteln befreien soll und da gibt es nur den einen Weg, sie muss in die Rauschmittelentziehungsanstalt nach Wiesloch.

„Mein Gott, Martin! Gibt es keinen anderen Weg."

Inge war verzweifelt. Sie kann den Bruder nicht erreichen, braucht dringend seine Meinung, weil auch der Vater ganz und gar hilflos ist.

„Die arme Inge, muss die Sorge um die Mutter so alleine tragen."

Darüber reden sie, suchen immer wieder einen Ausweg, den es nicht gibt. Wie soll Richard helfen? Er wird, sobald er mehr verdient, Geld schicken, verspricht er. Ach ja, danke, erwidert seine Schwester. Kein Vorwurf wird laut. Und auch die Bitte, ob er und die Schwägerin Isa mal einspringen könnten, nur eine Woche lang, damit sie ein bisschen ausschnaufen könnte, mal Zeit hätte für ihren Mann, wird nicht wiederholt. Jetzt ist Inge am Ende mit ihrer Kraft, mit ihren Nerven.

Martin hat Inge beruhigt und ihr Recht gegeben, wenn der Arzt das sagt, dann muss es wohl sein.

Am nächsten Tag fährt Richard mit Isa dorthin, in diese Anstalt, und Isa spricht mit den Ärzten, weil sie die meiste Courage hat. Traurig fahren sie zurück, obwohl Helene zuversichtlich war beim Abschied.

In der Nacht klingelt das Telefon erneut. Helene ist tot. Man war empört über die hohe Dosis an Morphium, die sie täglich brauchte, hat ihr das zunächst mal weggenommen, und da ist sie an einem schrecklichen Schock gestorben.

Elisabeth wundert sich nicht über das unbewegliche Gesicht ihres Schwiegersohnes, seine Sprachlosigkeit, seine gezügelte Trauer. Das Leid der Mutter war zum Schluss schier unerträglich, die Überforderung für Inge und den armen Anton so bedrückend, dass man froh war, wenn man die Besuche dort kurz halten konnte.

„Tod, Tod, Tod", jammert Bea. Da hilft nur, dass Elisabeth vom Himmel erzählt, den sie in den schönsten Farben malt. Und dass die ‚andere' Oma doch alt war, schon neunundfünfzig Jahre war sie alt! Bea ist erleichtert, bis sie hört, wie Elisabeth zu Karola sagt:

„Und denk mal, sie war ja erst neunundfünfzig!"

Bald darauf kommt Anton angereist und setzt sich auf den sechsten Stuhl, schweigt zusammen mit Martin und Elisabeth. Er bewundert die Schönschrift Beas, die Martin gar nicht so schön findet.

„Ach doch, doch, es ist doch alles so schwer für ein Kind", sagte der große, kräftige Mann und seine Augen glänzen feucht. Dann spielt er mit Bea Einkauferles, dann Leihbibliothek, dann Friseurladen, lässt sich einen Topf auf den Kopf stülpen und sitzt darunter, steif und still, Bea neben ihm brummt: „Das ist der Motor der Haube", sagt sie ernst.

„Oh, der Motor ist das, aha!"

Und als seine Haare trocken sind, wie er nach angemessener Zeitspanne vorsichtig zu erwähnen wagt, wird er unversehens von Frau Müller in Frau Schmidt verwandelt und sitzt schon wieder da, steif und stumm.

Er hat eine Riesengeduld, es sieht so aus, als ob er etwas nachholen wollte, viele, viele Stunden Opa sein, die er versäumt hat dort oben im Odenwald am Krankenbett seiner Frau.

„Ach ja", seufzt er, seufzt Elisabeth, seufzt Martin.

Ein Freund von früher

Der kleine Fried Hammerschlag, der gleich nach Kriegsende und dem Tod seines Vaters zu Mutter und Bruder nach Johannisburg flog, um dort zu bleiben, kommt zu Besuch nach Karlsruhe, hauptsächlich um Olly Goyert dort zu treffen, aber auch um „die anderen" wieder zu sehen, wie er sich ausdrückt. Das klingt nach einer Clique, einem eng zusammenhängenden Freundeskreis, den es jedoch nicht mehr gibt. Erst nach Jahrzehnten, wenn sie alle alt sind, Isa, Heinrich, Carmen, Irene, werden sie miteinander telefonieren, so als ob sie den Kreis schließen müssten, bevor sie nach und nach gehen. Sie werden ein bisschen über die Vergangenheit reden, deshalb, weil sie sich in ihre Jugend zurückversetzt fühlen, werden versuchen zu erzählen, was sie seit damals erlebt haben in wenigen Sätzen zusammengefasst, so als ob es eine unwichtige Episode gewesen wäre.

Die ersten 20 oder auch 30 Jahre jedes Menschen sind die wichtigsten, weil das die Wegstrecke ist, die jeder gehen muss, um sich selbst zu finden. Für sie, für diejenigen, die in diesen 20 oder 30 Jahren jeden Tag den Tod fürchten mussten, wiegen sie noch schwerer. Das kann man heute nur noch herbeireden, aufschreiben, nachlesen, man kann es nicht nachvollziehen.

Als sie sich treffen im Café Wolf in der Herrenstraße, hat Isa das Gefühl, Fried will sie zurückziehen in eine Zeit, die für sie vorbei ist. Einen Augenblick lang erscheint es ihr so, als ob er darin stecken geblieben wäre. Er fragt nach den Freunden von damals.

„Und die Olly Goyert half dem Schicksal ein bisschen auf die Sprünge, weißt du noch, Isa? Bei ihr trafen wir uns immer, sie hat uns zusammengebracht."

Es war eine besondere Art von Freundschaft. Besonders kostbar, weil sie mit diesen Freunden jung sein konnten, alle Albernheiten, alle Fröhlichkeiten des Jungseins ausprobieren konnten, so als ob es keine Einschränkungen für sie gäbe. Man ist nur einmal jung. Man muss es ausleben, kann nicht warten bis die Zeit sich dafür eignet.

Fried und Isa sehen einander an, versuchen die Gedanken des anderen zu lesen. Jetzt hat jeder seinen eigenen Weg gefunden. Wie soll sie ihm das klar machen, ohne ihm weh zu tun? Zwischen ihnen sitzt stumm und angespannt das Kind, prüft den Fremden mit seinen schwarzen Augen. Frieds Unbehagen ist offensichtlich.

Er hatte gehofft ...

„Ja, was?"

„Ach, so viele Ehen, die schnell nach dem Krieg geschlossen wurden, sind doch eher aus dem bloßen Wunsch, der Einsamkeit zu entfliehen, vielleicht sogar aus Torschlusspanik oder gar aus Verzweiflung geschlossen worden ...",

„... und oft aus Liebe, Fried, wider jede Vernunft!"

Ja sicher! Er könnte jetzt auch eine Frau gebrauchen dort unten am letzten Zipfel der Welt, und es täte ihm gut, wenn diese seine Heimatgefühle mit ihm teilen würde.

Das versteht Isa sehr gut und deshalb wünscht sie ihm viel Glück bei seiner Suche. Beas strenger Kinderblick zeigt Zufriedenheit mit der Mama. Isa hat eine unsichtbare Bedrohung, die in der Luft lag, in die Flucht geschlagen.

Vergnügt und beschwingt gehen Mutter und Kind nach Hause, lassen den kleinen Fried Hammerschlag zurück, vielleicht mit einem zerplatzten Traum?

Isa packt fest die kleine Kinderhand. Uns kann keiner auseinander bringen, heißt das. Und wenn wir einander haben, dann ist alles gut, dann wird alles immer wieder gut. Dann verschwindet auch die Angst des Kindes, dann glaubt das Kind, dass gegen diese Allianz der altböse Feind, wer auch immer er sein mag, keine Chance hat!

Im Schulmädelhupf schaffen Isa und Bea die letzte Strecke unter den Lindenbäumen entlang, die ihren betörenden Duft verströmen und Isa zu einer schrecklichen Niesattacke zwingen. Sie lehnt sich erschöpft an die Haustür, denkt daran, was ihre Freundin Ilse gerade gestern erst sagte: „Ihr beide, dein Richard und du, ihr passt perfekt zusammen, ihr ergänzt euch. Wenn er so viel Energie hätte wie du, würde es viel zu eng in eurer Ehe. Er bleibt auf dem Boden, wenn du herumtanzen und hüpfen willst, deine Ideen aus dem Himmel pflücken, nach Lust und Laune. Und er hat Geduld mit dir, mit deinem Aufbegehren, Isa, das dir so eigen ist, lässt zu, dass du es austoben kannst. Er fängt dich wieder auf, wenn du dabei ins Straucheln gerätst. So sehe ich das."

Das hatte ihr gut getan, dass die kluge Freundin ihr Mut machte, ihr Augenmerk von den Schwierigkeiten auf die Stärken ihrer Ehe zu lenken.

Sie wendet sich dem Kind zu und lächelt es an.

Die Lebrechtstraße ist eine Lindenallee. Große alte Bäume treiben ihre knorrigen Wurzeln aus dem Boden im weiten Kreis um ihren Stamm, beschatten die Vorgärten, mahnen schon im Frühling die Vorübergehenden an den Herbst, sobald ihre geflügelten Samen sich lösen, von den Zweigen, herabfallen und das helle Grün rostbraun sprenkeln. Frau Reeb, die Nachbarin, Besitzerin der Bauruine gegenüber, die nun endlich mit einem Zaun versehen wurde, so dass die Kinder aus den umliegenden Häusern nicht mehr darin herumklettern können, pflückt die Blüten ab, um sich Tee daraus zu machen. Die Kinder sammeln die Samen ein, spalten die Flügelchen und kleben sie sich auf die Nasen.

Eines Tages klingelt Frau Reeb und Elisabeth fordert sie auf, hereinzukommen.

„Bitte, setzen Sie sich doch!"

Nein, heute bittet sie nicht darum, das Telefon benützen zu dürfen. Sie hat ein Anliegen. Die Nachbarin sammelt sich, lässt sich auf der äußersten Stuhlkante nieder und trägt mit tiefer würdevoller Stimme langsam und deutlich vor, worum es geht.

Man wolle die Linden fällen, denn es sei vorgesehen, die Gehwege zu befestigen, das heißt Platten zu verlegen, sie mit Rinnsteinen an die Straße anzubinden. Das soll der Fortschritt sein.

Frau Reeb ist nicht prinzipiell dagegen, aber wenn der Fortschritt uns die Linden nimmt ...

Sie hat gedacht, dass der Herr Mayer helfen könne. Seine Meinung wird doch gehört. Sie weiß es, sie erinnert sich immer wieder daran, wie er sie damals vor den Franzosen rettete ...

„Ach, meine liebe Frau Reeb, das ist doch arg übertrieben. Ich hatte nur das Glück, mich verständigen zu können."

Nein, sie lässt sich das nicht nehmen, sie baut auf ihn, seinen Rat ebenso wie seine Ideen. Die beiden setzen zusammen mit Elisabeth ein Schreiben auf an die Stadt Karlsruhe. Unterschrieben wird „mit vorzüglicher Hochachtung Ihr sehr ergebener ... " Der Text ist knapp und direkt: Will man diese schöne Alleenstraße dessen berauben, was sie ihren Bewohnern lieb und teuer macht? Kann man nicht nach einer anderen Lösung suchen, die sowohl dem Fortschritt als auch den Bewohnern dient? Jeder Baum ist doch ein lebendiger Teil der Schöpfung Gottes, hat man das bedacht? Mit diesem Schreiben und einem leeren Blatt geht Frau Reeb von Tür zu Tür und sammelt Unterschriften.

Als bald darauf der Bautrupp kommt mit einem großen Lastwagen, riesigen Sägemaschinen, Seilen, Warntuten, Absperrhölzern steht Martin stumm und still hinter den gebauschten Vorhängen des Biedermeierzimmers und schaut hinaus. Baum für Baum fällt. Aber der Baum vor seinem Haus ...

„Unseren Baum, Herr Mayer, den haben sie uns gelassen. Das ist für Sie geschehen. Die haben was verstanden, glaube ich."

Frau Reeb ist zufrieden mit diesem kleinen Sieg und Martin weiß nicht, ob er die Lösung zynisch finden soll. Ist das eine Verbeugung vor ihm als Person? Will man ihn beschwichtigen? Hat sich das Wissen um vergangenes Fehlverhalten nun in Furcht verwandelt, dass die Gedemütigten von damals nach so langer Zeit das Zurückschlagen ausprobieren könnten? Die Stadt hat sich nicht geäußert zu Martins Fragen und Bedenken, aber sie hat immerhin reagiert.

Sie sind für immer verwundet. Empfindlich wie zweite Haut wächst eine Zuversicht, die kaum standhält, wenn irgendetwas ungewiss ist, wenn zum Zutrauen nicht hinlänglich Grund besteht. Aus der Vergangenheit tauchen wie Gespenster immer wieder ungelöste Fragen auf. Martins Linden und der Besuch des kleinen Fried Hammerschlag bewirken, dass Isa doch wieder einmal spricht über damals. Wie hilflos man war, wenn es darum ging, einen Weg zu suchen, der ein Ausweg hätte sein können. Entwurzelung für alle. Für diejenigen, die emigrieren mussten oder konnten, wie soll man es sagen?, aber auch für diejenigen, die geblieben sind. Weil sie ihr Grundvertrauen in alles verloren hatten. In die Menschen um sie herum, die Familie, die Freunde, die Lehrer, die Nachbarn. Wenn sie ihre Wut nicht gehabt hätte, den unbändigen Wunsch zu leben, der sich manchmal schlagartig verwandelte in Todessehnsucht, weil das Leben so sinn- und wertlos erschien, ja wenn ...

Alles Philosophieren hilft nichts. Es schwächt doch nur, es ist theatralisch und unfruchtbar, raubt die Kraft, die sie für den täglichen Existenzkampf brauchen. Was besser hilft, ist Schweigen.

Wochenende

Wenn Elisabeth am Samstag einkaufen geht, zu Frau Oly, zu den Irnstätters oder auch zu dem kleinen neuen Pfannkuchladen in der Lebrechtstraße, der schließlich Frau Eimüllers Kolonialwarenladen ersetzt, dann fühlt sie eine ganz besondere Betriebsamkeit um sich her. Die Frauen hier am Stadtrand haben heute keine Zeit für die kleinen Gespräche beim Warten, die das Einkaufen so interessant machen in der Woche. Sie sind magnetisiert von der Anwesenheit ihrer Männer, vom Wunsch, ihnen zu beweisen, was für gute Hausfrauen sie sind, was für tüchtige Mütter, fürsorgliche Töchter, wie sehr es ihnen darum geht, ihre Pflichten zu erfüllen, damit das Werk der Männer gelingen kann.

Der Begriff „Pflicht“, erinnert sich Elisabeth, ließ auf dem Gesicht ihrer Mutter stets ein kleines hochmütiges Lächeln aufblühen. Pflicht war etwas für Nonnen und Dienstmädchen. Eine Frau von Stand sah in all dem, was sie für andere tat, eine Herausforderung. Diese nicht anzunehmen, war ein Zeichen von Schwäche und Charakterlosigkeit. Indem man sie bewältigte, schrieb man sich ins Buch des Lebens ein.

Um die Mittagszeit herum sieht man samstags die Nachbarsfrauen ihre Gehwege fegen, graublau emaillierte Putzeimer werden mit Schwung in den Straßengraben entleert, oder in den Gully, der die bräunliche Brühe mit gurgelndem Geräusch schluckt. Dann, am Nachmittag vertröpfeln fast alle menschlichen Geräusche, stattdessen werden da und dort Sofakissen auf Fensterbänke gelegt und es erscheinen die Gesichter alter Männer und Frauen. Wie der Chor in der griechischen Tragödie, denkt Elisabeth und träumt sich in die Vergangenheit zurück. Sie ist ein Stadtmensch geblieben, vermisst die Stadt, hat 45 Jahre lang im Zentrum der Stadt gelebt, in Schlossnähe. Ihre täglichen Wege führten sie vorbei an der Pyramide, am Rathaus, der Stadtkirche. Die Stadt allerdings ist hektischer geworden, der Fahrverkehr lauter, dichter, man muss an Ampeln warten, um Straßen zu überqueren, immer mehr Straßenbahnen rattern quietschend und klingelnd hin und her. Und auch hier draußen fahren nun mehrere Autos am Tag durch die Straßen. Richards DKW ist bald nicht mehr das einzige am Straßenrand abgestellte Fahrzeug. Es kommen auch Vespas dazu und Mopeds, die erst abends dann in den Gärten oder Höfen in Sicherheit gebracht werden.

Hier draußen fühlt Elisabeth sich vom öffentlichen Geschehen ausgeschlossen, in ein privates Leben eingeschlossen. Jede Kontaktaufnahme mit den anderen Menschen, den Nachbarn, den Freunden und Bekannten muss gewollt werden, bevor sie sich ereignen kann. Die Menschen leben hinter ihren Gartenzäunen und Fliederbüschen versteckt. Besonders scheu sind die männlichen Exemplare. Wäre da nicht der weibliche Mitteilungsdrang, der zwar das Eigene ausspart, aber nicht das, was man über die anderen weiß, besäße sie nicht die Gabe, zu kombinieren, all die kleinen Episoden, „Tratschgeschichten“ wie Richard sie nennt, miteinander zu einem Gewebe zu verknüpfen, auf dem sich ein Bild abzeichnet, wüsste man wenig voneinander.

Dörfliche Rituale schwappen in das so genannte neue Viertel hinein. Der Wochenendputz oder das samstägliche Abendläuten um sechs, Ouvertüre für den siebten Tag, den Gott fürs Ausruhen, fürs Zurruhekommen geschaffen hat. Die Abwesenheit von Menschen auf den Straßen. Auch keine spielenden Kinder. Verriegelte Haustüren. Stille.

Man lebt drinnen, im Haus, gegebenenfalls in den Gärten hinterm Haus.

Die Nähe aller Familienangehörigen zueinander schafft Möglichkeiten des Gesprächs mit den „Kindern“, wie Elisabeth ihre Tochter und den Schwiegersohn ihr Leben lang nennen wird. Das Planen der jungen Leute für die Zukunft gleicht immer noch den

Träumen Halbwüchsiger, kann jedoch unversehens in Zukunftsangst umschlagen, die sich aus enttäuschten Erwartungen ergibt.

Für Elisabeth haben die Sonntage wie jeder andere Tag ein klares Profil. Sie will ihre Familie glücklich sehen. Sie trägt alles dazu bei, was in ihrer Macht steht. Und zwischendrin sucht sie sich ihre eigenen Glücksnischen. Eine solche findet sie immer irgendwo. Immer liegt ein Buch bereit mit einem Buchzeichen darin, das auf sie wartet, in das sie hineinspringt, um sich für eine kleine Weile darin zu verlieren.

Es umgibt sie dann eine Zufriedenheit, die sie unerreichbar macht für das Kind. Aber bald schon spürt es, dass es mit einem eigenen Buch ihre Aufmerksamkeit wecken kann, mit einem Märchenbuch, einem Bilderbuch. Bea probiert sie aus wie Schlüssel, die die Aufmerksamkeit der Oma für sie eröffnen könnten.

„Prinzesschen im Walde", „Etwas von den Wurzelkindern", „Hänschen im Blaubeerenwald", „Die Schule im Walde", „Die Wichtelkinder".

Bea geht nicht mehr so gern in den Wald, weil sie sich dort von all den winzigkleinen Gestalten umgeben fühlt, die sie aus den Büchern kennt. Nicht dass sie sie fürchtete, aber sie sieht sie nicht und hat ständig Angst, man könne auf sie treten. Martin mahnt, man muss darauf achten, dass nicht so ein „verträumtes Spinnerche" aus ihr wird, das keinen Fuß auf den Boden bringt.

„Ach, Martin, das sagst du? Hast du nicht Verständnis für ihre Sensibilität? Ich finde es besser so als wenn sie anfinge, Fliegen die Beine auszureißen."

Martin würde gerne an die Vorteile des goldenen Mittelwegs erinnern, aber er lässt es lieber. Am Wochenende soll Friede herrschen.

„Ich glaube, du bist jetzt schon so groß, dass ich dir von Annemarie Braun vorlesen kann", sagt die Oma eines Tages. Damit beginnen sie den ersten „Nesthäkchen"-Band. Als sie alle Bände durch haben, nimmt sich Elisabeth ihre Rabattmarkenheftchen vom Konsumladen vor, klebt ein, was noch gestapelt zwischen den Blättern liegt, und siehe da, es ist voll. Sie löst es ein, dann geht sie zu Frau Dewerth und schaut sich nach neuer Lektüre um.

Sie entdeckt die schönen modernen Schneider Kinderbücher mit den glänzenden Deckkartons. „Kleine Schwester aus Korea", „Die Tage mit Nicola", „Monika und ihr bester Freund". Die Rabattmarken verwandeln sich nach und nach in neue Bücher für Bea, die auch für Elisabeth neu sind. Damit hat sie das Kind glücklich gemacht, und sich selbst auch. Und auch Isa und Richard, denn sie haben Zeit füreinander, während das Kind beschäftigt ist. Auch Martin, der sich in seinem Korbsessel zurücklehnt, seine Zeitung sinken lässt und der Stimme seiner Frau lauscht, mit geschlossenen Augen.

Lesen, lesen, lesen. Wenn wir unsere Bücher nicht hätten!

Richard geht einmal im Monat am Samstagnachmittag zu Frau Jakobi in ihr merkwürdiges kleines Geschäft in der Rastatter Straße, wo sie mexikanische Mokassins und handgemachte Keramikaschenbecher, rohseidene Schals, handrolliert, und Basttaschen verkauft. Richard und Isa bestaunen diese exotischen Waren, nehmen sie interessiert in die Hand, linsen aber dabei mit einem Augen auf die sündhaft hohen Preise und loben sie dennoch höflich. Nach diesem Ritual wagt Richard dorthin zu schauen, wohin es ihn zieht: Dem Regal mit den rot-schwarz leuchtenden Leihkrimis gilt sein eigentliches Interesse. Er liest Raymond Chandler, Dashiell Hammett, Georges Simenon. Er palavert lange mit Frau Jakobi über seine Wahl, so entdeckt er auch Jerry Cotton und 007. In seinen Krimis erfährt er so viel über die Welt und das Leben, dass er sich zu jedem Thema äußern kann.

Im Garten Kaffee trinken, das will Richard nicht. Ebenso wenig gelingt es, ihn zu einer Spazierfahrt ins Albtal zu bewegen.

„Bleib mir bitte vom Hals mit diesem Spießergehabe. Das erstickt mich!"

Also gut, Isa gibt nach. Aber sie will nun ihrerseits nicht, dass er sich beim Segelflugclub meldet, dass er Reitunterricht nimmt, dass er einmal, nur ein einziges Mal mit seinem Kumpel Karle auf dem Hockenheimring eine Runde dreht. Er ist Familienvater. Dieses Spiel mit der Gefahr trifft sie wie ein körperlicher Angriff.

Sie wird wütend, sie ist verzweifelt, sie argumentiert, sie wird zum Vulkan und er gibt klein bei, noch bevor sie sich ausgetobt hat.

Sie hat einen klaren Lebensplan. Ihre kleine Familie soll eine Einheit bilden die derjenigen ähnelt, in der sie mit ihren Eltern gelebt hat. Alles gemeinsam wollen. Alles gemeinsam tun. In der Freizeit zumindest. Da ist kein Platz für versäumte Jugendträume. Nicht für die gefährlichen, die eine solche Einheit bedrohen. Da ist kein Platz für exklusive Kameradschaft mit „Kumpels“ aus dem Krieg. Auch Richards große Familie, die vielen Cousins und Cousinen will sie nur aus sicherer Ferne, allenfalls ab und zu in kleiner Dosis aus der Nähe betrachten. Sie weiß, wie man sich Menschen vom Leibe hält, sie findet im Handumdrehen das ein oder andere an ihnen, womit man sie zu klein oder zu groß reden kann.

Richard zuckt die Berührungsängste seiner Frau weg. Es genügt ihm, sie zu haben, seine kleine Familie und die große auch, zu wissen, dass er zu ihnen gehört, auch zu seinen Onkeln und Tanten, den Cousins und den Cousinchen. Er klebt nicht an ihnen. Und sie nicht an ihm.

„Was meinst du damit? Kleben?“

Na ja, diese symbiotischen Familienverhältnisse in der Lebrechtstraße 77 und davor in der Karl-Friedrich-Straße 4 ...

Er hat doch keine Ahnung! Kann er sich vielleicht vorstellen, wie wichtig das war für sie? Einander zu haben? Es war das Einzige ...

Ja, er kann. Er gibt sich Mühe, und sie weiß das!

Zugegeben, sie ist nicht immer einer Meinung mit der Mutter. Dass diese sich immer noch an der längst vergangenen, so genannten guten alten Zeit orientiert, als die Wolf-Wolff-Familie noch eine große fröhliche Gemeinschaft war, das findet auch Isa grotesk. Die Mutter nennt es einen Irrtum, was ihre Onkels ihr angetan haben. Sie fixiert sich auf zwei, die sie hinter all dem vermutet, was sich gegen sie gerichtet hat, die anderen spricht sie von Schuld frei.

„Das ist ihre Art damit umzugehen, verstehst du? Und meine Mutter kann manchmal sehr stur sein.“

Stur würde er das nicht nennen. Sie ist nur konsequent. Wie jeder hier im Haus. Da ist Isa froh, dass Richard sich vom Kritiker zum Verteidiger wandelt. Sie weiß, dass er vieles nicht versteht, weil er es nicht erlebt hat.

„Auch ich liebe meine Familie, nur anders als ihr, weniger klebrig eben."

„Also gut!" Isa nimmt das zur Kenntnis.

Als Richard das Dienstfahrzeug, seinen blau-weißen DKW, den stinkenden röhrenden Zweitakter, auch am Wochenende privat nutzen kann, fährt sie mit ihm regelmäßig nach Mannheim zu den Tanten und den Onkeln. Er taucht ein in dieses von Kind an vertraute Milieu. Er wird wieder der Bub von einst. Da wohnten sie im Jungbusch und er ging in die K5-Schule zusammen mit den schmuddeligen, frechen Hosenschissern, den Arbeiterkindern, im Winter war auch der ein oder andere Zigeunerjunge dabei. Wenn er von der Schule nach Hause ging, dann wohnte hier die Tante Li und der Onkel Bertl, daneben die Vögtles mit dem Gerhard und der Gisela. Daneben die Oma Schöpfe mit der Uroma. Die eine Walkergroßtante hatte immer noch ihr Tabakgeschäft neben dem Theater. Da gingen die großen Namen ein und aus, standen auf Du und Du mit der Tante. Manchmal machte er auch einen Schlenker, rannte den ganzen Weg bis zum weißen Schwan, weil er wusste, dass er dort seinen Onkel Hans finden würde. Der poussierte nämlich mit der Tochter der Besitzerin. Nicht nur das, er war verliebt in sie und hat sie auch geheiratet. So war das. Auch in seiner Familie gab es Liebesgeschichten, viele schöne romantische Opern und Operetten so wie hier im großherzoglichen Hofbeamtenheim.

Wenn sie alle gut gelaunt sind auf der Fahrt nach Mannheim, dann erzählt er sie, diese Geschichten. Dann freut sich Elisabeth, wenn Isa ihn erzählen lässt und wenn das Kind auf diese Weise auch etwas erfährt von der anderen Seite. Es ist immer wichtig zu wissen, woher man kommt. Alles kann dich runder und reicher machen. Das Vorbildliche und das Abschreckende. Man muss es nur richtig nutzen.

Als ob man durch einen Fluss von einem Stein zum nächsten hüpft, so lebt man von Sonntag zu Sonntag und dabei vergehen die Jahre.

Winter und Sommer

Im Januar ist es, als ob die Welt sich in die Hocke duckt. Sie wird eng und klein, sie lässt kaum noch von sich hören oder sehen. Jeder ist auf sich selbst gestellt.

Seit Bea in die Schule geht, hat sie ein Mittel gegen die Enge. Sie zeichnet, malt, schreibt kleine Briefe an ihre Familie, und sie macht sich auf die Suche nach Wörtern überall dort, wo sie auftauchen.

Diese neue Methode der Alphabetisierung, die den Kindern ganze Wörter wie Almosen hinwirft, findet Martin schrecklich. Er macht sich Gedanken, ob das Kind auf diese Weise wirklich flüssig lesen lernt. Er hat das ganz anders gelernt, nämlich so.

„Ach nein, Martin, lass mal, misch dich nicht ein, das verwirrt das Kind sonst ganz."

Warum denn nicht? Er hat mit Isa auch gelernt, hat ihr diktiert, bis sie sicher war in Orthographie und da war sie noch keine zehn Jahre alt.

„Ja, damals, Martin, damals!"

So wie das heute gemacht wird, hat das keinen Zweck. Das Kind betrachtet Wörter wie Bilder, wie soll es da die Fülle der Veränderungen und den Sinn hinter diesen Nuancen erkennen lernen. Wer hat sich das nur ausgedacht. Neu soll es wohl sein, um jeden Preis! Man kann doch nicht alles zur Seite schieben, nur weil es gestern schon da war.

Elisabeth schüttelt nur den Kopf. Er wird alt, denkt sie und dieser Gedanke versetzt ihr einen Stich, sie ahnt, dass Verlust in der Luft liegt, sagen wird sie es nicht. Sie könnte es aussprechen, denn sie weiß, dass er keine Angst hat vor seinem Tod.

„Man schiebt nicht alles weg", sagt Richard, „man schiebt nur das weg, was sich leicht wegschieben lässt! Am anderen rührt man nicht."

Wer ist überhaupt „man"? Warum tut man so, als ob es keine autoritären Machenschaften mehr gäbe?

Isa findet die neue Ganzheitsmethode gut! Sie hat Vertrauen in Beas Klassenlehrerin, es wird vielleicht ein bisschen länger dauern, bis dem Kind ein Licht aufgeht.

Bea fühlt sich wieder einmal im Zentrum des allgemeinen Interesses und hin- und hergewürfelt zwischen den Meinungen. Sie wartet darauf, dass ihr persönliches Licht leuchtet.

Es blinkt tatsächlich auf, als Elisabeth ein dickes neues Buch kauft. Es erzählt von einem Mädchen, das Bummi genannt wird. Bea liebt Bummi, bewundert die kesse, unternehmungslustige kleine Person. So wäre sie gern! Sie will mehr und mehr von ihr wissen.

Am Anfang rutscht noch der Zeigefinger unter den Wörtern entlang, aber bald schon liest Bea so, als ob ihr Kopf die Wörter trinken könnte. Das ist ein wunderbares Heilmittel gegen das Warten und die Langeweile. Aus der engen Winterwelt beulen sich Nebenwelten, in die sie mühelos hineinrutschen kann, die auf sie warten, zuverlässig und verheißungsvoll. Sie merkt nicht, wie schnell die Zeit vergeht.

Beas Geburtstag kommt, Ostern, das Zeugnis und schon beginnt ein neues Schuljahr.

Endlich braucht sie kein Leibchen mehr anzuziehen, muss nicht mehr die dicken, hellbraunen Kratzestrümpfe in die Strapse einhaken, endlich darf sie Kniestrümpfe tragen und Halbschuhe, die Mütze zu Hause lassen, sie muss sich nicht mehr darum kümmern, den Schal nicht zu verlieren oder zu vergessen.

Man kann wieder draußen spielen. Inzwischen ist das Loch, das einmal ein Schwimmbecken werden sollte, ein ideales Gelände zum Spielen. Mit den am Rand gelagerten Backsteinen werden Wände markiert, andere werden zu einem Herd, einem Sessel, einem Tisch aufgestapelt. Kissen und Decken, das Puppengeschirr, kleine Väschen mit Blumen darin werden aus dem Haus geholt, der Phantasie sind keine Grenzen gesetzt beim Einrichten der Wohnungen von Frau Müller und Frau Meier, die ganz vornehm sprechen, „affig“ würde der Papa sagen, die Oma nennt es „nach der Schrift sprechen“. Johanna und Karin Krämer lernen einander kennen und ertragen, das Wernerle kommt über den Zaun geklettert zur Begutachtung, ob das, was „die Weiber“ da machen, in Ordnung ist. Wenn Hans und Hilde im Nachbarhaus von ihrem Fenster aus nicht richtig sehen können, warum plötzlich so viele Kinder eifrig im Garten nebenan „herumwirtschaften“, dann gesellen sie sich dazu. Ab und zu tauchen auch unbekannte Kinder auf, aus der Lebrechtstraße, aus der Kleiststraße, der Göhrenstraße, der Tulpenstraße. Sie haben davon gehört, dass es hier einen Spielplatz gebe, was nicht ganz stimmt, aber einen Platz zum Spielen gibt es eben doch, und so lange Elisabeth und Martin vom Küchenfenster aus alles unter Kontrolle halten können, darf es geschehen.

Bea fühlt, dass sich das Leben von Tag zu Tag verbessert für sie. Manchmal lächelt sie jetzt, bemerkt das Lächeln auf ihrem Gesicht, das sich ganz von alleine darauf niedergelassen hat, weil es einen Grund gibt dafür, tief drinnen in ihrem Bauch.

Es bleibt nur kurz, denn Bea erinnert sich daran, dass die Mutter ihr sagte, sie sähe beim Lächeln aus wie Püster, der Hamster, und so presst sie schnell ihre Lippen wieder aufeinander. Dass dieser Püster aus einem von Isas Lieblingsbüchern stammt, will sie nicht wissen. Dass Isa diesen Püster schon ihr ganzes Leben lang geliebt hat, wirklich innig geliebt, das auch nicht. Bea will nie und nimmer wie ein Hamster aussehen. Einen Hamster würde Hans sicher nicht mögen. Und das ist für Bea nun von großer Wichtigkeit: Sie wäre gern schön. Eine schöne blonde Prinzessin wäre sie gern. Vor der die Prinzen und die Bettelmänner auf die Knie fallen, Hand aufs Herz, das sie ihr zu Füßen legen wollen.

Mehrere Jahre hindurch war Bea zusammen mit der Oma nun schon im Weihnachtsmärchenstück im großen Theater und immer wieder nimmt die Oma sie auch mit ins Kino im Dorf zu Frau Kempf, die nur spielt, wenn mehr als vier Leute da sind, da kommt die Oma lieber zu zweit, wenn sie einen Film unbedingt sehen will. Auf diese Weise hat Bea eine genaue Vorstellung, wie die Mädchen aussehen müssen, die den Helden bekommen: Sie müssen blond sein, ein bisschen pummelig und eine zuckersüße, helle Stimme haben. Ein großes Seufzen ringt sich aus Beas Brust. Sie wird es wohl nie schaffen, den Prinzen zu gewinnen, weil ihre Stimme tief klingt, sie keine blonden Haare hat und sie dünn wie eine Bohnenstange ist.

Dennoch lebt sie und erlebt so viele schöne Dinge. Ihr Herz ist zerrissen zwischen der Zufriedenheit mit dem, was sie hat, und der Sehnsucht nach dem, was sie nicht hat. Gegen diese Zerrissenheit hilft nur das Träumen.

Wenn es Frühling wird, wenn die Lieder der Vögel laut und vielstimmig werden, wenn der Duft der alten Fliederbüsche einen benebelt, wenn die ersten Dolden an den Hortensien sich zeigen, wenn die Oma dicke Sträuße mit Anemonen auf den Esszimmertisch stellt, wenn die Verandatür hinunter in den Garten von morgens bis spät in den Abend hinein offen bleibt, dann richtet sich die Welt auf, dehnt sich, streckt sich.

Der Sommer naht.

Er beginnt für Bea immer mit dem wunderschönen Blumentag, der sich Fronleichnam nennt.

In aller Herrgottsfrühe schon hört man auf der Straße geschäftiges Treiben.

Tausende von Blütenblättern werden zu einem prächtigen bunten Teppich ausgelegt. Die Gartentüren öffnen sich, damit man sehen kann, dass die Bewohner vor vielen Häusern in der Nachbarschaft kleine Altäre aufgebaut haben, Schemel mit weißen Spitzendeckchen, darauf ein Muttergottesbild und Kerzen, umrahmt von Blumenarrangements, purpurrote Pfingstrosen, königsblaue Lupinen, die ersten Rosen.

Auch Frau Gastner, die Nachbarin, baut einen Altar, immer und in diesem Jahr einen besonders schönen, weil dieses Jahr ihr Sohn neben dem Stadtpfarrer unter dem Baldachin mit den goldenen Bordüren schreitet, in einem reich bestickten langen Mantel. Das ist sein großer Tag, er wird als Priester geweiht werden, diese Tatsache erfüllt Frau Gastner mit Stolz und großem Glück.

Bea darf neben der Oma am geöffneten Fenster stehen. Sie lauschen dem getragenen Gesang, sehen die verzückten Gesichter, bestaunen die vielen kleinen Mädchen in ihren schwingenden weißen Kleidern, ihren grünen Kränzen im geöffneten Haar, ihren ernsthaft gereckten Köpfen. Die kleinen Buben daneben, sie sehen aus wie Männer, in Anzügen und weißen Hemden. Man kann kaum diejenigen erkennen, die man doch kennen sollte, weil sie tagtäglich hier sind, die Nachbarn, die Zeitungsfrau, die Eierfrau, die Verkäuferin aus der Metzgerei und neben ihnen in schwarzen Anzügen mit Seidenkrawatten ihre Männer. Vielleicht scheinen sie so fremd, weil sie in dieser Masse auftreten, wo das einzelne Gesicht nicht mehr zählt. Wenn die Menschenschlange vorbeigezogen ist, bleibt der eigenartig stechende Geruch von Weihrauch in der Luft hängen, er schwebt hinein in die geöffneten Räume der Zuschauer.

„Wo bringen sie den Leichnam denn hin?“

Tja ... Elisabeth muss sich anstrengen. Lange redet und rätselt sie mit dem Kind über das Gesehene. Geduldig beantwortet sie die Fragen der Kleinen, erst noch gibt sie sich Mühe, Fakten zu vermitteln, aber dann gerät sie mehr und mehr ins Spekulieren und schließlich hat sie ihre Freude daran, in die Erklärungen ihre eigenen Überlegungen einfließen zu lassen, ihre Zweifel, ihre Bewunderung, ihre Anerkennung und auch das Nichtverstehen. Es freut sie, dem Kind zu helfen, den Schleier der Unwissenheit von den Dingen zu heben, so dass die Welt darunter zum Vorschein kommt. Sie macht sich bewusst, dass alles zunächst nur schemenhaft ist für ein Kind, wie aus grobem Holz gehauen. Es bedarf noch vieler Gespräche und Erfahrungen, um die feinen Schliffe anzubringen, die die Konturen klarer zutage treten lassen. Elisabeth hofft, diesem Prozess der Erkenntnis lange beiwohnen zu dürfen.

Wenn nur kein Krieg kommt, denkt sie, nur das nicht. Das andere wird sich nicht wiederholen, daran glaubt sie fest. So etwas wird sicherlich nie wieder passieren. Jetzt leben wir in einer modernen Demokratie, in Freiheit, Meinungsfreiheit, Pressefreiheit.

Dafür haben wir uns Mühe gegeben, zu vergeben und vergessen. Jeder auf seine Weise.

Der Sommer ist warm und schön. Aber leider gibt es da die endlos langen Schulferien. Bea vereinsamt, wenn Johanna mit ihren Eltern in die Sommerfrische geht. Auch Elisabeth kann sie mit dem Versprechen, mit ihr eine Runde Federball zu spielen, nicht immer aus ihrem Trübsinn locken. Natürlich erfüllt es sie mit Stolz, Briefe zu bekommen von Johanna, in denen diese erzählt, was sie alles tun im malerischen Wasserburg am Bodensee und wie langweilig es ihr eigentlich ist ohne Bea. Sie antwortet auch, erzählt davon, dass sie die Tage zählt, bis Johanna wieder zurückkommen wird. Dann bleibt noch Zeit, die sie gemeinsam verbringen können.

In der Zwischenzeit wird das Wernerle mit auf den Sonntagsspaziergang entlang dem Rhein genommen, wo Richard sehnsuchtsvoll durch seinen Zigarettenrauchschleier das langsame Dahingleiten der Schiffe beobachtet.

Das Wernerle ist jetzt ein richtig guter Ersatzkamerad.

„Sag ihm das nicht, das will er nicht hören: Ersatz! Er will in eigener Person für dich wichtig sein", diese moralischen Appelle von Elisabeth bringen das Kind zum Seufzen und verdunkeln sein Gemüt. Alles ist immer so schwierig, wenn man sich außerhalb des Gartenzauns bewegt. Man muss dies, man darf das nicht, man sollte, und was heißt überhaupt „sollte"? Das heißt eigentlich auch wieder „muss", warum sagen sie das dann nicht?

„Sollte ist nicht muss. Es gäbe nicht beide Wörter, wenn sie genau dasselbe meinten", erklärt Elisabeth geduldig.

Bea denkt darüber nach, wer für wen wichtig ist „in eigener Person". Das Wernerle war ihr immer wichtig, er war das allernächste Kind, das es für sie gab, näher als Karin Krämer, aber wie oft hat er ihr seinen Rücken gezeigt, ihr bedeutet, dass er hinaus kann, weg kann, nach der Art der Männer in einer ganz normalen Familie. Und sie eben nicht.

Der nächste Sommer ist reich an denkwürdigen Ereignissen.

Das erste ist ein besonders schönes Geburtstagsfest für Bea.

„In diesem Jahr können wir ein Faschingsfest feiern", schlägt Elisabeth vor. Zuerst kommt die Planung. Dann die Durchführung. Während Isa locker aus dem Handgelenk heraus Plakate malt, die über die ehrwürdigen Mahagonimöbel geklebt werden sollen, bereitet Elisabeth vor allem das richtige Kostüm für die Kleine Kopfzerbrechen. Schließlich setzt sie sich an Lises Sekretär und findet in einer der vielen Schubladen endlich, endlich ein Foto, das sie lange stumm betrachtet. Dann steigt sie hinauf auf den Speicher und kramt in den großen Holzkisten, nimmt dieses und jenes Kleidungsstück heraus, trägt alles zu Frau Bensching in die Kleiststraße, die sich durch Näharbeiten etwas dazuverdient. Auch Karola wird am Projekt beteiligt. Sie muss auf Elisabeths Anweisungen hin zeichnen, wie das Kostüm auszusehen hat. „So wie unser Kostüm, das unsere Mama mit dem Papa damals für uns entworfen hat, und dann hat sie uns zum Hofphotographen Ruf gebracht, weißt du noch, Karola?"

„Ach ja, natürlich weiß ich das, die Holzschuhe trug sie in einem bestickten Beutel in der Hand, wir zogen sie erst dort im Atelier an."

Solche Pantinen allerdings findet Elisabeth nirgends. Bea muss ihre normalen gesunden, vernünftigen Treter anziehen, was ihr wieder einmal ein schneidendes Gefühl von Unzulänglichkeit vermittelt, das noch verstärkt wird durch ihre Unfähigkeit, der kleinen Elisabeth oder der kleinen Karola nur im Entferntesten zu ähneln.

Elisabeth freut sich auf dieses Fest wie ein Kind. Sie macht eine Gästeliste, lädt Kinder „anständiger" Leute ein, kauft kleine Geschenke, die die Gäste bei Pfänderspielen gewinnen können. Sie backt und schmückt ihre Wohnung. Aber leider deckt sich ihre Vorstellung nicht in jeder Hinsicht mit der ihrer Enkelin. So wird das Fest ein Fiasko. Bea ist missgelaunt und jähzornig, untergräbt Elisabeths Spielpläne und bietet den anderen Kindern ein Schauspiel, dem sie nur stummes Staunen entgegenhalten können. Erst am Abend, als Isa alle vors Kasperletheater bannt, beruhigt sich auch das Kind. Am nächsten Tag ist es krank, hat hohes Fieber, Masern!

Lange muss Bea im verdunkelten Schlafzimmer der Großeltern liegen, zwischen den beiden schwitzt sie sich die Krankheit aus den Knochen. Elisabeth und Martin lauschen auf jeden Atemzug der Kleinen. In ihnen wächst die Erinnerung an jene Zeit, als sie um ihre eigene Tochter bangen mussten. Ohne das Kind, ohne dieses eine, einzige Kind hier zwischen ihnen, hätte ihrer aller Leben doch keine Mitte mehr. Gott und die Götter müssen es beschützen!

Wenn es endlich tagt, verschwindet diese panische Angst. Die Vernunft stellt sich wieder ein. Es ist eine ganz normale Kinderkrankheit. Sie haben einen guten Arzt, gute Medikamente und kümmern sich gewissenhaft um das kranke und vor allem von Langeweile geplagte Kind. Bea übt sich im Glauben an die heilenden Hände der Oma, die ja mal Krankenschwester gewesen war, davon muss sie nun ganz viel erzählen! Und das tut sie auch, holt eines ihrer Alben und zeigt Bea die alten Photos, eine junge Elisabeth, lachend, da! – mit einer Zigarette in der Hand, dem weißen Häubchen auf dem Kopf, und rings um sie liegen, sitzen, stehen junge Männer mit dem Arm in der Schlinge, nur einem Bein und einer Krücke und mit Verbänden um den Kopf, um die Augen sogar. Sie lächeln, lachen, als ob nicht Krieg wäre, als ob sie nur eines im Sinn hätten, der hübschen jungen Frau in ihrer Mitte zu gefallen.

Isa kommt früher nach Hause, legt sich zu Bea unter die Decke und verbreitet die Zuversicht, an der es ihrem Kind noch beträchtlich fehlt. Es ist schlapp, antriebslos, seine glasigen Augen sind riesengroß. Es nörgelt, hat zu nichts Lust.

„Komm, schau, ich habe etwas mitgebracht."

Zwei Spezialscheren mit rundem Schnabel und wenig Biss, „Kinderscheren" und dazu mehrere Bogen mit Ausschneidepuppen. Die abgeschnittenen Ränder verwandelt Isa in Kronen, die sie sich aufsetzen.

„Wir sind die Königinnen der Puppenstadt", sagt sie und zieht ihrer Puppe ein flottes Hütchen auf.

Auch Richard beeilt sich mit dem Nachhausekommen. Er findet seine beiden Frauen einträchtig mit rosaroten Wangen und

Papierschnipseln garniert so hübsch, dass er schnell seine Leica holt und eine ganze Reihe Fotos schießt. So nimmt man dieser Krankheit, der ersten ernsthaften, die sich an das bisher so behütete Kind herangemacht hat, mit vereinten Kräften „allen Wind aus den Segeln".

„Was heißt denn Segeln?"

Tja, die Segel, das sind ...

Zuallerletzt ist Martin wieder dran. Er liebt Beas Fragen, sie sind eine wahre Herausforderung für ihn und er hat auch jederzeit die Geduld, sie zu beantworten, wenn er nicht gerade die Nachrichten hören muss.

Mit weichen Eiern und rotem und grünem Wackelpudding gepäppelt, reicht die Kraft bald aus, dass Bea endlich wieder in die Schule gehen kann.

An Ostern gibt es Zeugnisse und Ferien und neue Söckchen und danach beginnt für Bea und Johanna das letzte Volksschuljahr. Sie sind jetzt die Großen in der kleinen Schule in der Langen Straße. Viele Male in der Woche gehen sie nun die 200 Meter hin und zurück zwischen dem alten Schulhäusle und der großen Riedschule. Auch der Turnunterricht findet dort statt. Turnen bedeutet für Bea und Johanna Spielen mit all den anderen Kindern, aber so sieht es die neue Turnlehrerin nicht. Sie hat eine schnarrende Stimme, mit der sie kurze laute Befehle in die große Halle schmettert: „Aufstellen! Durchzählen!"

Das dauert, denn es stehen über vierzig Kinder da, die mit Gehampel und Gelächter versuchen, sich der Größe nach auszurichten, so wie es die Lehrerin will. Bea bleibt neben Johanna stehen, weil sie sich mit ihr unterhalten will. Den ersten Pfiff der Lehrerin hört Bea nicht, den zweiten schon, aber da muss der Satz doch noch raus, bis er zu Ende ist.

Da kommt Frau Grundler langsam mit in die Hüften gestemmten Händen auf Bea zu und aller Lärm verstummt nach und nach.

„Aufstellen, sage ich."

Bea sieht sie an.

„Du da, wo stehst du? Schielst du? Die da neben dir ist doch viel kleiner als du."

„Aber!“, sagt Bea, „das ist meine Freundin.“

„Das ist meine Freundin, das ist meine Freundin“, die Lehrerin hat keinen schönen Ton an sich, findet Bea und es gefällt ihr auch nicht, dass alle Kinder bis auf Johanna jetzt lachen.

„Aaaaaaaufstellen!“ Frau Grundler macht einen weiteren Versuch und fixiert Bea dabei streng.

„Ich bin aaaufgestellt“, Bea versucht, den Tonfall der Lehrerin zu treffen, aber da hat sie – wutsch – die Hand der Lehrerin auf ihrer Nase.

Der Schlag brennt im Gesicht und das Gelächter der Kinder brennt im Herzen. Bea heult los, wirft sich auf den Boden, strampelt und faucht dabei wie eine Raubkatze. Die anderen Kinder erstarren. Erst der Rektor kann sie beruhigen, der zu Hilfe gerufen wird. Was für ein unmäßiges, ungezogenes Kind ist sie! Sie muss mit strenger Bestrafung rechnen.

Das versteht Bea nicht! Sie breitet die Angelegenheit zu Hause vor ihrer versammelten Familie aus. Gibt sich Mühe, aus dem Geschehen eine schöne, runde Geschichte zu machen. Verschiebt dabei die Sachlage ein winziges bisschen zu ihren Gunsten. Sie macht die Lehrerin nach, wie sie schreit und freut sich insgeheim, dass alle gequält das Gesicht verzerren bei diesen hässlichen Tönen. Alle hören ihr zu, alle bestätigen, dass es ein großes Unrecht ist, ein Kind zu schlagen.

„Also gut“, sagt Isa zu Elisabeth, „da musst du dein schönstes Hütchen aufsetzen und einen Lehrerinnenbesuch machen, Mutti, so wie damals beim Fräulein Bischoff, weißt du noch? Du wirst das wieder hinbiegen können. Immerhin will sie ja im nächsten Jahr auf die höhere Schule kommen. Da sollte ihr keiner Unreife bescheinigen.“

Damals, ja, damals. War eine andere Zeit. Elisabeth seufzt.

„Eigentlich müsste sie lernen zu gehorchen.“

„Gehorchen? Wenn jemand sie schlägt? Das muss sie nicht. Mein Kind muss niemandem gehorchen, der Gewalt auf sie ausübt.“

Gewalt, ach Gott, was heißt da Gewalt. Elisabeth sieht ihre Tochter an, sieht, wie sie zittert, ihre Augen sind weit aufgerissen.

Also geht sie dorthin zu dieser Lehrerin und stellt fest, es ist in der Tat eine harte Frau. Aber wer will wissen, warum? Immerhin, sie lässt sich von Elisabeths eindringlichen Erklärungen überzeugen.

Zurück bleibt nur absolute Nichtbeachtung im Unterricht und eine schlechte Zeugnisnote in Turnen. Die lachen sie alle gemeinsam weg, denn hier, schaut, in Musik hat das Kind eine Eins. Die hat sie dem Opa zu verdanken, der schon seit Jahren mit ihr das schöne Sommerlied vom wandernden Herzen singt: „Geh aus, mein Herz". Alle 15 Strophen singen sie zusammen, voller Inbrunst, und danach verwickelt Bea Martin in ein Frage- und Antwortgespräch über die Tulipan, Salomonis Seide, die hochbegabte Nachtigall, die schattenreichen Myrten, die unverdross'ne Bienenschar, das reiche Himmelszelt und das güldne Schloss, des Leibes Joch und das Paradeis, so dass die Mittagsruhezeit vergeht ohne Ruhe und ohne Langeweile, einträchtig und einträglich, was Wissen für das Kind und Erkenntnis für Martin betrifft.

Schule ist schön, Schule geht leicht, wie von selbst. Schule verliert vorübergehend an Glanz und Bedeutung, als Kuno endlich seine Prinzessin nach Hause bringt, die irgendwo weit weg schon so lange auf ihn gewartet hat, und nun endlich haben sie einander gefunden.

Wanda heißt sie. Karola ruckelt mit den Schultern und presst die Lippen aufeinander. Eine Fremde von weiß Gott woher hat er sich ausgesucht! Ein „Flüchtling" ist sie, aus Magdeburg, sie spricht so anders. Außerdem, wie ist sie denn angezogen? Hat sie überhaupt eine Korsage an? Es sieht so aus, als ob sie nackt wäre unter ihrem naturseidenen Sackkleid.

Während Elisabeth die Schwester ermahnt, dass man das nicht sagt, „Flüchtling", das ist sie auch korrekterweise nicht, Magdeburg liegt weder in Schlesien noch in Ostpreußen, amüsiert sich Isa über die Entrüstung ihrer Tante.

„Das nennt man Existenzialistenlook, Tante Karola!"

„Und was soll das bedeuten?"

„Sie ist Künstlerin! Reproduktionsphotographin! Das ist eine kreative Tätigkeit, verstehst du? Sie passt zu ihm! Dein Sohn ist doch auch ein Künstler!"

Immerhin! Die Hochzeit findet hier statt! In diesem Hause und in unserem Stil. Isa und Richard bemühen sich, Kuno und seiner jungen Frau Flankenhilfe zu geben. Lola ist angereist aus der Ferne, in die es sie mit ihrer Familie verschlagen hat. Karola freut sich am Anblick ihrer Tochter; in ihrem extravaganten Kleid, das sie sich selbst geschneidert hat, und mit ihren wie immer fröhlich wippenden Schillerlocken sieht sie so jung aus und so glücklich an der Seite ihres vorsichtig lächelnden Mannes. Beide hüpfen sie um ihr Kind herum, ein kleines Mädchen mit graublauen Augen und langen Wimpern, das kaum älter als ein Jahr ist und schon eine Schönheit.

„Ach ja, wir feiern nun also hier ein kleines, aber feines, festliches Fest!"

„Ein festliches Fest? Was soll das denn sein?"

„Festlich halt, edel und elegant."

Das schöne Bauernzimmer wird rausgeputzt, die Tische mit dem alten Glanzdamast gedeckt, Lises Porzellan und Silber aus beiden Haushalten zusammengesucht, Delikatessen von Feinkost Schindele bestellt und Champagner wird ausgeschenkt werden! Echter Champagner. Wenn schon, denn schon, so will es auch Rudolf.

Es gibt kein Gerangel um Blumensträuße in der Kirche dieses Mal, weil die Braut sehr selbstbewusst und organisiert ihren Strauß einfach neben sich auf den Boden legt. Außerdem ist Bea das einzige Kind, das dem Brautpaar vorausgehen darf, denn Lolas Tochter ist noch zu klein dazu.

Die Nachbarn kommen zum Gratulieren, liefern Geschenke ab. Die Haustür bleibt heute offen! Da ist ein Rein- und Rausgelaufe wie auf der Bühne, ein Getrappel auf der hölzernen Treppe, ein Klingeln und ein nicht enden wollendes vielstimmiges Geschnatter. Festlich und feierlich und fröhlich und verheißungsvoll.

Durch die Fliegengitter dringt das Vogelgezwitscher und die Braut streift bald schon ihre hochhackigen Seidenschuhe ab, geht barfuß mit gespreizten Zehen über die mehrfach übereinander geschichteten Perserbrücken, lächelt ihr zurückhaltendes Lächeln, zieht die Lippen schon wieder zurück in dem Moment, wo sie sich öffnen wollen um zu strahlen. Karola nickt ihr zu und lächelt dabei. Man muss sich aneinander gewöhnen, wenn man einander nicht verlieren will. Elisabeth registriert dankbar, dass ihre Schwester jetzt vernünftiger wird. Hoffentlich lässt sie sich nicht nur von der Seligkeit des Augenblicks verführen, hoffentlich hält ihre Weichheit an, hoffentlich finden die beiden zueinander!

Mitten im Gesang von Couplets, die Isa zu Ehren des Brautpaares gedichtet hat, schrillt das Telefon.

Richard muss heimfahren, er wird ans Krankenbett seines Vaters gerufen.

Noch bevor die elegante Feier zu Ende ist, kommt der nächste Anruf. Anton ist tot.

Während im ersten Stock die letzten Gläser aneinander klingen, packt Isa ein paar Sachen zusammen. Mit dem ersten Zug am Morgen fährt sie zu Richard und Inge nach Mosbach, um ihnen beizustehen.

„Ist das ein böses Omen, Elisabeth?" Karola ist bedrückt, dass wieder einmal der Tod seine Fratze gezeigt hat.

Elisabeth nimmt ihre Schwester in den Arm und beschwört sie, vernünftig zu sein. Anton hatte sich seit dem Tod seiner Frau nicht mehr wohlgefühlt. Er ließ sich in seine Krankheit hineinsinken, als ob sie ihm willkommen wäre, lehnte ärztliche Hilfe ab, und nun hat er es geschafft, ist bei ihr, bei seiner Helene. Er liebte sie sehr, seine schwierige, anspruchsvolle, ehrgeizige kranke Frau. Wie mag wohl die arme Inge sich jetzt fühlen?

Inge ist erschöpft von der schweren Pflege. Aber vor allem ist sie verzweifelt über das, was ihr Mann ihr angetan hat. Während sie jahrelang Mutter und Vater pflegen musste, im Haus angebunden war, ihre Kräfte einsetzte für diese schwere vom Schicksal ihr aufgeladene Pflicht, hat er sich auf seine Weise getröstet. Er ging nicht weit weg, nur bis zum Wirtshaus an der nächsten Ecke. Dort landete er in einer Pokerrunde, ersoff sein Selbstmitleid im Alkohol und lehnte sich an eine fremde Schulter. Betrogen hat er sie! Man zeigt mit hämischen und mitleidigen Fingern nun auf sie, die Zugezogene, die sie in den Augen der Mosbacher Kleinstädter immer noch ist, eine, die was Besseres sein wollte, das hatte man der Familie Klumpp immer nachgesagt, weil sie aus Mannheim kamen und manche städtische Gewohnheit mitbrachten, damals bevor der Krieg begann. Emil hat sein ganzes Geld – „unser Geld", klagt Inge – verbraucht und Schulden gemacht. Die arme Inge! Was soll nur aus ihr werden? Erst einmal bringen Isa und Richard sie mit nach Karlsruhe.

Von nun an haben Elisabeth und Martin noch ein weiteres Kind.

„Hier bist du immer willkommen", sagt Martin. So soll es sein, so wird es sein.

Isa freut sich, denn sie versteht sich gut mit der Schwägerin. Karola freut sich, denn Inge ist ein fröhlicher, aufgeschlossener Mensch. Vor allem aber freut sich Bea. Zwei neue interessante Familienmitglieder!

Während Inge immer wieder zurück muss nach Mosbach und sich dort ein eigenes Leben aufbaut, bleibt Kuno mit seiner jungen Frau zunächst noch im Haus. Wanda ist zwar zurückhaltend und abwartend, aber bald schon entdeckt sie in Martin, Isa und Richard interessante Gesprächspartner, in Elisabeth eine Mutterfrau, der man sich anvertrauen kann. Bea beobachtet sie neugierig. Das Unkonventionelle an ihr verlockt sie, sie nähert sich ihr vorsichtig, freut sich, dass Wanda ganz ohne die übliche Herablassung Erwachsener freundlich und ernsthaft auf sie eingeht. Als die Sommerferien beginnen und Johanna mit ihren Eltern verreist, hat Bea nun neue Möglichkeiten, die ereignislosen Tage zu überstehen.

An einem heißen Spätnachmittag, als Wanda auf sie zuschlendert, sie anlächelt, ihr über den Kopf streichelt und sich neben sie setzt, fasst sich Bea ein Herz. So gerne würde sie wissen, wie sie sich gefunden haben, der Kuno und seine Prinzessin. Das wagt sie zu fragen.

Wanda lacht kurz auf, dann lehnt sie sich zurück, schaut hinauf in den Himmel und beginnt zu erzählen: Es wurde ihr zu Hause einfach zu eng! Deshalb sagte sie „Ja", als ihre Freundin Alwine sie aufforderte, mitzugehen in den Westen. Alwines Schwester hatte einen Mann aus Süddeutschland geheiratet und bei ihr konnten sie erst einmal wohnen, sich Arbeit und eine Bleibe suchen.

Der Schwung reichte aus, um herüberzukommen in den Westen, eine Arbeit, eine Wohnung zu finden. Aber dann stellten beide fest, wie schwer es war, sich eine neue Heimat zu schaffen. Vor allem, wenn man in einer Stadt landet, wo man so merkwürdig spricht wie hier in diesem Karlsruhe. Wo man ständig gefragt wurde, ob man aus Sachsen käme.

Sie dachten, was helfen würde, wäre, jemanden zu finden, den man lieben könnte, einen Mann ohne Vorurteile, einen Mann, mit dem man sich ein Leben aufbauen könnte. Endlich. Eine Familie gründen, Kinder haben, das wollte sie gern.

Alwine produzierte fortwährend „Eingewöhnungsstrategien", wie sie es nannte. Theater, Kino, Tanzkurs.

Dann kam der Abend.

„Unser Schicksalsabend, weißt du, Bea!"

Eigentlich wollte Wanda an diesem Abend ein Bad nehmen, sich mit einem guten Buch und einer schönen Schallplatte ins Bett packen und warten, bis sie müde wurde. Aber Alwine hatte darauf bestanden, an diesem Abend auszugehen. Sie hatte versucht, sie zu locken mit dem Hinweis auf gute Musik.

Wanda zog sich an und summte vor sich hin: „I got the Blues, yes, I got it! "

„Du hast einen beau-jour, meine Liebe", zwitscherte Alwine.

„Du auch, Alwi, du auch!"

„Also, dann kann doch nichts schiefgehen heute."

Aber leider ging alles schief. Alwine rutschte aus und ihr aufgeschürftes Knie drückte sich in das Loch ihres Nylonstrumpfes, sodass sich im Nu eine breite Laufmasche bis in den Schuh hinein öffnete.

„Zieh sie doch aus", riet Wanda. Alwine folgte ihrem Rat, aber während Wanda sich ohne Strümpfe am wohlsten fühlte, erfasste Alwine ein unbehagliches Gefühl der Unvollkommenheit. Die erste Adresse auf Alwines Projektliste erwies sich als ein bürgerliches Lokal mit breitschultrigem Portier.

„Bedaure, wir haben eine geschlossene Gesellschaft", behauptete er. Sicher waren schon genug einzelne Frauen dort drinnen, deshalb wollte er sie nicht einlassen. Die süßlichen Operettenwalzer, die aus dem Türspalt hinter ihm nach außen drangen, befreiten Wanda vom Gefühl der Enttäuschung, das ihren Hals einengen wollte.

Dann fing es an zu regnen und sie hatten keinen Schirm dabei. Inzwischen waren sie in einer Straße angelangt, die sie nicht kannten. Sie nahmen Zuflucht in einer Toreinfahrt, wollten dort abwarten, bis der Guss abgeklungen wäre. Schüttelten sich wie Katzen.

„Komm, lass uns nach Hause gehen. Ich habe noch einen Rest Rotwein. Wir machen es uns gemütlich, klönen ein bisschen über Vergangenheit und Zukunft, Alwi."

Diese antwortete mit einem knurrenden Laut, ihre Enttäuschung war dabei, sich in Wut zu wandeln.

Wanda spürte weder Enttäuschung noch Wut. Ihr Tiefpunkt lag hinter ihr. Unwillkürlich hatte sie ihn überwunden. Sie dachte daran, dass es eigentlich immer so war: so als ob sie auf einem großen Meer schwämme. Auf und ab trugen sie ihre Stimmungen, Tag aus, Tag ein, durch die Zeit. Das Tröstliche daran hatte sich ihr noch niemals so offenbart wie gerade in diesem lächerlichen Augenblick der Niederlage. Sie saugte den Geruch des nassen Asphalts tief ein, sie sah das Zersplittern des Lichtes, das aus den Straßenlaternen, den Fenstern der Häuser ringsum in die Pfützen traf. Sie hörte das Rauschen des Regens. In der Ferne irgendwo quietschten die Schienen einer Straßenbahn, Wortfetzen, deren Sinn man nicht verstand.

In all diese Geräusche mischte sich ein dumpfes rhythmisches Stampfen, aus dem sich wie eine Fontäne eine menschliche Stimme wand, klagend, tremolierend. Der Bass ein Stab, die Melodie eine Ranke mit immer neuen Verzweigungen und Verästelungen.

Alwine und Wanda blickten einander stumm an. Dann drehten sie sich um, folgten den Tönen, suchten nach dem Ort ihres Ursprungs, sahen den Eingang in einen Keller, an der Wand hingen Fackeln, offenes Feuer, das hinter sich schwarze Plaken malte.

Vorsichtig stiegen sie die Treppen hinab. Ein Gewölbe, Rauchschwaden, eine kleine Tanzfläche, Pärchen ineinander verschlungen, an den Tischen weitere Pärchen, Wange an Wange, oder Kopf an Kopf der Tanzfläche zugewandt. An der Bar lehnte ein grell geschminktes Mädchen mit hautengem, geschlitzten Rock, darüber eine Korsage, ihre Haare waren kurz und lockig, sie sah aus wie eine Kopie von Ava Gardner, als sie eine Zigarettenspitze lasziv zwischen die Zähne nahm, die Lippen schloss und dann den Rauch aus den Nasenflügeln aufsteigen ließ.

„Das ist nichts für uns", sagte Alwine, „komm, wir gehen wieder."

„Hast recht, nichts für uns", erwiderte Wanda. Sie hatte den Eindruck, das vor sich zu sehen, was man halbseidenes Milieu nannte, und sie streifte mit einem allerletzten neugierigen Rundumblick die Menschen hier, die keinerlei Notiz von ihnen nahmen.

Sie wollte sich abwenden, Alwine folgen, da fühlte sie ihren Blick aufgefangen von einem Augenpaar, das sie interessiert ansah, unbewusst und doch unverhohlen.

Statt Alwine zu folgen, ging sie in den düsteren Raum hinein. Vor der Bar stand halb im Raum ein glänzender schwarzer Flügel. Ein junger Mann im Anzug und mit Krawatte saß da und ließ seine langen schönen Finger wie zufällig über die Tasten gleiten. Die perlenden Töne vermischten sich mit dem Gestammel der Bassgeige, die von einem Schrank von Kerl gezupft wurde. Er lehnte an der Wand, hatte ein Bein ausgestreckt, das andere auf die Verstrebung eines hohen Hockers gestützt, auf dessen Kante er saß. Als Wanda in den Raum trat, sahen beide Männer zu ihr hin. Der Pianist begann ein Solo, der Bass unterbrach sein Spiel, lehnte sich grinsend zurück. Wanda blieb mitten im Raum stehen, gebannt, selbstvergessen. Als das Solo zu Ende ging, die Bassgeige ihren Part wieder aufnahm, als alle klatschten, auch die Sängerin an der Bar, auch Wanda, sah der Pianist sie an und verbeugte sich zu ihr hin mit einem Lächeln, einem ... ja, einem glücklichen Lächeln, das Wanda glücklich erwiderte.

„Der am Klavier, das war der Kuno, gell?"

Wanda nickt stumm.

„Und so habt ihr euch gefunden?“

Noch einmal nickt Wanda.

Bea fühlt einen behaglichen Schmerz mitten in ihrem Herz.

So also geschieht es, denkt sie, so findet der Prinz seine Prinzessin, irgendwann, irgendwo, wenn man nicht darauf gefasst ist. Diese Erkenntnis hat etwas sehr Beruhigendes an sich. Als Johanna zurückkommt, hat sie eine neue spannende Geschichte zu erzählen.

Der Sommer wird noch einmal richtig schön. Die Hitze dauert endlos in diesem Jahr. Ringsum vertrocknen die Gräser. Alle schwitzen und stöhnen. Das Schwimmbad lockt.

„Können wir am nächsten Sonntag nicht die Johanna mitnehmen. Bitte, bitte!“

Wir heißt es immer am Sonntag. Das will Isa so. Familie sein wollen sie. Wir, das heißt Isa, Richard, Elisabeth und Bea. Bei fast allem, was „unternommen“ wird, ist Elisabeth dabei, denn auch Martin will, dass seine Frau rauskommt, etwas erlebt, sie muss nicht die ganze Zeit neben ihm sitzen und auf ihn aufpassen.

Erst einmal muss Elisabeth sich ein neues Badekostüm kaufen, wenn da Fremde mitgehen, kann sie sich so nicht mehr sehen lassen. Sie pilgert zusammen mit dem Kind in die Stadt und trifft sich dort mit Isa nach Büroschluss in der Waldstraße vor dem Geschäft der Frau Huckelmann-Stein-Denniger. In der engen Kabine staunt Bea, wie die Oma zur Statue erstarrt, wenn Frau Kempf, die Verkäuferin, an ihrem schönen weichen Fleisch herumzieht und -zerrt, bis alles eingeklemmt ist in dunkelblauem oder dunkelgrünem Gummimaterial.

„Das dehnt sich noch, wird angenehm weich im Wasser, gnädige Frau“, behauptet die Verkäuferin und schielt dabei über ihre Brille, verzieht den knallrot gefärbten Mund zu einem künstlichen Lächeln.

Die Oma dreht und wendet sich vor dem Spiegel, ihre Augenbrauen wölben sich voller ungestellter Fragen. Isa bringt noch ein, zwei weitere Modelle, aber irgendwann setzt ein Seufzer von Elisabeth einen Schlussstrich. Sie wird jetzt bald 65 Jahre alt sein und naja, sie hat gelebt, das sieht man halt.

„Mama, du bist noch immer schön, glaub es mir.“

Das findet Bea auch, die Oma ist schön wie immer.

Schön. Das ist ein dickes, prall mit Liebe gefülltes, wunderbares Wort. Es ist kurz und ein bisschen scharf beim Aussprechen. Es sagt: Das ist die Wahrheit! Keine Widerrede.

Nun kann der Besuch des Schwimmbads zum gesellschaftlichen Ereignis werden. Man trifft sich mit Johanna und ihrer Mutter. Johannas Vater ist, wie die Väter der meisten Kinder, weitgehend unsichtbar.

Es werden also Butterbrote geschmiert, die Thermoskanne gefüllt, Richards Zeltplane in Isas lederne Schultasche mit dem Klipperklapperverschluss gesteckt. Bea muss schnell noch ihre Nase in die Tasche stecken und diesen herrlichen Geruch, Leder, Popelin, Messing, getrocknete Erde, vergessene Brotkrümel, Sommer, Wasser, Familie, Glück einatmen, bis er in ihren Kopf steigt und sich dort einnistet, auch für die Zeit, in der er nicht mehr sein wird als eine Erinnerung. Dann kann es losgehen.

So glücklich wie heute war Bea noch nie. Endlich hat der Papa gesagt: „Wir gehen heute zusammen ins Schwimmbad.“

Zusammen, das heißt, auch er geht mit und das Vorhaben endet nicht wie sonst oft damit, dass er dann doch wieder zu Hause bleibt und die Oma, die Mama und das Kind schließlich viel zu spät aufbrechen, weil man es versprochen hatte und weil Elisabeth mit Nachdruck darauf beharrt, dass man Versprechen, die man einem Kind gibt, einlösen muss.

Und nicht nur das, endlich ist es den beiden kleinen Mädchen gelungen, ihre Familien einander näherzubringen, das wollten sie doch schon die ganze Zeit. Am liebsten hätten sie die beiden Familien miteinander zwangsweise verschwägert, aus ihnen eine große Familie gemacht, das entspräche dann genau der Nähe, in der sie sich inzwischen eingerichtet haben.

Aber dieser Sommertag ist nicht geschaffen worden, um Bea eine Lektion in Glück zu erteilen, sondern, um sie zu belehren über die Zerbrechlichkeit des Glücks.

Kurz vor dem Schwimmbad werden sie angehalten. Ein Mann stellt sich vor den Papa und der muss vom Rad absteigen. Der

Mann ist ein Polizist, das sagt er, damit man es weiß, denn er trägt heute keine Uniform, hat aber eine kleine Karte aus der Hosentasche gezogen, die er dem Papa unter die Nase hält.

„Wie alt ist das Kind?"

„Neun Jahre bin ich alt."

„Sie wissen, dass man Kinder nur bis zum sechsten Lebensjahr auf dem Sattel des Rades mitführen darf. Außerdem haben Sie keine Stützen für die Füße angebracht, wie ich sehe. Ich muss ein Protokoll anfertigen."

Um die kleine Gruppe haben sich schnell eine ganze Anzahl Neugieriger gesammelt.

„Dann tun Sie mal, was Sie nicht lassen können", sagt Richard.

„Ich kann Sie auch aufs Revier mitnehmen."

„Und ich kann mich auch bei Ihrem Vorgesetzten beschweren."

„Machen Sie nur."

„Worauf Sie einen lassen können."

„Jetzt reicht's. Das Kind steigt sofort ab."

„Bitte, Richard. Bitte, Herr Wachtmeister. Es ist Sonntag!"

Es geht noch eine Weile hin und her und sie kommen so spät im Schwimmbad an, dass Johanna schon ganz ungeduldig auf sie wartet.

Die Stimmung ist gedrückt. Bea ist verwirrt und traurig. Sie hat das Gefühl gehabt, dass ihr Papa immer kleiner und kleiner wurde, als dieser Polizist mit ihm sprach. Und jetzt versteckt er sich und seinen Ärger hinter dem Rauch seiner Zigaretten, er zündet eine nach der anderen an. Isa schweigt.

Elisabeth hat sich mit Johannas Mutter in einiger Entfernung auf eine Bank gesetzt und erzählt ihr, was sie gerade erlebt haben, gibt ihr auch eine Erklärung für das unhöfliche Verhalten ihres Schwiegersohnes und Gott sei Dank ist Johannas Mutter eine kluge Frau, auch sie ist schließlich eine Ehefrau und man weiß ja, wie die Männer sind, wenn ihr Stolz verletzt wird.

Die beiden kleinen Mädchen beobachten alles aus der Ferne. Sie flüstern sich ihre Erkenntnisse zu. Dann nähern sie sich den

Erwachsenen und wünschen sich, dass es nun gemeinsam ins Wasser gehen soll.

Man rappelt sich auf.

Zuerst ins Nichtschwimmerbecken, um sich an die Kälte des Wassers zu gewöhnen, dann aber wollen die Erwachsenen ins „tiefe" Becken. Johanna erzählt stolz, dass ihre Mama einstmals Wettschwimmerin war. Eine ganze Anzahl von Sportabzeichen habe sie gemacht.

Frau Klüger steigt auf den Startpflock und springt mit einem wunderschönen gestreckten Kopfsprung hinein ins Becken.

Die Mädchen klatschen und hüpfen begeistert auf und ab.

„Du auch", ruft Bea Isa zu, aber diese winkt ab, das kann sie nicht, sie sieht doch zu wenig ohne Brille.

„Dann du, Papa, bitte, bitte."

Richard setzt sich die kleine runde Badekappe mit den drei Streifen, weiß, schwarz, weiß, auf, steigt auf den Startpflock und springt hinein; er taucht unter und bleibt auf dem Boden, und wo ist er, und warum kommt er nicht nach oben, warum taucht er nicht auf, was ist denn da los?

Da stößt sich Johannas Mutter ab vom Rand und taucht hinunter und wieder auf und hat Beas Papa im Schlepptau, hilft ihm an den Rand, beide keuchen, spucken Wasser. Während Beas Papa sich allmählich beruhigt, keucht Johannas Mutter immer mehr, ihre Augen werden riesengroß, die Lippen blau, Johanna fängt an zu weinen.

Richard und Frau Klüger sitzen schließlich auf dem Mäuerchen, das den gepflasterten Beckenbereich umgibt, der Bademeister ist herbeigeeilt und kümmert sich um die beiden und auch hier entsteht schnell wieder ein Menschenauflauf.

Er hat die Orientierung verloren, da unten, wusste nicht mehr, was oben, was unten ist, das wiederholt Richard immer wieder.

Als Johannas Mama schließlich wieder durchatmen kann, als man wieder zurück zur Zeltplane gehen will, stellt sich heraus, dass Richard nicht geradeaus gehen kann, weil etwas mit seinem Ohr nicht stimmt. Er hört nichts auf dem einen Ohr, das geschah, als er ins Wasser sprang.

Ganz können die beiden kleinen Mädchen nie begreifen, was an diesem Tag wirklich passiert ist. Welche Gespenster aus der Vergangenheit sich zu ihnen gesellten und ihren Eltern das Glücklichsein verdarben. Sie behalten nur die Ahnung, dass die Eltern in der Zeit lange vor ihrer Geburt schon die Fähigkeit zum Glücklichsein für immer verloren haben.

Aber sie schaffen es dann doch, dass die Eltern einander ein bisschen näherkommen. Man wird sich ab jetzt beim Vornamen nennen.

Tante Henriette darf Bea Johannas Mutter nun nennen. Tante Isa und Oma sagt Johanna.

Am nächsten Tag gehen Elisabeth und Henriette mit den beiden Mädchen in die Stadt. Bei einem ausgiebigen Stadtbummel dürfen sie sich im Kaufhaus Karstadt die gleichen rosaroten Sommerhosen und Baumwollpulloverchen in Rosarot mit weißen Tupfen kaufen. Wie Zwillingsschwestern sehen sie aus.

Als sie vor dem Spiegel stehen, dessen altes Glas ihre Umrisse merkwürdig verzerrt, legt sich ein schwerer Schatten über Johannas Seele.

„Wir sehen nicht aus wie Zwillinge. Wir sehen aus wie Pat und Patachon", brummelt sie. Bea hat keine Ahnung, wer das ist. Sie wagt nicht, Johanna zu fragen. Johanna weiß wieder einmal mehr als sie und sie ist irgendwo, wohin Bea ihr nicht recht folgen kann. Nur den Schatten, den spürt sie auch. Er ist dunkel und kalt.

Zukunft planen

Wenn Bea und Johanna aufs Gymnasium kommen wollen, müssen sie gescheit sein, fleißig und gesund. Johanna ist zuversichtlich in dieser Hinsicht. Sie weiß schon von ihrem Bruder Joachim, was auf sie zukommt: Eine Aufnahmeprüfung und eine Probezeit und dann Vokabeln und Grammatik pauken. Diese rätselhaften Wörter erzeugen bei Bea ein merkwürdiges Kribbeln im Nacken, sie ist froh, dass sie Johanna an ihrer Seite haben wird.

An Beas Gescheitheit zweifelt vorerst nur der Opa.

„Man sollte sie nicht überfordern", meint er.

„Sie muss gefordert werden", erwidert ihm Isa. „Sie hat einen gescheiten Vater und eine gescheite Mutter, was also soll ihre eigene Gescheitheit verhindern?" So einfach sind manche Dinge, wenn man sie mit Isas Augen betrachtet.

Sie selbst zweifelt mehr am Fleiß und Durchstehvermögen ihres Kindes, aber daran werden sie in nächster Zeit eben arbeiten.

Richard ist vor allem wichtig, dass keinerlei Dressur stattfindet an seiner Tochter, sie soll sich frei entfalten können, ganz nach ihrem Willen und Können.

„Na, das werden wir sehen", meint Isa und hat damit das letzte Wort, aber dann doch nicht das allerletzte. Das nämlich hat Elisabeth.

„Sie braucht mehr Kraft. Sie muss mehr essen." So ein dünnes Persönchen wird vom nächsten Windstoß umgepustet werden, der in Form irgendeiner Krankheit mit Sicherheit auf sie zukommt, sobald sich der Kreis der Kinder, mit denen sie Umgang haben wird, ins Unüberschaubare erweitert.

Der Oma fällt nach einer Zeit des Nachdenkens etwas ein, was gegen die Magerkeit und den Mangel an Appetit helfen könnte. Sie geht mit Bea nach Durlach zu einem Arzt, dessen Mutter sie kennt aus der Gesellschaft, deshalb brauchen die beiden nur wenige Worte, um sich zu verständigen. Es ist ein kleiner, rundlicher Mann mit wie bei einem Igel stachelig von seinem großen Kopf abstehenden grauen Haarborsten. Er sieht ihnen nicht in die Augen, weder Elisabeth noch Bea. Sein Händedruck ist schwach und schnell, als ob er gerade eben die Etikette wahren wollte, der etwas in seinem Inneren sich widersetzt. Als er sie in einen dunklen, mit Büchern vollgestopften Raum führt, folgt er einem Muster, er tut es nicht aus Überzeugung. Er bedeutet Bea mit einer Handbewegung, sich auf einen erhöhten Stuhl zu setzen, den er mit einem Ruck nach hinten kippen lässt. Die Oma hat sie sehr energisch darauf verpflichtet, sich anständig zu benehmen, was in diesem Fall vor allem heißt, dem Arzt wie eine Puppe zu gehorchen, sich nicht gegen das unvermeidliche und möglicherweise unangenehme Anfassen, das bei einem Arztbesuch nun mal unumgänglich ist, zu wehren. Beide wissen, dass dieser Hinweis nicht ohne Grund erfolgt. Elisabeth rechnet Bea vor, wie viel älter sie inzwischen geworden ist, dieses kindliche Sträuben bei der Zahnärztin oder bei der Schulärztin oder bei unserem sehr netten Kinderarzt, das darf sich nun wirklich nicht wiederholen.

„Was würde der Hans sagen, wenn er dich in solch einer Situation sehen könnte!"

Mhm. Die Oma ist schlau! Sie hat den richtigen Zauberspruch gefunden.

Bea will keine lächerliche Figur sein. Bea will brav sein, groß sein.

Die schummrige Atmosphäre des Raumes, das Fehlen von Wörtern, die sonst alles Unbekannte und deshalb Unheimliche überbrücken, und die Unnahbarkeit dieses Mannes verstören Bea, erwecken jedoch auch eine besondere Art von Mitgefühl mit ihm. Er erinnert sie an den Opa, der manchmal laut und unüberhörbar da ist, sich kümmert um alles und jedermann, dann aber verschwindet in sich selbst, seinen Blick auf eine unsichtbare Ferne richtet, in der er nach etwas zu suchen scheint, von dem er zu niemand spricht, von dem nur die Oma etwas weiß, weil sie zu ihm gehört, weil sie eben „Frau Martin Mayer" ist.

Beas Mitgefühl mit dem Arzt verfliegt, als er ihr ohne Vorwarnung einen Löffel in den Mund rammt, schnell wieder herauszieht, bevor Bea auf seinen Finger beißen kann, was sie gerne tun würde, und dann der Oma bedeutungsvoll zunickt.

Was dann mit Bea geschieht, ähnelt all dem Übel, das sie aus den Märchen kennt, es ist, als ob sich eine Verwünschung erfüllte.

Sie bekommt, obwohl sie keinen Geburtstag hat, einen schönen neuen echten Steiffhasen und braucht jetzt ihr altes schäbiges Häschen aus amerikanischer „Care" nicht mehr. Weg damit.

Mit diesem neuen Hasen im Gepäck wird Bea in eine alte steingraue Villa in der Kriegsstraße gebracht, eine „Privatklinik", wie man ihr erklärt, um sie zu beruhigen. Sie glaubt dem beruhigenden Teil der Botschaft, ohne sie zu verstehen. Die Oma übergibt sie Schwester Naomi, die ihr ein weißes Nachthemd anzieht und sie in einen abgedunkelten Raum führt. Bea hat noch nichts gegessen oder getrunken an diesem Tag, deshalb ist sie müde und ihr ist schwindelig. Sie wird auf einem stählernen Stuhl festgeschnallt. Man hat ihr erklärt, dass man ihre Mandeln entfernen wird.

„Das ist ein Klacks", sagt Schwester Naomi und hantiert fröhlich mit Metallgegenständen hinter Beas Rücken.

Dann taucht der Doktor aus Durlach auf. Er hat sich einen großen Spiegel auf die Stirn geklemmt, in der Hand hält er eine Zange, mit der sperrt er ihren Mund auf, dann spritzt er ihr eine Flüssigkeit in den Hals, so dass alles dick und wattig wird. Bea meint, ihr Fleisch quillt auf wie ein Schwamm, sie kann nicht mehr schlucken, sie müsste aber schlucken, dringend. Sie bewegt verzweifelt die Hände in den Lederriemen.

Schwester Naomi stützt sich mit ihrem Körper auf Beas Beine und sagt immer wieder: „Na, na, na, es ist doch gleich vorbei."

Hinter dem großen Kopf des Doktors bemerkt Bea die Wanduhr, deren Zeiger sich überhaupt nicht zu bewegen scheinen. Er schneidet und kratzt in ihrem Mund herum, dabei spritzt Beas

Blut auf seinen Spiegel und in sein Gesicht, was ihm recht geschieht. Die Prozedur dauert und dauert. Bea glaubt, sie muss gleich laut schreien, Tränen verschleiern ihren Blick, langsam lässt die Kraft in ihren Armen und Beinen nach, in ihren Ohren spürt sie ein Rauschen und Klopfen.

Endlich tritt der Doktor zurück, endlich löst Schwester Naomi die Lederriemen, nimmt Bea auf den Arm, trägt sie über den Gang in ein Zimmer und legt sie in ein Bett.

Jetzt kann Bea laut weinen und klagen: „Oma“, jammert sie und es ist ihr ganz egal, was Hans sagen würde, wenn er sie so heulen hörte.

„Wo ist meine Oma?“

„Es ist doch jetzt alles vorbei. Nur Geduld, die Oma kommt bald.“

Bald, bald, bald!

„Ich will raus aus dem Bett, ich will nach Hause!“

Ihr Hals brennt wie Feuer.

„Hoppla, halt mal! Das geht nicht! Mit einem solchen Hals darf man doch nicht so schreien!“

Schon legt sich Schwester Naomi wieder auf Beas Beine und hält ihre Arme fest.

„Mit Geduld und Spucke fängt man eine Mucke!“, trällert sie. „Deine Oma ist gerade eben draußen vor der Tür gestanden und hat nach dir gefragt, ich sagte ihr, dass es dir besser geht und du alles gut überstanden hast.“

Das versteht Bea nicht. Die Oma kommt nicht zu ihr, nimmt sie nicht in den Arm und sagt, alles wird gut, sie steht dort draußen und überlässt Bea dieser Hexe? Also schreit, weint, tobt sie weiter, zu zweit muss man sie festhalten, der Doktor kommt, seine Stirn ist von einer strengen Falte zerschnitten, schnell und geschickt sticht er Bea eine Spritze in den Oberschenkel.

Als sie wieder erwacht, sich umschaut, sieht sie, sie ist nicht allein. Im Zimmer stehen noch vier weitere Betten. Vier Frauen schauen zu ihr hin, sie versuchen, sie aufzumuntern und zu trösten. Sie hat doch nur das bisschen Weh in ihrem Hals, alles andere ist gesund an ihr! Aber sie haben kranke Brüste, kranke Bäuche, große Narben, heftige Schmerzen. Sie können nur schlecht oder gar nicht aus dem Bett. Bea ist Königin in diesem Zimmer! Sie darf dies für die Frauen holen und das, das Fenster öffnen und schließen, wird ihren Besuchern vorgestellt und gelobt für ihre Hilfe, man nennt sie „unser Heinzelmännchen". Aber abends beim Einschlafen drängen sich dennoch Tränen in ihre Augen. Sie ist enttäuscht von ihrer Oma, fühlt sich von ihr im Stich gelassen.

Am nächsten Tag kommt Besuch. Die Oma, die Mama und am übernächsten wieder die Oma. Sie tut geheimnisvoll.

„Schau mal, ich habe dir jemanden mitgebracht."

Wen? Johanna? Das Wernerle? Karin Krämer? Hans?

Nein, es ist Hilde.

Mit einem Päckchen in der Hand: Eine Schale voll gefüllt mit herrlichem Eis! Hat sie gerade eben geholt, im Café Schwarz an der Ecke!

Hilde will unbedingt wissen, was mit Bea hier passiert ist und wie es ihr jetzt geht.

Bea legt los. Sie setzt sich in Szene. Beim Suchen nach Wörtern überlegt sie sich, wie sie alles besonders effektvoll groß- oder kleinreden könnte. Das viele Spritzblut, die böse Hexe und der Doktor! Er könnte für den altbösen Feind durchgehen oder aber auch für den Teufel persönlich. Sie weiß jetzt, wie sich die Hölle anfühlt, das sagt sie. Von ihrer Verzweiflung sagt sie nichts zu Hilde. Nichts von diesem Gefühl des Verlassenseins! Das hebt sie sich für den Familienkreis auf. Mit Genugtuung malt sie sich die betretenen Gesichter ihrer Angehörigen aus.

In dieser Krankenhauswoche denkt Bea viel nach und entwickelt dabei Stolz darauf, etwas aus eigener Kraft überstanden zu haben. Etwas sehr, sehr Unangenehmes, vor dem man sie sicherlich gerne bewahrt hätte, wenn man eine genaue Vorstellung davon gehabt hätte, und das hatten sie vielleicht nicht, die alleswissenden Eltern und Großeltern. Bea weiß, es war keine glänzende Leistung ihrerseits, aber eine erfolgreiche immerhin. Weder der altböse Feind noch eine Welt voller Teufel konnten sie verschlingen, sie hat überlebt. Das ist ein Zeichen für die Zukunft.

Als die Oma sie im Taxi nach Hause bringt, steigt sie aus dem Auto mit dem Ernst und der Würde einer Dame. Sie hat das Gefühl, sie muss ihr Kinn nicht mehr ganz so recken, wenn sie zum Opa und zur Oma aufschauen will. Abends kriecht sie noch einmal aus ihrem Bett und lauscht an der Tür.

„Vielleicht hätten wir doch besser in eine ganz normale ‚moderne' Klinik gehen sollen für diesen Eingriff", sagt Isa mit energischer Stimme.

„Du meinst in die Kinderklinik? Kann sein, Isa, dass sie dort unter Kindern gewesen wäre. Aber medizinisch betrachtet war es doch kein Fehler, was meinst du Martin? Der Doktor Wünschel hatte immer einen hervorragenden Ruf!", erwidert die Oma leise und zögerlich.

„Wann, Mutti, wann hatte der einen guten Ruf? Und zwischendrin hatte er zwölf Jahre lang gar keinen Ruf und auch keine Praxis mehr!"

Der Opa verschanzt sich hinter seiner Zeitung, der Papa hat sich schon zurückgezogen nach oben, bestimmt wartet ein spannender Krimi auf ihn.

Zehn Jahre wird es bald alt sein, das Kind. Fast fünfzehn Jahre lang lebt man nun im Frieden. Man muss nicht mehr hungern oder darben, auch den Pfennig muss man nicht mehr ganz so umdrehen, seit sowohl Richard als auch Isa gutes Geld verdienen. Man hat einen Kühlschrank gekauft, in den nach anfänglichem Zögern auch Martin seinen blauen Edelweiß-Camembert und sein Viertel Frühstücksbutter legt. Den allmorgendlichen Treppenauf- und -abstieg erledigt er als zusätzliche Frühgymnastik, prustend, stampfend, mit Würde und Ingrimm. Das Herzklopfen, das er überall in seinem Körper spürt, am Hals, in den Ellbogenbeugen, im Bauch, an den Oberschenkeln, er nimmt es als Lebenszeichen seines Körpers. Bald werden sich Richard und Isa ein richtiges Badezimmer einbauen lassen mit wunderschön gefliesten Wänden und einer eingemauerten Dusche. Die Prospekte liegen schon vor. Mit den Handwerkern verhandeln die beiden noch. Ihre kleine Dachwohnung wird immer schöner, immer moderner. Sogar das

Kind ist nun öfters oben bei den Eltern, besonders seit Richard einen Plattenspieler mitgebracht hat. Die drei sitzen und lauschen, jeder in seine Gedanken versunken: „Capriccio Italien." Richards Hand zittert, dann hebt sie sich auf, als ob sie ein Eigenleben habe und schwebt hin und her im Takt der Geigen, der Celli, der Flöten. Auf der Rückseite der Platte wird die Arlesienne-Suite gespielt. Bea liebt diese Musik, sie dringt direkt in ihr Herz und von dort in ihre Augen, sie will, dass Bea weint, und ja, das bestätigt Richard, es ist etwas Trauriges in dieser Musik, aber Isa sagt, es ist auch etwas Leidenschaftliches darin, sie erzählt nämlich von der Liebe, so wie sie manchmal vorkommt: leidenschaftlich und traurig, weil sie zwei Gesichter hat. Sie ist voller Staunen über das Fremde, ein Staunen, das sehnsüchtig macht nach Nähe, nach Verstehen, nach Verschmelzen, Gegensätze sollen sich aufheben, wortlose Harmonie soll erreicht werden, aber da sich in dieser Harmonie die Sehnsucht zu nichts auflöst, darf sie eigentlich nicht erreicht werden und von all dem erzählt diese Musik. Darüber muss nun Bea wirklich staunen, weil, so hat sie diese Musik nicht verstanden, und woher wissen sie das?

„Die Musik gehört zu einer Oper, die heißt ‚Carmen'", Richard nickt. „Carmen ist ein Mädchen aus Arles." Sie erzählen abwechselnd und Bea lauscht interessiert. Diese Liebesgeschichte hört sich ganz anders an als alles, was sie bisher über die Liebe erfahren hat in den Filmen im Rüppurrer Kino bei Frau Kempf.

Elisabeth ist froh, dass Isa, Richard und Bea sich nun als Familie fühlen. So muss es sein. Martin und sie werden eines Tages nicht mehr da sein, dann muss das Kind wissen, dass es all die familiäre Geborgenheit auch dort bekommt, bei den Eltern.

Dass Isa und Richard sich nur zögerlich daran beteiligen, die neue Welt, dieses neue Deutschland aufzubauen, und es ihnen schwerfällt, das Alte, das bisher Gewesene zu vergessen, kann Elisabeth verstehen. Schon als Isa geboren wurde, war doch nichts mehr heil. Schon damals wurde dieses Land von innen heraus zerfressen. Da waren die Lasten des ersten Krieges, der zwang die Menschen, sich an eine neue Staatsform zu gewöhnen. Die wirtschaftliche Not, der Zerfall der Werte und die allgemeine Orientierungslosigkeit kamen dazu. Wenn sie einander nicht liebevoll zugetan gewesen wären, wenn ein Teil ihrer alten Bekannten nicht zu ihnen gehalten hätte, wenn sie nicht neue Geborgenheit gefunden hätten bei den vielen Schicksalsgenossen, wäre ihr Leben trostlos gewesen.

Was für ein großes Glück hatte sie selbst, hatte ihre Generation gehabt: Eine unbeschwerte Kindheit in einer glanzvollen Epoche in einer geordneten Welt, nicht für alle sicherlich, aber für sie selbst war es eine heitere Welt.

Wenn sie jetzt versucht, die Welt ihrer Kindheit wieder aufleben zu lassen für ihr Enkelkind, dann geschieht dies aus der festen Überzeugung heraus, dass diese gut war.

Wenn sie jetzt festhält an jenem Muster, in dem sie sich mit ihrer Familie in den schweren Schicksalsjahren der Verfolgung und Entwürdigung eingerichtet hatte, wenn sie vor allem denjenigen ihr Vertrauen schenkt, die in einer ähnlichen Situation gelebt und überlebt haben, dann geschieht dies aus dem festen Glauben an die Treue.

Aus der christlich-jüdischen Gesellschaft haben sie sich zurückgezogen. Martin, weil er nun wirklich das Haus nicht mehr verlässt. Isa und Richard, weil sie ihre Kräfte für ihren Existenzaufbau brauchen, und sie selbst, weil sie mit dem Kind eine wichtige und erfüllende Aufgabe übernommen hat.

Dennoch hält sie einzelne Kontakte, besucht die nette Freundin von Isa im Weiherfeld, deren beide Mädchen ungefähr in Beas Alter sind, das wäre doch der richtige Umgang für sie. Während Elisabeth und Irene mit leiser Stimme über all diejenigen sprechen, die einstmals zusammengehörten, weil das gleiche Schicksal sie verband, ringen die drei Mädchen mit ihrer Befangenheit und finden nicht zueinander.

„War es denn schön mit den beiden?“, fragt die Oma auf dem Heimweg.

„Es war halt“, erwidert Bea und dann schweigt sie, um die Oma nicht zu enttäuschen.

Ähnlich geht es den beiden, als sie in die Klosestraße pilgern zu einer anderen Familie aus dem ehemaligen Bekanntenkreis.

Elisabeth ist verstört, dass man ihr gegenüber dort ein „Kind der Liebe“ als „Patenkind“ seiner eigenen Mutter ausgibt. Hat man denn so wenig Vertrauen in sie, dass man sie beschwindeln muss?

Danach gibt sie ihre Kontakte zu den Bekannten aus der „Gesellschaft“ ganz auf. Man hat sich nichts mehr zu sagen.

„Ach Isselche, weißte“, sagt Martin, „die Menschen haben neue Lebensmuster gefunden, lass sie, sie wollen nicht mehr an früher erinnert werden, dadurch, dass man bei ihnen auftaucht.“

Ein allerletztes Mal jedoch verfolgt Elisabeth noch einmal die Spur, die jahrelang überlebensnotwendig war. Ein Hautarzt wird gebraucht. Das Kind hat eine tiefe hässliche Dornwarze, die bei jedem Schritt schmerzt. Die muss weg, bevor sie in die neue Schule kommt. Also konsultiert Elisabeth mit dem Kind einen Arzt, dessen Familie ihr bekannt war, damals. Sie hat davon gehört, dass er die ehemalige Praxis seines Vaters wieder eröffnet habe.

Dieser Arzt, ein bleicher schwammiger Mann, der sich, in herbsüßliche Gerüche gehüllt, mit abwesendem Blick von einem ins andere Zimmer seiner Riesenwohnung bewegt, dort die Patienten abholt und mit ihnen dann lange Zeit in einem der Räume verschwindet, bis endlich Bea an der Reihe ist, drückt an Beas Fußsohle herum und nickt der Oma dann zu. Das ist eine Kleinigkeit.

Elisabeth überlässt ihm Bea, sie soll in einer Stunde wiederkommen. Nein, sie wartet lieber hier, wenn es ihm nichts ausmacht. Er nickt, also gut.

Als sie wieder zu Hause ankommen, ist Elisabeth aufgelöst, ihr hochroter Kopf zittert in unaufhörlicher Ablehnung: Nein, nein, nein.

„Er hat die Tür abgeschlossen, Martin, er hat sich mit dem Kind eingeschlossen! Und er war heute besonders – na du weißt schon, er konnte kaum noch die Augenlider aufhalten!“

So geht es nicht mehr weiter. Elisabeth wird jetzt einen neuen Hautarzt ausfindig machen! Einfach nur einen Hautarzt, einen ganz normalen Arzt, zu dem alle normalen anderen Leute gehen!

Bea spürt Elisabeths Verunsicherung, aber dieses Mal ist sie selbst viel weniger berührt davon. Ihr Fuß ist so weit weg und

Schlimmeres als das, was ihr der Halsarzt angetan hat, kann ihr nicht passieren. Dieser Hautarzt interessiert sie, denn es ist ein Geheimnis um ihn. Bevor er ihr die Warze aus der Fußsohle schnitt, mit langsamen, aber sicheren Bewegungen, und erst nachdem er ihr die Fußsohle betäubt hatte, zog er seinen langarmigen Kittel aus. Auf seinem weißen Unterarm sah Bea eine Anzahl kleiner dunkelblauer Zahlen. Merkwürdig! Der Mann erweckt auf unerklärbare Weise Beas Mitgefühl. Er geht sehr behutsam um mit ihr, und es tut ihr überhaupt nicht weh und er versorgt ihre Wunde gewissenhaft und so, dass sie mit leichtem Humpeln selbst nach Hause gehen kann. Bea findet, dieser Doktor hat Elisabeths roten Zorn nicht verdient.

Bevor das Loch in Beas Fuß ganz verheilt ist, erfährt die Oma, dass der Arzt nicht mehr lebt.

„Er hat sich ..., Martin, denk nur, er soll ...“

Bea würde gerne weinen über ihn, stellt sich vor, dass ihn nach und nach alle seine Patienten im Stich gelassen haben, so wie sie, und mit einer gewissen Genugtuung bemerkt sie, dass die Oma großes Unbehagen erfüllt.

Elisabeth muss wissen, was da los war.

„Mein Gott Elisabeth, das kannst du dir doch denken, er hat sich den goldenen Schuss gegeben.“

Wieder so ein Wort, das Bea im Kopf stecken bleibt und von den Erwachsenen trennt. Sie speichert es. Eines Tages, das weiß sie gewiss, wird sie alle ihre Fragen stellen, immer wieder, bis die Erwachsenen ihr jede einzelne erschöpfend beantwortet haben.

Weihnachten

Wenn die Dunkelheit sich schon um vier Uhr nachmittags über die Welt senkt, dann hilft nur noch die Vorfreude auf Weihnachten. Elisabeth, Isa, Richard, Bea und Martin haben sich im behaglich geheizten Esszimmer versammelt. Die viel zu große Lampe, die einstmals Lises langen Esstisch beleuchtete, hängt nun schwer über dem verkürzten Tisch und taucht ihn in einen Lichtkegel, der sich scharf abgrenzt vom Dunkel, in dem der restliche Raum versinkt. Die hölzernen Löwen am Buffet reißen stumm ihre Mäuler auf, die Glaskaraffe auf dem Vertiko glitzert. Bea liegt mit einem Buch auf der Chaiselongue und hat Elisabeths moderne Stehlampe, ihr neuestes Geburtstagsgeschenk, eingeschaltet. Wie ein Flamingo im Dschungel sieht sie aus. Die schmalen kelchförmigen Lampenschirme kann man zurechtbiegen, das Licht an drei unterschiedliche Orte lenken. Elisabeth ist stolz auf diese Errungenschaft.

Im Augenblick jedoch sitzt sie noch über ihr Haushaltsbuch gebeugt am Tisch und Bea nützt dies aus. Solange sie mucksmäuschenstill hier liegen bleibt und solange die Erwachsenen irgendetwas besprechen, das sie alle interessiert, ist die Gefahr noch gering, dass man sie ins Bett scheucht.

„Habt ihr denn schon eure Wunschzettel geschrieben?"

Als ob sie alle Kinder wären, so kann Elisabeth sie ansprechen. Richard wendet sich ab. Immer noch nach so vielen Jahren tut er sich schwer mit diesem Gehabe, wie er es nennt, mit dem So-tun-als-ob, als ob alles rosarote Zuckerwatte wäre. Das Leben ist Kampf an vielen Fronten, und er hat allergrößte Mühe, sich zwischen den Gefechten Nischen zu suchen, in denen er seine Ruhe findet, nichts als seine Ruhe.

Das kränkt seine Frau, dass er immer wieder Ich sagt, vor dem Wir.

„Dass wir einander gefunden haben und einander haben, das ist doch das Wichtigste!", erinnert sie ihn.

„Für dich vielleicht, aber nicht für mich."

Wenn Isa es nicht besser wüsste, wenn ihre Nächte nicht wären, in denen sie sich flüsternd hineinreden in diese herzzerreißende Nähe, nach der man keine Fragen mehr stellen darf, wenn nicht auch er stumm und still wäre danach, dann müsste sie verzweifeln.

Ja, sicher, die Mutter tut, als ob Weihnachten das Wichtigste wäre. Das ist ein bisschen weltfremd. Tut so, als ob Isa nicht Sorgen hätte. Immer noch ist ihre Mutter ihre innigste Vertraute. Sie weiß mehr über sie, viel mehr als jeder andere Mensch auf der Welt. Auch mehr als ihr Mann oder ihr Vater.

Wieder wird Isa die Hoffnung aufgeben müssen, endlich eine Arbeitsstelle gefunden zu haben, bei der sie bleiben und so etwas wie eine kleine Karriere machen kann. Wieder studiert sie ausführlich die Stellenangebote in der Zeitung und versucht zu verstehen, was hinter den gewundenen Floskeln verborgen sein könnte.

Damals, am Anfang ihres Berufslebens, als sie den Traum, ihr Studium beenden zu können, endgültig aufgegeben hatte, damals im Verlag war sie glücklich gewesen. Sie verfasste ihre Kolumnen, machte die Übersetzungen aus dem Englischen, Französischen, Spanischen, sie telefonierte mit Autoren und Photographen, verpflichtete sie auf Zeilenbeschränkungen und Honorare, die das Budget nicht allzu sehr belasteten; alles schien gut zu laufen und dennoch ging der Verlag den Bach runter. Die kanadische Botschaft war ein guter Ersatz! Wie viele interessante Menschen traf sie dort! Menschen, die das Schicksal genauso gebeutelt hatte wie sie. Dann zog die Botschaft um nach Köln, nahm ihr die Arbeit und die Freundin Ilse. Ein Glück, dass Ilse die Gabe besitzt, Nähe und Unmittelbarkeit zu bewahren. In langen nächtlichen Telefonaten und ausführlichen Briefen setzen sie ihre Freundschaft fort. Ilse kann jede Kleinigkeit speichern, sie erinnert sich an alles, was Isa jemals wichtig gewesen war und will immer wissen „Wie ging das weiter?", so als ob es sich um einen spannenden Roman handelte. Und ist nicht jedes Leben spannend wie ein Roman? Das kann Ilse dann fragen, kann damit eine Distanz zum realen Erleben herstellen, die sicherlich für sie selbst eine Quelle ihrer unerschütterlichen Lebenskraft ist.

Isa seufzt bei all diesen Erinnerungen, die sie jetzt gerade hier im Lichtkegel der alten Lampe bedrängen. Dann war sie als Stenotypistin in die Generalvertretung einer bekannten Kugelschreibermarke gewechselt. Der Chef erkannte bald schon ihre Begabung für treffende Formulierungen, lobte ihren Stil, die Sicherheit in Orthographie. Das tat Isa gut. Ihre Deutschnoten in der Schule waren immer abhängig von der Tatsache gewesen, dass man sie nicht als „reinrassige" Deutsche betrachtet hatte.

Isas damaliger Chef also erkannte nach und nach ihre Stärken. Er stellte fest, dass sie sich für Literatur, für Psychologie interessierte, eine angenehme Gesprächspartnerin war. Unter dem Vorwand von Arbeitsbesprechungen lud er sie zum Essen ein und diskutierte dann seine persönlichen Probleme mit ihr.

„Ich bin verheiratet und habe ein Kind!", das sagte sie ihm, verdrängte alles, was er möglicherweise von ihr gewollt hätte und auch die Tatsache, dass er ein interessanter, freundlicher, gut aussehender Mann war. Sie suchte sich eine neue Stelle.

So stellte sie das Wir immer über das Ich. Diese Lebenshaltung erschien ihr die einzig richtige. Es geschah nicht ohne Selbstdisziplin und Selbstkasteiung, denn es hatte eine Zeit gegeben, da hatte sie in der Zeitung nicht nur Stellenangebote gelesen, sondern auch nach möblierten Zimmern gesucht. Wollte sich irgendwo ein Refugium mieten, und dort wollte sie nur Ich sein, wollte malen, schreiben, träumen, nachholen, was sie versäumt hatte, auch sie!

Jetzt erwartete sie von ihrem Mann, dass er sich ihr anschloss. Dass er das sagte: Meine Familie ist mir wichtiger als alles andere auf der Welt. Aber so etwas sagen Männer nicht. Ob es jemals Männer geben wird, die so etwas nicht nur aussprechen, sondern auch danach leben? Isa seufzt. Da, wo sie jetzt gelandet ist, kann sie auch nicht bleiben, das fühlt sie. Eigentlich war ihre Aufgabe, die Frau des Chefs zu entlasten, die sich um ihren sechsjährigen Sohn kümmern sollte, es aber nicht will und deshalb wurde es für Isa eng neben der altgedienten Chef-Sekretärin, einem Fräulein, schon über vierzig, der Isa ihr Abitur, ihren scharfen Verstand, ihre professionelle Vielseitigkeit und die Tatsache voraushat, dass ihr Berufsleben nicht Quelle ihres persönlichen Glücks sein muss. Im Grunde hatte sie Mitleid mit dieser Kollegin. So lange jedenfalls, bis diese mit unschönen Mitteln versuchte, sie beim Chef madig zu machen.

„Ach, Kind, ich wäre mit solchen Schwierigkeiten nicht fertig geworden. Wenn ich damals nicht gewusst hätte, dass alle Kollegen mir wohl gesonnen waren oder mir zumindest eine Form von Respekt zollten, so dass ich unbehelligt von Intrigen und Disharmonien meine Arbeit machen konnte, ich weiß nicht, was aus uns geworden wäre. Wir mussten doch leben!"

Als Elisabeth das sagte, schloss Isa sie wortlos in ihre Arme und drückte sich an sie, wie damals, als sie noch ein Kind war.

„Weißt du, Mama, ich brauche das nicht, das Wohlwollen, den Respekt meiner Kollegen. Ich brauche eine Arbeit, mit der ich Geld verdienen kann. Es soll natürlich auch eine Arbeit sein, die mir gefällt. Und ich werde wieder etwas Neues finden, vertrau mir!"

Als ob Elisabeth wüsste, was beim Lesen der Inserate in Isas Kopf vorgeht, muss auch sie an jenes Gespräch und jene spontane innige Umarmung denken. Ist sie hart, ihre Tochter? Hart im Nehmen? Stark? Ja, das ist sie, stark. Und das beruhigt Elisabeth. Sie weiß, sie wird sich immer auf ihr Kind verlassen können, auch wenn ihr Mann eines Tages nicht mehr da ist.

Mit einer gewissen Naivität ergibt sie sich dem Trost, den sie aus dieser Erkenntnis schöpft, und beendet ihre Grübeleien zugunsten ihrer Planungen für das nahende Weihnachtsfest.

Vorweihnachtszeit. Das bedeutet, das Biedermeierzimmer wird abgeschlossen. Es werden flüsternde Gespräche geführt mit aufmerksamen Seitenblicken auf das aus dem Gespräch ausgeschlossene Familienmitglied, natürlich weil es um Geschenke geht.

In der Schule lernt Bea neue Weihnachtslieder. Herr Halle setzt sich breitbeinig ans Klavier und stimmt an: „Es hat sich halt eröffnet, das himmlische Tor. Die Bubele und Madele geh'n haufeweis' hervor."

Bea bringt das Lied mit nach Hause und bald schon trällert auch Karola: „Die Bubele, die Madele, die schlage' Purzikadele ..."

Martin schüttelt den Kopf und verschwindet hinter seiner Zeitung.

Elisabeth lächelt. Sie hat viel zu tun. Sie bäckt und bäckt. Zuerst die englischen Teestollen, die in alle Himmelrichtungen verschickt werden. Dann kommen die dicken Christstollenlaibe. Sie werden geknetet, müssen gehen, werden gebacken, gebuttert, gezuckert, verpackt, verstaut. Auf dem Küchenbuffet liegt Elisabeths Liste, ordentlich untereinander in ihrer schönen gestochenen Schrift steht da: Springerle, Butterbackes, Haselnussmakronen, Zedernbrot, Basler Leckerle, Pfeffernüsse, Zimtsterne, Hildabrötchen, Nusshörnchen.

Bea liebt diese Wörter. Sie liebt den Duft, der von ihnen ausgeht, die Verheißung, die mit diesem Duft eindringt in die Gedanken.

Elisabeth muss auch einkaufen gehen. In die Stadt. Dort hat sie „Erledigungen", bei denen sie das Kind wirklich nicht gebrauchen kann. Also wird es in das Haus gebracht, wo einstmals die musikalische Früherziehung stattfand. Frau Gärtner, Mutter von drei Töchtern, deren jüngste so alt ist wie Bea, sie regelmäßig zum Spielen und zu ihren schönen Kindergeburtstagsfeiern einlädt, ist absolut anständig und zuverlässig. Zupackend, hilfsbereit, ein richtiges Muttertier. Sie achtet sehr auf ihre Kinder, besonders darauf, dass sie nicht auf der Straße spielen, dass sie sich wohlerzogen, artig benehmen. Das ist der richtige Umgang für Elisabeths Enkelkind. Bea wäre lieber zu Johanna gegangen, aber das ist der Oma heute zu weit, und alleine darf sie noch nicht ins Märchenviertel gehen, schon gar nicht, wenn es so früh dunkel wird.

Nach einem aufregenden, langen Spielnachmittag holt Elisabeth Bea wieder ab. Die beiden Mädchen finden kein Ende, und Elisabeth „verschwätzt" sich mit Magdalenes Mutter, man kann sich so richtig gut mit ihr unterhalten über Gott und die Welt und vor allem über die Nachbarn, die zwischen dem einen und dem anderen Haus die Lebrechtsstraße bevölkern. Endlich reißen sie sich los und pilgern nun schnell nach Hause. Die Kleine plappert, hüpft neben Elisabeth her, hört erst auf damit, als der Opa an der Tür steht und sie empfängt: Rudolf hat einen Schlaganfall gehabt.

Gleich geht Elisabeth hinauf, um sich ein Bild vom Ausmaß dieser Katastrophe zu machen. Es sieht schlimm aus. Nur wenige Wochen nach seiner Zurruhesetzung hat es den großen stillen Mann auf ein Lager geworfen, von dem er nicht mehr aufkommen wird.

„Mehr als zehn Jahre jünger als du, Martin, und so hilflos jetzt, kann kaum noch sprechen, nicht mehr gehen, ist wirklich nur noch zur Hälfte lebendig geblieben." Elisabeths Brauen wölben sich in einer großen stummen Frage, ihr Kopf fängt an zu zittern. Was für ein Sinn ist hier zu suchen hinter diesem Schicksalsschlag?

Karola tut, was sie kann. Sie erfüllt ihre Pflicht an Rudolfs Seite und mehr als das. Wird dünn und dünner, kann sich doch selber nur schwer auf den schmerzenden Gelenken halten, kämpft gegen die Versteifung ihrer schlimmen Knie an, tapfer und zäh. Kämpft gegen die Vergeblichkeit all ihrer Bemühungen um die Gesundung ihres Mannes an. Liegt neben ihm wach, nächtelang, spürt seine Unruhe, spürt seine Verzweiflung. Sie denkt daran, dass man ihren schwachen Nerven immer Rechnung getragen hatte, „daheim bei unserer Mama". Als ihr Vater starb, brachte man sie zur Erholung nach Hirsau. Als der Krieg begann, gingen sie auf den Dobel, als die Angriffe bedrohlicher wurden, zogen sie nach Niefern und als die Mama beerdigt wurde, lag sie im dunklen Zimmer in ihrem Bett, hatte ein Pülverchen genommen und konnte sich in die Vergessenheit hineinfallen lassen. Es hatte gut getan zu wissen, dass sie überall beschützt und vom Allerschlimmsten fern gehalten wurde. Aber jetzt gab es keine Schonung mehr. Vielleicht hätte sie schon früher ausprobieren müssen, wie sich die Schutzlosigkeit anfühlt.

Tag und Nacht hört man Schreie aus der Beletage: „Scheißmatratz!"

So ist das eben, Kranke werden wunderlich, das denken jetzt alle, bis man den Onkel eines Tages aus dem Bett hebt, als er es nicht mehr braucht, dieses Lager, bis es gelüftet, gedreht und gewendet wird und man feststellt, dass der Rost gebrochen war, dass scharfe Spiralenden die Matratze durchstoßen und wie Folterspieße seinen armen Köper geplagt haben mussten. Da ist es zu spät.

Vorerst aber richten sich die beiden Fischers ein in der neuen Situation. Der Schwiegersohn kommt angereist, um erste Ratschläge zu geben. Das ist für Karola immer ein Moment der Freude auch im tiefsten Schmerz, wenn ihr Schwiegersohn kommt. Sie respektiert ihn nicht nur als neue männliche Autorität in ihrem Leben, sie hängt an seinen Lippen und inhaliert alles, was er sagt.

„Und wie findet das denn der Kuno? Sie hat doch einen Sohn, deine Schwester, warum lässt sie sich nicht von ihm beraten?"

Ach nein, der Kuno ist doch Künstler, man kann ihn mit diesen profanen Problemen nicht belasten.

Macht sie da nicht genau den gleichen Fehler wie ihre Mutter?

„Man könnte ihn doch mal herausfordern, vielleicht würde er dann endlich erwachsen, endlich ein Mann."

Elisabeth kneift die Lippen zusammen. Sie will nicht, dass man anderen Leuten ...

„Aber sie ist doch deine Schwester!"

Bitte, sie will nicht, dass man irgendjemandem sagt, was er wie und wann und wo zu machen hat.

„Isselche, sei doch nicht so empfindlich. Man muss nicht vor allem die Augen schließen, was nicht in Ordnung ist, auch wenn es sich um die Menschen handelt, die wir am meisten lieben. Man kann seine Meinung sagen. Gerade in der Familie muss man das können."

Aber sie will das nicht. Und vor allem will sie nicht wieder zwischen die Fronten geraten.

Weihnachten feiern sie in diesem Schreckensjahr, als es Rudolf auf sein langes Krankenlager wirft, mit einem unguten Gefühl, als ob sie es verbotenermaßen tun müssten, als ob es nicht statthaft wäre in einem solchen Haus, über dem ein schwarzer Engel schwebt. Aber natürlich feiern sie, Elisabeth lässt nie und nimmer zu, dass Weihnachten nicht gefeiert wird, schon wegen Bea!

Richard trödelt mit dem Kauf des Weihnachtsbaumes herum, dieser jährliche Kauf ist „seins", und viele Male bringt er schlanke duftende Bäume mit, aus denen noch das Harz tropft, direkt aus dem Schwarzwald von den Kunden, die ihn alle so verehren, weil er halt immer den richtigen Ton trifft und weil er halt immer eine Lösung findet für das Problem, das sie haben. Aber in diesem Jahr hat er keinen Schwarzwaldtannenbaum bekommen, deshalb geht's jetzt zur Markthalle in die Baumeisterstraße, vor deren großen Türen Frauen und Männer in doppelten Strickjacken stehen, sich die Hände über einem kleinen Holzfeuer reiben, das in einer schwarzen Pfanne glüht, und zwischendurch preisen sie ihre Waren an. Richard lässt sich Zeit! Es ist schlimmer denn je mit seiner viel zitierten Trägheit. Er hat es bis auf den letzten Moment ankommen lassen! Heute ist schon der Vierundzwanzigste!

„Ja und? Komm, mein Füchsle", sagt er ganz aufgeräumt und steckt sich erst mal „eine ins Gesicht". Dann macht er sich auf mit dem Kind zusammen, das fröhlich an seiner Seite hüpft, sich stolz neben ihn in den blau-weißen DKW wirft und unternehmungslustig aus dem Fenster blinzelt.

Für einen Moment vergisst Elisabeth alles Traurige und überlässt sich einfach nur der Freude an diesem Anblick. Diese zwei, das sieht sie, das ist eine heilige Allianz. Vater und Tochter. Die Kleine sieht ihrem Vater ähnlich wie ausgespuckt.

„Nur deine Augen hat sie geerbt, Martin, die schönen, mit denen du mich damals eingefangen hast!"

Wer hat denn wen ... ?

Sie winkt ab.

„Hoffentlich bringen sie mir einen brauchbaren Baum."

Die Engelchen mit dem Flitterhaar und dem kessen Knie liegen schon bereit, Maria wartet mit ihrem geduldigen, seelenvollen Blick, Josef, die Hirten, das dreibeinige Schaf.

Richard bleibt in einem Gespräch mit dem Weihnachtsbaumverkäufer hängen, denn der war auch damals vierundvierzig im

Osten und dann ab Januar fünfundvierzig in Berlin, schließlich an der Elbe gefangen, genau wie er.

„Tja, so war das, gell, bei den Briten, die ein Auge zudrückten, als wir uns mit gefälschten Papieren ..."

„Das haben die doch auch gemerkt, dass wir uns die beschafft haben ..."

„Ganz sicher! Rüber im tiefsten mondlosen Dunkel, über das Wasser haben wir uns geschummelt, wurden abgetrieben nach Süden und sind dennoch genau am richtigen Fleck angekommen, in den nassen Klamotten, die Stiefel haben geklagt wie Hyänen, dann weiter ins nächste Dorf, in eine Scheune ..."

„Ach ja, und schließlich nach Haus!"

„Zwar mit der Ruhr als Souvenir im Gepäck, in meinem Fall jedenfalls, aber endlich wieder Daheimsein, das war schon was ..."

„Bitte, Papa, die Oma wartet doch auf den Baum."

Der Tannenbaumverkäufer reibt sich irgendetwas aus den Augenwinkeln, schnäuzt sich zwischen zwei Fingern, so dass eine kleine Fontäne auf seinen Schalzipfel spritzt. Er gibt ihnen jetzt das Allerschönste, was er hat, den wollte er eigentlich heut' Abend selbst mitnehmen und seiner alten Mutter hinstellen, „aber jetzt kriegsch du den, kleine Prinzessin!"

Fröhlich verpacken sie den Baum im Wagen, lassen den Kofferraum ein bisschen offen stehen und fahren vorsichtig nach Hause.

„Was ist denn das für ein Wischmob?"

„Lass nur Martin, mit den Engelchen und den Kugeln wird's schon gehen." Elisabeth atmet auf, es ist jetzt zwei Uhr und auf vier will sie alles fertig haben, sie wird es schaffen, hat es doch immer wieder hingekriegt!

Am nächsten Morgen, einem schönen, hellen, glasklaren, wintersteifen Morgen fassen sie sich ein Herz und gehen hinauf, ertragen den traurigen Blick der Tante, ihr nervöses Zucken und Rucken mit den Schultern und ertragen den Druck der heißen linken Hand des Onkels, die Tränen, die aus seinen Augen rinnen und lächeln ihm vorsichtig zu!

Veränderungen

Es wird gelacht und man kann sich über vieles freuen, auch angesichts des unübersehbaren Leids unterm selben Dach. Das Leben geht weiter.

Martin hängt am Radioapparat und reagiert unwillig und barsch auf jedes noch so kleine störende Geräusch: „Elisabeth", ruft er laut, winkt sie zu sich, hält ihr den Stuhl, dass sie sich zu ihm setzen soll und dann lauschen sie den Worten des Bundeskanzlers, der Stellung nimmt zu den sich häufenden antisemitischen Ausschreitungen. Seit am Heiligen Abend die neue Kölner Synagoge beschmiert wurde und zwei Mitglieder der neuen „Deutschen Reichspartei" festgenommen wurden, nehmen diese Angriffe zu. Droh- und Hetzbriefe an jüdische Bürger, Schänden von Gräbern und Synagogen. Im Ausland reagiert man äußerst sensibel darauf.

Elisabeth fürchtet sich vor allem davor, dass Martin in all dem eine Bestätigung seiner Endzeitvisionen sehen könnte.

Nun ertönt die Stimme des Bundeskanzlers: „Meinen deutschen Mitbürgern insgesamt sage ich: Wenn ihr irgendwo einen Lümmel erwischt, vollzieht die Strafe auf der Stelle und gebt ihm eine Tracht Prügel. Das ist die Strafe, die er verdient."

Er ist auf unserer Seite, ein durch und durch anständiger Mann. Martin nickt dem unsichtbaren Bundeskanzler zu. Wäre das denn genug, um das jüngste Gericht noch ein wenig zu vertagen? Martin zieht nachdenklich die Augenbrauen hoch.

Es scheint, es wird nicht ruhiger, sondern fängt erneut an zu gären.

Richard hat von einem Film gehört, den man sich anschauen muss. Wenn es kein Film über die Liebe ist, hat Elisabeth kein Interesse, da sollen mal die Jungen hingehen. Gehen sie auch, Richard und Isa zusammen, selten genug kommt das vor. Kommen heim, finden Martin noch über dem letzten Rest seiner Frankfurter brütend, Elisabeth in ihrem Roman versteckt vor. Martin legt die raschelnden Blätter zur Seite; er sieht den „Kindern" an, dass sie über etwas reden wollen.

Sie beginnen zu erzählen vom Film, vom Staatsanwalt, der ohne Gewissensbisse über seine Vergangenheit hinwegging, in den 50ern da weitermachte, wo er '45 aufgehört hatte, verbohrt, vernagelt, in eine Ideologie verstrickt, schlimmer noch als die Tölpel, die nur die Befehle ausführten. Und insgeheim stand er im Bunde mit „alten Kameraden", die auch nicht glauben wollten, dass als Unrecht offiziell anerkannt ist, was einmal zum Schaden des ganzen Landes, das im Sumpf der Verblendung fast untergegangen wäre, als Recht behauptet wurde.

Richard ist froh, das betont er, froh, dass solche Filme gedreht werden, wenn auch die Wahrheit satirisch aufbereitet wurde, was manch einen verleiten kann dazu, das Ganze einfach für erfunden zu erklären, übertrieben, tendenziös ...

„Wahrscheinlich geht es, wenn überhaupt, nur so", sagt er nachdenklich.

„Ich frage mich, wer versteht diesen Film wirklich? Er ist so künstlerisch, dass er nur eine kleine Minderheit anspricht und die weiß ohnehin Bescheid. Man müsste alles viel drastischer angehen." Isa macht sich keine Illusionen.

Da kommt unerwartet von Martin eine Stellungnahme: „Vielleicht ist es so leichter verdaulich, und eines Tages erfahren eure Kinder und Kindeskinder, dass es immerhin einige gab, die diese Zusammenhänge erkannten und nicht einfach übergehen wollten."

Da schaut auch Elisabeth auf, schaut ihren Mann an und ist froh, dass er von Kindern und Kindeskindern spricht. So zieht er also doch in Betracht, dass das Weltende noch nicht unmittelbar bevorsteht.

Nun kann sie sich wieder mit Gelassenheit dem Alltäglichen zuwenden.

Sie kommt kaum nach mit dem Nachfüllen der kleinen Schubfächer im Kaufladen, der einst Karola und ihr, dann Isa, Lola und Kunos Herz erfreut hat und nun für Bea wieder ausgegraben und neu gestrichen wurde und zusammen mit dem alten Puppenhaus, der Puppenküche im Biedermeierzimmer steht und die Kinder aus der Nachbarschaft herbeilockt. Sie hat immer Rosinen, Haselnüsse, auch Erdnüsse, seit Richard diese in der Familie eingeführt hat, bunte Zuckerrieselchen, Lakritzbonbons, Veilchenpastillen, Pfefferminztabletten auf Vorrat. Und jeden Abend bringt nun das Kind das dicke Buch, das es von seinen Eltern zu Weihnachten bekommen hat: Gustav Schwab, Sagen des klassischen Altertums. Elisabeth bewundert Bea für ihr Interesse an diesen gewundenen, komplizierten Nacherzählungen der verwirrenden Geschichten aus dem uralten Griechenland und auch dafür, dass Bea diese merkwürdigen Leute, von denen da die Rede ist, in ihren Gesichtskreis so sehr einbezieht, dass sie schier leibhaftig neben ihnen stehen.

In Elisabeths Vorstellung sind die griechischen Götter eher Tenöre und Soubretten, wie sie sie kennt aus der wunderwunderschönen Aufführung damals, als der Kaiser seiner Karlsruher Verwandtschaft einen Besuch abgestattet hatte: Die schöne Helena.

„Um einst Alkmene zu betören ... “, trällert sie vor sich hin.

Martin betritt das Zimmer und blickt erstaunt auf die Chaiselongue, wo seine Frau und seine Enkelin in trauter Zweisamkeit liegen, Beine verschränkt, vor sich das dicke neue graue Buch.

„Ich dachte gerade, dass Karola hier sei. Du hast genauso geklungen wie sie“, sagt er verwirrt. Elisabeth lächelt ihm zu, dann schickt sie sich an weiterzulesen, bevor das Kind möglicherweise jetzt sofort wissen will, wer Alkmene war.

„Na“, wendet sich Martin an Bea, „wenn du ins Gymnasium kommst, dann wirst du deinem Lateinlehrer assistieren können, so viel wie du jetzt schon weißt aus der antiken Welt.“

„Das ist die griechische Welt, Opa.“

Oje, oje, wird da ein kleines Streberlein gezüchtet? Martin nimmt sich die Tageszeitung vor.

Bea ist stolz darauf, dass sie zusammen mit Johanna und Rolf in die Lateinklasse kommen wird. All die anderen Klassenkameraden, die auch die Aufnahmeprüfung fürs Gymnasium geschafft haben, werden in die Englischklasse gehen. Englisch ist leichter und Latein ist schöner, sagt der Papa. Die Mama sagt, man braucht alles, sowohl Latein als auch Englisch und am besten noch ein paar andere Fremdsprachen dazu, aber eines nach dem anderen und vor allem muss man dieses Projekt mit Fleiß und Gewissenhaftigkeit angehen, aber da wird sie schon ein Auge draufhalten.

Kurz nach dem Dreikönigstag packt Richard einen großen Koffer. Als Bea ihn dabei beobachtet, wie er sich seine weißen Hemden zusammenlegt und seinen Kulturbeutel mit Rasierseife und Odekolonje bestückt, unterbricht er, nimmt sie auf den Schoß, dann greift er nach ihren Hände und schaut sie an.

„Mein Füchsle, pass auf, ich sag dir was: Wir sehen uns jetzt eine Zeit lang nicht so oft, aber ich denke, wir werden uns Briefe schreiben, wie wäre das? Ich will doch wissen, wie's dir ergeht mit Pythagoras und Seneca und all den anderen, die du jetzt in der Schule kennen lernen wirst. Ich gehe nach Fürth bei Nürnberg, wir suchen das gleich mal auf der Landkarte. Dort werde ich eine neue Arbeit beginnen. Und am Wochenende werde ich mich nach einer Wohnung für uns umschauen, und nach einer Schule für dich."

„Gehen wir denn weg von hier?"

„Ja, das kann sein."

„Und die Oma und der Opa?"

Richard zögert.

„Na, die nehmen wir natürlich mit!"

Bea seufzt auf.

„Und die Johanna?"

„Na, die können wir nicht mitnehmen. Aber du kannst sie einladen und besuchen so oft ihr Ferien habt, und außerdem seid ihr beide im Briefeschreiben doch schon sehr geübt, oder nicht?"

Einerseits freut sich Bea immer sehr, wenn sich etwas tut, etwas verändert, wenn das Leben nicht in einen Trott verfällt, so dass man heute genau schon weiß, was morgen sein wird. Aber andrerseits beschleicht sie ein Unbehagen, das sie nicht richtig benennen kann.

So einfach wie Richard das darstellt, ist dieses ganze Unternehmen nicht.

Isa erschrak, als er ihr mitteilte, er habe ein prima Angebot erhalten von der Deutschen Tafelglas in Fürth. Es bedeutet nicht nur mehr Geld, sondern endlich auch einen verantwortlicheren Posten inne zu haben. Er soll eine Entwicklungsabteilung übernehmen, sie aufbauen. Das wäre was, was ihm richtig gefallen könnte.

Ja, denkt sie. Klar! Gefallen würde ihm das, aber ob er auch den Biss hat, das Durchstehvermögen, ob er dann endlich termingerecht und zielorientiert abliefert, was man von ihm erwartet? Ob seine Gesundheit dem standhält? Ob er sich von seinen Vorgesetzten die Meinung sagen lässt, wenn etwas nicht zureicht und ob er es schafft, dem Impuls zu widerstehen, der ihn oft packt, seinen Hut will er dann nehmen und gehen, alles hinschmeißen, den Gekränkten spielen. Besser wäre es doch, Kritik zu vermeiden, indem man tut, was von einem erwartet wird. Ach, sie hat solche Zweifel an ihm, an seiner Tüchtigkeit, an seiner Belastbarkeit. Und dann will er dort allein leben, sechs Monate lang Probezeit sind ihm angesagt worden. Er wird nicht regelmäßig essen und viel zu viel rauchen.

Nein, sagte er energisch, das wird er nicht. Er wird endlich mehr Geld verdienen und mehr Ansehen haben. Sie wird aufhören können zu arbeiten und Zeit haben zu malen und zu schreiben.

Dieses Gespräch fand statt in einer mondhellen Nacht, in einer Minute der fast makellosen Glückseligkeit, in der sie sich geborgen fühlte wie selten. Ihre Ängste schwiegen, eine ungewohnte Glücksgewissheit erfüllte sie: „Und vielleicht können wir dann noch ein weiteres Kindchen haben?“

Darauf gab er ihr keine Antwort.

Elisabeth ist eingeweiht in Richards Pläne, aber vor Martin werden sie verborgen, bis er etwas aufschnappt, es aufs Tapet bringt und verblüffend reagiert: „Warum nicht? Mich hält hier nichts.

Gar nichts. Mein Platz ist da, wo ihr seid, meine Familie. Ich bin jederzeit bereit aufzubrechen."

So kann man sich wieder einmal seinen Vorstellungen hingeben, die immer das Erste und das Letzte sind, was einem bleibt. Frühling, die neue Schule, Ostern. Richards erster Besuch bei seiner Familie. Inges nächster Besuch. All das malen sie sich aus in bunten Farben und vollen Tönen, so oder anders, viele Male, immer wieder, gedreht, gewendet, abendfüllend, bis in ihre Träume wachsen die Vorstellungen hinein und machen das Fehlen von Ereignissen wett, vertreiben die Langeweile, erleichtern das Warten, verhöhnen das Bald, sie sagen jetzt, jetzt wissen wir schon, wie es sein könnte, und erfreuen uns daran.

Dieser Winter ist besonders lang. Es schneit so sehr, dass die Kinder nicht in die Schule können. Siebzig Zentimeter Schnee fallen in einer Nacht. Bea erwacht vom Kratzen der Schneeschieber, die sich zu einem Konzert vereinigen. Sie rennt ans Fenster, zieht den Rolladen hoch, draußen dämmert es. Vor dem Gartenzaun taucht eine Gestalt auf, verschwindet wieder. Hoch und weg wie ein Kasperle. Es ist die Mama, die sich vorarbeitet zu Herrn Griener, der vor seinem Gartenzaun Schnee wegschiebt.

Dann treffen sie sich alle draußen, Wernerle, Karin, Bea, Hans und Hilde. Stapfen durch den tiefen Schnee, halten die Gesichter in die klare eiskalte Winterluft, der aufkommenden Sonne entgegen, und lachen über den schulfreien Tag!

Oben am Fenster steht Tante Karola und schaut hinunter. Man sieht, dass sich ihre Lippen bewegen, dass sie ab und zu den Kopf wendet, in den Raum hineinblickt. Sie erzählt dem Onkel Rudolf bestimmt, wie es hier aussieht, was wir hier machen, denkt Bea.

Am Nachmittag ziehen sie sich warm an und pilgern an den Rand des Märchenviertels. Bea sitzt auf ihrem Davoser Schlitten, Beine gespreizt. Ach, fast ist sie schon zu schwer für die Oma, aber so ein Schnee, ein Jahrhundertschnee, wie es Martin nennt, den muss man nutzen, das will auch Elisabeth. Sie schnauft und keucht, bittet Bea schließlich abzusteigen.

„Ich erzähl dir was, komm zu mir!"

Elisabeth schildert Bea, wie sehr sie den Schnee und den Winter immer geliebt hat. Das Eislaufen auf dem Stadtgartensee war ein großes Vergnügen für sie, die Musik, ihr Muff, Elisabeth lächelt, und die Bewunderung der jungen Herren, unter denen man sich umsah, voller Hoffnung, dass man vielleicht vom Blitz der Liebe getroffen werden könnte, so wie man es sich vorstellte, weil man viel darüber gelesen hatte in Romanen aller Art.

„Deine Mutti würde sie Romänchen nennen."

Bea spürt, dass die Oma heute bereit ist, etwas preiszugeben, ihr ein kleines Zipfelchen des großen Geheimnisses zu offenbaren, das die Erwachsenen hinter einem schrecklichen „dafür bist du noch zu klein"-Zaun verborgen halten.

Aber als sie zum ersten Mal die Skifahrer sah auf dem Dobel, da war ihr das Eislaufen nicht mehr genug, fährt Elisabeth fort. Da packte sie die Sehnsucht, das zu lernen: Im Schnee auf Brettern die abschüssigen Wege hinunterzuschießen, einfach so, ohne jede Anstrengung, das hätte ihr gefallen.

Es ist ihr nicht geglückt. Die Zeiten änderten sich. Kurz verstummt Elisabeth und Bea fürchtet schon, sie wird nicht weiterreden wollen.

„Ja, siehst du, so geht das dann im Leben, wenn es die Mütter nicht schaffen, dann können es doch die Töchter immerhin noch mal versuchen."

Da sie es selbst nicht mehr lernen konnte, sorgte sie dafür, dass ihre Tochter Isa, Beas Mama, das Skifahren lernte. Jeden Sonntag in den Wintern vieler Jahre fuhren sie beide zusammen hinauf auf den Dobel, und dann ging's zum Turm. Am Anfang war es mühsam, Isa beklagte sich über kalte Hände, kalte Füße, fiel oft in den Schnee. Wenn sie ganz ausgefroren waren, machten sie eine Pause im „Hotel Funk", dann wieder zurück in den Schnee, manchmal kamen sie erst nach Hause, wenn es schon stockfinster war.

Aber das erzählt sie ihrem Enkelkind nicht: Dass sie mit solchen Aktionen ihr Kind von seinem Trübsinn befreien wollte, der sich damals um die kleine Isa legte, als sich nach und nach alle Freundinnen von ihr abwandten, die meisten ohne jede Erklärung.

Inzwischen sind sie an den verschneiten Streuobstwiesen angekommen, die mit einem Damm vom neu entstehenden Villenviertel abgegrenzt werden. Von hier aus kann man den Abhang hinuntersausen. Hier tummeln sich die Rüppurrer Kinder. Auf dem Damm finden sich einige besorgte Mütter zusammen zu Gesprächen, ihre Augen halten sie auf das fröhliche Durcheinander gerichtet, bereit, hinzuspringen, wenn es sein muss zu trösten, zu wärmen, zu mahnen. Das gefällt Elisabeth. Es ist eine Idylle, keine trügerische, so wie damals. Diese Idylle ist echt. Elisabeth atmet tief ein und aus, schließt ihre Augen kurz und genießt das Glück des Augenblicks.

Noch bevor die neue Schule beginnt, wird ein Baby geboren. Wanda und Kuno haben jetzt einen kleinen Sohn, den sie beide bis zur Verzückung lieben. Wenn Kuno Klavier oder Oboe übt, wird das Baby in das Schlafzimmer von Beas Eltern geschoben, da darf sie es jederzeit betrachten. Wanda erlaubt ihr auch, den winzig kleinen Cousin zu halten, aber das will Isa nicht. Sie will nicht, dass Bea irgendetwas falsch macht mit dem Kleinen, sie will nicht, dass etwas passiert, was zum Schaden des kleinen Jungen, aber auch zu Beas Schaden geschähe, denn wenn einem Kind ein Leid geschieht, dann wird man seines Lebens nie mehr froh, so ist das nun mal.

Dann kommt der große Tag: Der erste Schultag in der neuen Schule. Isa hat sich frei genommen. Bevor sie losgehen, setzt sie sich neben Bea, räuspert sich und beginnt zu sprechen: „Bea, es hat sich etwas geändert. Ich habe dich gestern umgemeldet in die andere Klasse."

Ist Johanna auch umgemeldet?

„Nein."

Es ist so, erneutes Räuspern, dass der Papa in der Stadt, in die sie vielleicht bald ziehen werden, keine passende Schule für sie gefunden hat, die mit Latein beginnt. Dort werden Mädchen und Buben getrennt unterrichtet in der höheren Schule. Die Buben beginnen mit Latein und die Mädchen mit Englisch. Und sie will ja dort gleich mitmachen können beim Unterricht, das versteht sie doch.

Bea versteht das nicht und macht sich Sorgen darum, ob Johanna das verstehen wird. Wie glücklich war sie den ganzen langen Vormittag über gewesen. Wieder einmal hat die Freude sich klein gemacht, bevor man sie richtig auskosten konnte, und es bedarf vieler Gespräche in wechselnden Besetzungen, um den Kindern und einander diesen plötzlichen Entschluss plausibel zu machen.

Irgendwann aber spürt Bea, dass sie sicherlich den leichteren Teil der Enttäuschung tragen muss, denn in ihrer Klasse sind all die anderen Mädchen und Jungen aus ihrer Volksschulklasse. Johanna aber ist allein mit Rolf. Johanna muss stundenlang Lateinvokabeln büffeln. Bea hingegen spürt, wie leicht ihr alles zufällt, weil sie so vieles schon weiß. Außerdem ist sie nun nicht mehr die Jüngste, nicht mehr das kleine B. Es gibt in ihrer Klasse einen Jungen, der drei Tage jünger ist als sie, dünn und klein, aber immer guter Laune. Es macht ihm nichts aus, dass er der Jüngste ist, er trägt diese Unnormalität mit großer Gelassenheit, an der Bea sich ein Beispiel nimmt. Im Religionsunterricht treffen Bea und Johanna wieder zusammen, weil sie beide evangelisch sind. Mit ein bisschen Anstrengung gelingt es ihnen, einen Abglanz der alten Vertrautheit aufschimmern zu lassen. Die Religionsstunde ist eine Schwätz-, Lach- und Ausruhestunde. Man muss gar nichts lernen, auch nicht zuhören, außer, wenn der Pfarrer eine Gespenstergeschichte auf dem Tonband vorspielt oder seine Gitarre mitbringt und schaurig-schöne Lieder anstimmt.

„Wir lagen vor Madagaskar und hatten die Pest an Bord."

Sowohl die Geschichten als auch die Lieder werden nach Hause in die Lebrechtstraße gebracht und dort zu aller Erheiterung nacherzählt und nachgesungen. Bea macht den staunenden Erwachsenen vor, wie der Lehrer an sein Holzbein klopft, wenn es die Schauergeschichte erfordert, wie er mit den Augen rollt und wie er laut schreit und leise flüstert. Was für ein Lehrer ist das denn? Es ist ein Pfarrer, erklärt Bea. Die Erwachsenen runzeln die Stirn und schütteln den Kopf. Isa und Richard bedenkenlos, aber Elisabeth und Martin fühlen sich alt, sie verstehen die Welt nicht mehr, in der es solche Lehrer gibt.

Johanna und Bea bleiben einander weiterhin verbunden. Sie spielen manchmal noch an den Nachmittagen zusammen, sie treffen sich ab und zu an den Wochenenden. Sie singen weiterhin: „Wahre Freundschaft soll nicht wanken, wenn sie auch entfernet ist." Ganze Nachmittage lang.

Elisabeth hat sich schon in den ersten Schultagen bekannt gemacht mit einem Herrn, er ist Offizier, jedenfalls trägt er eine Wehrmachtuniform ...

„Das sicher nicht, Mutti, die Wehrmacht gibt es Gott sei Dank nicht mehr, das heißt jetzt ‚Bundeswehr'."

„ ... also gut, jedenfalls ist er Offizier ... "

„Bist du dir da sicher? Nicht jeder Uniformträger ist Offizier ... "

– Sie sagt jetzt nichts mehr.

„Bitte, Mutti, sei nicht gekränkt, aber weißt du, es ist unrealistisch ... "

Realistisch, unrealistisch, Wehrmacht oder Bundeswehr oder wie oder was auch immer, das Kind jedenfalls wird jetzt jeden Morgen abgeholt von diesem sehr netten Herrn, dem Vater eines sehr netten Mädchens, dessen Mutter eine sehr, sehr nette und anständige Person ist, und wenn sie das so nicht will, dann kann sie sich ja jetzt einmal etwas mehr Zeit nehmen für ihr Kind und ihm das Fahrradfahren beibringen, damit Bea bald alleine in die Schule fahren kann.

Elisabeth zieht sich zurück. Sie ist froh um Martins Nähe. Jeder versinkt in seiner Lektüre, aber sie sind beieinander, hören die Atemzüge des anderen, das macht sie immer wieder zufrieden und froh. Geborgenheit und Nähe aus dem Vertrauen heraus, dass man zueinander gehört, bis ans Ende seines Lebens, ganz so wie man es sich versprochen hat. Das kann sie denken, sie wird es nicht aussprechen. Sie weiß, wie die Reaktion darauf wäre. Die Jungen würden mit spöttischen oder gar zynischen Bemerkungen versuchen, sie in die „Realität" zurückzuholen, was auch immer sie darunter verstehen. Hat nicht jeder seine eigene Wirklichkeit und das mit gutem Recht? Das Beste, was man einander schenken kann, ist die Freiheit der Gedanken und Meinungen und die Treue in Glück und Leid.

Kurz bevor Martin den Bescheid erhält, dass sein jahrelanger Kampf um Wiedergutmachung endlich Erfolg zeigt, geschieht etwas, das die ganze Welt in Aufruhr bringt: Dem israelischen Geheimdienst gelingt es, einen der ganz großen Verbrecher der Hitlerzeit aufzuspüren und in einer geheimen Aktion nach Israel zu entführen: Adolf Eichmann, der für die Ermordung von mehreren Millionen jüdischen Menschen mitverantwortlich ist und dem es bisher gelang, im Verborgenen ein bürgerliches Leben zu führen.

„In Südamerika, denk dir nur Isselche", das sagt Martin und beide ergreift ein Grauen, für das sie keine Worte finden. Das bedeutet, dass sie, wenn ihre Ausreise damals geklappt hätte, womöglich jahrelang als Nachbarn neben diesem Massenmörder hätten leben müssen! Ach, wie hat sich doch alles gut gefügt für sie!

Isa erwidert den Eltern nichts, als sie mit diesen Überlegungen an sie herantreten. Sie denkt sich, so ist das eben, sie sind nie richtig in der neuen Zeit angekommen. Der Papa nicht und eigentlich auch die Mutti nicht. Sie bauen sich Scheinwirklichkeiten auf, in denen sie sich bewegen können. Sie dämonisieren einige wenige Personen und binden die vergangenen Schrecken an sie. Aber dass die Verantwortlichen mitten unter uns sind, nach wie vor, das werden sie nicht begreifen wollen und auch nicht können. Sie selbst hat sich ein einziges Mal ihrem Schwiegervater anvertraut, hat es gewagt, mit ihm über ihre immer noch existierenden Ängste, ihre Vorbehalte allen Mitmenschen gegenüber zu sprechen. Da nahm er sie an der Hand wie ein Kind und führte sie in die Abstellkammer, dort im alten Mosbacher Haus, wühlte in Kisten und Kasten und hielt schließlich ein kleines schwarzes Rohr in der Hand. Es war ein alter Gummiküppel, den er immer noch besaß aus seiner Zeit als Zöllner, als er Patrouille gehen musste. Den gab er nun seiner Schwiegertochter. Hielt einen

Finger beschwörend auf den geschlossenen Mund gepresst, dann flüsterte er: „Steck's weg. Das braucht keiner wissen."

Sie lächelt in der Erinnerung. Er war Beamter, war in der Partei, aber er war dennoch kein Nazi gewesen. Vielleicht würde das Verfahren gegen Eichmann endlich mehr Klarheit schaffen, die Täter von den verblendeten Mitläufern zu trennen lehren und möglicherweise würde man endlich verstehen können, wie es zu diesem schrecklichen diabolischen Massenmorden hatte kommen können.

Als die erste Zahlungsanweisung der Wiedergutmachungsbehörde eintrifft, zieht Martin sich ein letztes Mal straßenfein an, persische Lederstiefel und Krawattennadel inbegriffen. Dann bestellt er ein Taxi und fährt mit seiner Frau in die Stadt. Zuerst gehen sie zu Juwelier Jock und Martin sucht eine Perlenkette aus, die von nun an das immer noch schöne Dekolleté seiner Frau schmücken soll. Danach schreiten sie Arm in Arm zum Kaufhaus Schöpf und suchen sich dort zwei wunderschöne moderne Decken für ihr Bett aus: „Paradiesstepp" ersetzt ab jetzt die schweren „Plumeaux". Schließlich setzt sich Martin auf einen winzig kleinen Hocker mit goldenen Beinchen, stützt sich beidhändig auf seinen Spazierstock, spreizt die Beine und wartet geduldig, bis seine Frau ein Dutzend Sommerkleider anprobiert hat. Dann wählen sie zusammen einen duftigen Traum aus Organza, zartrosa Blumen auf grauem Grund, der Rock glockig, der Ausschnitt großzügig, aber spitz, für den Sommer.

„Eine Sommerfrische vielleicht?"

„Man wird sehen, Isselche."

Danach chauffiert sie das Taxi wieder zurück. Ringsum zittern die Gardinen, als Martin Elisabeth ritterlich die Hand reicht, damit sie aussteigen kann.

Ja, eine Sommerfrische soll es werden, beschließt Martin. Im nächsten Jahr werden sie auf den Dobel gehen, oder wie wäre es denn mit St. Märgen im Schwarzwald?

„Weißt du noch, Isselche?"

Oh ja, sie weiß noch alles, so genau, als ob es gestern gewesen wäre.

Nach den Sommerferien darf Bea mit dem eigenen Fahrrad in die Schule fahren. Im Oktober muss Elisabeth noch ein allerletztes Mal all ihren Charme und ihr schönstes Lächeln einsetzen, um eine Ungezogenheit des Kindes auszubügeln. Als die Handarbeitslehrerin das Kind wegen eines Zornausbruchs vor die Tür stellte, kniff es aus, rannte den ganzen Weg nach Hause und wollte nicht mehr allein zurück. Elisabeth pilgerte also mit der Kleinen an der Hand in die Schule, ließ sich gleich beim Direktor melden und suchte nach den richtigen Worten. Er war nicht unempfindlich gegenüber dieser konzentrierten Anstrengung weiblicher, mütterlicher Fürsorge, sprach eine Strafe aus, und unterließ das Schimpfen und Ermahnen.

Aber in Zukunft, das sagt Elisabeth ihrer Tochter, und ihr Blick ist streng dabei, in Zukunft sollen sich bitte die Eltern um solche Angelegenheiten kümmern.

Richard kommt nach Hause und die Erwartungen seiner ganzen Familie prallen auf ihn, er fühlt sich wie erschlagen.

Das Kind plappert unaufhörlich. Erzählt von den Lehrern, den Mitschülern, zeigt seine Schulbücher. Martin will endlich wieder einmal mit einem vernünftigen Partner über die politische Lage sprechen und lässt sich gerne berichten, was Richard seiner Zeitschrift entnimmt, die er liest wie eine Bibel, so sagt seine Frau. Sie hat einen leuchtend roten Rand und aus ihr leuchtet der Geist der neuen Sozialdemokraten, sie sind im Aufwind, bieten sich auch den bürgerlichen Wählern an, wollen eine echte Alternative sein zur Partei des alten Mannes. Und es gibt auch endlich wieder eine Identifikationsfigur für Richard: Es ist der Berliner Bürgermeister. Eine Parallelfigur zum neuen jungen amerikanischen Präsidenten.

Zusammen hören Richard und sein Schwiegervater sich an, wenn der ehemalige Verfolgte, dem es gelungen war, im skandinavischen Exil den Wahnsinn der Hitlerzeit zu überleben, langsam prononciert seine Reden hält, seine rauchige Stimme, das gerollte „R“, unverkennbare neue politische Zukunftsmusik. Unterdessen informiert sich Elisabeth über die wunderbare Liebesheirat des belgischen Königs mit der spanischen Gräfin Fabiola.

Richard und Isa planen, dem Vater zu seinem nächsten Geburtstag einen schönen Fernsehapparat zu schenken. Dann kann er noch genauer verfolgen, was ihn so brennend interessiert. Es ist damit zu rechnen, dass man im nächsten Jahr einiges über den Prozess in Israel zu hören bekommen wird und Elisabeth kann sich über Könige und Prinzessinnen informieren.

Als Richard wieder abreist, erzählt Isa ihrer Mutter von Sigrid. Eine Freundin von Inge war sie und Richard hatte sich damals für sie sehr interessiert. Nach dem Krieg, als er hierher kam zum Studium, da brauchte er das, brauchte die Idee einer Frau, auf die er zuleben konnte.

„Was, und die trifft er dort?"

Ja, sagt Isa, die trifft er. Sie hat einen Reiterhof. Er verbringt bei ihr seine Wochenenden und reitet auf ihren Pferden.

„Und?"

„Was heißt und?"

„Du nimmst das so hin?"

Ja, was soll sie denn sonst tun? Sie hat Vertrauen zu ihrem Mann.

Ja, Elisabeth nickt, gut, sie hat Vertrauen, anders geht es ja nicht. Aber wie sieht es denn aus mit einer Wohnung?

Er findet keine.

Dann kommt der Anruf von dieser Frau, dass Richard erkrankt sei. Er habe einen eitrigen Abszess, der auch seine Stimmbänder lahm gelegt habe. Möglicherweise eine Reaktion auf den Glasstaub, dem er täglich ausgesetzt sei.

Also hat sie doch recht gehabt, er wird das nicht schaffen. Sie wusste doch, dass er zu ...

„Was?"

Ach, schwach will sie ihn nicht nennen, denn er kann doch nichts dafür, aber, ja, unfähig müsste man sagen, wenn das nicht noch schlimmer wäre. Elisabeth sieht sie traurig an.

„Geh zu ihm und sage ihm, dass du ihn brauchst und dass du ihn liebst."

Da entschließt sich Isa, den Koffer zu packen und nach Fürth zu fahren. Sie macht sich ein Bild von der Lage und kommt sorgenvoll zurück. Wie soll es weitergehen?

Kurz vor Weihnachten kommt ein Anruf. Richard bittet Isa darum, Verbindung zu seinem ehemaligen Chef aufzunehmen und ihm zu signalisieren, dass er sich bei der Tafelglas nicht wohlfühle und dass er zurück wolle nach Karlsruhe. Isa schäumt vor Zorn, das lehnt sie ab! Das ist doch ein Zu-Kreuze-Kriechen!

„Nein Isa", sagt Martin zu ihr und bleibt ruhig dabei. „Es wäre eine gute Lösung für uns alle. Deine Mutter müsste nicht fort von hier, wo sie so vieles hält. Wir könnten hier bleiben in diesem Haus, das doch unser gemeinsames Eigentum ist und müssten nicht fort aus Karlsruhe, das doch unsere Stadt ist. Sprich mit ihm. Es ist eine sinnvolle Strategie."

Sie tut das für ihren Mann und nicht nur für ihn, sie tut das für ihre Familie.

Kann man das Schicksal nennen, dass wenige Tage nach diesem Gespräch der ehemalige Chef einen Unfall auf der Straße ins Albtal hat? Er wird ins Krankenhaus gebracht und während der Arzt sich nach einer eingehenden Untersuchung die Hände wäscht, ihm dabei den Rücken zudreht und ihm sagt, er habe Glück gehabt, es sei ganz offensichtlich alles heil an ihm, stirbt er in Sekundenschnelle an einer inneren nicht festgestellten Blutung.

Jetzt soll erst einmal Weihnachten kommen. Die Heilige Nacht. Frieden auf Erden und den Menschen ein Wohlgefallen.

Elisabeth backt und werkelt im Biedermeierzimmer.

Hat dem Kind eine schöne große Babypuppe gekauft, eine echte Schildkrötpuppe, hat aus Fohlenfell eine Perücke aufkleben lassen, die aus dieser Puppe etwas ganz Besonderes macht. Eine schöne neue Puppe, ein üppig ausgestattetes Kinderzimmer, erinnern sie an das Glück ihrer eigenen Kindheit. Sie will auch das Kind glücklich sehen. Dass das Kind nicht gern mit Puppen spielt, liegt außerhalb ihres Vorstellungsvermögens.

Martin und Elisabeth gönnen sich einen kleinen Luxus dann und wann und dabei strahlen sie einander an, verschmitzt und glücklich wie ein jung verliebtes Paar.

Inge

Sie lässt Mosbach nicht ungern hinter sich. Für die Feiertage jedenfalls ist es gut, weg zu sein, weil die Familien in dieser Kleinstadt sich bei solchen Anlässen abkapseln und dann wehe dem, der keine Familie hat.

Aber sie hat ja doch schließlich eine Familie: Richard, Isa, Bea.

In den letzten Monaten vor ihrem Tod, so als ob sie wüsste, dass sie bald sterben musste, sagte die Mutter immer wieder zu ihr: „Kind, wenn wir nicht mehr sind, dann halte dich an den Richard und die Isa."

Sie wollte der Mutter damals gerne widersprechen und sagen, nein, Mutter, wenn ihr nicht mehr seid, dann werde ich endlich eine normale Ehe leben mit meinem Mann, dann werde ich endlich Kinder kriegen und sie auch austragen, neun Monate lang, sie gebären, sie im Arm halten, so wie all meine Freundinnen ringsum mich her. Aber sie tat es nicht. Ihre Eltern blieben die Eltern, Instanzen des Besserwissens, bis an deren Ende, trotz ihrer körperlichen Schwäche, trotz ihrer zunehmenden Abhängigkeit von ihrer Pflege. Und sie blieb die kleine Inge, die wilde „rothoorige Kratzberscht", die sie war von Kindertagen her. Ein wuseliger Wirbelwind mit impulsiven Temperamentsausbrüchen, das krasse Gegenteil zu ihrem ruhigen, geduldigen Bruder, der nie ein vorschnelles Wort äußerte, den jeder in der Verwandtschaft gerne um sich hatte. Der sich verschlagen ließ von den Gassenbuben aus K5, sich danach das Blut aus dem Gesicht wischte mit einem blütenweißen Taschentuch, sich den Staub von den Hosen klopfte, sich mit hochgezogener Braue abwandte und davon ging, die Angreifer einfach nur mit seiner Verachtung strafte. Aber das gefiel ihr nicht. Sie empfand es als Demütigung für die ganze Familie. Was hatte der Bruder diesen Lausebengeln denn getan? Sie verklopften ihn nur, weil sie zu Hause hörten: „Die Klumpps, die wollen wohl was Besseres sein. Nur weil die Frau mal ein Schneideratelier besessen hat und für die Ehefrauen der Herren Direktoren aus der Industrie schneiderte, glauben die jetzt, sie gehören nicht zu uns."

Da hatten sie aber nicht mit ihr gerechnet. Sie stellte sich den Kerlen in den Weg, breitbeinig und mit aufgerissenen Augen und dann setzte sie alle ihre Waffen ein zur Verteidigung des Bruders und der Familienehre. Sie kratzte und biss und stauchte und schrie dabei in den schrillsten Tönen, bis sie alle „Feinde" in die Flucht geschlagen und sich diesen besonderen Ehrentitel eingehandelt hatte.

Damals, das weiß sie jetzt, damals ging es ihr besser als heute, wo sie alle Wut schluckt und – wie es der Vater immer wollte – so tut, als ob man sich nur Mühe geben müsse, dann könne man alles verstehen und in allem ein Konzept erkennen, das irgendwann zu einem guten Ende führen wird. Für den Vater ist die Rechnung aufgegangen. Sein Tod war ein gutes Ende für ihn. Befreiung von Schmerzen, von der Sorge, dass die Tochter seine Pflege nicht mehr schaffen könnte und ihn weggeben müsste, Heimkehr zu seiner Frau.

Die Mutter hatte immer Vorbehalte gegen beide Schwiegerkinder gehabt. Besonders gegen ihren Schwiegersohn Emil. Vielleicht nur ganz am Anfang nicht, als er kam und sie mit seinem Charme verzauberte. Dann aber, als er einzog bei seinen Schwiegereltern, als sie das Schlafzimmer freimachten für das junge Paar und selbst die beiden ehemaligen, immer noch hellgrün lackierten Kinderbetten bezogen, begann sie sich über seine rheinische Lautheit zu ärgern. Sie zweifelte an der Herkunft seines Gelds. Dass man als Vertreter von Postkarten sich solche Anzüge und solche Krawatten leisten kann, darüber wunderte Helene sich. Es gefiel ihr nicht, dass ihr Schwiegersohn mit den Amis auf Du-und-Du stand.

Der Vater winkte nur ab.

„Lass ihn machen, er weiß, was er tut."

Helene gab zu bedenken, dass Antons Vertrauen in seinen Schwiegersohn vielleicht lediglich Ergebnis seiner Gleichgültigkeit und Abstumpfung war, die sie für gefährlich hielt. Anton war schon so müde zu diesem Zeitpunkt, schon ganz und gar in Resignation versunken, wollte nur noch Harmonie sehen, auch da, wo sie sich eben nicht einstellte. Beim geringsten Anlass brach er in Tränen aus. Diesen großen, kräftigen Mann weinen zu sehen war nicht einfach. Keine Umarmung, kein Streicheln, kein Ablenken mit einer duftenden Tasse Tee, mit einem interessanten Buch, mit schöner Musik aus dem Radio konnten ihn aus seiner persönlichen Düsternis befreien.

Allenfalls wenn aus Karlsruhe Post kam, dann schien auch für ihn kurz die Sonne. Wenn Elisabeth eines dieser Hefte schickte, in die sie die Zeichnungen ihres gemeinsamen Enkelkindes eingeklebt und mit Kommentaren versehen hatte, über die dann auch Anton richtig herzlich lachen konnte: „Eine dicke Frau in der Straßenbahn, die stinkt", stand da oder „der altböse Feind verkleidet als Polizist ohne Uniform", dann hatte auch er einen Schimmer vom Glück in seinen Augen.

Elisabeths Haltung dem Kind gegenüber wurde wortreich bewundert. Sie nahm das Kind ernst, erklärte immer, wenn sie eines der vielen Verbote aussprach, um Sicherheit zu gewähren, endlich Sicherheit. Erklärte endlos, auch wenn das Kind nicht verstehen konnte, blieb ruhig, geduldig, freundlich, wenn es sich aufbäumte gegen alles „Das ist viel zu gefährlich." Das musste doch anstrengend für sie sein. Aber darin war sie sich bestimmt einig mit ihrem Schwiegersohn. Jeder hier wusste, wie sehr Richard alle Arten von Zwang hasste. Er wollte überzeugt werden. Man habe ihm seinen Glauben ans Gehorchen gründlich ausgetrieben, sagte er.

Inge hatte den Bruder immer sehr bewundert und bald schon nachdem sie hierher gezogen waren, hatten all ihre Freundinnen ihren Bruder angehimmelt, manch eine näherte sich ihr freundschaftlich, um dadurch ihren Bruder kennen zu lernen. Auch die Tochter des Apothekers, die Tochter des Stadtkämmerers, Mädchen, die sich sonst nie mit ihr abgegeben hätten. Und obwohl er es nie zugegeben hatte, wusste sie, dass er mit der Maria, deren Vater die Papierfabrik gehörte, was hatte, was Richtiges, mit allem Drum und Dran. Die Maria, das war eine Draufgängerin, eine freche, selbstbewusste. Und fromm obendrein. Aber katholisch, die sündigte und ging sonntags in die Kirche und ließ sich die Absolution erteilen. Für Richard war es vermutlich einfach etwas, was er annahm, weil es leicht zu haben war und ihm gefiel. Für Maria war es mehr. Sie kam immer wieder zu Besuch, die ganzen Jahre besuchte sie die Eltern, gab vor, sich nach ihrem Befinden erkundigen zu wollen, aber in Wirklichkeit wollte sie hören, wie es Richard ging. Konnte nicht glauben, wie ganz und gar verloren der für sie war.

„Habe die Frau meines Lebens gefunden", schrieb er auf einer offenen Postkarte. Das sah ihm ähnlich. Es war ihm „wurscht", dass es herumgeklatscht wurde, sollten sie es doch alle wissen, er hatte sich längst aus diesem „Kleinstadtmief", wie er es nicht ohne Arroganz nannte, befreit. „Hört ihr die Hochzeitsglocken? Sie läuten schon für uns. Macht euch bereit!", kam dann die nächste Botschaft.

Für Inge war es nicht „wurscht", sie musste sich „schicken". Taktieren und intrigieren und hoffen und immer wieder so tun als ob. Sie musste hier schließlich leben. Ihr war der Absprung eben nicht gelungen.

Inge seufzt laut und sieht sich erschrocken um, ob einer der Mitreisenden ihren Seufzer gehört habe. Sie lehnt sich wieder zurück und schließt die Augen.

Wenn eines in ihrem neuen Leben, dem Leben, das nun vor ihr liegt, ohne Mutter, ohne Vater, ohne Ehemann, wenn eines ihr wirklich wichtig ist, dann ein gerader Weg, auf dem sie jederzeit offen und ehrlich sagen kann, was sie fühlt, was sie denkt, was sie tut. Das wünscht sie sich. Sie ist jetzt fast 35 Jahre alt. Ihre Freundin Ida hat gerade geheiratet, endlich, als sich das zweite

Kind einstellte, hat ihr Freund sie geheiratet und sobald es ging auch Idas älteste Tochter, das Ergebnis einer Liebschaft mit einem amerikanischen Soldaten, adoptiert. Vielleicht wird auch sie noch einmal einen netten Mann finden, vielleicht wird auch sie noch ein eigenes Kind bekommen. Wenn nicht, dann hat sie ja ihre Nichte Bea. Wenn sie hier zusammen durch die Straßen gehen, sagt jeder, sie sehe ihr ähnlich wie aus dem Gesicht geschnitten. Inge ist sich im Klaren darüber, dass das so nicht stimmt. Das Kind sieht seinem Vater ähnlich und hat die schwarzen Augen seiner Mutter. Aber Bea hat genau Inges Haarfarbe und unsere Haare neigen eben dazu, sich am Haaransatz zu kringeln, sich, wenn sie länger werden, in weiche Wellen zu legen, denkt Inge und streicht sich eine Strähne aus der Stirn.

Die Kleine ist unglaublich zutraulich. Vertraut ihr alle ihre Geheimnisse an, erzählt ihr wirklich ganz offen auch das, was sie vor ihren Eltern und sogar vor der geliebten Oma verbirgt. Sie freut sich auf das Kind. Aber sie freut sich auch auf Martin und Elisabeth, auf die Behaglichkeit im Karlsruher Haus, sie freut sich darauf, in der großen Stadt einkaufen zu gehen. Einkaufen gehen ohne einzukaufen, das ist herrlich. Einfach nur von Tisch zu Tisch, von Kleiderstange zu Kleiderstange zu schlendern, sich Kleider anzuhalten und davon zu träumen, sie anzuziehen, oder sie anprobieren und von einem Anlass träumen, bei dem man sie wirklich tragen könnte. Schuhe braucht sie nicht zu probieren. Seit sie bei Schuhhaus Stadtler eine Stelle angenommen hat, reduziert sich ihr Interesse an Schuhen auf den beruflichen Alltag. Leiter auf, Leiter ab, Kistentürme schleppen, die Überheblichkeit, die Herablassung der Kundinnen ertragen, ihre Unentschlossenheit, ihr Unvermögen, das Angemessene zu wählen. Elefantenstempel in Ballerinas! Spitze Pumps in Größe 41! Wenn das alles nicht so zum Lachen wäre, wenn sie nicht mit den Kolleginnen zwischen den Lagerregalen darüber lästern könnte, müsste sie darüber heulen, dass sie nun als Schuhverkäuferin ihre Existenz sichern muss.

Und sie sollte eigentlich den Stadtlers wirklich dankbar sein dafür, dass sie sie als vollkommen ungelernte Kraft eingestellt haben.

Die Eltern hatten verhindert, dass sie ihre Ausbildung zu Ende machte. Sie kann den Eltern nicht böse sein, dass sie sie damals heimriefen aus dem Lehrerinnenseminar, als die Angriffe auf die Stadt immer heftiger wurden. Seit der Nachricht von Hugos Tod fürchtete der Vater, auch Richard, seinen zweiten Sohn zu verlieren. Dann wollten sie doch wenigstens noch die Tochter in Sicherheit wissen. Wie groß war die Verzweiflung von Helene und Anton damals, als auch Inge eingezogen wurde als Flakhelferin! Da konnte die Krankheit schließlich so richtig zupacken. Sehr, sehr langsam und qualvoll. Zehn lange Jahre des Siechtums. Zehn verzweifelte Hoffnungsjahre. Zehn Jahre Pflege. Zehn Jahre teure Medikamente auf Privatrezept und dann auch noch die Gefahr, mit dem Gesetz in Konflikt zu kommen, weil diese Medikamente „verbotene Rauschmittel“ waren. Arme Mutter, armer Vater! Inge spürt, wie ihre Augen sich mit Tränen füllen.

Schließlich blieb für die Eltern das Enkelkind als einziger Hoffnungsträger. Sie sehnten sich nach jedem Brief, nach jedem Lebenszeichen von Bea. Und wenn sie zu Besuch kam, konnten sie es kaum ertragen, dass sie eigentlich nur schnell guten Tag sagte und dann sofort nach den Kindern der Nachbarsleute Ausschau hielt. Erst wenn sie wieder weg waren, die Karlsruher, wenn wieder Ruhe einkehrte hier in der Mosbacher Schlossgasse, dann zeigte sich ein glückliches Lächeln auf Helenes Gesicht. Dann sprach sie stundenlang davon, was sie erzählte, die Kleine, und dass sie aussah wie das Ingele, das rührte die Mutter immer wieder zu Tränen.

Inge öffnet die Augen und blickt hinaus. Schon Heidelberg? Sie muss gleich umsteigen.

Wie lange wird man das Vergangene noch immer, immer wieder reflektieren? Wird es sie irgendwann loslassen? Wird sie eines Tages ganz in der Gegenwart ankommen?

Neunzehnhunderteinundsechzig

Zwischen Weihnachten und dem Beginn des neuen Jahres wird viel diskutiert. Viel zu viel nach Richards Geschmack. Als er wieder abreist, gibt er seiner Frau immerhin das Versprechen, nach Bremen zu fahren und zu verhandeln.

Im Januar werden alle in der Lebrechtstraße 77 von einer üblen Grippe heimgesucht. Man legt sich abwechselnd ins Bett und muss den Doktor rufen, der kommt, aber wenig helfen kann; man muss eben schwitzen, bis die Erreger wieder weg sind.

Jeder übt sich im Bedauern. Der arme Rudolf, nun muss er auch noch husten und schniefen, hat Fieber und für all das doch keine Kraft. Karola hält sich mühsam auf den Beinen. Das Kind klagt über Kopfschmerzen. Isa muss zur Arbeit, Fieber hin, Fieber her, es hilft nichts.

Elisabeth setzt Schwitzbäder an und kocht Salbeitee, gibt Kandiszucker hinein, wechselt Brustwickel, wäscht mehrere Dutzend Taschentücher, bügelt sie, legt sie zusammen und muss sich dabei setzen, weil sie selbst so kraftlos ist.

Aber dann geht es wieder. Alle erholen sich. Man kann die tägliche Routine wieder aufnehmen. Morgens früh steht Elisabeth als Erste auf, zündet den Gasofen im Bad an, wäscht sich, zieht sich an, weckt das Kind, das nun ins schon behaglich warme Badezimmer kann, während sie hinaufsteigt in den dritten Stock und dort oben für sich, ihre Tochter und die Enkelin das Frühstück zubereitet. Martin schläft noch.

Isa fragt das Kind noch einmal die Vokabeln ab. Während es kaut und in Gedanken schon überlegt, ob das ein guter Tag sein wird mit Mathematik und Musikunterricht oder ein schlechter Tag mit Handarbeiten und Sport, schmiert Elisabeth ein Pausenbrot, verpackt es in Butterbrotpapier und beginnt jetzt erst selbst zu frühstücken.

Bea schnappt ihr Brot und rennt die Treppe hinunter, putzt sich die Zähne und muss dann noch einmal auf die Toilette. Aber dort brennt das Licht, also ist der Opa gerade drin. Bea klopft an die Tür: „Schnell, Opa, bitte, ich muss doch fort in die Schule!"

Kein Laut, keine Reaktion.

Sie beugt sich ans Schlüsselloch und schaut hinein. Da sieht sie, dass der Opa längelang auf dem Boden liegt.

Als Bea am siebten Februar 1961 ihren Großvater findet, tot, eingeklemmt hinter der Toilettentür, ist ihr sofort klar, das ist das Jüngste Gericht, die Endzeit ist an ihrem absoluten Ende angekommen. Als Nächstes würden die Oma, die Mama, sicherlich bald auch der Papa und sie selbst tot sein.

Das Kind, das sonst im Zentrum der Aufmerksamkeit aller Familienangehörigen steht, wird vergessen. Bea versteckt sich am entlegensten Ort der Wohnung, zittert und heult, kriecht dann wieder hervor und beobachtet unbemerkt die Bemühungen des Hausarztes, eines raubeinigen, zynischen Kerls, der den Großvater sehr verehrte, Martin wieder ins Leben zurückzuholen. Er sieht verzweifelt aus und hat Tränen in den Augen. Danach versinken die Mama und die Oma in eine merkwürdige todtraurige Glückseligkeit, die Bea fassungslos macht.

Ach, welche Gnade! So ein schöner Tod! Gefällt wie ein Baum, mitten aus dem Leben heraus und immerhin fast neunundsiebzig Jahre alt geworden! Sie weinen stille Tränen und lächeln einander an dabei. Dann beginnen sie ganz ruhig bestimmte Aktivitäten, führen Telefonate mit Freunden und Familienangehörigen, vor allem mit Richard, der gerade eben in Bremen ist, um die Bedingungen für seine Übernahme des Karlsruher Werkbüros auszuhandeln. Elisabeth und Isa suchen Papiere zusammen, probieren schwarze Kleidung an, überlegen sich den Text für eine Traueranzeige.

Die Nachbarschaft sieht den Leichenwagen und da kommt Wernerles Mutter, klingelt und fragt, ob sie etwas helfen kann. Oh ja, es wäre eine große Hilfe, wenn Bea zu ihnen kommen könnte. Für ihre Erledigungen außer Haus stellen sie das Kind also ab bei den Grieners.

Da sitzen nun das Wernerle und Bea an einem Tisch zusammen und jeder macht seine Hausaufgaben. Bea spürt, wie Wernerle sie lange betrachtet. Dann sagt er: „Wir haben auch schon mal jemand tot gehabt."

Bea blickt auf.

„Mein Bruder, der ist auch gestorben."

Bea ist erstaunt. Von einem Bruder hat sie nie etwas gesehen. Und nicht gemerkt, dass hier jemand starb. Es scheint, dass die Normalität gar nicht so weit verbreitet ist, wie sie immer dachte.

„Er hieß Wernerle, so wie ich."

Das kommt Bea sehr merkwürdig vor, dass man zwei Kinder einer Familie mit dem gleichen Namen benennt. Sie hat gewisse Zweifel an Wernerles Erzählung und das sieht er ihr wohl auch an.

„Er ist geboren worden, dann war er ein Baby, aber bevor er laufen und sprechen konnte, ist er wieder gestorben. Er lag plötzlich da und war tot."

Bea presst die Lippen aufeinander. Sie fühlt, dass Tränen in ihre Augen drängen. Sie weiß nicht recht, ob diese Tränen ihrem Opa gelten oder dem älteren Wernerle.

„Dann haben sie die Gertrud gekriegt und dann haben sie noch mich gekriegt und dann haben sie mich eben auch so genannt, weil sie wieder ein Wernerle haben wollten."

„Was für ein Glück haben deine Eltern gehabt, dass du geblieben bist und dass du schon so groß geworden bist."

Bea nimmt sich vor, den Wernerle nun nicht mehr Wernerle zu nennen. Er hat schließlich das Recht auf einen eigenen Namen und ein eigenes Leben, das will sie ihm jedenfalls nicht schmälern. Sie fühlt eine starke unaussprechbare Anteilnahme am Los des älteren und des jüngeren Wernerle. Sie ahnt, dass auch Werner sich im Strudel vieler Erwartungen befindet und sich darin einrichten muss, so wie sie selbst.

Da bemerkt sie, dass ganz leise die ältere Frau Griener ins Zimmer getreten ist und sich vor ihnen aufgebaut hat. Sie will wissen, ob Beas Opa denn „ganz normal“ beerdigt werde?

„Er war doch Jude, gell?“

Bea zögert. Sie versteht diese Frage nicht. Nein, sagt sie nach kurzem Nachdenken, nein, er war bestimmt kein Jude! Die Juden, das waren doch die bösen Männer, die Jesus herumzerrten und schließlich ans Kreuz nagelten. Bea kennt ihre markigen Cowboygesichter aus ihrem „Schild des Glaubens“, dem Religionsbuch, in dem der Opa und sie gerne lasen, die vielen schönen biblischen Geschichten, die er so gut kannte.

Inzwischen ist auch die jüngere Frau Griener im Raum.

„Mutter!“, sagt sie streng und lässt ihren Mund offen stehen, so als ob sie noch etwas zu sagen hätte. Da zuckt ihre Schwiegermutter mit den Augenbrauen und lässt das Thema auf sich beruhen.

Frau Griener bietet nun heiße Schokolade an und sie habe Waffeln gebacken und ob sie Bea etwas helfen könne und Bea wundert sich nur, wie lieb und nett sie ist und stellt fest, dass sie eigentlich noch nie mit dieser netten jungen Frau Griener zu tun gehabt hat und sie spürt, wie es in ihr drinnen warm wird und wie erneut die Tränen raus wollen. Sie holt tief Luft und sagt dann, danke, ja, Schokolade ist prima und vielleicht könnte Frau Griener sie ihre englischen Vokabeln abfragen?

Zu Hause aber stellt sie ihre Mutter zur Rede.

Ja, sagt Isa und seufzt, sieht ihr Kind lange an, dann beginnt sie zu erklären und zu erzählen. Ab jetzt haben die beiden etwas, das sie einander näherbringt. Bisher waren das Kind und die Oma eine eingeschworene Einheit im Zentrum der Familie. Jetzt plötzlich wird Isa wichtiger für Bea. Jetzt ist das Kind keines mehr, jetzt heißt es nie mehr: Dafür bist du noch zu klein. Jetzt darf sie jede Frage stellen und kann eine Antwort erwarten!

Die Trauerfeier für Martin wird in einem exklusiven Kreis abgehalten. Ein Dutzend Getreue kommen, weil man sie eingeladen und zugelassen hat zu diesem Ritual. Hedwig und Berta lassen sich mit dem Taxi bis vor die Kapelle chauffieren und setzen sich in die hinterste Bank und da wollen sie auch bleiben; vergeblich fordert Isa sie auf, sich dem Familienkreis anzuschließen. Wanda hat nichts anzuziehen. Elisabeth leiht ihr schließlich einen Mantel, den sie eng um sich und das Baby schlingt, das gerade in ihr wächst und bald schon geboren werden wird. Sie weint wie jeder ihre Tränen um einen Menschen, den sie alle geliebt und geachtet haben und den sie sehr vermissen werden. Mit eingeladen und mit dabei ist auch die Nachbarin von gegenüber, deren Mann damals seinen Kopf und seinen Kragen riskierte, um Martin „rauszuhalten".

Das vertraut Elisabeth ihrer Tochter nun an, als sie beraten, wen sie denn zur Trauerfeier einladen wollen, wer wirklich dazugehört.

„Er lenkte seinen Kollegen, den Gestapo-Mann ab, brachte deinen Papa auf einen falschen Bahnsteig und sagte zu ihm, er solle abhauen, bitte schnell. Als er nach einer halben Stunde nach ihm sah, stand er immer noch da, der Martin. Abhauen sei nicht seine Sache, erklärte er. Aber dann machte der Nachbar ihm Dampf, steckte ihm eine Fahrkarte fürs Bähnle zu und schubste ihn regelrecht auf den Rückweg und hielt von da an still."

Ja, so war das. Ein Akt der Zivilcourage. Wenn es mehr solche Leute gegeben hätte ...

„Es ist gut, Mutter, dass es überhaupt solche Menschen gegeben hat."

Hier sitzen sie nun, vor allem voller Dankbarkeit, diesen Menschen, Martin Mayer, gekannt zu haben, ein Teil seines Lebens gewesen zu sein. So sagt es der Pfarrer, er versteht inzwischen viel mehr von dieser Familie als damals bei der Taufe des Kindes. Er findet einen guten Ton, frei von Larmoyanz und der üblichen Lobhudelei. Er zitiert aus den Psalmen, die mochte Martin besonders gern. Sie singen: „So nimm denn meine Hände und führe mich", das Lied, in dem die Art von Trauer zum Ausdruck kommt, die sie hier verbindet: „Ich kann allein nicht gehen, nicht einen Schritt." Aber keiner hier steht für sich allein, sie alle fühlen sich zugehörig zu etwas, das unsichtbar um sie ist, Wissen und Verstehen zugleich. Dann ruckelt der Sarg und beginnt sich zu senken und bleibt hängen und wird ganz schräg, so als ob ihn etwas nicht loslassen wollte, und Richard muss hinzuspringen und muss daran ziehen und schieben, bis er endlich versinken kann in den Flammen. Vielleicht sind es die Flammen, die Richards Augen röten? Denn dass auch er weinen könnte, das kommt doch bestimmt nicht vor. Das Weinen, das sagt er immer, das hat er sich längst abgewöhnt. Wer so viel Grauen gesehen hat und mittendrin stehen und gehen musste wie er in diesem verdammten beschissenen Krieg, der hat keine Träne mehr.

Vordergründig betrachtet leidet Bea sehr unter dem Tod des Opas. Sie hat massive Schlafstörungen, wacht mehrere Male auf in der Nacht. Alpträume! Immer wieder das: der tote Opa und der weinende Arzt, der sich verzweifelt an ihm abmüht. Sie versagt zum ersten Mal in einer Klassenarbeit, bekommt eine Fünf. Isa tobt. Also das lässt sie nicht zu, um einen Mangel an Intelligenz kann es sich ja wohl nicht handeln, dann bleibt nur noch Faulheit und der muss man wehren, gleich wenn sie sich zum ersten Mal zeigt. Mit wenigen schroffen Worten zitiert sie Bea und ihren Vater an den großen Esszimmertisch.

„Das ist dein Ressort", sagt sie.

Er zündet sich eine Zigarette an.

„Zeig mal her! Ach Gott! Dreisatz! Daran darf man nicht zugrunde gehen. Wer in die Mathematik eindringen will – und merk dir das, sie ist die schönste, sauberste aller Wissenschaften –, der muss sich den Dreisatz selber erobern. Probier mal hier diese Reihe a bis f, ich komme dann und schau mir die Ergebnisse an."

Über die Ergebnisse führen sie ein kurzes, klärendes Gespräch, es gibt hinfort keine ungenügenden Leistungen in Mathematik mehr.

Aber wichtiger als der eroberte Dreisatz ist die Erkenntnis, dass sich die Familiendynamik neu organisiert hat: Die Nachfolge des Großvaters als Familienoberhaupt, das wie ein König über das Wohl aller herrscht, hat Isa angetreten. Die Nachfolge des Großvaters als Gesprächspartner für die quälenden Existenzfragen, die Isa sich tagtäglich stellt, tritt Bea an.

Elisabeth trauert, aber das Leben wird einfacher nach Martins Tod. Jeder gönnt ihm diesen guten Tod – denn sterben müssen wir ja nun alle irgendwann einmal! – und seinen Frieden, und sie erinnern sich voller Dankbarkeit daran, dass sie ihn „so lange haben" durften.

Die Oma, die bisher eine Übermutter für Bea gewesen war, eine warme Zuflucht, wird von Tag zu Tag kleiner und schutzbedürftiger, bis sie gleich groß ist wie sie und sie ihre Freundin wird. Damit ist Bea aufgewertet und es entsteht eine harmonische Balance in der Familie. Es gibt jetzt auf der einen Seite Beas Mutter und Vater und auf der anderen Seite Bea und die Oma. Es entsteht außerdem in den nächsten Jahren eine Allianz, Bea und die Eltern, die sich unausgesprochen einig sind in ihrem Bemühen, gut auf Elisabeth aufzupassen und für sie zu sorgen.

Bevor das Jahr zu Ende geht, wird gegenüber ein Baby geboren. Es wird Bea genannt, weil das ein schöner Name ist, aber auch, weil es eine geheime Verbindung zwischen den beiden Familien gibt, die jenseits aller Erklärungen ist.

Neue Verhältnisse

Sie sind noch weit davon entfernt, zu „philosophieren und dischbutieren wie mit dem Martin“, sich zum Beispiel um eine Unterscheidung zwischen Lebenstüchtigkeit und Lebenswille, Dynamik und Energie, Klugheit und Intelligenz zu bemühen. Aber sie versuchen, sich einzurichten in der neuen Konstellation.

Elisabeth lehnt sich nun an ihre Tochter an, so wie zuvor an ihren Mann. Sie respektiert ihre Klugheit, Martin hätte dies womöglich in Frage gestellt und seiner Tochter eher Intelligenz bescheinigt. Ihr Temperament ist zu impulsiv, ihre Neigung zu Aufbegehren zu stark, um ihre Entscheidungen immer als klug bezeichnen zu können.

Die wirkliche Klugheit ist auf Elisabeths Seite. Sie glaubt fest daran, dass sich nun für sie etwas erfüllt, was sie sich von ihm wünschte, damals vor langer Zeit: dass etwas von ihm bleiben möge, auch dann, wenn er nicht mehr da wäre. Mit dieser Bitte hatte sie ihn einst zum Vater gemacht und ihm ein Glück beschert, das er nicht in seine Pläne einbezogen hätte ohne sie. Etwas von ihm ist in ihrer Tochter, das ihr den gleichen Halt gibt, so dass sie weiterleben kann: seine Energie, seine Vitalität. Da gibt es allerdings noch viele andere Zutaten: eine große Angst mit vielen Köpfen, vor Verlust, vor Verlassenheit, vor dem eigenen Versagen, der Unfähigkeit, sich zu behaupten, sich einen Platz zu schaffen, an dem es sich leben lässt, besser leben lässt, gut leben lässt. Für sich, für die Mutter, das Kind und für ihren Mann. Und diese Wut, diesen Aufruhr, gegen alle möglichen Widerstände.

Das tägliche Leben ist Kampf für Isa, es erfordert eine ununterbrochene Wachsamkeit, die Dynamik einer Feder, bereit sein zum Aufspringen, möglichst noch bevor eine nahende Gefahr wirklich auf sie trifft.

Isa verlangt ihrer Mutter ab, sich auf die Zukunft einzustellen. Auf lange Jahre ohne ihren Mann, der der Inhalt ihres Lebens gewesen war. Auf Zuversicht, auf Lebensfreude. Sicher darf sie trauern, jeder hier im Haus trauert. Aber es gilt vor allem, ihn in der Erinnerung zu bewahren, ihn weiterleben zu lassen in allem, was er gewesen ist: Ehemann, Vater, Großvater, Gesprächspartner, Fürsorge und Halt. So führt sie Regie im Innern der Familie und erwartet, dass ihr Mann nach außen hin als neues Familienoberhaupt auftritt. Alles soll seine Ordnung haben. Damit tut Richard sich schwer. Er will sich nicht vor andere stellen, er will für sich selbst stehen. Und was er vor allem hasst, sind diese weiblichen Attacken auf ihn, dieses Umschmeicheln und Verhexen, das gewisse Damen der älteren Generation als probates Mittel betrachten, an seine Männlichkeit, das heißt seinen männlichen Schutz zu appellieren. Nicht nur hier zu Hause, auch im Kundenkreis widerfährt ihm das gerade eben. Im Doppelpack bedrängt man ihn da, Mutter und Tochter, beide sicherlich hilfsbedürftig, weil man alleinstehenden Frauen, Witwen und Waisen durchaus nichts zutraut, auch wenn Beweise ihrer Tüchtigkeit offen zutage treten. Warum stehen die nicht einfach breitbeinig und mit gestrecktem Rücken hin und sagen: So, jetzt ist unser Vater tot, jetzt haben wir das Sagen? Sind sie nicht selber schuld daran, dass man sie nicht für voll nimmt, wenn sie immer so „abgebrochen" dastehen?

„Abgebrochen?"

„Ja, von der so genannten besseren Hälfte abgebrochen, so ..."

Er knickt nach einer Seite ein!

Isa lacht!

„So könnte das die Tante Karola darstellen, bist du bei ihr in die Lehre gegangen?"

Richard winkt ab.

Er weiß wirklich nicht, warum Männer und Frauen nicht unverkrampfter miteinander umgehen können. Heutzutage, wo jeder doch „seinen Mann stehen" muss.

Na, da kann Isa ihm was erzählen. Von wegen Mann stehen. Die Männer stehen auf den Schultern der Frauen und machen sie dabei unsichtbar, immer noch. Kluge Frauen suchen sich Männer aus, die dann wenigstens auch den starken Mann dabei markieren.

Er tut das nicht und will das nicht und er hofft, dass seine Frau so etwas nicht von ihm verlangt.

Seit dem Ende des Kriegs, das man als Stunde Null bezeichnet, tritt es offen zutage, dass sich die Regeln und Muster jeder bürgerlichen Ordnung schlechthin aufgelöst haben, alles Suchen nach einer neuen Ordnung ist bisher gescheitert, die menschliche Gesellschaft wird sich nie mehr so fügen wie damals in der Kaiserzeit. Deshalb können die so genannten Regeln so eigenwillig gehandhabt werden, wie es dem Einzelnen gefällt, solange Gesetz und Moral nicht in Frage stehen. Auf manchem besteht Isa ebenso energisch wie damals ihre Oma Lise, manches verspottet sie, manches verachtet sie. Darin sind Richard und Isa einander einig. Auch er ist dem Bürgerlichen als solches misstrauisch zugetan, verwirft oder akzeptiert je nach Belieben, setzt vor allem seine Individualität dabei nie aufs Spiel. Er putzt sonntags Schuhe. Er putzt sie auf der Verandatreppe, und er bleibt jetzt unbehelligt.

Das Verhältnis zu den Grieners hat sich verwandelt. Isa hat eine große Zuneigung gefasst zu der jüngeren Frau Griener. Sie schätzt ihren klaren Verstand, ihre Ehrlichkeit, ihren trockenen Humor, ihre Fähigkeit zur Selbstkritik, und die beiden finden gelegentlich am Gartenzaun zu angeregten Gesprächen zusammen. Elisabeth grüßt die ältere Frau Griener freundlicher als zuvor und versucht, mit ihr über das Wetter oder besonders interessante Angebote im Konsumladen gegenüber zu sprechen. Behutsam arbeitet sie sich voran, fragt auch nach dem Befinden des älteren Herrn Griener, den man in der letzten Zeit nicht mehr im Garten sieht, hört, dass er sehr krank ist und erfährt es als eine der ersten Nachbarinnen, als er stirbt.

In diesem Jahr hatten Isa und Richard geplant, zum ersten Mal eine Ferienreise zu machen. Elisabeth und Martin wollten zur selben Zeit auf den Dobel fahren, wie einst dort auf der Blumenwiese von Frau König auf Liegestühlen liegen, sich gegenseitig aus ihrer Lektüre vorlesen, aus der „Frankfurter“ die Politik, aus Elisabeths Romanen die Stellen, die genau das ausdrücken, was man selbst empfindet, aber niemals so gut formulieren könnte. Und erinnern wollten sie sich, an die guten und die schlechten Zeiten. Wenn man sich auf der Schwelle ins neunte Lebensjahrzehnt befindet, denkt Martin, dann wird der Rückblick wichtiger als der Blick in die Zukunft. Die Tage, die vor uns liegen, sind wunderbare Geschenke, jeder einzelne von ihnen. Aber das, was man erlebt hat, ist Besitz; wenn man ihn betrachtet, gerade aus einem gewissen Abstand, gewinnt man ein Gefühl von Bedeutung. Nicht nur die glücklichen Momente, auch die Fehler, die man gemacht hat, stellen einen persönlichen Gewinn dar. Sogar die Fehler, die man nicht nur einmal, sondern immer, immer wieder macht. Klein beigeben. Gute Miene zum bösen Spiel machen, schlucken, sich ducken. Es erscheint falsch und ist doch eine so eingefleischte Lebenshaltung, dass man sie nicht ablegen kann wie ein Kleid. Also erkennt man sie an als das Eigene, Eigentliche. Stellt fest, dass die Niederlagen und auch die Siege gerade dort im Fehlerhaften ihren Ursprung haben, nicht da, wo das Glück einem zufällt.

Dass seine Wiedergutmachungsregelung endlich, endlich erreicht worden war, mit vielen Abstrichen, das bedeutete für Martin eine Genugtuung. Wieder einmal war ein Pogrom, das schlimmste aller Zeiten, vorübergegangen. Der Sündenbock war noch ein allerletztes Mal zu Tode gehetzt worden, damit die anderen aufleben können, bevor der Herr kommen wird zu richten.

Richard schüttelte den Kopf über die Sichtweise seines Schwiegervaters.

„Das wird dem, was passiert ist, nicht gerecht, Vater. Es war kein biblisches Geschehen. Es war von Menschen gemacht.“

„Wir sind nur Werkzeuge des Herrn, die seinen Plan erfüllen.“

„Wir müssen den Eichmann-Prozess abwarten, dann werden wir endlich mehr erfahren über die Organisation, die Durchführung des Terrors.“

Nein, sagte Martin, das interessiert ihn nicht.

„Die Millionen, Vater, die geschlachtet wurden wie Tiere, vernichtet wie Ungeziefer, unter dem Stern einer Ersatzreligion, die uns das Heil auf Erden versprach!"

Es ist wie in der Bibel angekündigt vor zweitausend und mehr Jahren: Der Antichrist hat gewütet und nun steht die Rückkehr des Herrn unmittelbar bevor.

Da ließen sie ihn in Ruhe, man konnte nicht mit ihm reden. Es hätte geredet werden müssen. Aber auch Elisabeth wollte nicht mit ihm reden, nicht darüber, dass sie sich in diesem Punkt seiner Sichtweise nicht anschließen wollte.

Nun allerdings, da er nicht mehr da ist, verschwindet mit ihm auch die mystische Bedrohung der Endzeit.

Durch die Berichterstattung über den Prozess in Jerusalem fühlt Elisabeth sich bestätigt in ihrer Meinung, dass die Apokalypse in Wirklichkeit das Werk einiger Bösewichte war, die wie Rattenfänger eine Vielzahl von Hörigen in ihren Bann geschlagen hatten und so ihr teuflisches Werk vollzogen. Die allerschlimmsten sind in Nürnberg zum Tode oder zu lebenslangen Gefängnisstrafen verurteilt worden, sie hat sich den neuen amerikanischen Film darüber angesehen und ist dankbar dafür. Die wenigen, die noch nicht gefasst wurden, wird man finden, das Monster Mengele zum Beispiel.

„Und was ist mit den vielen namenlosen Sadisten, die in den Lagern als Aufseher und Henker nicht ungern ihre Arbeit taten?"

Da winkt Elisabeth traurig ab. Schluss mit reden.

„Und was ist mit den Abertausenden, ohne deren Mangel an Menschlichkeit das alles nicht möglich gewesen wäre?"

„Ihr dreht euch doch im Kreis, Kinder, lasst es jetzt gut sein."

Wenn es nicht auch anders gegangen wäre, müsste man es hinnehmen. Aber nun weiß man ja auch mehr über die Haltung im Ausland. Dass die neutrale Schweiz und auch Schweden viel, aber doch nicht alles getan haben, was möglich gewesen wäre, dass das kleine Dänemark aber ein Beispiel gab für Mut und Zivilcourage, die das ganze Land ergriffen, so dass nur wenige seiner Juden wirklich ermordet worden sind.

Es wird sich bald niemand mehr dafür interessieren.

Was aber, wenn nun das Kind Fragen stellt?

Gott sei Dank hat Bea keine Vorstellung vom Ausmaß der menschlichen Apokalypse, an deren Abgrund ihre Eltern und Großeltern standen, bevor an sie auch nur zu denken gewesen wäre und die gerade erst dabei ist, Geschichte zu werden. Als solche hat sie noch gar keinen Einzug gehalten in die Lehrbücher der Schulen. Man kann diesen Stoff also behutsam handhaben, weil er im Belieben eines jeden Elternhauses steht.

Isa eröffnet ihrer Tochter einen ersten Zugang zur unmittelbaren Vergangenheit, da ist sie elf Jahre alt, indem sie ihr das „Tagebuch der Anne Frank" zu lesen gibt. Sie zügelt ihre eigene Wut und liefert nur so viel an Information, wie Bea wissen will. Immer noch ist das Kind nervlich angespannt, hat seine Angst vor dem Tod nicht überwunden. Hat keine Zuversicht mehr in seine eigene Gesundheit, sucht an sich rum, fürchtet sich vor einem Hundebiss oder davor, dass sein Blinddarm durchbrechen könnte. Dagegen muss man angehen. Alles, was nach einem Mangel an Lebenstüchtigkeit aussieht, ist Isa ein Dorn im Auge. Dass jedoch gerade die vielen Verbote, die sie selbst um das Kind aufgestellt hat, zu seinem Schutz, wie sie immer wieder betont, schlecht verdaut und in eine generelle Lebensangst verwandelt wurden, bedenkt sie nicht. Dass Liebe Gehorsam stärker züchtet als Strafen, weiß sie nicht. Dass das Kind nun in einen Sog von Mitfühlen gerät, dabei einen naiven Aufruhr gegen alle Menschen schlechthin entwickelt, ein tiefes Misstrauen und eine noch stärkere Sehnsucht nach Vertrauen-dürfen, dass diese innerliche Zerrissenheit sich tarnt unter Hochmut und Unnahbarkeit, das kann Isa nicht beobachten, weil sie nicht dabei ist, wenn Bea sich unter ihresgleichen bewegt.

Wieder einmal lebt jedes Familienmitglied sein eigenes Leben. Das Haus und ein diffuses Wir-Gefühl hält sie zusammen.

Wenn Elisabeth am alten Holztisch sitzt, im Garten unter dem großen Nussbaum, sich in ihre Bücher versenkt oder ins Briefeschreiben, stundenlang, bis schon die Luft so kühl wird, dass es einen fröstelt, braucht sie keinerlei kritische Nachbarschaftsblicke mehr zu fürchten.

Sie hat nach und nach alle ihre Briefpartner, entfernte Verwandte, Schulfreundinnen, alte Bekannte nah und fern von Martins Tod unterrichtet. Und nun macht sie sich daran, sich für die Anteilnahme zu bedanken. Jeder Brief wird überlegt, mit Bedacht formuliert. Sie hat ein Bild ausgewählt, das Martin zeigt mit der kleinen Bea auf dem Schoß. Einen Rahmen gekauft, es aufgestellt. Es vervielfältigen lassen, damit man es den Dankesbriefen beifügen kann. Damit die Erinnerung einen Anhalt hat.

Anfangs pilgert Elisabeth fast täglich zum Rüppurrer Friedhof, mit dem Kind, mit der Tochter oder allein, glaubt, ihm dort besonders nah zu sein, wo seine Asche ruht, in Frieden, bis er eines Nachts ihre Träume besucht und sie beschwört, ob sie denn alles vergessen habe, was sie immer und immer wieder besprochen hatten miteinander, dass der Leib eine Hülle ist, die zu Erde wird, so wie es die Bibel sagt. Der Geist aber ist leicht und frei, beweglich und allgegenwärtig. Man muss ihn nicht an einem bestimmten Ort suchen.

Auf dem Friedhof schließt sie Bekanntschaft mit einer alten, ebenfalls schwarz gekleideten Dame und deren Tochter, die man vom Sehen kennt, weil sie auch in der Lebrechtstraße wohnen. Auch sie haben ihren Ehemann und Vater verloren. Man lädt sich ein zum Kaffee, zum Reden.

Ganz allmählich bekommt Elisabeth ein Gefühl für die Größe der Lücke, die geblieben ist. Vorbei all die täglich gemeinsam verbrachten Stunden, die Gespräche über die Vergangenheit, seine Anteilnahme an allem, was sie ohne ihn unternahm, ihr verdoppeltes Lebensgefühl.

Sie weint nicht, jammert nicht. Aber sie versenkt sich in sich selbst und beginnt, sich zu erinnern an jede gemeinsam verbrachte Minute. An jedes Glück, an jeden Schmerz.

Behutsam öffnet sie alle Schubladen von Lises Sekretär, holt heraus, was sich darin befindet: die vielen Fotografien, Karten und handgeschriebene Briefe, die Briefpausen der offiziellen Korrespondenz. Sie sortiert in Blechdosen und Pappkartons, heftet ein, was noch keinen Platz in einem von Martins Ordnern hat, legt alles wieder zurück. So schraubt sie sich immer tiefer in die Vergangenheit hinein.

Bea sitzt neben ihr am großen Esstisch, und wenn sie ihre Hausaufgaben gemacht hat, dann will sie zuschauen, will, dass die Oma erklärt, erzählt von damals.

„Das ist mein Poesiealbum, hier, meine Tanzkarten. Schau, kein Tanz ist frei! Lançaise, Française, Polka, Polonaise, dann langsamer Walzer und wieder Lançaise. Ja, ich konnte mich nicht beklagen, war kein Mauerblümchen. Das sind die Patiencekarten meiner Mutter. Sie riechen noch nach ihrem Kölnisch. Das ist das Gästebuch meiner Eltern. Hier, schau: Unsere Eltern hatten fast an jedem Wochenende eine Gesellschaft. Wir durften bald schon aufbleiben und dabei sein, da war unsere Mutter großzügig. Sie wollte uns auch vorzeigen, war stolz auf uns, hat uns herausgeputzt wie Puppen. Meistens wurde gesungen. Der Papa oder der Onkel Karl Spoerin begleiteten am Klavier. Wir müssen mal die Noten raussuchen. Ach, schau hier, ein Bild von der Großherzogin Hilda, und das ist die Lauer-Kottlar, die Sängerin. Die hat sich mal ganz lange mit mir persönlich unterhalten."

Dann erzählt sie von ihrem Geburtstag, dem großen Fest im Atelier ihres Vaters und wie am Tag danach der Jadlowker kam, der Heldentenor, und ihr einen Strauß roter Rosen brachte. Sie lächelt zaghaft. Bea fragt und beharrt, und nach und nach lässt Elisabeth zu, dass sich der Vorhang über der Vergangenheit hebt für das Kind.

Draußen sein im Garten wird allmählich weniger interessant. Auch wenn Bea und Johanna sich treffen, landen sie schnell irgendwo in einer gemütlichen Ecke und reden. Erzählen sich gegenseitig das, was sie erfahren haben aus dem Leben der Erwachsenen, wie um Maß zu nehmen für das eigene Werden.

Es ist nicht mehr so leicht für die beiden Mädchen, die gewohnte Nähe zueinander muss bewusst hergestellt werden, sie ergibt sich nicht selbstverständlich. Beide haben inzwischen andere Kameradinnen unter denjenigen, die tagtäglich neben ihnen sitzen. Während Bea mühelos den Unterrichtsstoff aufsaugt und nach Vorstellungen der Lehrer reproduziert, schlägt Johanna sich herum mit den lateinischen Deklinationen. Sie muss so unendlich viel auswendig lernen, wozu sie wirklich immer weniger Lust hat. Überhaupt hat sie zu gar nichts mehr Lust. Sie grübelt lieber nach über dies und das. Sie liest viel, aber nicht das, was Bea liest, nicht von Doktor Dolittle und seinen Tieren oder den „Fünf Freunden“, die ein Abenteuer nach dem anderen erleben. Johanna liest Romane. „Der liebe Augustin“, das ist eine Geschichte, die in Wasserburg am Bodensee spielt, wohin sie immer in den Sommerferien gehen. Oder auch „Der Arzt von San Michele“ oder „Doktor Schiwago“. Bea lässt sich die Bücher zeigen und wird ganz kribbelig beim Lesen. Das ist furchtbar langweiliges Zeug. Aber Johanna sagt, es ist Literatur. Und es geht vor allem um die Liebe und es ist klar, dass sich Bea noch nicht dafür interessiert, sie ist halt noch ein Kind, das sieht man ja. Traurig betrachtet Bea ihren flachen Oberkörper, es nutzt ihr gar nichts, dass sie in die Höhe schießt, wenn sich in der Breite nichts tut. Sie fühlt, dass sie Johanna immer weniger gewachsen ist. Zumal Johanna ihr Wissen mit rasanter Geschwindigkeit erweitert, indem sie sich die Kenntnisse ihres Bruders und seiner Freunde zunutze macht.

Während sich einerseits viele bisher unverständliche Begriffe erklären, Bea nach und nach erfährt, wer Hitler, Goethe und Adenauer sind, erste Entschlüsselungen für die immer wieder einander bedeutungsvoll zugeraunten Begriffe BDM, Gestapo und SS erhält, bringt nun Johanna neue Geheimwörter wie Menstruation und Pubertät, die sie dann mit hochgezogenen Brauen erklärt, Bea kann das alles glauben oder nicht.

Dann passiert etwas ganz Einschneidendes: Johanna wird von der echten Liebe getroffen, so sehr, dass sie nachts nicht mehr schlafen kann. Sie hat sich in Winnetou verliebt, eigentlich in Pierre Brice, den Darsteller des Winnetou, und sie war schon mehrfach im Kino, um ihn immer wieder über die Prärie reiten zu sehen. Bea ist sehr beeindruckt von diesem aufwühlenden Ereignis. Sie plagt die Oma so lange, bis sie mit ihr zusammen auch ins Kino geht und schon am nächsten Tag teilt sie Johanna mit, dass sie auch in diesen wunderbaren Winnetou verliebt ist und gut verstehen kann, wie sehr ihre Freundin leidet. Johanna steckt ihr daraufhin am Ende der Religionsstunde ein Briefchen zu, darin setzt sie ihr wortreich auseinander, dass sie doch noch ein kleines B sei, zu jung um zu wissen, was Liebe wirklich bedeutet. Sie könne ja nichts dafür! Also Winnetou gehöre ihr, ihr allein!

Dass es einmal so weit kommen würde mit der wahren Freundschaft, ist für beide schmerzlich. Der Schmerz nimmt groteske Form an, als Bea eines schönen Tages Johanna Hand in Hand mit der schrecklichen Sibylle, der von Lola angeheirateten Nicht-Cousine, am Haus vorbeigehen sieht. Ausgerechnet diese Sibylle hat sie sich nun als neue Vertraute ausgesucht! Johanna kennt doch die Geschichte von Lolas Hochzeit und Beas Leiden! Wo bleibt ihre Treue, ihr Mitgefühl?

Bea muss weinen. Und Isa muss trösten. Sie erzählt Bea, wie das damals war, als sich nacheinander alle ihre Freundinnen von ihr abgewandt hatten, und als ihre Mama sie dann bei der Hand nahm und sie beide Freundinnen wurden.

Elisabeth warnt davor, Beas Sorgen zu ernst zu nehmen.

„Bitte, Isa, das ist doch kein Vergleich! Die beiden Kinder haben einfach nicht mehr so viele gemeinsame Interessen; es gibt viele nette Mädchen in Beas Klasse, sie alle besuchen Bea gerne, sie ist beliebt. Morgen schon kann sie mehrere neue beste Freundinnen haben, wenn sie will."

Isa schüttelt diese Einwände ab. Es scheint, es ist ihr nicht unrecht, dass sie das Kind nun auf eine ganz besonders enge Weise an sich binden kann. Sie nimmt sich mehr und mehr Zeit für die Kleine.

Elisabeth lässt nicht so schnell locker: „Sprich doch mit der Johanna über deinen Kummer. Ihr könntet sicher auch zu dritt Freundinnen sein. Die Sibylle ist ein nettes, wohl erzogenes Kind, sie passt zu euch! Singt sie nicht mit dir in deinem Chor im Konservatorium?"

Tut sie und nicht nur das, sie wird jetzt in der Aufführung, die sie gerade vorbereiten, dem schönen Musiktheater „Rumpelstilzchen", wieder einmal eine hoch begehrte Rolle übernehmen, nämlich die Schlange.

„Ach", sagt die Oma, „wo kommt denn da eine Schlange vor im Rumpelstilzchen?"

Der Chorleiter hat solche Rollen hineingeschrieben, damit alle die 25 Kinder etwas darstellen können.

„So, so! Und du?"

Sie? Sie wird eine Fee sein.

„Oho! Unser kleines B spielt eine Fee! Das ist doch viel schöner als eine Schlange zu sein."

Überhaupt nicht! Denn es gibt sieben Feen, es werden nämlich alle Kinder Feen sein, die es nicht geschafft haben, eine andere Rolle zu erobern, sogar der arme kleine Walter Koschnik, den keiner wirklich mag.

„Es fehlt Bea eben das Durchsetzungsvermögen", sagt Elisabeth zu ihrer Tochter.

Die zuckt nur mit den Augenbrauen und sagt dann: „Das kommt schon noch, warten wir's ab."

Warten, warten, warten.

Johannas Mutter findet, Sibylle passt besser zu Johanna als Bea. Beide Mädchen haben Eltern, die schon ein bisschen älter sind und deshalb nicht wie Beas Eltern viel mit ihrem Kind unternehmen können, schwimmen, Ski fahren, Fahrradausflüge und all solche Sachen. Außerdem müssen beide sich mit dem schrecklichen Latein herumschlagen, da können sie einander Beistand geben.

Nein, Bea will nicht mit Johanna sprechen. Sie zieht sich zurück. In einen Schmollwinkel? Nein, in ein neues Leben.

Da Elisabeth die Tugend der Treue über alles stellt, ist sie damit nicht einverstanden.

„Hast du heute mit der Johanna gesprochen?"

Nein. Nein. Nein. Beas Trotz nimmt zu, wird dick und fett und nistet sich in ihr ein. Macht sie mitleidlos gegenüber Johannas Schicksal, das sich zusehends kompliziert, als bald ihr Vater stirbt und die Mutter mehr und mehr kränkelt.

Zurück bleibt eine intensive schöne Erinnerung.

Als die Sommerferien beginnen, die lange langweiligste Zeit des Jahres, schenkt Richard seiner Tochter eine neue interessante

Aufgabe. Er fährt mit ihr quer durch die Stadt zu einem alten „Bundesbruder“ (Und was für ein Bruder ist das, Papa?), der hier hängen geblieben ist (an einem Haken, Papa? – Ha ja, und an was für einem, er heißt Rosalinde. – Ein Haken namens Rosalinde? Wirste schon sehen!) in einer Zoohandlung, und mit dem hat er telephoniert (Bea stellt sich vor, wie sie stundenlang über die Me und die Ju hin- und her geredet haben), er hat was für uns!

Eine Schildkröte hat er, der Rudi. Eine schöne dicke mit glänzenden Augen und zarter Haut unterm Kinn, schau, da darf man sie streicheln.

Bea durchschaut ihren Vater, sie weiß, dass auch er so wie jeder in diesem Haus bemüht ist, sie in einem Gleichgewicht von Glücklichsein und Zufriedenheit zu halten. So als ob die Erwachsenen ihre eigene Unfähigkeit zum Glück als solches mit Beas Glück ausgleichen wollten, weil sie mit ihrem reinen unverdorbenen kindlichen Herzen dazu noch fähig ist.

Aber was er sich da hat einfallen lassen, erweckt ihr Mitleid mit ihm. Sicherlich ist eine Schildkröte nicht in Gefahr, mit Karolas Boxerhunden zu rivalisieren, diese Tiere werden einträchtig nebeneinander in ihren jeweiligen Gartenhälften ihr Leben leben können. Aber wenn man bedenkt, dass das Kitzeln auf einem Quadratzentimeter schrumpeliger Reptilienhaut sie entschädigen soll für das seidenweiche rotbraune Fell eines Hunderückens, dann hat man gegen schwere Zweifel anzukämpfen an den sonst so bewunderten vielseitigen Möglichkeiten der Großen, das Leben genießbarer zu machen.

Immerhin, die Schildkröte braucht ein Heim. So bauen Richard und Bea zusammen unter der ernsthaften Beobachtung von Werner und Karin ein Schlafhaus für sie. Dazu wird der alte Sandkasten leer geräumt, zum Sandeln sind sie alle ohnehin zu groß, in ihm hatten sich längst Moos und allerlei Gräser breit gemacht. Und nach einigen Tagen entscheidet Bea, dass das Tierchen zu alleine ist, so dass man gleich noch eine zweite Schildkröte kaufen geht, eine kleine, damit sie sich miteinander „verlustieren“ können, das sagt Tante Karola, die sich freut, dass nun auch in der anderen Gartenhälfte die Tierwelt Einzug hält.

Als Lola anreist mit ihrer kleinen Tochter Evi, deren Schwesterchen bei den anderen Großeltern abgesetzt wurde, bestaunt sie Beas Zoo, und auch die kleine Evi kommt viel lieber in Beas Gartenteil, weil sie Spaß hat an diesen ungefährlichen Tieren.

Lola erklärt Bea den tunesischen Häkelstich und das Perlstrickmuster, gibt ihr Wollreste und leitet sie an, es selbst auszuprobieren, lobt sie, dass sie sich sehr, sehr gut anstellt, wenn man bedenkt, dass sie das Kind der guten Biene Isa ist, die mit dem Handarbeitsunterricht stets zu kämpfen hatte, das ist doch der Beweis, dass hier noch andere Erbanlagen zutage treten und „nicht zu knapp". Evi bewundert die große Bea für alles, was sie darf und kann, was in Beas Augen so gut wie gar nichts ist, so ist das eben, jeder hat einen anderen Blick auf das Leben, wenn sie auch alle die gleiche Luft atmen und zum selben Sternenhimmel aufschauen, wenn sie am Abend ihre Gebete sprechen.

„Vater, lass die Augen dein, über unsern Betten sein!"

Ja, mach nur einen Plan

Die Zeugnisübergabe des ersten Schuljahres im Gymnasium muss in einem Gemeindesaal in der Schillerstraße stattfinden, weil es in Beas Schule noch keine Aula gibt.

Bea steht zwischen Irene und Paula, ihren neuen Freundinnen, bei den Chorkindern auf der Bühne und beobachtet, wie nach und nach die Eltern und Geschwister der Schüler einlaufen. Vorsichtiges Nicken nach dahin und dorthin, ab und zu ein Händedruck. Wenn man genau hinschaut, dann sieht man sehr gut am Gehabe, an der Kopfhaltung, an der Art, wie und wann die Hände ausgestreckt werden, ob die sich Begrüßenden auf einer Stufe stehen, oder wer oben, wer weiter unten steht. Lange hält Bea Ausschau, ob endlich ihre Familie auftaucht. Sie will Anzeichen sehen für eine zunehmende Normalität in ihrer Familie. Seit der Opa tot ist, haben sich die Fenster und Türen im Haus in der Lebrechtstraße vorsichtig spaltbreit geöffnet. So als ob man wagt, tiefer einzuatmen.

Endlich sieht sie Mutter und Großmutter langsam durch den Mittelgang schreiten, sie stechen heraus, beide sind ganz in Schwarz gekleidet, man befindet sich noch im ersten Viertel des Trauerjahres, da wird es kein weißes Fitzelchen geben in ihrer Garderobe. Comme il faut, sagte Elisabeth und Isa nickte ihr Einverständnis dazu. Immerhin, sie sind noch pünktlich angekommen. Das ist keine Selbstverständlichkeit. Man neigt dazu, Zeitangaben locker zu handhaben, seit der Opa nicht mehr an der Tür steht und trompetet: „Pünktlichkeit ist die Höflichkeit der Könige!"

Bea hat Spaß dabei, nach rechts und nach links zu „schwätzen", was hier und heute ungeahndet bleiben wird, weil alle aufgeregt sind, sogar die Lehrer und sogar der Direktor, der eine ganze Reihe von wichtigen größeren und kleineren Reden hält, dabei auch die Frauen und Männer, die sich Abiturienten nennen, verabschiedet, indem er ihnen die Hand gibt, und manchen noch ein Buch.

Eine von ihnen ist die große Schwester von Paula, um die Bea sie sehr beneidet. Paula hat noch eine weitere Schwester und es ist wunderschön, wenn Bea nun ab und zu bei Paula übernachten darf, wenn die Eltern und die Oma ins Theater oder ins Konzert gehen, weil man das kleine B in dem großen Haus nicht alleine lassen will, obwohl es ja durchaus nicht alleine wäre, denn da sind ja noch die Tante Karola und der Onkel Rudolf und der Boxerhund Goldi, wer also wollte da eindringen in dieses wohlbewachte Haus und etwas Böses im Schilde führen? Man weiß es nie, denn der altböse Feind hat immer noch nicht ganz ausgespielt in Beas Träumen, obwohl er nun einen Vor- und einen Zunamen hat und Adolf Hitler heißt. So fühlt sie sich doppelt und dreifach wohl geborgen bei Paula in dem schönen Schrankbett ihrer Schwester, die gerade eine Ausbildung macht als Krankenschwester und deshalb nicht zu Hause schläft. Paulas Familie ist fromm. Vor dem Essen, nach dem Essen, wenn die Kinder bei Regen und Dunkelheit aus dem Haus gehen müssen, wenn sie heil wieder zurückkommen, wird gebetet. Die Mutter gibt dem lieben Gott kurze eindeutige Hinweise, auf was er bitte achten müsse, und er tut es auch. Bea ist begeistert von dieser Art der Frömmigkeit, die mehr mit dem täglichen Leben zu tun hat als das, was sie von Martin kennt. Es ist sehr interessant, so weit in eine andere, unbekannte Familie einzudringen, und alles, was Bea beobachtet, erzählt sie auch zu Hause. Dass es zwei wunderschöne, blitzsaubere Zimmer gibt, in die man eigentlich nie hineingeht. Das ganze Familienleben, das sich hauptsächlich auf ein Zusammenleben der weiblichen Mitglieder beschränkt, findet in einem gemütlichen, der Küche angegliederten Raum statt, in dessen Zentrum ein langer Tisch steht, rechts und links davon zwei eingebaute Sitzbänke. Im Garten gibt es eine zweisitzige Schaukel und ein Klettergerüst, einen kurzgeschorenen Rasen und ringsum wie mit dem Zirkel gezogene Beete, wo Kopfsalat und Endiviensalat sprießen, Erdbeeren und Möhren. Paulas Vater ist unsichtbar. Aber wenn er zu erwarten ist, dann gehen alle auf Zehenspitzen.

Es gibt einen großen Raum unterm Dach, hell und voller eingebauter Schränke, darin Kleider und Schuhe, eine Fundgrube um „Verkleiderles" zu spielen. Unter den Fenstern stehen lange Tische, darauf eine Nähmaschine und Zuschnitte von Stoff, Körbe mit Wolle, kleine Knopfkistchen, Haken und Ösen, Gummiband in allen Stärken, Nadelkissen, Messbänder, Fingerhüte, Strick- und Häkelnadeln, dünne, dicke, kurze, lange, aus Holz, Metall, aus buntem Plastik. Herrlich! Und dann gibt es da oben einen Märklinbaukasten mit gelochten Eisenstangen, groß und klein, mit Schrauben und Muttern, mit Gelenken, Rädern, Spindeln, Naben. Wunderbar! Bea wird unkompliziert aufgenommen und einbezogen in die Frauenfamilie.

Auch Anna, Paulas älteste Schwester, ist also sehenswert, staunenswert heute und hier im großen Saal, wo sie ihr Abschlusszeugnis erhält und damit endgültig hinaustreten wird ins Leben der Erwachsenen. Für sie hat Bea ihre Plaudereien kurz unterbrochen, klatscht eifrig Beifall, als Anna mit ernster Miene in ihrem schönen schwingenden schwarzen Seidenkleid auf die Bühne schreitet, die Papiere in Empfang nimmt und sich dann hoheitsvoll umwendet, wieder auf ihren Platz geht. Dann nimmt Bea ihre wichtigen Flüstergespräche wieder auf.

Da, plötzlich wird sie angestoßen, von rechts, von links. Du, du, du, du musst zum Direktor gehen, los. Sie drängelt sich durch die Chorkinder und steht vor ihm, schaut auf zu dem großen Mann, sucht hinter den blitzenden runden Brillengläsern seine Augen um zu wissen, wie er's mit ihr meint, nimmt das Buch in Empfang, das er ihr entgegenstreckt, und seinen Glückwunsch, einen Preis für gute Leistungen, schaut hinunter ins Publikum und sieht die Mama und die Oma mit vorgehaltenen Taschentüchern heiße Tränen weinen.

Ach, da kann man mitten zwischen fröhlich schwatzenden und scherzenden Kindern stehen und sich seines Lebens erfreuen und denken, es ist alles gut, und so wird man wieder draufgestoßen, dass das Glück, wo immer es kommt, unvollkommen ist, bei uns jedenfalls, in unserer unnormalen Familie.

Auf dem ganzen Heimweg kämpfen die beiden Frauen mit ihren Tränen und Bea blickt weg von ihnen, würde am liebsten nicht zu ihnen gehören, weil die anderen Leute in der Straßenbahn dieses Schauspiel mit weit offenen Augen bestaunen und Bea sich dafür schämt.

„Wenn das der Martin noch erlebt hätte! Er hat immer gesagt, sie ist nur Durchschnitt, aber nein, das ist sie nicht."

Elisabeth ist zerrissen zwischen Freude und Schmerz und weint nun die Tränen, die sie sich sonst versagt.

Isa ist froh, dass sie das Kind gut über die erste Runde gebracht hat. In der Sexta muss noch alles auf Eins und Zwei sein. Das erwartet sie von ihrer Tochter. Sie atmet tief durch, versucht, sich zu fassen, und lässt die letzten Monate Revue passieren.

Pläne hatten sie geschmiedet, umziehen wollten sie in eine andere Stadt und es wäre vielleicht gut gewesen, wenn die Mutter einmal aus der Zwickmühle zwischen Schwester und Ehemann herausgefunden hätte. Das hätte Isa ihren Eltern gegönnt, eine kleine letzte Zeit der innigen Zweisamkeit. Richard auf einem gut bezahlten Posten, sie selbst hätte aufgehört zu arbeiten, und dann vielleicht hätte sich ihr Wunsch nach einem zweiten Kindchen noch erfüllen lassen.

Nun war Richard zurückgekehrt, allerdings auch hier mit besseren Bedingungen. Aber sie würden weiterhin feststecken in der Vergangenheit, die Mutter und ihre Schwester waren einander nähergerückt als je zuvor, verbunden in Sorgen und Kummer, einander noch einmal wichtige Stütze, Halt, weil der andere Halt weggebrochen ist, der Ehemann.

In einer Winternacht kurz nach Martins Tod hatte Richard ihr auseinandergesetzt, dass er kein weiteres Kind wollte.

Aber warum denn nur?

Er wolle jetzt ein bisschen teilhaben am Wohlstand, er wolle in Urlaub fahren und sich dies und das gönnen. Endlich ein eigenes Wohnzimmer, eine Waschmaschine, ein Fernsehgerät.

„Nein", sagte sie da schnell, laut und fast grob, „kein Fernsehgerät!"

Also gut, kein Fernsehgerät. Da ist auch noch etwas anderes.

Ja, was denn, um Gottes Willen?

Der Onkel Rudolf, der habe ihm einmal gesagt, sie müssten froh sein, dass sie ein gesundes Kindchen bekommen hätten, denn was man Isa im Institut habe arbeiten lassen, hätte man einem arischen Mädchen nicht zugemutet. Die Dämpfe ...

Isa schweigt. Was soll sie davon halten? Ihr Mann ist ein Geschichtenerzähler, einer, der um einer guten Pointe willen die Wahrheit knetet und dann selbst an seine Versionen glaubt, sie sogar immer wieder umverwandelt, je nachdem, welche Wirkung er bei seinem Publikum damit hervorrufen kann. Sie will und sie kann das nicht diskutieren. Sie fühlt sich schachmatt gesetzt.

Nun gut! Dann wird sie sich eine neue Arbeit suchen. Eine Halbtagsstelle, damit sie am Nachmittag Zeit für ihre Mutter und ihr Kind hat, der Mutter aber ihren angestammten Platz im Haushalt nicht streitig macht.

Jeder drehte sich nach diesem Gespräch auf seine Seite des Bettes. Richards Atemzüge wurden ruhig und tief in Sekundenschnelle, aber Isa lag noch lange wach.

Eine Stelle als Anwaltssekretärin in einer Kanzlei ganz in der Nähe wurde angeboten in der Zeitung und soll man darin wieder einmal einen Wink des Schicksals sehen?

So verlassen sie also täglich zu dritt jeden Morgen das Haus, Richard, Isa, Bea, und überlassen es der Mutter. Elisabeth kann ihre Zeit einteilen nach Belieben. Sie übernimmt den kleinen Einkauf, das Kochen, sie pflegt die nachbarschaftlichen Kontakte, sie beaufsichtigt die Putzfrau. Sie kocht die Lieblingsgerichte ihrer „Kinder", am Freitag Fisch und zum Wochenende backt sie einen Kuchen. Sie führt mit der Schwester viele kleine Gespräche über den Alltag, den es zu bewältigen gibt und der Karola nun an die Grenze ihrer Kräfte und Möglichkeiten bringt.

Elisabeths Nachmittage werden von Isa angefüllt mit Programm: Schwimmen gehen im schönen Tullabad, zur Ausleihe in die Stadtbibliothek. Die Mutter soll auf andere Gedanken kommen und dem Kind soll eine Unterhaltung geboten werden.

Man hat sich andere Ärzte gesucht, auch die konsultiert man gemeinsam, sitzt stundenlang im überfüllten Wartezimmer und studiert die Leute ringsum, daraus ergibt sich Gesprächsmaterial für den Heimweg.

Man hat die Rüppurrer Friseure ausprobiert, sich schließlich für den in der nahen Löwenstraße entschieden. Lässt sich dort schneiden und Wasserwellen legen, Elisabeth lässt ihr Haar tönen und ärgert sich über die Farbblindheit des Herrn Körner, gibt ihm aber eine zweite Chance. Bea erhält einen modernen Kurzhaarschnitt, weg mit dem Haarklämmerchen, weg mit der Tolle.

Das Leben wird jeden Tag neu erfunden. Jeder tut das auf seine Weise.

Elisabeth sitzt oft am großen Tisch, hat jetzt immer eine Lesebrille auf, durch die ihre Augen noch größer werden, und beschäftigt sich mit all dem, was sie aus den vielen Fächern von Lises Sekretär hervorholt. Nachdem Isa die Mutter beobachtet hat, wie sie im Gästebuch ihrer Eltern las, es auseinanderfaltete und nach so vielen Jahren wieder eine Eintragung vornahm, fragte sie: „Was trägst du ein?"

„Ich versuche, mich an das Gedicht zu erinnern, das Martin zur Hochzeit seiner Schwester vorgetragen hatte."

„Wann war das?"

„Im Jahr 1896."

Da spürte Isa, wie schmerzlich die Mutter immer noch unter der sozialen Isolation litt, für die es nun doch keinerlei Gründe mehr gab. Warum sollte man nicht so wie einst ihre Großmutter Lise „Gesellschaften" haben, Leute einladen, kleine Menus zusammenstellen, vielleicht Musik dazu?

Man begann mit der gleichzeitig verwitweten Nachbarin, der neuen Bekanntschaft, die man auf dem Friedhof gemacht hatte, und nahm dazu Lischen und seine unnormale Frauenfamilie, die schöne Mama und die „fast russische" Oma. Sie brachten rosarote Nelken mit Asparagus und Pralinenschachteln mit Schnapsbohnen. Das Begrüßungsritual dehnte sich ebenso wie das Abschiednehmen, endlos. Mäntel ausziehen, ebenso Hüte, Schals, Handschuhe, Schirme versorgen, vor dem Gehen alles retour! Bea beobachtet genau die Handbewegung, mit der die Besucher zunächst ins Biedermeierzimmer „gebeten“ werden, wie sie sich setzen mit steifem Rücken auf das dunkelgrüne Samtsofa und nach einem großäugig abschätzenden Rundumblick die schönen Bilder ringsum loben, sich erklären lassen, was man darauf sieht.

„Oh, ja, alles von meinem Vater gemalt“, kann Elisabeth sagen und ihr Lächeln wärmt Isas Herz. Dann wird ins Esszimmer gebeten und umständlich über das Wo-Sitzen befunden, dann lobt man auch hier wieder Geschirr und Tischwäsche im Einzelnen und bringt damit Elisabeth ein bisschen in Verlegenheit, weil das zu viel, nicht ganz comme il faut ist. Ihre Mutter hätte über solches Gehabe die Nase gerümpft. Man konstatiert wortlos und kann sich später darüber unterhalten.

Zu viel Lob ist taktlos oder ungebildet. Das gibt Bea neue Wörter: Taktlos? Ungebildet? Und endlose Erklärungsversuche.

„Lasst sie das doch selber entscheiden, was sie taktlos und ungebildet findet“, sagt Richard, aber da geht er genau am Kern der Sache vorbei, denn, was taktlos und ungebildet ist, entscheidet nicht der Einzelne, sondern es ist vor dem Urteil des Einzelnen schon gesetzt. Für ihn gilt überhaupt nur das Urteil des Einzelnen. Er vertraut auf die Vernunft einer eingeborenen Moral, die das Allerschlimmste verhindert, und mehr sollte man gar nicht wollen. Aber Richard spielt nicht mit bei dem neuen gesellschaftlichen „Ringelreihen“.

Die Frauen sind unter sich. Es wird aufgetischt: Suppe, Königinpastetchen mit Erbsen, ein Dessert aus Früchten mit einem Schuss Cointreau. Und noch tagelang können sie sich davon erzählen, ein bisschen auch den und jenen nachmachen, wie er dies oder das gemacht oder gesagt hat, und es ist in der Tat fast wieder so wie früher.

Ein Anfang ist gemacht. Man wird mutiger. Zu Elisabeths Geburtstag gibt es eine Gesellschaft mit zwölf Personen. Man hat den Tisch ausgezogen und sich Karolas Stühle ausgeliehen. Elisabeth hat nicht nur das gute Saschale, ihre Freundin aus den ersten Schultagen, sondern auch die Freundin Klara mit ihrer Tochter und deren kleinen Sohn eingeladen. Das hätte man Martin nicht zumuten wollen, denn Klaras Mann hatte „damals" eine Funktionsstelle als Beamter.

„Er war kein Nazi!", sagt Elisabeth.

„Aber er war Beamter, das heißt, er war in der Partei."

Sie will jetzt mal endlich, dass man ihr vertraut! Dass man dieses Abwägen weglässt. Isa zuckt die Schulter.

„Deine Entscheidung!"

Und in der Tat, Klara und Ute sind wirklich anständige Menschen. Der Bub, ein lieber Kerl. Die Ute zieht ihn mit Hilfe ihrer Eltern ganz alleine auf, über seinen Vater spricht man nicht. Man kennt sich schließlich schon so lange, ein Leben lang, ist sogar um einige Ecken herum verwandt miteinander, man weiß nicht genau wie, nur, dass. Und sie haben uns nichts angetan, das will Elisabeth betonen.

Es kommen auch Gegeneinladungen. Zu der jüngst verwitweten Nachbarin und ihrer Tochter, die aus ihrem Leben zu erzählen beginnen. Unter anderem müssen sie nun eine Mitteilung machen. Sie wohnen ja schon lange hier, und sie wissen doch Bescheid über das, was die Mayers erlitten haben, damals. Sie wollen ihnen also erklären, dass in ihrem Haus auch der Onkel wohnt, ein Bruder ihres verstorbenen Mannes. Sie legen dar, in welchem Maße dieser verstrickt war in die Verwaltung des „tausendjährigen Reiches" und wie schrecklich das für sie war, damals schon und heute immer noch. Aber er ist ein einsamer, kranker, alter Mann und hat sonst niemanden mehr. Außerdem gehört ihm die Hälfte dieses Hauses, rechtmäßig! Man muss ihn ertragen.

Nach diesem offenen Geständnis entwickelt sich aus der losen Bekanntschaft eine Nähe, die fast schon eine Freundschaft zu nennen ist.

Man ist nicht mehr isoliert, man webt ein Netz von Bekanntschaften, man hat Unterhaltung. Das Leben wird reicher und schöner. So kann man der Zeit die Stirn bieten, die auf Elisabeths Schultern die Jahre häuft, die ganz behutsam aus ihr eine ältere und schließlich eine alte Frau machen.

Das Gartentor

Die regelmäßig geschliffenen, abgelaugten und frisch gestrichenen hölzernen und schmiedeeisernen Gartenzäune gehen in Tore über, die man leicht überklettern könnte. Die meisten sind abgeschlossen, in der Nacht jedenfalls. Die Botschaft ist eindeutig: Bis hierhin und nicht weiter! Am Pfosten, der die feststehende Seite des Tores hält, diejenige, die von innen mit einer beweglichen Eisenstange gestützt wird, zu öffnen nur im Bedarfsfall, das heißt, wenn man den Leiterwagen durchschieben will, mit dem das Fallobst zum Mosten ins Dorf gekarrt wird, steht mit Kreide: „Guter Martin." Das heißt: Hier schickt man niemanden weg ohne ein Wort, einen Teller Suppe, zu löffeln hinten auf der Verandatreppe, oder auch mal eine Mark in die hohle Hand. Das macht man so, wenn und weil man selbst so viel Glück gehabt hat im Leben. Der Regen wäscht die unbeholfenen Buchstaben ab, und sie erneuern sich wie der Blutfleck des Gespenstes von Canterbury, mit dem Bea Bekanntschaft macht, als die Geschichten nicht mehr von den Großeltern, sondern von den Eltern erzählt werden, als Isa beginnt, sich für das zu interessieren, was ihre Tochter liest, und Einfluss nimmt darauf, weil lesen zwar das Sprungbrett zum Träumen sein kann, aber die Zeit für Träume ist kostbar, man darf sie nicht mit den falschen vertändeln.

Es gibt ein Richtig und ein Falsch. Oh ja! Und Isa weiß Bescheid. Sie wacht nun darüber, da Martin nicht mehr da ist, und strenger als er, unerbittlicher.

Dass Elisabeth sich in dieser ersten Zeit nach Martins Tod ab und zu an irgendeinem beliebigen Nachmittag eine Rosinenschnecke vom Bäcker Neff holt, dass sie sich dreimal nimmt beim Mittagessen, die doppelte Menge Butterbrote isst am Abend und alles Säume-öffnen und „Rauslassen“ nichts mehr hilft, sie ein, zwei, drei Kleidergrößen überspringt, ist falsch!

Die Schneiderin, Frau Kögler, lebt nicht mehr hier. Elisabeth ist vorübergehend hilflos. Karola kann auch nicht helfen, sie ging nie zu Frau Kögler, die hätte ihren Vorstellungen vom Besonderen, Eleganten niemals gerecht werden können, und sie braucht keine neuen Kleider. Diejenigen, die sie gerne hätte, kann sie sich im Augenblick nicht leisten, dann will sie lieber keine.

Isa weiß Rat: Sie zieht eines Tages einen dicken Katalog aus dem Briefkasten, legt ihn mit Knall auf den großen Esstisch: „Schöpflin Hagen“, das Versandhaus, bietet alles, was man braucht. Neue Bettwäsche, wenn sich die alte mit scharfem Riss in Lumpen verwandelt, neue Frottierhandtücher, die modernen, weichen, bunten und vieles mehr. Für den kleinen Mann, nämlich auf Ratenzahlung, und ja, warum soll man sich nicht dazu bekennen: Wir müssen „kleine Brötchen backen“. Richard und Isa lachen in Elisabeths weit offene Augen hinein: „Keine Angst, wir sind deshalb noch lange keine Kleinbürger!“

Ach Gott, Kleinbürger, Großverdiener, Neureiche, Flüchtlinge, Kriegsversehrte, Verfolgte, Heimgekehrte, keines dieser Etiketten sagt doch wirklich etwas aus über die Menschen, ihre Fähigkeit zu Anstand und Lebenstüchtigkeit zugleich, das heißt, dass sie sowohl dem Ich als auch dem Du Raum zu geben bereit sind, und das alles geht schon wieder ins Philosophische und wer sollte das wollen, nachdem Martin nicht mehr ist?

Bleiben wir also „auf dem Teppich“.

Das Studium des Katalogs ist ein interessanter Zeitvertreib. Man lässt sich die Formulierungen, die unter den adretten Mannequins mit den angewinkelten Armen und wie zu einem Ballettschritt angeordneten Füßen stehen, auf der Zunge zergehen: „elegant“ oder „fesch“ oder „sportlich-elegant“ oder „dezent“ oder „klassisch“ oder „modisch“ sind die Kleider, ihre Farben „zimt“, „lindgrün“, „brombeer“, „marine“, „umbra“, „ocker“. „Millefleur“ oder „Glencheck“, „Pepita“ oder „Hahnentritt“. Tagelang wird überlegt, bestellt wird erst, wenn Elisabeth es geschafft hat, wieder auf eine ihr angemessene Kleidergröße zu schrumpfen, was ihr mit Hilfe eines im Reformhaus erworbenen Quellpulvers gelingt, das sie tapfer trinkt, während sie ihrer Familie deren Lieblingsspeisen kocht. Vielleicht hilft es ihr auch, dass sie dort zur Verkäuferin, Frau Zentner, sagen kann: „Wissen Sie, ich habe nämlich meinen Mann verloren. Nach mehr als 40 Jahren Ehe, in guten und in schlechten Zeiten, verstehen Sie?"

Und dass Frau Zentner stumm nickt, weil sie versteht, weil sie auch jemanden verloren hat, den sie liebte, wie jeder, der über dreißig ist.

Ihre Sorgen um die Mutter kann Isa jetzt schon mit Bea besprechen, ist nicht mehr nur auf die seltenen Telefonate mit Freundin Ilse oder deren Antwortbriefe angewiesen.

Natürlich weiß sie, dass auch dieses exzessive Essen eine Form der Trauer ist, die vergehen wird. Sie hält an dagegen mit ihrem Beschäftigungsprogramm, will, dass die Mutter nicht im Erinnern oder im Verwalten ihrer gesundheitlichen Probleme, Krampfadern, Blutdruckschwankungen, Kreislaufstörungen, versinkt. Elisabeth soll auch diesen Lebensabschnitt bewusst leben, mit Genuss, mit Freude am Schönen, am Gelungenen, mit einem Gefühl für die positiven Veränderungen, die Erleichterungen des täglichen Lebens, die einer entspannteren finanziellen Situation entspringen.

Tante und Onkel stimmen zu, dass Richard und Isa Lolas Zimmer mieten und sich darin ein Wohnzimmer einrichten.

„Da lassen wir unsere Polstermöbel ganz nagelneu aufpolieren", sagt Richard und man sieht ihm an, dass er sich auf etwas freut. Die ganze Familie macht sich auf am Samstag, geht hinüber ins Dorf.

Im „Stockgässchen", mitten zwischen großen Nähmaschinen, Stoffballen, Rosshaar, Stuhlgerippen und Musterbüchern thront der gewichtige Sattler, neben ihm seine Frau, deren freundliches Lächeln im rotwangigen Gesicht die Kundschaft willkommen heißt. Wenn er sich von seinem Drehhocker erhebt und mit einem vorsichtigen Lächeln die Kundschaft begrüßt, merkt man, dass etwas nicht stimmt mit seinem Bein. Er trägt einen festen, quietschenden Stiefel und reibt sich beim Reden nebenher den Oberschenkel, es zuckt in seinem Mundwinkel. Der Schmerz! In einer Ecke des Raumes sitzt halb hinter einem großen „Kanonenofen" verborgen an einem kleinen Tisch ein Bub ungefähr in Beas Alter, vor sich sein Schulbuch und ein Heft, er kaut auf dem Bleistiftende herum und beobachtet neugierig die Ankömmlinge.

Der Sattler nickt Erkennen. Die Klumpps! Waren unter seinen allerersten Kunden, damals, als er hier seine Werkstatt eröffnet hatte und einen Burschen rumschickte mit Zetteln.

„Wir gingen spazieren, da kam der Bub und steckte uns das Blatt entgegen." Diese Hinweise scheinen für Bea gemacht zu werden, deren staunende Augen das bunte Durcheinander im Raum streifen.

Der Sattler ist ein wortkarger Mensch, aber Richard taut ihn schnell auf, indem er ein Bild betrachtet, ein graues Foto, mit einer gebogenen Nadel an die Wand gepinnt. Ja, das war Anfang '45, die Ju 52, kurz bevor er sich sein lebenslanges Andenken zugezogen hat – er klopft sich an sein Bein.

Die beiden Männer verlieren sich in einem Gespräch, das sie einkapselt in ihre Erinnerungen. Der Kontakt zur Gegenwart bricht ab, erst die zaghaften Einwände der Frau Sattlerin knüpfen ihn wieder an. Und es ist jetzt klar, dass der Sattler baldmöglichst die beiden Klappcouchs aufpolstert und neu bezieht, ganz nach ihrem Geschmack, in kleinen Monatsraten können sie abbezahlen, so wie damals oder so wie es ihr Geldbeutel erlaubt. Isa ist hoch zufrieden. Diese neu bezogene Klappcouch kann in der Nacht in ein Bett für Bea verwandelt werden, und sie wird dann endlich oben bei ihren Eltern wohnen.

„Nein, ich kann die Oma nicht alleine lassen", sagt die Tochter und dabei bleibt sie.

„Wir werden sehen", antwortet Isa und denkt, dass sie das Ergebnis dieses interfamiliären Kampfes schon kennt.

Hinter jedem Gartenzaun spielen sich solche Kämpfe ab. Zwischen Männern, Frauen und Kindern. Aber sie dringen nicht nach draußen. Wenn man den Garten verlässt, hat man Hüte auf dem Kopf, Taschen unterm Arm, ein Ziel vor Augen, eine offizielle Miene, man geht Arm in Arm und Hand in Hand, auch wenn es oft ein Klammern und Kleben ist, ohne Wärme, ohne Liebe, man hat eine spezielle, eine quasi öffentliche Gangart. Auch Kinder und Greise bewegen sich so, wie es ihrer Lebenssituation entspricht.

Gegenüber dem Haus der Mayer-Fischer-Familie, hinter dem wohlverschlossenen Zaun des Ruinengrundstücks, tut sich was. Viele Male haben Frau Reeb und ihr Sohn den Leiterwagen gefüllt mit altem Holz, Müll, Schutt, nachdem das Brauchbare längst schon geborgen war. Alles weggebracht, außer Sichtweite der Nachbarschaft, man weiß nicht, wohin. Und nun geht es andersrum. Nun werden neues Holz, neue Steine, Säcke mit Sand, Kies, Zement, Schaufeln, Besen, Pickel, Kellen herbeigefahren. Die Reebs bauen ein kleines Holzhaus, das sich an den hinteren Mauerrest anlehnt. Auf dem Dach erhebt sich ein Kamin, der raucht, weil Frau Reeb kocht, nachdem sie eingezogen ist. Ihr Sohn hat die andere Wohnung weiter vorne in der Straße übernommen, lebt jetzt dort mit seiner jungen Frau und seiner kleinen Tochter. Zu Frau Reeb aber zieht der „Onkel" ein, eine imposante Gestalt mit breitkrempigem Hut und einem Seidenschal, der ihn sofort als das ausweist, was er ist: Künstler.

Er ist Maler, hat einen „Namen" hier in der Stadt und er fragt an bei Lola, die gerade ihre Eltern besucht, ob er sie portraitieren dürfe.

Mit kritischem Auge verfolgen die beiden Töchter des ehemaligen großherzoglichen Hoftheatermalers Wolf das Entstehen des Kunstwerks. Es wird schön.

„Beinah' so schön wie das Bild, das unser Papa von der Mama gemalt hat, gell?"

Beinahe, ja!

Am Eckhaus zur Kleiststraße ist ein Zigarettenautomat angebracht worden. Fast jeden Abend wird Bea losgeschickt, um dort im Schein der Laterne für den Vater eine „Reval" zu ziehen. Manchmal sieht sie den Jungen aus dem neu erbauten Haus gegenüber, der gerade mit seinem Fahrrad losfährt. Ein Kind, nicht viel älter als sie, fährt abends los, in die Dunkelheit hinein. Bea staunt und grübelt. Einmal kommt er langsam zu ihr herüber geschlendert, baut sich breitbeinig vor ihr auf und sagt: „Schenkst du mir die Kippen?“

Bea sieht, dass ihm einer seiner Schneidezähne abgebrochen ist. Sein Grinsen macht ihr Angst. Sie stehen im Lichtkegel der Laterne, aber dann kommt die Dunkelheit. In Bea baut sich Ärger auf gegen den Vater, der sie in eine so unheimliche Situation gebracht hat, wenn auch nur indirekt, auf die Mutter, die ganze Familie, die sich ansonsten um jedes Lidflattern des „Kindes“ kümmern, so als ob sie nicht Bea wäre, sondern einfach nur „das Kind“, eine Art Fortsatz zu ihnen allen, um den sie besorgt sind, weil er ein Teil von ihnen ist. Und hier steht sie nun, abgekoppelt von ihnen und weiß nicht weiter.

„Hej“, hört sie es da rufen.

Aus dem Dunkel schlendert Hans hinzu. Langsam, so dass man jeden seiner Schritte knirschen hört, nähert er sich, seine Augen sind weit offen, hin und her sieht er, schaut in ihre Augen, schaut auf den anderen Jungen.

„Was willst du von ihr?“

„Nichts.“

„Dann lass sie ihn Ruhe!“

Die Zahnlücke blitzt auf, der andere Junge bewegt sich nicht von der Stelle, er grinst.

Jetzt fürchtet sich Bea mehr davor, dass die beiden anfangen könnten, aufeinander loszugehen. Und so sagt sie schnell: „Geht nicht. Die sind für meinen Vater.“

„Verstehe! Sei froh, dass du einen hast“, sagt der Junge.

Da legt Hans seinen Arm um Bea und zieht sie weg, geht mit ihr die wenigen Schritte bis vor das Gartentor, lässt sie dann wortlos stehen und verschwindet.

In dieser Nacht und in vielen Nächten träumt Bea diese Szene immer wieder. Sie weiß schon genau, was kommt, kennt allmählich jede Bewegung und dennoch steht sie wie unter dem Zwang, etwas zu verstehen, was ihr entgangen ist. Sie nimmt sich vor, besser aufzupassen, wenn sich der Traum wiederholt. Immer wieder die Augen des Jungen auf sie gerichtet, seine Zahnlücke, das schmuddelige Hemd, das auf einer Seite aus dem Hosenbund heraushängt und daneben den adrett gekleideten Hans. Hans' Arm um ihre Schultern. Jetzt erst im Traum das große Glück, ihm so nah zu sein. Und dann lässt er sie stehen und geht.

Bea spricht mit Werner über den Zahnlückenjungen, weil sie ihn eines Tages mit ihm Ball spielen sieht, und daraus wird ein allgemeines Gespräch über Väter. Es gibt außer den anwesenden, im Verborgenen auf ihrer feierabendlichen Ruhe bestehenden, aber doch immerhin existierenden Vätern auch da und dort tote Väter, sie sind „gefallen". Manche sind „vermisst". Die beiden Kinder überlegen, was das bedeuten mag, denn inzwischen wissen sie, dass der Krieg schon mehr als 15 Jahre vorbei ist. Werner erzählt vom Vater eines seiner großen Freunde, der ..., er wagt es nicht auszusprechen, sondern nimmt einen Stock und zeichnet ein merkwürdiges Kreuz mit abgewinkelten Enden in den Sand. „Verstehst du?", flüstert er Bea zu. Sie nickt.

„Und als die Franzosen kamen, hatte der sich versteckt mit seinem Gewehr. Das wollten sie ihm abnehmen, aber er wollte es nicht hergeben. Da haben sie ... ", Werner legt eine Hand an sein rechtes Auge, kneift das linke zu, winkelt die Finger ab und zeigt nur mit dem Zeigefinger auf Bea: „Paff! Verstehst du?"

Bea nickt wieder und versteht gar nichts. Sie überragt Werner jetzt um Haupteslänge, da kann sie doch nicht eingestehen, dass er mehr weiß als sie, auch wenn er irgendwann einmal ein Mann sein wird und sie „nur" eine Frau.

Sie fragt die Eltern und erhält lange umständliche Erklärungen! Sie sind verwirrend, verstörend. Es ist klar, dass die Eltern sich nun Mühe geben, keine Geheimnisse mehr aus der Realität zu machen. Aber Beas Vorstellungen sind zu unbeholfen, um zu befriedigenden Erkenntnissen zu führen. Sie ahnt, dass es stimmt: Sie ist noch zu klein um zu verstehen. Dennoch ist ihre Welt nicht mehr nur eitel Sonnenschein. Nach und nach erkennt sie Schatten, Grauzonen und schwarze Löcher. Die Menschen und die Dinge nehmen neue Konturen an. Bea ist nun oft zufrieden, hinter ihrem Gartenzaun in Sicherheit zu sein.

Und zugleich ist sie auch froh, jetzt hinaus zu dürfen aus dem Garten, um mit Werner auf der Straße Federball zu spielen, 631-mal hin und her ohne fallen lassen, zu Karin, deren Mutter sie sogar einmal zum Mittagessen einlädt. Zu Grießbrei mit Zimtzucker und Birnenkompott. Karins Mutter deckt den beiden Mädchen den Tisch, bedient sie als wären sie Prinzessinnen, alles tut sie konzentriert und wortlos.

Karins Augen strahlen. Bea hat eine Ahnung von ihren Gedanken, weil sie einander schon so lange kennen und so gern haben und einander so viel verdanken; viele Kämpfe gegen Langeweile und Einsamkeit haben sie Seite an Seite ausgefochten. Es scheint, dass Karin sich nun einmal revanchieren will für jede einzelne Haselnuss, jeden Wackelpudding, jedes Erdnussbutterknäckebrot, das sie jemals bei Elisabeth genossen hat. Und bald darauf wird klar, dass das ein Abschiedsessen war, denn Karins Familie zieht um in ein fast eigenes Häuschen in die Gartenstadt.

Zu gleicher Zeit verlassen auch Hans und Hilde die Lebrechtstraße. Ihre Eltern haben in Durlach ein eigenes Haus gebaut.

„Ach, der schöne Hans ist fort. Und du warst doch so verlippt in den, kleines B, stimmt's?“, das kann die Tante Karola sagen.

Bea kneift die Lippen aufeinander und wendet sich beleidigt ab.

„Das meint sie nicht böse, die Karola, die neckt dich nur“, so beschwichtigt Elisabeth ihr Enkelkind und streichelt ihm den Rücken, sachte, sachte, bis es sich an sie kuschelt und bei ihr Trost sucht in ihrem guten, lieben, schweigenden Einfach-nur-da-sein.

Vorsichtig vergrößert Bea ihren Aktionsradius, besucht auf eigene Faust Lischen und ihre Frauenfamilie, macht dort ein „Besüchle“, wird formvollendet empfangen, begrüßt, nach ihrem Befinden gefragt und mit Grüßen versehen wieder nach Hause geschickt. Ganz komilfo war das. Elisabeth lächelt und nickt und will nur haben, dass Bea nicht weiter geht als bis zum Pfannkuch an der einen Ecke, zum Bäcker Neff an der anderen, dass sie sich abmeldet, nicht zu lange bleibt und sich wieder zurückmeldet, nicht anschließend dort bei den Schildkröten in Nachdenken und Beobachten versinkt bis in die Dämmerung hinein.

So entdeckt Bea auch Giselas Indianerzelt in ihrem wunderschönen wildromantischen Blumengarten, in dem sich „Jungfrau im Grünen“ und „Sonnenauge“, „Zynien“, „Phlox“ und „Rittersporn“ darum streiten, am schönsten zu sein.

Bea ermuntert Werner mitzukommen, aber nach nur einer Stippvisite ist dieses Kapitel für ihn erledigt, weil es sich dort um eine reine Weibersache zu handeln scheint. Beas Neugier und eine unaussprechbare Verzauberung sind stärker als ihre Angst, nicht erwünscht zu sein, ihre Verlegenheit, nicht das Richtige tun zu können, weil sie vergeblich versucht hat, im Winnetou-Buch zu lesen, das Isa ihr aus der Stadtbibliothek mitbrachte. Es war so langweilig, sie schaffte nicht mehr als zehn Seiten.

Aber hier nun bei Gisela, die eigentlich „Old Shatterhand“ heißt, lernt sie das Wichtigste schnell durch scharfes Hinschauen, weil Richard ihr das Nötigste erklärt, wenn sie sich abends neben ihn setzt auf die Verandatreppe und sich am herrlichen Papaduft, dem unverwechselbaren Gemisch aus Zigarettenrauch und Rasierseife, ergötzt.

Ja, er hatte alle Bände. Die mit den grünen Ledereinbänden! Ein Schatz war das! Und als er zurückkam aus dem Krieg, da waren sie weg! Die Eltern hatten sie verscherbelt, weil sie das Geld brauchten für die Medikamente der Mutter. Wenn Beas Vater erzählt, muss man sehr vorsichtig sein. Am besten keine Fragen stellen, sonst zuckt er zurück, verzieht sich wie eine Schnecke in ihr Haus. Es ist ganz anders als bei der Mama, die erst richtig in Fahrt kommt, wenn man ihr Fragen stellt oder bei Elisabeth, die herumdruckst, weil sie nie so richtig weiß, ob man das dem Kind schon erzählen kann oder ob es noch zu früh ist dafür.

Old Shatterhands allerbester Freund ist Winnetou, ein Mädchen, das gerade erst nach Karlsruhe gezogen ist. Die beiden „Blutsbrüder“ gehen in die Lateinklasse, die A-Klasse. Diese Tabea-Winnetou sieht wirklich aus wie ein Indianer. Sie hat dunkle Haut und schwarze Haare und sie beherrscht sehr gut den wilden Kriegstanz der Sioux, schüttelt dabei mit ihrem Kopf, so sehr, dass sich die Federn aus ihrem Stirnband lösen, verdreht die Augen, summt aus dem Bauch heraus, sie ist nicht mehr in einem Zelt hinter der Garage, in einem Blumengarten, in der Lebrechtstraße, in einer Karlsruher Vorortsiedlung, sie ist irgendwo in der Weite des amerikanischen Landes, unter einem freien Himmel. Neben ihr steht ihr Pferd, auf das sie gleich springen wird, es hat keinen Sattel, es ist ungebärdig und pfeilschnell und hört nur auf sie, auf Winnetou.

Bea ist fasziniert. Ebenso wie all die anderen Indianer und Indianerinnen, denen man nicht ansieht, dass sie es sind, die doch immer noch aussehen wie eine bunt gemischte Kinderschar aus der Nachbarschaft, Buben, Mädchen, größere, kleinere, die kommen und bleiben, bis die Abendglocken läuten und das heißt, dass sie zum Essen am heimischen Tisch erwartet werden, weil ihre Väter sie dann sehen wollen, mit sauberen Händen und bereit, artig zu antworten auf die Frage, ob sie die Hausaufgaben schon gemacht haben, wie lange sie Klavier oder Geige geübt haben und wann die nächste Klassenarbeit geschrieben wird.

„Hej du", sagt Tabea irgendwann einmal, „was starrst du eigentlich so? Bist du ein Spion?" Warum fragt sie ausgerechnet Bea? Sie hat plötzlich einen unangenehmen, abweisenden Ton. Gerne würde Bea ihr etwas erwidern, in eben diesem harschen Ton, stattdessen schüttelt sie nur den Kopf. Sie fühlt sich sehr unbehaglich, aber sie kann nicht aus sich raus, es hilft nichts, außer zuschauen kann sie nichts beitragen. Ein paar Mal geht sie noch dorthin, dann sucht sie sich etwas anderes zur Unterhaltung.

Bea ist auf der Suche, seit sie Johanna verloren hat.

„Das ist doch kein Problem", behauptet die Mutter, „wir werden schon Unterhaltung finden für dich."

Am Sonntag setzen sie sich zusammen an Elisabeths Esszimmertisch, sie nehmen sich ein Karoblatt, einen Bleistift, ein Lineal, „fabrizieren" einen Wochenplan und füllen in jeden Tag eine Unternehmung ein.

Sie gehen zu dritt auf den Friedhof, zu Hedwig und Berta, ins Schwimmbad, in die Stadtbibliothek, zu Isas Jugendfreundin Marie Luise, die sich einen Fernsehapparat gekauft hat und diese neue Möglichkeit der Unterhaltung gerne teilt. Sie gehen auch in den Schlossgarten, da zeigt Isa ihrer Tochter, wie sie als kleines

Mädchen Hüpfspiele machte. Sie zeichnet das Karree in den Sand und nimmt einen Stein, murmelt dabei die Hüpfverse: „Eins, zwei, drei, Mitternacht vorbei, vier, fünf, sechs, weg du alte Hex, sieben, acht, neun und zehn, Morgenrot gesehn, elf, zwölf, Halt, heiß oder kalt, Prinz, Ross und Kron, Liebe ist dein Lohn."

Liebe! Ja!

Die Liebe, von der weiß Bea noch sehr wenig und doch hat sie das Gefühl, dass sie der Schlüssel ist zu vielen Geheimnissen, die die Erwachsenen verstehen, einfach nur deshalb, weil sie erwachsen sind.

Wann wird man das sein? Erwachsen?

Ist Johanna schon erwachsen? Ist es das, was sie getrennt hat? Dass Bea es noch nicht ist, immer noch das kleine B ist? Noch keine Pubertät hat?

Da zieht Isa ihre Tochter auf eine Bank unter die alten Bäume, die schon die kleine Isa und vielleicht schon die kleine Elisabeth gesehen haben.

„Pubertät, Pub ..., Pupp, Puppertät. Das ist so: Du weißt doch, dass die Raupe sich einwickelt in Fäden, zu einem Knäuel verpuppt und dann innendrin in diesem Knäuel etwas passiert, dass nämlich die Flügel wachsen, die Farben auf den Flügeln entstehen, die Fühler, die Beine werden lang und dünn und dann eines Tages schlüpft der Schmetterling heraus."

Wenn die Erwachsenen sich auf die Tierwelt zurückziehen, kann man nur noch Mitleid und Geduld mit ihnen haben. Immerhin spürt Bea, dass ihre Mutter sich gut unterhält, indem sie sich um ihr Kind kümmert. Und wenn jeder in einer Familie für den anderen zu etwas nutze sein muss, dann nimmt sie das hin und wird in Zukunft eben das Beste daraus machen.

Die Liebe ist eine Himmelsmacht

Wie einst ihre Großmutter Lise Wolf, so entwirft Isa ein Konzept für ihre Familie: Wir, das heißt Richard, Isa und das Kind machen jeden Abend einen Spaziergang „ums Karrée". Da entsteht ein Frage- und Antwortspiel, Meinung und Gegenmeinung als Angebot für Bea, die jeden Tag etwas Neues wissen will und lange braucht um zu erkennen, dass es außer dem, was sie hört, noch viele andere Ansichten gibt zu immer derselben Sache.

Wir – das heißt immer noch: Elisabeth und Bea – gehen sonntags in die Kirche zu Pfarrer Schulz, zu Schwester Pauline. Gehen auch zum Gebet am Wochentag ins Gemeindehaus oder wenn dort ein Missionar aus Afrika Dias zeigt, oder wenn ein Film vorgeführt wird. „Die Herberge zur siebten Glückseligkeit" sehen sie zusammen, dort mitten unter anderen Frauen, Männern und Jugendlichen der Gemeinde, beim leise rasselnden Geräusch des Filmvorführgerätes und in immer stickiger werdender Luft. Die wunderbare, von Elisabeth hoch verehrte Ingrid Bergmann, die in Hollywood geschmäht wird, weil sie aus ihrer Ehe ausgebrochen ist, um Roberto Rosselini zu heiraten, dem sie sich in leidenschaftlicher Liebe hingab. Neben ihr Curd Jürgens, als Halbchinese geschminkt, ein Paria, der sich aus jeglicher Gemeinschaft verdrängt fühlt, der durch die Liebe der zunächst unscheinbaren, aber doch mutigen und mit bewundernswerter Hartnäckigkeit gesegneten Ingrid Bergmann ins Leben hinein gerettet wird. Elisabeth spiegelt sich in den beiden, der Darstellerin und der dargestellten Person, Bea ahnt, was für merkwürdige Wege die Liebe sich suchen kann. Großmutter und Enkeltochter gehen nach Hause durch die

Dunkelheit, durch das „Totenwegle", am schlummernden Garten des Krankenhauses entlang und reden flüsternd über die Liebe.

Heißt Liebe nicht, Zusammensein-und-bleiben-wollen, um jeden Preis? So hat Bea sich das gedacht.

Ah, so geht das nicht unbedingt; die Welt, die Geschichte, die Literatur sind voller Beispiele, dass das nicht immer gelingt, meint Elisabeth. Mein Gott, wo soll man denn anfangen, wenn man diesem Kind, das bald keines mehr sein wird, die Liebe erklären will? Man darf es doch nicht erschrecken, indem man von all dem Schwierigen erzählt, in das man sich stürzt, wenn man liebt. Man müsste die richtigen Worte finden, um es zu warnen, dass es sich nicht verführen lässt durch den schönen, gelackten Schein, der manchmal dazu verlockt, sich die Liebe einzubilden und dann löst sich alles auf zu einer hämischen Fratze oder in einem schwarzen Nichts. Man muss dem Kind Mut machen, sich auf die Liebe einzulassen und ihm den Rücken stärken, dass es Fehlschläge hinzunehmen bereit ist, dass es die Zuversicht nicht verliert zu immer neuen Versuchen, wenn es scheitert, und muss nicht jeder einmal mindestens scheitern, bis er den Richtigen findet? Manche behaupten auch, dass es den einen Einzigen nicht gibt. Elisabeth lässt das nicht gelten. Martin und sie waren füreinander bestimmt, irgendwo im großen Plan des Unbekannten, den man manchmal Gott und manchmal Schicksal nennt, stand alles fest, bevor es geschah. Wenn sie das so sagte, dann brächte sie möglicherweise ihren Schwiegersohn gegen sich auf. Aber sie würde ihm die Stirn bieten, würde darauf beharren, so habe ich es erfahren. Würde allenfalls einräumen, dass Verliebtsein nicht mehr als eine Behauptung ist, ein Spiel mit Möglichkeiten, und die Liebe erst eine Chance hat, wenn man Ja sagt, wenn man Schritt für Schritt nebeneinander weitergeht.

Bea liebt es, wenn die Oma nachdenklich wird, herumdruckst und dann diese schönen Sätze sagt, die aus ihren Romanen stammen könnten: „Man spürt es, wenn man füreinander bestimmt ist."

Sie sind viel schöner als das, was die Mama sagt: dass man einander sympathisch sein muss, gemeinsame Interessen haben sollte, Verständnis füreinander.

Wir, das heißt immer wieder alle vier, spinnen uns ein in Episoden und Geschichten, die gedreht und gewendet werden, die in verschiedenen Verkleidungen daherkommen, bis das Wahre unter allem Schein durchschimmert, das bleiben kann und bleiben wird bis heute.

Isa blickt nach vorne, neugierig, aufmerksam, manchmal angestrengt. Wenn das Kind nach dem Teil der Vergangenheit fragt, der nur hier im Kreis der Familie zur Sprache kommen kann, dann erzählt sie so, dass Bea daraus brauchbare Erkenntnisse gewinnen kann für die Gegenwart oder die Zukunft.

Sie sagt: „Denk daran, auf solchen Beinen sind unsere Vorfahren 40 Jahre durch die Wüste gewandert und schließlich im gelobten Land angekommen!“, wenn Bea traurig ihre nicht eben geraden, aber kräftigen Waden im Spiegel betrachtet.

Seine Frau „gehe aufs Ganze“ meint Richard, sie beschwöre alles, wovon sie Unterstützung für den Alltag erwartet. Sie denke, dass sie Energie für fünf Personen aufbringen müsse, weil sie glaubt, die einzige Starke zu sein.

Und in der Tat, es gibt nur wenige Augenblicke, wo auch Isa schwach wird.

Immer wieder am 22. Oktober.

Gurs hieß das Lager, in das man die badischen Juden brachte. Sie redet sich heiß, sie tobt und weint, zornig und verzweifelt. Stolz einerseits und Hass und Fassungslosigkeit andrerseits bemächtigen sich an diesem Tag ihrer Gedanken und ihres Gemüts. Aber nur zu Hause, nur im engsten Kreis ihrer kleinen Familie.

Nach draußen trägt man eine gefasste, eine fröhliche, freundliche, eine normale Miene. Und so machen es die anderen auch. Die Nachbarin, die Mutter des kürzlich erst geweihten Priesters, versucht, den Hass im Gebet zu ertränken. Sie hofft, dass auch ihr Sohn, der nun ganz im Dienste der Kirche steht und es dort nicht einfach hat, weil man seine neuen Ideen nicht mag, weil man eigene Ideen dort überhaupt nicht mag, sie hofft, dass auch dieser Sohn durch seinen Dienst an den Armen und Schwierigen, den er sich als Weg ausgesucht hat, hilft, den Hass zu verbrennen.

Olly Goyert hat sich eine neue Nische gesucht für ihren Kampfesmut, ihren Einfallsreichtum, für ihre Energie, für den

Wunsch, anderen zu helfen. Sie ist sehr beschäftigt, baut mit wenigen Getreuen zusammen ein Netzwerk auf für die Unicef in Karlsruhe und wird deren erste Vorsitzende. Das hört sich großartig an, aber wie sieht es aus?

Schon im Oktober bringt man ihr die Pakete mit den schönen, aber teuren Weihnachtskarten und Kalendern, die sie dann anbietet – leicht ist es nicht, die Menschen davon zu überzeugen, dass es angebracht wäre, in der Zeit des Wirtschaftswunders ab und zu ein bisschen Gutes zu tun, auch wenn es Geld kostet –, die sie dann verkauft, verteilt, eigenhändig.

„Heute, wenn ich zurück bin von der Arbeit, gehen wir zur Olly", sagt Isa am frühen Morgen schon.

Mit Isa ist es kein Pilgern. Sie „zwitschern" zusammen los, Mutter und Kind, Hand in Hand im Gleichschritt. Elisabeth steht am Fenster und schaut den beiden nach, die fast hüpfend losziehen Richtung Straßenbahn. Die schönen, schlanken, eleganten gelben Wagen mit dem breiten roten Band kommen nun bis hierher nach Rüppurr, fahren sogar weiter noch bis nach Ettlingen nämlich, dort erst steigt man dann um ins „Bähnle".

Ja, die Olly! Isa erzählt, während sie nebeneinander sitzen im modernen Großraumwagen oder breitbeinig auf dem Drehgelenk stehen, das sich unter ihren Füßen bewegt, wenn es um die Kurve geht, sie erzählt immer noch, wenn sie aussteigen und zum hohen grauen Wohnblock eilen, in dem die Olly wohnt, die sie fröhlich empfängt, die schüchterne Bea gleich mit einbezieht in ihre Herzlichkeit: „Ja, des is schön, die Isa und ihr Schatzerl."

Sie werden in die Küche gehen, denn Olly heizt vorerst nur dort, warum auch sollte sie das Wohnzimmer heizen, wo die schönen alten Möbel stehen, die Bücher, der siebenarmige Kerzenleuchter, alles, alles, was an eine bessere Zeit, an die Zeit, in der sie noch eine Familie waren, Vater, Mutter und zwei Söhne, erinnert. Erinnern ist gut, aber man muss doch vor allem in der Gegenwart leben!

Olly hat kleine mit Sardellenpaste dünn bestrichene Schwarzbrotschnittchen vorbereitet für die Isa: „Gell, Isa, die magst doch immer noch!"

O ja, die mag sie noch und dass die Olly sich das gemerkt hat, lässt Isa zunächst verstummen, sie muss schlucken, sie reibt sich in den Augen, sie lehnt sich an ihr Kind, sie ringt mit den Erinnerungen, mit der Dankbarkeit, mit der Rührung. Aber die darf nicht aufkommen, das lässt Olly nicht zu. Ein bisschen zurückdenken vielleicht, einmal sagen: „Ja weißt Isa, das hätte ich doch niemals gedacht, dass ich mal einen Christen heiraten würde, damals! Und dann hat er mir beim Überleben geholfen. Mir und unsern Buben auch." Sie wird auch eine kleine Weile lang still, sie nickt, schaut irgendwohin, sieht dort etwas, wölbt ihre Brauen, macht Platz für die vielen Gedanken, die nicht ausgesprochen werden sollen, nicht hier, nicht heute, heute wollen sie sich freuen, dass sie sich endlich mal wieder sehen und dann: „Gut schaust du aus. Wie geht's der Mama, wie geht es deinem Richard, erzähl."

Wie früher, und doch anders.

Bea bekommt einen Ahnungsschimmer vom Leben ihrer Mama, damals, als es schwierig wurde und dann plötzlich doch wieder einfacher, weil Isa Freunde fand, so wie den Frank und den Heinrich Goyert, den Heino, die Carmen, den Fried, lauter junge Leute, mit denen sie dann doch das Jungsein leben konnte, ganz so wie es sich gehört, mit Diskutieren, Philosophieren, mit Tanzen und Flirten und auch Küssen und Schmusen und Lachen und Scherzen.

Bea ist fasziniert. Längst hat sie ihren Kummer über den Verlust der „wahren Freundschaft" verschmerzt, längst hat sie den Indianern aus der Lebrechtstraße den Rücken zugedreht, längst gibt es Wichtigeres, ist sie selbst wichtiger, denn sie ist ein Teil des vergangenen Lebens, es ist in sie eingegangen schon vor ihrer Geburt und so hat sie es in sich, ob sie will oder nicht, aber sie will, sie will sich jetzt Mühe geben, alles zu verstehen, was aus ihrer Familie eine so unnormale Familie gemacht hat, und das Unnormalsein beginnt, sie zu interessieren, es ist wie ein Kleid, ein besonderes Kleid, eines, das sie so stark machen wird wie das Drachenblut den Siegfried. Es ist unsichtbar. Sie trägt es unter ihren normalen Kleidern, es beschützt sie gegen die Ungerechtigkeit ihrer Lehrer, gegen das Gespött der Klassenkameraden, die sich wundern, was sie nicht darf oder nicht kann oder noch nie gemacht hat.

Das Leben wird von Tag zu Tag interessanter für Bea. Das Leben ist auch interessant für Isa, weil sie Spaß daran hat, dem Kind die Welt zu erklären, so wie sie sie sieht, es an die Hand zu nehmen, zu beschützen, so wie einstmals ihre Mutter sie beschützt hat.

Damit entsteht eine Art von Ordnung, die auch Isa anerkennen kann und will.

Zu zweit gehen sie nun zu Hedwig und Berta. Isa lässt die Frage „Wie geht es ihr heute?“ gar nicht erst zu. Sie plappert sofort los, erzählt von ihrer Arbeit, von den Schulerfolgen des Kindes, von der Nachbarschaft, ihren Schülern, ja, sie hat jetzt zwei Schülerinnen, zwei Nachbarstöchter, die abwechselnd zu ihr kommen, denen sie hilft, ihre Noten in Englisch und Französisch zu verbessern, und wenn gerade mal eine Mathearbeit ansteht, dann schaut sie sich den Stoff dazu auch mal an. Sie selbst hatte immer Spaß am Lernen. Hedwig nickt und schneller als sonst stiehlt sich ein kleines Lächeln auf ihre Lippen. Isas Dynamik bringt für kurze Zeit fast die Gläser zum Wackeln, hier im alten Küchenbuffet. Und Hedwig erinnert sich, ohne darüber zu sprechen, wie schön es war, damals, wenn die kleine Isa zu ihr kam, weil unten im Parfümerieladen Hochbetrieb war, die neuen Waren angeliefert wurden, ausgezeichnet, verstaut werden mussten; alle Hände wurden gebraucht, natürlich nicht die der Frau Hoftheaterdirektorin Lise Wolf persönlich, die saß dann mit dem Stickrahmen in der Hand in ihrem Boudoir, tja, war vielleicht auch besser so, die Kleine hatte Fragen und Ideen, die hätte die Frau Wolf nicht parieren können. Aber sie, Hedwig, sie liebte jegliche intellektuelle Herausforderung, sie hielt sich informiert, sie hörte Radio, so wie der Herr Mayer, wusste, wo man die ausländischen Sender fand und verstand, die kratzigen Hintergrundgeräusche auszublenden, die Nachrichten herauszufiltern, die ein bisschen Licht in das von einer Propagandaglocke umgebene Dasein brachten.

Bevor sie gehen, muss Berta die Matze holen. Sie gibt sie Hedwig und diese überreicht sie, wie eine Priesterin mit weit offenen

Augen, geschlossenem Mund. Dass nicht alles vergessen sei! Bis zum nächsten Mal, wenn wir uns wieder sehen.

„So Gott will und wir leben!", das sagt sie, viele Male, immer wieder.

Das Schönste aber sind die Besuche von Isa und Bea in kleinen Zimmercafés, die irgendwo versteckt in den hohen alten Häusern sich auftun wie ein geheimes Wunder, in denen sie wieder zu sich selbst kommen nach allem, was sie zuvor erlebt und erledigt haben. Am Eingang die Zeitungen auf ihren Stecken, daneben muffige Mäntel, Hüte darüber, die Tische mit Spitzendeckchen, schwere Aschenbecher aus Zinn, meist eine alte Frau, die sich mühsam zwischen den Tischen und Stühlen bewegt, dann die Bestellung aufnimmt, ein bisschen müde dabei wirkt, so als ob es schon Abend wäre und sie endlich, endlich die wehen Beine hochlegen wollte.

Sie stecken die Köpfe zusammen und flüstern sich ihre Beobachtungen zu. Der dort drüben, der alte Mann mit dem Bart, die Zeitung ist längst auf den Tisch gesunken, sein Kinn auf die Brust, die Augen sind zu, er schläft. Er genießt die Wärme hier. Vielleicht hat er nicht genug Geld, um sein Zuhause richtig gemütlich warm zu machen, vielleicht möchte er auch nur mal wieder ein anderes menschliches Wesen neben sich atmen hören, und getröstet durch diese Nähe kann er sich dann entspannen und ein bisschen schlafen. Zu Hause, in seiner kalten dunklen Wohnung, gibt es wahrscheinlich zu viele Gespenster, Geister seiner Vergangenheit, die verhindern, dass er schlafen kann, denn er fürchtet sich davor, dass sie ihn im Schlaf, der dem Tod doch so ähnlich ist, hinüberziehen zu sich, und das will er noch nicht, er will noch leben, lange noch, so als ob jeder neue Tag noch etwas für ihn bereithielte, ein neues Staunen, ein neues Erkennen und vielleicht noch ein spätes Glück.

Isa bestellt sich ein Bier. Bea darf daran nippen und versteht die Welt nicht, in der so etwas Abscheuliches ein Genuss sein soll. Bea trinkt einen Apfelsaft. Zusammen essen sie ein großes Stück Schwarzwälder Kirschtorte, das muss sein! Das gehört dazu.

Hierher kam sie immer mit ihrer ersten Liebe, das erzählt Isa ihrer Tochter. Die staunt, denn das wusste sie nicht, dass man mehrere Lieben haben kann, dass ihr Papa nicht die einzige war und dennoch die eigentliche ist. Und wie weiß man das, ob eine Liebe die richtige ist?

„Die Liebe, die Liebe ist eine Himmelsmacht."

Wenn dieses Duett aus dem Radio erklingt, am Sonntagnachmittag, wenn Elisabeth und Bea dort sitzen und die Zeit hinter sich bringen mit Lesen, Schreiben, auch ab und zu mit einem „Mensch-ärgere-dich-nicht"-Spiel oder einer Zankpatience, die Bea nun auch gelernt hat, dann muss die Oma mitsingen. Ganz zart, ganz leise, ganz innig.

„Dieses Duett haben unsere Eltern immer zusammen gesungen. Sie hatten beide schöne Stimmen und waren musikalisch. An den Wochenenden, weißt du Bea, da hatten wir immer eine Gesellschaft."

Wenn es so viel zu entdecken gibt im eigenen Haus, bei den Menschen, in deren Geheimnisse man eindringen darf ohne Bedenken, dann braucht man keine Freundinnen, man braucht keine anderen Kinder mehr. Bea hat die Langeweile und das Warten bezwungen. „Bald" ist kein Schreckenswort mehr, es ist ein Signal der Verheißung.

Advent

Dieses Weihnachten, das zweite nach Martins Tod, ist ein besonderes. Was für ein Glück hat man wieder einmal gehabt! Fast wäre man erneut in einen Krieg hineinverwickelt worden, einen Krieg mit atomaren Waffen, eine Selbstzerfleischung der zweigeteilten Welt, nichts als Trümmer und Kadaver wären geblieben.

„Wenn der nette und hübsche junge amerikanische Präsident nicht so umsichtig gewesen wäre, gell Richard?"

Mhm, es hat nichts mit der Tatsache zu tun, dass er nett und hübsch ist, das will Richard immerhin bemerken, aber ja, der Kennedy hat da doch kühles Blut bewahrt, und auch der Chruschtschow ist kein Kriegstreiber so wie der Stalin.

Aber Kuba bleibt gefährlich.

Ach, Kuba ist ja doch weit weg.

Isa staunt über ihre Nachhilfeschülerin, die das Ausbleiben des Krieges aus tiefster Seele bedauert.

„Wenn er nur gekommen wäre, dieser Krieg, dann hätten wir Jungen zeigen können, dass auch wir was aushalten können. Dann wären wir endlich unseren Eltern ebenbürtig."

Sonst ist sie so helle, Isa mag ihre freche widerständige Sicht auf das behaglich Festgefressene der Lebensumstände, die an ihnen allen hier haften wie Klebstoff. Aber sich einen Krieg zu wünschen, nein, das geht doch zu weit! Was für eine dumme Gans!

Elisabeth gibt ihrer Tochter zu bedenken: „Sie ist unreif. Denk lieber mal daran, was sie dazu veranlasst hat, so etwas zu sagen. Das Kriegserlebnis ist wie eine unüberbrückbare Schranke zwischen uns und den Nachgeborenen. Wir sagen ihnen, dass wir gelitten haben, wie viel Mut und Zähigkeit wir gebraucht haben zum Überleben. Es zeichnet uns aus, wir erheben uns über sie, weil sie es leichter haben. Wir rücken so weit ab von ihnen, dass wir unberührbar sind für sie. Da entsteht der Wunsch, diese Distanz zu überwinden und wird dann mit einem Mal so groß ... "

Ja, ja, ist schon gut, brummelt Isa, wieder einmal stellt die Mutter sich auf die Seite der anderen! Und dieses Mal hat sie vielleicht Recht. Die Jungen müssen sich einen eigenen Blickwinkel schaffen, dabei werden sie manchen Fehler begehen, bis sie endlich verstehen.

Wenn sie überhaupt verstehen!

Weihnachten naht! Am vierten Advent, schon drei Tage vor dem Fest, kommt Inge aus Mosbach angereist.

Ihre Strick- und Häkelseligkeit verändert die Stimmung an Lises großem Esszimmertisch. Das Klickern der Nadeln, gleichmäßig und emsig. Wie das Ticken der Uhr.

Isa hält sich die Zeitung vor die Nase und plötzlich beginnt sie vorzulesen: „Witwer, 45, groß, schlank, zwei Kinder, 4 und 7 Jahre alt, Beamter, sucht eine liebevolle Gefährtin, einen neuen Mittelpunkt für seine verwaiste Familie. Ein fröhliches, offenes Wesen ist uns wichtig."

Klingt das nicht gut?

Oder hier: „Mittvierziger, der die Hoffnung noch nicht aufgegeben hat, dass irgendwo seine bessere Hälfte auf ihn wartet, freut sich über Zuschriften. Er liebt Musik und Poesie, das Zwiegespräch mit der Natur und Nachdenken über den Sinn des Lebens."

Mhm! Vielleicht doch nicht. Aber das hier: „Er, jung gebliebener fünfzigjähriger Witwer, ungebunden und in sorglosen Verhältnissen sucht Freizeitpartnerin. Spätere Ehe nicht ausgeschlossen.

Was meint Ihr? Inge, hast du nicht Lust, mal auf so eine Anzeige zu antworten?"

Ob sie Lust hat oder nicht, Isa ist so voller Schwung, dass bald gemeinsam Antwortbriefe aufgesetzt werden, nur zum Spaß, sagt Isa, und denkt vielleicht doch, dass Ernst daraus werden könnte.

Hat das nun was mit Liebe zu tun? Wenn ja, wie soll Bea sich diese Art von Liebe vorstellen? Man geht wie um Äpfel zu kaufen und sucht sich einen aus, der einem gefällt. Der andere tut das Gleiche. Kann das wirklich klappen? Oder ist das alles nur ein Spiel? Ist das ganze Leben ein Spiel?

„Life's but a walking shadow, a poor player that struts and frets his hours upon the stage and then is heard no more. It's a tale told by an idiot full of sound and fury, signifying nothing."

So zitiert Isa.

Was? – Ja, das ist Macbeth von Shakespeare und sie will in diesem Zusammenhang sagen, dass sie findet, Bea könne ab jetzt mit ins Theater gehen!

Theater!

Regelmäßige Theaterbesuche sind eine Selbstverständlichkeit in dieser Familie. Schon gleich nach dem Krieg, als sie noch aus Ersparnisgründen Margarine aßen, verzichteten sie nicht aufs Theater.

Zuerst gingen alle vier: Martin und Elisabeth, Richard und Isa. Damals, Weihnachten '48, die wunderschöne „Zauberflöte". Sang da nicht die Köth einen der Knaben? „Die Köth", wer ist das? Heute Abend hören wir uns zusammen die Platte an mit der Köth und dem Schock und dem Gottlob Frick. Ah ja! Die Erwachsenen verschmelzen selig lächelnd in einer ihrer Vorstellungen, lassen Bea hellhörig außen vor. Aber nur bis zum Abend. Dann sitzen sie alle oben unterm Dach auf den schönen neu bezogenen Klappcouchs und hören sich die Köth an und den Schock und den Frick, und vor ihren weit geöffneten Augen tanzen Bilder vorbei, das Hoftheater in Karlsruhe, das Mannheimer Theater, Bilder, die Bea gefunden hat im alten Schinken aus Elisabeths Jugendzeit „Perlen der Oper", eine Königin der Nacht in glitzerblauem Gewand, mit stechendem Racheblick und vor ihr kniend Tamino, der noch nicht genau weiß, in was für ein lebensbedrohliches Abenteuer er gerade eben hineingezogen wird.

Jetzt werden sie sogar zu fünft gehen, Inge kommt mit, wir schenken uns diesen Theaterbesuch gegenseitig zu Weihnachten.

Was wird „gegeben"?

Dieses Mal „Carmen". Schöne Musik, Bea kennt sie schon! Aber der Inhalt: Anstößig!

„Es ist doch vor allem Musik“, sagt Richard und endlich hören sie mal auf ihn.

Sie kleiden sich in Samt und Seide.

Sie suchen ihre Plätze, die Eltern, die Oma grüßen nach links, nach rechts mit Kopfnicken und einem Lächeln. Sie sinken in die weinroten Cordsamtsessel. Das Stimmengewirr rauscht auf wie Gischt, bevor es in der Dämmerung verebbt. Dunkel. Puder und Parfümdüfte. Räuspern. Papiergeraschel. Diese warme Dunkelheit trennt Bea nicht, sie vereint sie mit den Erwachsenen, mit diesen vielen anderen Menschen. Sie hört ihren Atem, fühlt ihre gespannte Erwartung, die sich mit ihrer eigenen Vorfreude verbindet, die sich aufschwingt und der die ersten Töne aus dem Orchestergraben entgegenfliegen. Taumeln und Tanzen der Gedanken in diesen Tönen. Bea erkennt die Leitmotive. Da, das Schicksalsmotiv, darauf muss sie hören, es ertönt immer, wenn sich etwas ereignet, das auf Carmens Tod am Ende hinweist.

Richard hat seinen Arm auf die Stuhllehne gestützt, seine Finger sind locker gespreizt, ganz vorsichtig dirigiert er mit, Bea spürt die Bewegung, die von ihm ausgeht. Auf seiner anderen Seite sitzt Isa, sie betrachtet ihren Mann von der Seite und schmunzelt. Er bläst die Wangen auf, spitzt die Lippen und summt ganz leise den Kontrapunkt mit, nur zwei Takte lang, als ob er die Celli einstimmen müsste; sie flüstern zuerst nur, wenn man ihre Töne sucht, kann man sie heraushören, man muss sich bewusst sein, dass sie eine eigene drohende Melodie gegen das glückliche Schmettern der Geigen halten.

Der Vorhang öffnet sich und Beas Augen tränen vom Licht, das plötzlich in sie einbricht. Ihr Herz schlägt schneller, es schlägt im gleichen Takt wie das Herz der Eltern, der Oma.

Wenn sie heimkommen, stehen auf dem Tisch schon Schinkenbrote mit sauren Gürkchen darauf, dazu gibt es Pfefferminztee und dann wird geredet.

Elisabeth und Richard sind die beiden Experten in punkto Theater in dieser Runde. Sie fachsimpeln und Isa und Bea hören interessiert zu. Elisabeth findet, dass die Maria Graf ein bisschen zu alt ist für den neuen jungen Tenor aus Amerika, dem es noch beträchtlich an Sicherheit in der Höhe fehlt, dass der Hoffmann seine Steifheit verloren hat, er gab einen wunderbaren Torero, und der Frithjof Haas hat sie gut im Zaum, diese Handvoll Provinzstreicher, so kann man es wirklich ertragen, das gibt auch Richard zu, aber dass die Schenke vom Lilias Pasta bestimmt das Hexenhaus von Hänsel und Gretel sein soll, das damals der Albert Wolf ...

„Nein, Mutti, wirklich, das stimmt sicher nicht!“. Isa schüttelt energisch den Kopf, Elisabeth presst die Lippen zusammen und ihr Kopf zittert ein bisschen. Nein, nein, nein! Es kann doch nicht sein, es kann doch nicht alles weg sein, was ihr Vater damals geschaffen hat, womit er sich zugrunde gerichtet hat und wofür sein Name noch nicht einmal auf dem Theaterzettel erwähnt worden ist. Es kann nicht sein und es darf nicht sein. Und wenn etwas nicht sein darf, dann lässt sie es auch nicht zu. Niemals!

Familie

Sie reden so und sie denken anders, die Erwachsenen. Belügen sie einander? Man darf doch nicht lügen!

„Da“, sagt Isa, „schau, was ein Mann sagt, der die Menschen beobachtet hat und weiß, was in ihrer Seele passiert.“

Der Mann heißt Graham Greene und sie liest gerade seinen Roman „Die Kraft und die Herrlichkeit“.

Im Umgang der Menschen miteinander ist eine Lüge tausend Wahrheiten wert.

Bea stibitzt sich das Buch von Isas Sekretär und liest darin. Sie denkt, es muss wohl so sein: Erwachsensein bedeutet, traurige Bücher mit Genuss lesen zu können. Sie will das nicht, noch nicht, immer noch nicht. Noch sind die Erwachsenen für sie staunenswert, sie fühlt sich ihnen nicht zugehörig, obwohl sie so viel mehr über sie erfährt, jeden Tag.

Sie denkt, wenn Lola zu Besuch kommt, müssten die beiden Cousinen doch aufeinander zustürzen, die Köpfe zusammen stecken, flüsternd Geheimnisse austauschen, miteinander lachen, miteinander traurig sein, so wie einstmals sie selbst mit der wahren Freundschaft Johanna. Aber so einfach ist das offensichtlich nicht.

Lola ist hier „in Urlaub“, so nennt sie das. Sie schickt ihre kleine Tochter, gleich nachdem sie aufgewacht und angezogen ist, hinunter zur Oma Karola, die sie „Amis-chen“ nennt, und wenn die keine Zeit hat, weil sie mit dem Hund raus muss, dann geht die Kleine weiter hinunter zur lieben Tante „Is“, die hat immer Zeit! Aber nein, komm her zu mir, sagt Karola, für ihr Enkelkind will sie da sein. Sie lockt es zurück mit Schokolade, mit Bobons: „Zeig das aber nicht deiner Mama", sagt sie verschwörerisch, und: „Komm, mein Bärle, erzähl mir was!"

Und dann plappern sie, die beiden, machen lustige Sachen miteinander, sie rollen mit den Augen und ziehen eine „Schnurpselnase" wie der Goldi, Karolas Hund, oder kauderwelschen „Schu-schu-schu" wie die Putzfrau von Tante Elisabeth, oder drehen das Radio laut und tanzen zur Musike, Täterätätä. Nichts als Unsinn haben sie im Sinn, das sagt Lola, wenn sie von all diesem Lärm gelockt erscheint und endlich den Tag begrüßt, nachdem er schon fast ein Mittag ist. Sie verbringt lange Zeit am Frühstückstisch, dann geht sie hinunter in den Garten, setzt sich auf einen Liegestuhl, hält das Gesicht in die Sonne und schließt die Augen, macht sie wieder auf, holt ihr Strickzeug hervor, ordnet die Teile, freut sich, wenn Bea zu ihr kommt, die dicken Wollschlingen hält auf auseinandergebreiteten, in die Luft gereckten Händen, die sie nach rechts, nach links wenden muss, damit das Garn sich löst, das Lola zu schönen runden Knäueln aufrollt.

Alles geschieht langsam. Die Schnelligkeit kehrt erst zurück, wenn am späten Nachmittag Isa mit forschen Schritten den Garten betritt und sich aufrecht neben ihre liebeliebe Cousine setzt, die sich schon sehr auf sie gefreut hat und wissen will, wie es ihr geht.

Entweder brauchen sie nicht viele Worte, um einander zu verstehen, oder sie haben nicht die richtigen Wörter mehr, um miteinander zu reden, so wie damals in der längst vergangenen Zeit, als die beiden immer die gleichen Kleidchen trugen; wie Schwestern sahen sie da aus.

Aber jetzt?

Das Leben hat sie weiter auseinandergetrieben als es scheint. Mehr als die Strecke zwischen Hanau und Karlsruhe liegt zwischen ihnen.

Trotzdem reden sie miteinander.

Lola sagt: „Ich mache mir Sorgen um meine Mutter. Wie lange wird sie die Pflege noch schaffen? Der arme Papa, dass er nun so leiden muss."

Und Isa überlegt, was das heißt: Pflege. Morgens und abends kommt die Krankenschwester und wäscht Rudolf, sie schneidet ihm die Nägel, die Haare, sie cremt seinen wunden Rücken ein. Ja sicher, die Tante muss ihm auf den Toilettenstuhl helfen, sie kocht für ihn, sie liegt neben ihm in den langen ruhelosen Nächten. Heißt das Pflege?

Lola sagt: „Ich bin so froh, dass ich mich ein bisschen ausruhen kann. Manchmal wird mir die Arbeit fast zu viel", sie schließt die Augen und denkt an ihren täglichen Kampf um Ordnung und Sauberkeit, darum, die Kinder fröhlich und friedlich zu halten, ihre kleinen Streitigkeiten, ihren Kummer, ihre Fragen, all dem will sie mit Geduld begegnen, aber das ist schwer, es ist nicht immer zu schaffen. Und dann will sie auf sich selber achten, will eine hübsche junge Frau bleiben, eine, auf die ihr Mann stolz sein kann. Sie will die Nerven behalten, sie will den Zorn niederringen, der sich ihrer manchmal bemächtigt, wenn alles über ihr zusammenschlägt. Und sie will sich auf das Kindchen freuen, das in ihr wächst und das vielleicht ein Sohn ist, denn das will sie, sie will ihrem Mann einen Sohn schenken, das hat sie sich vorgenommen. Sie ist weit weg von den Eltern, fast den ganzen Tag lang auf sich gestellt, hat niemanden, der ihr die Kinder einmal abnimmt, so wie die Biene Isa, die von Anfang an doch ihre Mutter hatte, die liebeliebe Tante Elisabeth, die sie unterstützte. Und dann nur das eine Kind, das stille und brave kleine B, das sich in sein Eckchen schleicht und dort vor sich hinspielt. Das jetzt eine gute Schülerin ist, den Eltern und der lieben Oma nur Freude macht. Und sie hat einen Beruf, die Isa, hat Kollegen, verdient eigenes Geld, muss nicht überlegen bei jedem Pfennig, den sie ausgibt, ob sie das rechtfertigen kann. Schon zum zweiten Mal hat sie eine Reise in die Berge gemacht, war im herrlichen Berchtesgaden am Königssee! Wohin sich auch die unglückliche Romy Schneider flüchtete, nachdem Alain Delon sie betrog und verließ. Heute steht das in der Zeitung.

„Arbeit?" Isa weiß nicht, wovon die Cousine spricht. Lola ist doch den ganzen Tag zu Hause, muss an nichts denken, sich nur erfreuen an ihren süßen kleinen Töchterchen und wird bald noch ein weiteres Kindchen haben! Weit weg ist sie von den Eltern und all den Problemen hier im Haus! Die paar Wochen, die sie zu Besuch hierher kommt, hat sie ja kaum Zeit, wirklich zu erleben, was das bedeutet, tagtäglich für die alten Eltern dazusein, ihre Sorgen, ihre Melancholie, die vielen kleinen und größeren gesundheitlichen Schwächen auszugleichen mit Zuversicht, auch mit Vernunft, die nicht gerade eine Stärke ist der beiden Töchter von Lise Wolf.

Bea betrachtet die beiden und versucht zu verstehen, was in der einen, in der anderen vorgeht. Sie schaut auf die kleine Tochter von Lola, die mit ihrer Puppe spielt und sehr zufrieden dabei aussieht. Wir sind alle eine Familie, denkt sie, aber was bedeutet das eigentlich?

In diesem Herbst wird Rudolf von seinen Leiden erlöst. Zwei Tage, nachdem der Hausarzt ihn auf das Flehen von Karola hin zur gründlichen Untersuchung in die Klinik überwiesen hat, weil sie, fast verrückt vor Zukunftsangst und erschöpft von vielen schlaflosen Nächten am Ende ihrer Nervenkraft angekommen ist, trifft ihn ein weiterer schwerer Schlaganfall.

„Tod, Tod, Tod", jammert Karola und wird erst wieder ruhig, als Walter anreist, der hoch verehrte Schwiegersohn, sich zu ihr setzt und ihr hilft, die nächsten Schritte zu planen.

Ihre nächsten Schritte führen sie zu ihrem Bett, der Arzt gibt ihr ein Pülverchen und so sinkt sie in die Erlösung des Vergessens für eine kurze Zeit.

Unterdessen steht Elisabeth am Grab neben Kuno, Walter und Wanda und nimmt die Kondolenzen entgegen. Lola konnte nicht kommen, sie wartet auf die Ankunft ihres neuen Kindes. Die Herren vom Institut, von der Universität, drücken stumm Elisabeths Hand. Sogar Rudolfs Skatbrüder sind so erschüttert, dass sie Elisabeths Gesicht unter dem perlengesäumten Schleierchen für das von Karola halten.

Sie kommt nach Hause, sie setzt sich, sie duldet jetzt keine Bemerkung, keine! Wenn man Verantwortung übernehmen muss für eine kleine Schwester, von frühester Kindheit an, dann kann man es auch in einer solchen Situation.

Wie aber wird es weitergehen für die arme Karola?

Es geht weiter. Karola trauert, aber sie richtet sich ein in ihrem neuen Leben. Ihre Spaziergänge mit dem Hund werden wieder weiter, stundenlang kann sie ihm Stöckchen werfen, ihn zurückpfeifen, mit ihm „Fass“ und „Gib Laut“ trainieren, bis sie müde nach Hause heimkehren. Sie hört Radio, sie holt sich täglich diese Zeitung, über die Richard den Kopf schüttelt, liest sie und kommt dann zu ihrer Schwester, unterhält sie mit Nacherzählungen der Sensationen und Skandale aus zweiter Hand.

Beide Frauen sind gefesselt von der Berichterstattung über das Schicksal der Vera Brühne. Ist sie ein geldgieriges Luder und eine eiskalte Mörderin oder wird ein großes Unrecht an ihr begangen? Waffenhandel: Dieses Stichwort öffnet einen bodenlosen Raum hinter dem Fall. Immer noch Waffen, ja erst recht jetzt wieder Waffen! Wir leben in einer geteilten Welt, Feind steht gegen Feind, Ost und West und die Grenze geht mitten durch unser Land, durch Deutschland. Wenn wieder Krieg kommt, dann ist hier der Schauplatz, sagt Elisabeths Schwiegersohn. Das ist konkreter als Martins apokalyptische Visionen, und sie fühlt ihr Herz in einem eisernen Griff gefangen, wenn sie daran denkt, wie ihre Mutter damals litt, als der Krieg begann, da war sie so alt wie Elisabeth jetzt, wie sie nicht mehr mit in den Keller wollte, wenn die Sirenen losheulten, wie Martin sie dazu überredete und ihr klar machte, dass man nicht nur für sich selbst lebt, sondern auch für die Seinen und dass gerade der eigene Tod letztendlich am unwichtigsten ist für den Sterbenden, dass man eigentlich für die Überlebenden stirbt und sich anstrengen muss, um eine gute Vorstellung zu liefern, dass man an dem Bild mitwirken sollte, das bleibt, wenn man jemanden hinterlässt, den man liebt. Die Liebe gibt uns Halt, aber sie verpflichtet uns auch und nimmt uns dadurch einen Teil unserer Handlungsfreiheit.

Karola ist froh, dass ihre Schwester, die einzige Vertrauensperson in ihrer unmittelbaren Nähe, jeden Tag verfügbar, ihren Gedanken immer wieder eine neue Richtung geben kann. Die täglichen Zwiegespräche und der regelmäßige Briefwechsel mit der Tochter schaffen den stabilen Untergrund für ihr neues Leben.

Kuno, der viel geliebte Sohn, wie immer schwer durchschaubar, ist mit seiner größer werdenden Familie weiter weg gezogen, in ein kleines Dorf am Rhein, das man mit öffentlichen Verkehrsmitteln schwer erreichen kann. Er hat dort kein Telefon, so ist sie auf seine seltenen Besuche angewiesen um zu wissen, wie es den Kindern geht, besonders den Zwillingen, ein Junge und ein Mädchen, die sie nur als Neugeborene gesehen hatte, kleine verknautschte verwechselbare Gesichter, die ihr allgemeines Interesse an Lebewesen, aber bisher noch keinerlei großmütterliche Gefühle wecken konnten.

Ihre Finanzen werden geregelt, sie kann jetzt Veränderungen planen. Als Erstes lässt sie sich ein neues Badezimmer einrichten. In zuckersüßem geflammtem Rosarot schimmern die neuen Fliesen, ein übergroßer Spiegel reflektiert Karolas Gesicht, ihre nach und nach sich entspannenden Züge. Das Leben geht weiter.

Die neue Zeit

In einer Sache scheitert Isa: Sie schafft es nicht, ihre Tochter hinaufzulocken unters Dach in die Wohnung der kleinen Klumpp-Familie. Die schöne Klappcouch, der Plattenspieler mit all der traumseligen Musik, die man über sich hinwegrieseln lassen kann, bis man in blumige Vorstellungen versinkt, die Bücherwand, das Halmabrett, das immer bereit steht für ein Spiel, das Bea reizen soll, besser zu werden, endlich einmal die Strategie ihrer Mutter zu unterwandern und einen Sieg zu landen, nichts, nichts hat ausreichend Zugkraft. Bea bleibt unten bei der Oma, liegt neben ihr, nun in Elisabeths Bett, die sich in Martins Bett sinken lässt, jeden Abend, um so direkt in die Erinnerungen einzutauchen, bis sie endlich dem Schlaf weichen.

Zwei Wesen verwachsen zu einer warmen, dicken Einheit, das eine lehnt sich an das andere, das eine nimmt zu an Kraft und Leben und aus dem anderen zieht sich das Leben sachte und unaufhaltsam zurück.

Also muss man sich auf diese unveränderbare Tatsache einrichten.

Elisabeth soll nach angemessener Trauerzeit das nicht mehr gebrauchte Doppelschlafzimmer aufgeben und daraus wird man ein Mädchenzimmer machen, dann kann Bea, was sie in letzter Zeit nicht mehr getan hat, wieder Umgang mit Kindern ihres Alters pflegen. Das ist doch wichtig für sie, bald schon wird sie konfirmiert werden und das heißt, der so genannte Ernst des Lebens begänne in Form einer Lehre, wenn sie nicht aufs Gymnasium ginge.

Den weißen großen Porzellankrug und das „Waschlavoir“ bitte erst mal in den Keller, noch nicht ganz weggeben! Die immer noch schneeweißen Einknöpfkrägen, die steif gebügelten Herrentaschentücher, die Nagelpolierkissen aus feinstem Ziegenleder, bitte, bitte, tu sie noch nicht weg. Seine Kleider, gut, die braucht Martin ja nun wirklich nicht mehr, vielleicht gibt es noch einen armen Menschen, einen bedürftigen, der sich nicht nur daran erfreuen, sondern das alles brauchen kann, dann will Elisabeth es hergeben.

Ach ja, sie spürt nun so richtig, dass sie in einem anderen Leben angekommen ist, dem Witwenleben, dem Leben einer alten Frau. Sie wird demnächst siebzig Jahre alt. Da hilft auch der tägliche Ausflug ins Schwimmbad nicht, da hilft nicht das elegante Foto, das sie bei Portrait-Bauer machen lässt und auf dem sie alterslos schön ist wie eh und je, das bestätigen ihr die Kinder und das bestätigt ihr neidlos auch ihre Schwester, da hilft das fröhliche Fest nicht, das man plant. Es gibt Tatsachen, die lassen sich unter keiner noch so brillanten „Vorstellung“ verbergen, man muss sie akzeptieren.

Warum also dann nicht auch weg mit dem Schlafzimmer?

Ein modernes Schrankklappbett und dazu eine als Sitzmöbel wie als Gästebett gleichermaßen praktisch einsetzbare Liege werden gekauft. Der alte Schlafzimmerschrank wird von Maler Eberle abgelaugt und hellbraun gestrichen. Er verkünstelt sich wahrhaft bei dieser Aktion. Er nimmt einen Nadelrechen und kratzt weich sich schwingende Linien in das klebrige Hellbraun, imitiert dadurch die Jahresringe von Baumholz und so unecht es auch aussieht, man kann die Absicht erkennen und darüber staunen. All das tut dem Schrank als Aufbewahrungsort für Elisabeths und nun auch Beas Kleider keinen Abbruch.

In die Mitte des Zimmers wird ein praktischer rechteckiger Tisch mit vier passenden gepolsterten modernen Stühlen gestellt, damit Bea Gäste empfangen kann. Außerdem ist er als Schreibtisch zu nutzen.

Isa hat wirklich gute Ideen, Elisabeth ist stolz auf sie. Und Bea spürt in sich eine undefinierbare Hilflosigkeit. Sie kann dem Eifer der Mutter nichts entgegensetzen, sie weiß nur ganz gewiss, dass sie das alles so nicht haben will, es gefällt ihr nicht und das Schlimme daran ist, dass sowohl die Mutter als auch die Oma so glücklich sind angesichts all dieser Veränderungen, dass Bea nicht wagt, das eigene Unglücklichsein auszusprechen.

Aber längst ist ihr klar, dass es zwei Überlebensstrategien gibt, die gleichermaßen erfolgreich sind: Die Auflehnung und das Hinnehmen.

Im Konfirmationsunterricht wird Bea mit ihrer Vergangenheit konfrontiert. Johanna! Ja, es stimmt, das sagt sie ihrer Großmutter, als diese inquisitorisch nachfragt, es stimmt, Johanna ist auch dabei, mitten unter den fast 50 Jungs und Mädchen, die nun jede Woche im Gemeindehaus zusammenkommen, abwechselnd vom Pfarrer und Schwester Pauline erinnert werden an das, was sie wissen sollten und das, was sie tatsächlich wissen aus der Bibel, über das „Gotteshaus", wie es der Pfarrer mit rundem O nennt und das ganze Drum und Dran.

„Und, habt ihr zusammen gesprochen?"

„Sicher."

„Was denn? Hast du sie denn gefragt, wie es ihr geht? Ihr und ihrer Familie?"

Ach solche Sachen reden sie doch nicht miteinander. Sie hat „Tag" und „Tschüss" gesagt und Bea zieht sich zurück, sie ist mürrisch wie lange nicht mehr, sie will nicht, dass die Oma sie traurig anschaut, weil sie etwas erwartet, ein bestimmtes „anständiges" Verhalten, das Bea unangenehm ist, das sie vermeiden wird, obwohl das Wort „Feigheit" im Raum steht, denn inzwischen ist sie theoretisch tief eingedrungen in moralische Verstrickungen. Sowohl die Sagen des klassischen Altertums als auch das Nibelungenlied tauchen jedes Jahr auf im grünen „Bender-Lesebuch". Man kann sich dem Sog der Geschichten nicht entziehen, auch wenn der Lehrer sie hauptsächlich dazu benutzt, die langen Sätze in Satzteile zergliedern zu lassen: Subjekt, Prädikat, Dativ- und Akkusativobjekt, Lokal-, Temporal-, Modal-, Konsekutiv-, Kausal-, Instrumentalbestimmungen, Attribute in all ihren schillernden Erscheinungsformen vom Adjektiv bis zur Apposition aufspüren lässt, die Wortarten sowohl in ihrer reinen Erscheinungsform als auch in ihrer Funktion beleuchtet, tage-, wochen-, monatelang. Die Mädchen behandelt er wie rohe Eier, die Buben versucht er mit Zurufen wie „Handfeger“ und „Tiefseetaucher“ zu mehr Ehrgeiz anzustacheln, und im Aufsatz bevorzugt er zu Beas Nachteil das Sachliche vor dem Phantastischen, ihre Eins in Deutsch ist futsch, eine Drei kann Isa durch ein einvernehmliches Gespräch mit dem gleich alten Deutschlehrer abwenden. All das ist wieder einmal Stoff für viele Familiengespräche, weil Bea es inzwischen hervorragend versteht, ihn nachzumachen, den ehemaligen Soldaten, wie er sich auf den vordersten Schülertisch setzt, dabei das Hosenbein von seiner Anspannung über dem Knie befreit, den vom Zigarettenrauch gelben Zeigefinger hebt und mit schnarrender Stimme die ein oder andere Ballade zum Besten gibt: „Walle, walle, manche Strecke ...“

Balladen! Ah ja, Martin liebte Balladen und die haben sie damals in der Zeit, als sich ihr Familienleben hauptsächlich im Keller abspielte, zusammen auswendig gelernt.

„Am Donnerstag“, sagt Isa, „machen wir mal Großputznachmittag.“

Warum denn das? Kommt Besuch? In der Tat, es hat sich ein Besuch angemeldet, dem man mit gemischten Gefühlen entgegensieht. Aber erst mal wird geputzt.

Die Putzfrau beschränkt sich auf Elisabeths Wohnung. Oben unterm Dach will Isa selbst alles so bewahren, wie es ihr gefällt, denn wenn sie sich vorstellt, dass hier jemand Fremdes in ihren Büchern stochern würde, die überall aufgeschlagen oder mit Buchzeichen versehen herumliegen, weil sie meist mehrere gleichzeitig liest, oder Richards Schallplatten, die Versandhauskataloge, die Kameraprospekte, die Häufchen von Fotos und Negativen, die Stifte und das Briefpapier, das schöne, das praktische, dazwischen die Entwürfe, die offiziellen und die privaten, in die Hand nähme, um darunter Staub zu wischen, wird ihr heiß und kalt zugleich. Sie hat es am allerliebsten, wenn alles so bleibt, wie es ist, und die ein oder andere Staubmaus, die träge aufschwebt, wenn man schnell durch die Räume eilt, und sich dann melancholisch einige Zentimeter daneben wieder niederlässt, stört sie bestimmt nicht. Ihr Vater sagte immer, wir werden zu Staub und fallen zwischen unsere Hinterbliebenen, schweben auf und nieder, umgeben sie stumm und wer weiß, welche Art von Austausch auf diese Weise stattfindet zwischen der diesseitigen und der jenseitigen Welt!

Um dem Putzvorgang als solchem etwas Interessantes abzugewinnen, legt Isa das aufgeschlagene Balladenbuch auf den Couchtisch, sucht eine von Martins Lieblingsballaden aus: „Archibald Douglas" von Theodor Fontane, und dann beginnen sie um die Wette auswendig zu lernen: „Ich hab' es getragen sieben Jahr ... " Im Takt der tragenden Worte polieren sie die Möbel, wischen die Fenster, fegen die Böden.

Wer also kommt?

Die Hansel.

Die? Hansel?

Ja.

Elisabeth druckst herum. Erzählt dann aber eine Geschichte, die wie erwartet, wieder einmal was mit Liebe zu tun hat. Bea ist inzwischen klar, dass sich alles letztendlich im Kern um die Liebe dreht, von der sie bisher eben wenig weiß und, wie einige ihrer Klassenkameradinnen behaupten, auch wirklich noch nichts wissen kann, weil sie ja brav an jedem Turnunterricht teilnimmt und keine dieser geheimnisvollen Entschuldigungen vorzuweisen hat, auf denen nur immer ein Datum und die Unterschrift der Mutter steht und auf Grund derer die Mädchen mit Leidensmiene und übereinander geschlagenen Beinen den Turnunterricht vom Rand der Halle aus beobachten, während viele der anderen Mädchen sie darum beneiden, außer Bea, die keine Ahnung hat, um was es hier geht.

Elisabeth verweigert die Auskunft und Isa macht aus dem Ganzen ein riesiges Getue, spricht von „eine Frau werden" und gleichzeitig auch davon, sich nicht unterkriegen zu lassen, und erläutert Bea, dass sie nicht am Hallenrand wird sitzen müssen, so ein Quatsch, sagt sie, erklärt Bea die Möglichkeiten, die eine Frau hat, sich mit diesen körperlichen Bedingungen einzurichten.

So wird immerhin der Tag, an dem Bea das Frauenschicksal zum ersten Mal trifft, ein Tag, den Isa feiern will, und Bea hätte gerne darüber mit den anderen Mädchen gesprochen, hätte ihnen gern geholfen, ihr Leiden zu lindern, bis sie erkennt, dass die meisten froh sind, sich so dem ungeliebten Turnunterricht entziehen zu können.

Kurz nach diesem ganz persönlichen Feiertag für Bea gehen Großmutter, Mutter und Kind, das nun wirklich keines mehr ist, zusammen zu Huckelmann-Stein-Denninger, und dort bekommt Bea ihren ersten rosaroten, dick mit Schaumstoff gepolsterten Büstenhalter, der ihr Ansehen bei den anderen Klassenkameradinnen endlich wieder hebt. Sie wird nun aufgenommen in die Schicksalsrunde der Mädchen, und sie muss ihrer Mutter erklären, dass sie nicht einfach immer turnen kann, es gehört zu ihrer neuen Würde, dass sie auch eine solche Entschuldigungskarte anlegt, die ausschließlich Zahlen und Unterschriften enthalten darf.

Isa schüttelt den Kopf.

Und schüttelt ihn auch, als die Ankunft von Hansel bevorsteht.

Hat die nicht voller Stolz das Mutterkreuz getragen? Hat die nicht behauptet, sie habe den Juden nie verzeihen können, dass sie Jesus ans Kreuz nagelten? So ein Schmonzes!

Ach, jammert Elisabeth, es gibt hier etwas, eine alte persönliche Schuld, die ihre Mutter, Lise Wolf geborene Spoerin, auf sich geladen hat, vor langer, langer Zeit.

Und dann beginnt sie endlich zu erzählen: Davon, dass damals die Mutter von Hansel, die Lina, unsterblich verliebt war in den Onkel Karl Spoerin. Und Lise Wolf, schon verlobt mit ihrem Albert, übermütig durch diese neue Würde und den Erfolg, Lina verspottet hat, dass der schöne Karl wohl nicht ganz zu ihr passe, zu so einem unscheinbaren Mädchen, einer grauen Maus, das hat sie vielleicht nur gedacht, aber die Lina war zwar nicht hübsch und hatte auch kein besonders gewinnendes Wesen, sie war aber nicht dumm.

Lange trauerte sie dieser unerfüllten Liebe nach, fast schon wäre eine alte Jungfer aus ihr geworden, dann hat sich schließlich noch der Spross einer guten alten Karlsruher Familie gefunden, der die Lina zur Ehefrau nahm. Leider war er selbst ein früh verwelkendes Ästlein am Stamm dieser vormals so stolzen Familie, der Schwung für eine Karriere fehlte ihm. Die Lina ist mit ihm gesellschaftlich weit abgerutscht, in eine wirtschaftliche Klemme geraten, so dass sie eine ihrer Töchter weg gab, einer kinderlosen Tante, in deren eleganten großzügigen Haushalt, und nur die jüngere, die kleine Johanna, blieb also bei den Eltern.

Diese „Hansel" genannte, mit dem Gefühl des Zukurzkommens belastete, zweite Tochter heiratete ihrerseits den Neffen eines Karlsruher Feinkosthändlers. Das hätte gut enden können, wäre sie nicht so fruchtbar gewesen. Sechs Kinder hat sie geboren, fünf Mädchen und einen Sohn, und damit war ein weiterer gesellschaftlicher Abstieg vorprogrammiert. Aber die Hansel war immer eine tüchtige Frau. Als es eng wurde in der Haushaltskasse, also nach dem Krieg, da konnte ihr Mann nämlich nicht sofort wieder arbeiten, stellte sie sich ans Band in einer Fabrik.

Bea ist gespannt auf diese Frau.

Das hervorstechendste Merkmal an ihr ist ihre treue Anhänglichkeit an Elisabeth. Schon als Mädchen bewunderte sie Elisabeth. Immer besuchte sie die mehr als zehn Jahre ältere, „Freundin" genannte Tochter Lise Wolfs, bewahrte gegen alle vergangenen Spannungen trotzig ihre freundschaftlichen Gefühle und lässt sie nun wieder aufleben.

Sie hat sehr hübsche, „dankbare" Haare, so nennt Elisabeth das voller Anerkennung der natürlichen Lockenpracht, die sich um das Vogelgesicht mit der spitzen Nase und den stechenden braunen Augen schmiegen. Sie ist ein bisschen korpulent, so sagt man dazu, wenn dicke Menschen unsere Freunde sind. Sie ist ein Erzähltalent, behauptet Elisabeth, die sich gut unterhalten fühlt durch Hansels Geschichten aus Vergangenheit und Gegenwart.

Die abenteuerlichen Auswüchse in den Biografien ihrer sechs Kinder, in denen alles vorkommt von einem viel zu früh empfangenen Enkelkind, das die erst sechzehnjährige Tochter zur Adoption freigeben musste, weil Hansels Mann es nicht auch noch durchfüttern wollte und Hansel ihren Mann nicht verlieren wollte, indem sie sich in solch einer überlebenswichtigen Angelegenheit gegen ihn gestellt hätte, bis zu einer Flucht der anderen Tochter mit gerade mal achtzehn mit ihrer großen Liebe und einem weiteren Enkelkind „unter dem Herzen" nach Amerika in ein neues Leben, gibt es hier vieles zu berichten, was Stoff für mehrere Romane wäre. Groschenromane sagt Richard. Ach nein, das will Elisabeth so nicht gelten lassen.

Da, sieh mal, die Hansel hat sie schon eingewickelt, sie hat aus den einfachen Tatsachen einer gewissen ungezügelten Erotik Schicksale gewirkt wie einst Arachne ihre Teppiche.

Man bedenke, dass Romeo und Julia in eben diesem Alter waren, als ihnen das Gleiche passierte, und sie hatten nicht das Glück, nach Amerika auswandern zu können. Also soll man nicht froh sein, wenn moderne Mythen ein Happy End haben?

Hansel jedenfalls scheint sehr zufrieden, nun dort bei der verehrten Freundin in jenem Alter angekommen zu sein, wo man sich nicht mehr so sehr um die Gegenwart oder gar die Zukunft kümmern muss, sondern sich der Vergangenheit hingeben darf.

„Weißt du, Elisabeth, alt sein, eine Vergangenheit haben, das heißt in Wirklichkeit: reich sein. Reich an gelebter Zeit. Und das ist ein Schatz an Unterhaltung und Erkenntnis. Man kann diese Zeit strukturieren. Ich stelle mir die Zeit vor wie eine Art Strahl, auf dem ich tief hinabsteigen kann in vergangene Welten. Je mehr ich mich damit beschäftige, desto klarer treten einzelne Ereignisse hervor. Und weißt du, was das Interessanteste daran ist? Man versteht dann auch die Gegenwart besser und man entwickelt ein Gespür für die Zukunft. Weil sich alles, alles immer wiederholt. Der Mensch bleibt so, wie er ist. Er hat sich in den vielen Millionen Jahren nicht verändert. Nur die Welt um ihn her verändert sich."

Darüber könnte man streiten.

Während Richard Hansel eine Tratschbase nennt, aber einräumt, dass sie einen gewissen Charme hat, entwickelt auch Isa allmählich eine größere Sympathie für sie, denn was sie erzählt, das geht über Tratsch hinaus. Es hat eine philosophische Komponente. Hansel ist angekommen in dieser Familie. Sie hat sich in den Herzen einen Platz erobert. Sie wird auf die Weihnachts-Ostern-Geburtstags-Briefliste gesetzt und sie taucht ab jetzt regelmäßig mindestens einmal jährlich auf. Elisabeth kann ein altes Unrecht ihrer Mutter gut machen, daran erfreut sie sich, man nimmt Anteil aneinander, man fühlt sich im Mitfühlen des anderen geborgen, man freut sich auf Hansels Kommen und auf ihr Gehen.

Und ebenso freut man sich, dass eines Tages ein Paar aus Amerika auftaucht, Ruth Huenefeld, die Tochter der Familie, die damals bürgte für sie, als sie auswandern wollten, und ihr Ehemann John Edward. Jahrelang tauschte man regelmäßig Weihnachts- und Geburtstagsgrüße, und nun sind sie leibhaftig da, man sieht sich zum ersten Mal, man ist einander auf merkwürdige Weise vertraut.

Elisabeth und Isa rücken das Bild zurecht, das sie von Amerika hatten. Diese bescheidenen Leute, sie in einem selbst geschneiderten Kleid, er in einem fadenscheinigen Anorak, sehr zufrieden und dankbar, hier in Isas und Richards Schlafzimmer nächtigen zu können und einfach an dem Tisch sitzen zu dürfen, wo sie mit einer Hand – die andere liegt irgendwo unterm Tisch – ihr vorgeschnittenes Fleisch, die Kartoffeln, das Gemüse aufspießen, langsam zum Mund führen und zermahlen, schlucken, sie sind so anders als die glamouröse Doris Day und der elegante Cary Grant.

Ruth fragt danach, wie es denn den anderen Familienmitgliedern der Familie Mayer ergangen sei. Da gesteht man, dass man keinerlei Kontakt mehr zu ihnen habe.

Das muss man ändern! Sie will gerne helfen, falls es Isa nicht gelingt, ihre Verwandten in New York ausfindig zu machen.

Wenige Wochen später erhält Isa ein seidenzartes Briefchen mit gestreiftem Rand aus Amerika und bis zum Ende des Jahres ist man mit Ernest, Annemarie und auch mit Klaus in Tel Aviv wieder verbunden. Vorsichtig beginnt man einander aufs Laufende zu bringen über die jeweiligen Lebensverhältnisse. Erste Versprechen werden gegeben, dass man einander sehen wolle. Am besten in Deutschland, denn alle drei kommen regelmäßig hierher nach Bad Kissingen zur Kur, das ist die einfachste Art, die Wiedergutmachungsgelder sinnvoll zu nutzen.

So findet in dieser Familie die Versöhnung mit der Vergangenheit statt. Man verbindet sich wieder mit denjenigen, die es schlimmer getroffen hat, damals, und mit denjenigen, die auf der anderen Seite standen. Ein letztes Mal macht man sich bewusst, wie sehr man dazwischen gestanden hat, nicht zu den einen, aber auch nicht zu den anderen gehörte.

Bea beobachtet. Bea hört zu. In ihr rumort das alles.

Das Zufällige am Schicksal ihrer Familie verwirrt sie. Die Erkenntnis, dass sich die vergangene Welt nicht einfach in Täter, Opfer und Mitläufer einteilen lässt, dämmert. Und die ersten Fragen nehmen Gestalt an:

Warum hat Martin sich taufen lassen?

Warum ist Elisabeth nicht zu seinem Glauben übergetreten?

Warum um Himmels willen sind sie in einem Land geblieben, wo man sie nicht haben wollte?

Was ihrer Familie passiert ist, kommt ihr beklemmend zufällig vor. Es gibt anscheinend nur passives Hinnehmen und viel stumme Wut. Man hat sich nicht gewehrt. Das Heldentum der klugen unmittelbaren kleinschrittigen Reaktion stellt sich nicht für sie dar. Ein empathischer Blickwinkel gelingt zu diesem Zeitpunkt nicht.

Elisabeth versteht das. Sie denkt, die Zeit wird kommen, wo das Kind endlich begreift. Manchmal wird es schwer für sie, an dieser Überzeugung festzuhalten. Dann nämlich, wenn Bea ihre merkwürdigen Fragen laut ausspricht und ihre Familie verletzt mit ihrer jugendlichen Radikalität.

Isa will das nicht hinnehmen. Sie lässt die unreflektierte Kritik an ihrem geliebten Papa und ihrer bewundernswürdigen Mama nicht zu. Sie fühlt jedoch auch eine Verantwortung ihrem Kind gegenüber. Deshalb erzählt sie alles, was ihr einfällt, erzählt auch von ihren Großeltern aus Frankfurt, die sie selbst nie kennen gelernt hat, und gibt sich Mühe zu erklären, was bei ihnen anders war.

Konfirmation

Elisabeth erinnert sich an ihre eigene Konfirmation, damals in der Schlosskirche. Die ausgesuchte Gruppe junger Mädchen und Männer, hinter jedem Konfirmand eine der bekannten Karlsruher Familien: Man dachte, diese jungen Leute seien Samenkörner, aus denen der blühende Weizen der Zukunft sprießen werde. Stattdessen verbrannten zwei Kriege den Großteil der Saat und vergifteten den Boden.

Dann Isas Konfirmation im ersten Kriegsjahr. Welcher Überlegungen und trickreicher Arrangements es bedurfte, um daraus ein Fest zu machen. Und dabei die Enttäuschung des Kindes, dass die Verwandtschaft sich vor allem um den immerhin schönen Rinderschmorbraten scharte und darüber den Gang zum Abendgottesdienst versäumte, wo man sich dafür hätte bedanken können bei dem, der doch alles in seinen unsichtbaren Händen hält.

Bea betrachtet den Konfirmandenunterricht vorerst als Treffpunkt mit anderen jungen Leuten. Wie Schule ohne Noten sei es, denn es gebe zwar viele Möglichkeiten, durch Nichtwissen aufzufallen, aber dafür ernte man ausschließlich die milde Strenge des väterlichen Pfarrers, der den Konfirmanden offensichtlich so vorkommt, als ob er eine verkleinerte Ausgabe des himmlischen Vaters ist. Einer, der sichtbar über ihnen steht, voller Weisheit, Güte und Strenge, voller Vorwurf über das viele, das sie nicht wissen und voller versöhnlicher Hinnahme dieser Defizite. Was kann ihnen schon passieren? Sie sind Kinder Gottes, sie werden geprüft werden, ob man sie als erwachsene Gemeindemitglieder aufnehmen kann, aber sie können eben nicht „durchfallen", bei Gott gibt es so was nicht.

Konfirmandenunterricht ist für Bea vor allem Spaß. Besonders wenn Schwester Pauline erzählt von den Wundern des Herrn. Wie er mit einem Fisch und einem Brot tausend Menschen satt macht, das glaubt man sofort, wenn sie es erzählt, wenn ihr Blick einen außerirdischen Fernpunkt anpeilt, wenn sich die Schleife ihres steifen Häubchens bedenklich ihrem Kinn nähert und sie sie zurückstreifen muss mit einer schnellen geschickten Bewegung ihrer künstlichen Hand. Dem Miteinander-Düsseln zwischen den Reihen wehrt sie mit strengem Blick, und wenn allzu oft gegähnt wird, lässt sie die Gesangbücher aufschlagen und stimmt ein Lied an:

„Lobe den Herren, alle, die ihn ehren. Lasst uns mit Freuden seinen Namen singen." Welche Inbrunst in ihrem Gesang! Wie gut, dass keiner über sie lacht, wenn sie „Wisseder, des war nämlich so" sagt, wenn sie aus Jesus einen Kerl macht, den man sich im blauen Anton vorstellt mit von der Sonne gegerbter Gesichtshaut, mal geduldig, mal zornig, aber immer darauf bedacht, den Menschen um ihn her die Augen zu öffnen, so wie sie selbst es tut.

Bea ist nicht nur beeindruckt, sie ist hingerissen auf eine Weise, die Richard schon wieder erschreckt. Konfirmation schön und gut. Seine Tochter sollte aber wissen, dass es auch noch andere Denkrichtungen gibt.

Das weiß sie doch. Sie geht doch mit Paula oft in die Messe und es gefällt ihr gut bei den Katholiken in der Kirche, was ihr aber nicht gefällt, ist der Hochmut mancher katholischer Mitschüler, die behaupten, ihre Kirche sei die einzige, wirkliche.

Isa spürt, man kann das nicht so laufen lassen. Man muss dem Kind erklären, dass sein Vater Agnostiker ist, dass sein Großvater mal Jude war und was das alles bedeutet.

Fangen wir damit also an, sagt sie und nimmt Bea mit an einem „Tag der Verständigung" in die Herrenstraße 14. Hier trifft sich die nach dem Krieg wieder auferstandene jüdische Gemeinde der Stadt, eine neue Synagoge gibt es noch nicht.

Was dort geredet wird, ist nicht befremdlich für Bea. Was ihr allerdings nicht gefällt, ist die große Freundlichkeit, mit der man sie lächelnd begrüßt „als Gäste". Das will sie nicht, sie will nicht Gast sein, sie will dazugehören. Irgendwo will sie dazu gehören und am meisten fühlt sie sich, wenn auch nur randständig und fast unbemerkt, zugehörig dort bei Schwester Pauline.

Elisabeth ist zufrieden damit. Sie hat das Gefühl, dass in dieser Gruppe junger Leute das noch ein bisschen verlängert wird, was fast schon zu Ende geht: der Schutz einer wohlmeinenden kleinen Gemeinschaft. Sie bleibt dabei: Solche kleinen Zirkel hatten sich wie Zwiebelhäute um sie gelegt, die kleine Familie, die erweiterte Familie, die Freunde und Nachbarn, diejenigen, die der gleichen Gesellschaftsschicht angehörten ...

„Es stimmt doch wirklich nicht, was du da sagst, Mutter! Deine eigene Mutter hat's dir schwer gemacht, deine Schwester hat nur einfach still gehalten ... "

„Bedauert hat sie mich, hat mir gesagt, dass sie Angst hat um mich ... "

„So?"

„Ja, sicher! Und ja, ich weiß, nicht alle standen auf meiner Seite. Aber die Tante Louise, auf die konnte ich mich verlassen!"

Das stimmt, die Tante Louise. Und weiter?

Weiter hat sie niemanden gebraucht. Sie hat es auch so geschafft.

Bea schaut hin und her zwischen den beiden. Sie sieht, wie die aufrührerische Mama anrennt gegen Elisabeths Sicht und schon bald abprallt an dem, was Elisabeth nicht diskutieren will.

Manchmal denkt Bea, es ist ein Wunder, dass sie alle hier zusammenbleiben in diesem Haus, dass sie jeden Abend hierher zurückkehren wie die Vögel in ihr Nest. Wo jeder doch so unterschiedliche Meinungen und Wünsche hat.

Auch sie selbst beginnt, manches von dem, was sie erlebt in ihren Tagen nicht mehr erzählbar zu machen. Sie tut etwas, sie ist froh, dass sie es unbeobachtet tun kann, dass sie sich nicht erklären muss. Vorerst nur das: Sie fährt immer mit dem Jungen mit der Zahnlücke zusammen vom Konfirmandenunterricht nach Hause. Eigentlich glaubte sie, sie müsse sich vor ihm fürchten. Noch gut erinnert sie sich an damals, als er sie bedrängte, ihr die Zigaretten abnehmen wollte, die sie gerade aus dem Automaten gezogen hatte.

Jetzt aber, nachdem er hier auftauchte, zwei Wochen zu spät und beim Pfarrer viel Unsicherheit auslöste, weil er nicht auf der offiziellen Liste stand und dennoch auf seiner Zugehörigkeit beharrte, weil er sich dann umwendete, den Blick schweifen ließ und sich schließlich zielsicher auf Bea zu bewegte, ihr kurz zunickte und sich neben sie setzte, jetzt erscheint er ihr plötzlich schutzbedürftig. Ohne etwas zu erklären, gehörten sie beide irgendwie zusammen. Hat die Unnormalität wieder einmal ihre Finger nach ihr ausgestreckt?

Wenn er den Gemeindesaal verlässt, steckt er sich als Erstes eine Zigarette an. Es kann passieren, dass er den ganzen Heimweg über Witze erzählt, einer unverständlicher als der andere, aber alle irgendwie so, dass Bea nicht wagt, sie den Eltern zu erzählen und sie um Aufklärung zu bitten. Manchmal aber schweigt er den ganzen Weg über. Manchmal bringt er Bea einen Apfel mit oder ein Stück Schokolade. Zuerst lehnte sie ab, dann aber entdeckte sie, dass sie das alles essen musste und möglichst sofort, vor seinen Augen. Als es kalt wird, kommt er ohne Jacke und friert erbärmlich. Beim nächsten Mal hat sie eine Strickjacke ihres Vaters stibitzt, die will sie ihm geben, aber da trägt er einen wunderschönen nagelneuen Anorak.

Dann kommt er nicht mehr.

Das Fest der Konfirmation wird von Elisabeth, Isa und Richard geplant. Nicht gemeinsam. Jeder hat seine eigenen Ideen. Richard bestellt ein schönes Menu in einem Restaurant, das direkt unter seinem Büro liegt. Man kann aus den Fenstern hinaus auf die Hauptpost schauen, befindet sich also mitten in der Stadt, könnte es einen besseren Ort geben? Auf den gedruckten Menukärtchen viele französische Begriffe, die Elisabeth damit versöhnen, dass sie den Namen dieses Lokals noch nie zuvor gehört hat. Isa verbringt einen langen beschwerlichen Freitagnachmittag allein bei Hedwig und Berta und erreicht, dass sie kommen werden, nicht in die Kirche und nicht zum Mittagessen, aber dann am Nachmittag zu Kaffee und Kuchen in die Lebrechtstraße, in den kleinen Familienkreis. Die zweite Patin also ist auch dabei, so wie es sich gehört. Elisabeth bespricht mit Bea, dass sie zwei Freundinnen einladen darf, damit sie diesen ehrenvollen Tag nicht in Langeweile und Ernsthaftigkeit versinken sieht, sondern ihn als Anlass empfinden kann, fröhlich und zufrieden zu sein. Die katholische Paula und Gaby, die inzwischen in die Klasse unter Bea gerutscht ist, weil sie viel zu früh eingeschult worden war und ein Wohnungswechsel aus Bayern nach Baden zu einem unüberbrückbaren Loch in ihrem Schulwissen führte, flankieren Bea, verbringen den Nachmittag mit ihr in ihrem neuen Mädchenzimmer, bestaunen den Kassettenrekorder, die vielen dicken Bücher, die bunten Frottierhandtücher, die Sammeltassen und die Täschchen aus Plastik mit Schuhputzzeug für die Reise aus der neuen Filiale des Wunderhauses Oster, das nun wirklich nicht mehr Ostern heißt, und sich auch am Ostendorfplatz befindet, der mit dem Ost-Ende nichts zu tun hat, weil Bea mit solchem Kindergehabe endlich Schluss machen will. Da sind auch noch Pralinenschachteln und Geldkuverts, mal für die „Konfirmandin", mal für die „Konfirmantin", Geschenke nicht nur von den Verwandten, sondern die ganze Nachbarschaft hat Anteil genommen an diesem Ereignis, obwohl Bea die meisten der Geber aus der Nachbarschaft noch nicht einmal mit dem Namen kennt.

Bea geht weiterhin in den Sonntagsgottesdienst, ohne Elisabeth, deren Beine oft zu müde sind dafür. Bea ist nun auch aufgenommen in Schwester Paulines „Jungschar", kann die Eltern überzeugen davon, dass trotz dieser Bezeichnung keinerlei Gefahr ausgeht von dieser Gruppe, dass man dort vor allem Spiele macht, Völkerball und Brennball im Sommer, Reise nach Jerusalem und Ratespiele aller Art im Winter, dass man bastelt, Fahrtenlieder singt und im Advent als Gruppe die Armen und Alten in der Gemeinde besucht, ihnen Kerzenlicht, Flötenspiel und einen schönen „frommen" Kalender bringt, sich dabei wichtig fühlt, viel scherzt mit den anderen, allmählich größer und älter wird dabei und sich umschauen kann, ob es nicht jemanden gibt, den man lieber mag als all die anderen und der endlich wieder eine wahre Freundschaft sein könnte.

Als Bea eines Tages den Nachbarjungen noch einmal trifft, der nun keine Zahnlücke mehr hat, und es wagt, ihn zu fragen, warum er nicht mehr gekommen ist zum Konfirmandenunterricht, warum er sich nun gar nicht habe konfirmieren lassen, betrachtet er sie lange versonnen, so lange, dass Bea diesen Blick körperlich spüren kann. Eine unheimliche, behagliche Spannung entsteht, bevor er antwortet.

„Ich habe den Pfarrer und seine Versicherung nicht mehr gebraucht, weißt du. Ich habe jetzt wieder einen Vater. Das ganze ‚du sollst nicht lügen, du sollst nicht stehlen Zeug' ist nicht das Richtige für mich. Mein jetziger Vater ist Reitlehrer. Wir warten darauf, dass er genug Geld hat, dann gehen wir nach Island und züchten dort Ponies. Nur er, meine Ma und ich. Meine Geschwister bleiben hier."

Er senkt seine Augen, scharrt mit der Fußspitze im Sand, dann plötzlich kommt er auf Bea zu und drückt ihr einen Kuss ins Gesicht.

„Vielleicht komme ich zurück und hole dich, in zwanzig Jahren oder so. Zum Heiraten, verstehst du. Also bis dann!"

An diesem Abend ist Bea sehr zufrieden mit dem Leben. Bevor sie einschläft, paradieren vor ihrem inneren Auge all die männlichen Wesen auf und ab, die sie kennt. Wenn es soweit ist, wird sie sich in einen von ihnen richtig verlieben und wird sich mit ihm zu einem Paar verbinden, wie die Oma, wie die Mama, wie die Tante Karola, wie die Lola, wie der Kuno.

Vorerst aber erscheint ihr das Leben von Tag zu Tag attraktiver. Es entsteht ein verheißungsvoller Raum um sie her, in dem sie die Kräfte und Kenntnisse erproben will, die ihr zuwachsen.

Sternschnuppenmoment

An einem Sommermorgen irgendwann in den späten sechziger Jahren sitzen die beiden Schwestern Elisabeth und Karola im Garten ihres Hauses in der Lebrechtstraße beieinander. Es ist einer jener Augenblicke, in denen sich die Zeit dehnt und das Glück entfaltet, ein Sternschnuppenmoment. Sie sind gar nicht so selten, wie man glaubt, diese Momente. Sie sind nur viel zu flüchtig und zerbrechlich, um sich nachhaltig in unsere Erinnerung einzuschreiben.

Beide Frauen hängen ihren Gedanken nach. Karola denkt daran, dass in dieser Woche noch ihre Hündin werfen wird. Der Tierarzt sprach von wahrscheinlich sechs, aber möglicherweise noch mehr Welpen. Den schönsten wird sie behalten, dann hat sie wieder zwei Hunde, so wie sie es liebt. Zunächst wird ihre Wohnung voller Leben sein. Neues Leben, was gibt es Schöneres! Wenn jetzt nur ihre Enkelchen kommen könnten, sie würden sich an den Hundebabies erfreuen. Würden lernen, was für ein großes Glück entstehen kann, wenn Mensch und Tier so aufeinander bezogen zusammenleben. Karola seufzt. Ach ja, ihre Tochter hätte möglicherweise Einwände hygienischer Art. Lola hat sich alles sehr adrett und gepflegt eingerichtet in ihrer neuen Wohnung dort oben im Hessischen. Die drei kleinen Mädchen immer wie Puppen ausstaffiert.

„Unsere Mama wäre mit ihrer Enkelin Lola zufrieden!“, denkt Karola. Sie sagt es nicht, denn in letzter Zeit ist Elisabeth manchmal empfindlich, wenn Karola allzu oft die Mutter erwähnt. Sie behauptet, sie seien nun wirklich zu alt, sich noch an dem zu orientieren, was die Mutter einstmals für richtig oder falsch erachtet hat. Immerhin, sie selbst war nie schlecht damit gefahren. Und Elisabeth? Hatte sie nicht auch die Mutter als Rückhalt, damals, als sie all diese schrecklichen Probleme bewältigen musste?

Nicht ganz so zufrieden wäre Lise allerdings, wenn sie wüsste, wie selten Karola ihre Enkel sieht, dass sie die Kinder von Kuno und Wanda schon seit der Geburt des kleinen Mädchens im letzten September nicht mehr besucht hat. Manchmal muss sie die Namen der Kinder aufschreiben und darüber nachdenken, was genau sie weiß von ihnen, Geburtstag, Alter, Haarfarbe, Augenfarbe, ob sie eher ihrem Sohn oder eher der Schwiegertochter gleichen. Das ältere kleine Mädchen macht Kuno große Sorgen, hat sich einer komplizierten Operation unterziehen müssen, weil es von seinem Papa die fatale Fehlstellung der Beine geerbt hat. Kuno, der Künstler, ist nun viel unterwegs. Muss in ganz Deutschland Engagements annehmen. Am Tegernsee zum Beispiel, wo die Prominenz aus Wirtschaft, Wissenschaft und Politik ihre Leiden auskuriert, Herz und Kreislauf wieder auf den richtigen Takt einschwört. Dazu spielt ihr Sohn Kuno für diese Leute auf. Und Karola hat eine mundgerechte Fassung seines Lebens, die sie jederzeit auf Befragen weitergeben kann, wenn man danach fragt. Darauf ist sie stolz. Mit ihrer Schwiegertochter ist sie nie richtig warm geworden. Was soll man da machen? So ist das Leben nun mal.

Karola schaut hinüber zu ihrer mit einem Maschendraht abgeteilten Gartenhälfte, wo die Hündin Zita sich in der Sonne räkelt. Wotan, der Hahn, stolziert aufgeregt hin und her, sammelt seinen Harem ein und scheucht ihn über die schmale Holztreppe hinauf ins Hühnerhaus, das Rudolf ihr damals so wunderwunderschön gezimmert hat. Karola greift sich mit einer Hand in den Nacken und richtet mit schnellen Bewegungen die Haarrolle, die sie mit kleinen Nadeln befestigt hat. Dann blickt sie hinüber zur Schwester, die in einem Buch liest, aber nun bemerkt, dass Karola sie betrachtet.

Elisabeth schaut auf, man sieht, dass sie von weither kommt. Sie lächelt, wirft einen Blick auf ihre Uhr und lehnt sich zurück. Bea ist heute den ganzen Nachmittag über beschäftigt. Zuerst im

Klavierunterricht in der Göhrenstraße bei Frau Ebinger. Elisabeth ist sehr zufrieden, dass Bea den Klavierunterricht nicht ganz abgebrochen hat, nachdem die prominente Lehrerin ihnen bedeutete, dass sie eigentlich ihre kostbare, begehrte Zeit nicht mit Schülerinnen vertändeln möchte, die ohne die nötige Ernsthaftigkeit üben. Dann das Vorspiel im Konservatorium, als Bea einfach aufstand beim ersten Fehler, den sie machte! Beschämend für die Lehrerin, der daran gelegen war, sich über die Leistungen ihrer Schüler zu profilieren. Das Kind ging zurück an seinen Platz und war durch nichts mehr zu bewegen weiterzuspielen. Panisches Erschrecken über seine Fehler, seine Unvollkommenheit. Woher nur kommt dieser Ehrgeiz, dieser fatale Hang zum Perfektionismus? Wie gut, dass man sie noch lange hier haben wird, hier in der Familie, unter Menschen, die einander in Liebe zugetan sind, wo man Fehler behutsam korrigieren oder einfach nur hinnehmen kann, ohne Verurteilung, ohne Konsequenzen.

Ab halb fünf ist Bea beim Chorsingen, das sie erst kürzlich aufgenommen hat. Sie trällert, wo immer und wann immer sie kann. Die ganzen schönen romantischen Lieder: „Im Frühtau zu Berge wir zieh'n, fallera!" oder „Jenseits des Tales standen ihre Zelte", dann auch Opernarien, seit man sie regelmäßig mitnimmt ins Theater. „Wie Todesahnung Dämm'rung deckt die Lande."

Ja, auch Wagner-Arien singt sie. Musik ist Musik. Man muss sie doch lösen dürfen von ihrem Komponisten. Elisabeth will das, sie will sich in die Wagner-Klänge versinken lassen und darin etwas von dem finden, was sie in ihrer Jugendzeit zum Erschauern brachte, die sinnliche Note der Klänge, die existenzielle Zuspitzung tragischer Verstrickungen. „Der fliegende Holländer". Symbol der Liebe gegen alle Widerstände, Liebe bis in den Tod.

Elisabeth blickt zum blauen Himmel auf und saugt die erdige Luft ein. Sie genießt die gedehnte Zeit dieser Nachmittagsstunde.

Isa wird erst am späten Abend zurückkommen. Seit sie noch einmal die Stelle gewechselt hat und nun bei der Verwaltung einer Lokaleisenbahngesellschaft als rechte Hand des Personalchefs tätig ist, macht ihr die Arbeit wieder Spaß. Isas Familienleben ist so ausgewogen wie nie zuvor. Richard und Isa haben eine gute einträgliche Arbeit. In der Freizeit finden sie immer öfter etwas, was sie zu dritt zusammen unternehmen können. Skifahren im Winter, die täglichen Abendspaziergänge „ums Quadrat", seit einiger Zeit malen sie zusammen, die drei, haben das Wohnzimmer im Dachgeschoss in eine Art Atelier verwandelt, überall Farbtuben, eine kleine Staffelei, die Gerüche, all das erinnert Elisabeth an damals, als der Vater ..., aber nein, er hat ein Recht darauf, nun endlich in Frieden zu ruh'n.

Elisabeth freut sich, dass ihre Schwester Karola so gesund aussieht, olivfarbene Haut wie eine Spanierin hat sie. Sie hat Rudolfs Tod verwunden. Auch die Distanz zu ihren Kindern und Enkeln schmerzt sie kaum.

Elisabeth betrachtet Karola und sucht nach Spuren ihrer Gedanken in ihrem Gesicht. Sie scheint heute keine Schmerzen in ihren arthritischen Knochen zu haben und freut sich auf die Hundekinder.

Vor den beiden Schwestern hat sich ein Vogel im Gras niedergelassen. Er pickt, sucht nach einem Würmchen, dann versucht er aufzufliegen, flattert und stürzt auf den Boden zurück, fängt sich, landet auf seinen Füßen, trippelt weiter, fliegt wieder auf, flattert. Nein, er fällt wieder zurück, landet dieses Mal im hohen Unkrautgestrüpp, das hier in diesem Garten wachsen und wuchern darf, wie es will, und so nun auch dem Vogel eine sanfte Landung ermöglicht.

„Was hat er?", fragt Elisabeth, beugt sich beunruhigt vor mit dem unbestimmbaren Gefühl, Zeuge einer kleinen Tragödie zu werden.

„Nichts, Elisabeth. Nichts Schlimmes. Er ist nur alt. Da geht es nur noch so, weißt du, auffliegen und abstürzen wechseln einander ab. Das ist normal!"

Karola lächelt und schließt die Augen, lässt den Kopf in den Nacken sinken, wendet ihr Gesicht in die Strahlen der Sonne. Das versteht Karola, denkt Elisabeth. Sie hat diesen unmittelbaren Zugang zum Kreatürlichen. Dann nimmt sie ihr Buch wieder auf und versenkt sich in die andere Welt, die sie kurz zuvor nur ungern verlassen hat.

Poesiealbum

„Mit des Schicksals Mächten ist kein ew'ger Bund zu flechten".

Wie so oft sitzt Elisabeth heute an Lises großem Esstisch, hat alte Briefe, Karten, Fotos darauf verteilt, sie sortiert, beschriftet, und hat sich gerade jetzt verloren in der Betrachtung ihres Poesiealbums.

Ihre Freundin Sascha schrieb ihr über des Schicksals Mächte mit gestochen schöner Schrift am 7. Mai 1907 „Zur ewigen Erinnerung".

Sascha, Trudel, Gertrud, Erna, Elsbeth, Margaretha, alle schon gestorben.

Lisa schwer krank und ohne Familie, deshalb nun in einem winzigen Zimmer, in einem Heim, irgendwo, mit der Straßenbahn schwer zu erreichen.

Im letzten Monat kam nur noch Hedda zum Klassentreffen ins Café Endle. Sie aßen ihren Kuchen, tranken den koffeinfreien Kaffee und gingen nach einer Stunde schon wieder nach Hause.

In der Ehe von Kuno und Wanda kriselt es. Aber Karola macht nur Andeutungen, sie rückt nicht recht heraus mit dem, was sie doch sicherlich weiß. Sie wird sich auf die Seite ihres Sohnes stellen, das ist Elisabeth klar. Ach Gott, die armen Kinderchen!

Richards Schwester Inge hat das neue Lebensgerüst, das sie hier zusammen an diesem Tisch gemeinsam planten – eine Arbeitsstelle in Karlsruhe, eine eigene Wohnung und dann ein persönliches Treffen mit einem netten Witwer aus Ettlingen, dessen Annonce in der Zeitung hervorstach durch besonders sympathische Formulierungen – in den Wind geschlagen. Sie liiert sich mit dem Nachbarn, den gerade seine Frau verlassen hat. Richard schüttelt nur den Kopf. Kann man das Liebe nennen? Isa ist wütend über die falsche Entscheidung ihrer Schwägerin. Elisabeth ahnt den Magnetismus ungerichteter Ursehnsucht in der Einsamkeit, die nicht Gott gewollt ist, denn er selbst schuf Adam eine Gefährtin, so soll es sein.

Gibt es das? Falsche Entscheidungen?

Wie sollen wir das wissen, wenn wir nur einen Weg zu Ende gehen können?

Elisabeth seufzt. Ob Isa das einsehen wird?

Ob sie das Kind in Ruhe seinen Weg suchen und gehen lassen wird?

Bea ist langsam in ihrer Entwicklung, verträumt, ihre Energien vertändelt sie allzu oft im Raum der Phantasie. Neuerdings auch, indem sie stundenlang am Klavier sitzt und versucht, aus den Noten von Onkel Karl Spoerin Musik zu machen. Musik, die nur in ihrem eigenen Kopf komplett ist, denn Liszt, Schubert, Brahms, all das übersteigt doch bei weitem ihre Möglichkeiten. Damals, damals als Elisabeth jung war, galt es vor allem, schwungvoll und selbstbewusst vorzutragen, die Fehler und Unsicherheiten gut zu kaschieren. Man nahm sich gefällige Stücke vor, Salonstücke genannt, „Waldesrauschen", „Aufforderung zum Tanz", Stücke, die effektvoll daherkamen, ohne die meist durchschnittlichen Fähigkeiten der Pianistinnen zu überfordern. Man wollte Punkte machen, die Konkurrenz auf dem Heiratsmarkt verunsichern.

Bea ist jetzt sechzehn. Als Elisabeth sechzehn war, legte ihre Mutter Wert darauf, dass sie Ausschau hielt nach einem passenden Ehemann. Bea ist verliebt, das hat sie ihrer Oma anvertraut. Zum ersten Mal richtig verliebt in einen Jungen aus ihrem Chor, der nun im Zentrum ihres Interessens steht. Der sie abholt und hier wieder abliefert. Ein netter, wohlerzogener Junge ist das. Kommt aus einer anständigen Familie. Aber Isa meint, das sei nur ein „Scheingefecht". Warum nur so ein martialischer Begriff? Welche persönliche uneingestandene Erfahrung steckt dahinter? Die Ehe ihrer Tochter ist sicherlich nicht von uneingeschränkter Harmonie geprägt. Aber welche Ehe ist das schon? Wichtig ist die Bilanz, die muss positiv sein. Daran muss man sich aufrichten, wenn man einzuknicken droht. Und es muss Liebe sein. Wenn die Liebe nicht wäre, lohnte sich das ganze Leben nicht! All das hätte Elisabeth gerne vermittelt, der Tochter, der Enkelin, aber es geht nicht. Beide sind sehr darauf aus, sich ihre eigenen Einsichten so zu gestalten, wie es ihrer emotionalen Augenblickssituation entspricht. Impulsiv. Kurzsichtig. Elisabeth seufzt auf.

Man ist einander täglich so nah, aufeinander angewiesen, in Vertrauen auf die Hilfe des anderen steht man das Schwere durch, und man lacht zusammen, wenn einer Freude fühlt, aber jeder erstarrt für den anderen allmählich zu einem Klischee: die Großmutter, die Mutter, das Kind. Man versieht diese Schablonen mit vermittelbaren Eigenschaften, man verpackt, was passiert, in Sätze, die man sagen kann, wenn man gefragt wird: „Meine Tochter hat noch einmal ihre Stelle gewechselt. Sie arbeitet jetzt bei einer Versicherung und macht eine Ausbildung zum Versicherungsfachwirt. Meine Enkelin arbeitet fleißig, denn sie will ein gutes Abitur machen und dann studieren. Mein Schwiegersohn ist Werkbüroleiter, er fährt ein schönes großes Auto. Meiner Schwester geht es gut, sie hat neun Enkelkinder und erwartet ein zehntes. Ja, ihre Hunde hat sie auch immer noch, obwohl sie sie kaum noch halten kann, weil ihre Gelenke schwach sind, aber sie sind ihr sehr wichtig." Wichtiger als die Enkel, aber das kann man schon nicht mehr sagen. Hinter jeder vermittelbaren Sentenz steht das, was man niemandem erzählen kann, weil es sich nicht gehört und weil es die Welt nichts angeht.

Ich bin auch eine Schablone für sie, denkt Elisabeth. Die Mutter, Schwiegermutter, die Oma, die liebe gute, die kocht und die Wohnung in Ordnung hält, die Krampfadern hat und hohen Blutdruck, deshalb sorgt man sich um sie, und man hält sie bei Laune, indem man sie mitnimmt, wann immer es geht, ins Theater, zum Schwimmen, zu Schulfeiern, zu Chorkonzerten, auch in den Urlaub, immer, immer wieder.

Die Schwester, die Tante, die Freundin, die Nachbarin.

Aber wie sehe ich mich selbst? Jetzt, schon älter als die Mutter geworden, viel älter als der Vater, älter als die Tante Ida, als unsere beiden Omas. Noch nicht so alt wie die Tante Emma, nicht so alt wie die Tante Louise.

Was wird jetzt noch kommen für mich? Haben des Schicksals Mächte noch irgendetwas Neues auch für mich vorgesehen?

Verwirrungen

Das Leben war eine Zeit lang wunderbar einfach gewesen, aber jetzt hat es diese wohltuende Einfachheit wieder verloren. Es stellt Forderungen, es lockt mit Verheißungen, alles ist von Tag zu Tag verwirrender für Bea.

Im Haus wird es eng, in der Familie wird es eng. Fremde zu beobachten lässt den Wunsch entstehen, etwas auszuprobieren, was weit außerhalb des bisher gesteckten Rahmens liegt. Wie weit kann man sich vorwagen, gegen die Erwartungen derjenigen, die man liebt, ohne sie zu verletzen? Was kann man ihnen zumuten? Wann muss man etwas tun, was sich gegen alle Ratschläge richtet? Wann lohnt sich das?

Als das Feuer ausbricht, sind alle Frauen, nicht aber Richard im Haus.

Es ist die Zeit am Nachmittag, die manchmal einfach verschwindet, so als ob sie nicht wäre, weil der Abend wichtig sein wird, weil der Vormittag voller Ereignisse war.

Zuerst hallt Karolas lautes Klagen durch die Wände, dann kommt sie mit ihren schweren Schritten auf der hölzernen Treppe herabgeeilt, hinter ihr Zita, die Hündin, die sogleich wieder hinaufrennt, und dann wieder auftaucht.

„Feuer!“, schreit Karola.

Elisabeth, Isa und Bea eilen hinauf in Karolas Wohnung, während diese den Hund am Halsband fasst, in den Garten hastet und dort auf der alten vermoosten Steinbank weinend zusammensinkt.

Rauch dringt aus Karolas Wohnung, man sieht nicht, woher er kommt. Aus der Küche? Elisabeth erstarrt, Isa eilt gleich weiter hinauf in ihre Wohnung.

„Dokumente, Dokumente“, schreit sie.

Bea presst eine Hand vor die Nase und geht hinein in den Rauch, hört das Rascheln des schwelenden Feuers, das gierig die schönen neuen Plastikvorhänge mit dem exotischen Muster verschlingt und die Wachstuchtischdecke zu schwarzen Wellen kräuselt; sie sieht, dass der Ursprung des Feuers die Wanne unter Karolas Ölofen sein muss, dort züngelt es durchschimmernd bläulich. Bea ist gebannt. Sie würde gern bleiben und beobachten, aber das Fiepen der jungen Hunde, die in der Küche in ihrer Kiste gefangen sind, dringt durch ihre Faszination hindurch, und schnell packt sie die drei weichen kleinen Wesen, die fast nur aus Bauch bestehen, und springt die Treppe wieder hinunter. Sie legt die Welpen in die Hände von Karola und Elisabeth, die jetzt mit weit aufgerissenen Augen neben ihrer Schwester sitzt. Aus dem Garten hinaus, zu Bäcker Neff rennt Bea, in der Hand hat sie einen großen Stein. Sie zerschmettert das Glas über dem Feuermelder und drückt den schwarzen Knopf. Atemlos und in der Gewissheit, endlich einmal etwas Sinnvolles getan zu haben, geht sie zurück ins Haus, da hört man schon das Getöse: Tatütata.

Ein Feuermelder ist da, um ein Feuer zu melden!

Wie oft hat Bea sich die Frage gestellt, ob das jemals passieren kann, ein Feuer? Jedes Mal, wenn sie an jenem Eckhaus vorbeiging, auf dem Weg zur Straßenbahnhaltestelle, auf dem Heimweg aus der Stadt. Feuer? Gehört das nicht zu den Schreckensszenarien in den Köpfen der Alten, die sie immer wieder panisch beschwören, weil sie sie nicht loswerden können, weil zwei Kriege einfach zu viel waren für ihre Gemüter? Bea spürt keine Angst, keine Panik. Das Feuer, scheint ihr, wartet nur darauf, gelöscht zu werden.

Die ganze Nachbarschaft läuft zusammen und schon spinnt man die ersten Legenden von diesem Ereignis. Weißer klebriger Löschschaum hat sich auf das Treppengeländer gelegt, auf die Biedermeier-Vitrine in Karolas Diele, auf all die verbliebenen Gegenstände in ihrer Küche. Isa sitzt mit einem Packen Aktenordner bei Mutter und Tante, die jungen Hunde haben sich an den warmen Bauch ihrer Mutter geschmiegt und schlafen vor Erschöpfung, weil sie sich gerade eben satt getrunken haben.

Karola kann dem Feuerwehrmann keine Unterschrift geben. Elisabeth muss das für sie tun. Dann gehen sie hinauf und betrachten sich das abgekühlte Inferno, die glänzende, klebrige Verwüstung. Sie öffnen alle Fenster und lassen den schrecklichen Geruch hinaus. Noch tagelang haben sie ihn in ihren Nasen. Alle Kleider riechen danach, die Haare, sogar die Schuhe.

Dieses Ereignis löst eine Kette von Diskussionen aus. Grundsätzliches steht an! Das schicksalhafte Aneinandergekettetsein, die schmerzlich unterschiedlichen Auffassungen von Verantwortung zur Pflege des gemeinsamen Besitzes, und dann muss man bedenken, dass es einst nach Karola und ihren Kindern zehn Erben geben wird, denen Bea allein gegenübersteht. Man wird nicht zur Ruhe kommen, wenn man sich nicht endlich auf ein Eigenes beschränken kann, ein eigenes Haus, in dem man schalten und walten kann, wie man es selber will, das betonen Richard und Isa immer wieder.

Als sich kurz darauf eine Gelegenheit bietet, in der neu entstehenden Gagfah-Siedlung ein kleines Reihenhaus zu kaufen, das die Hausnummer hat, die die bisherige genau verdoppelt, nimmt man das als Hinweis des Schicksals und bereitet die Trennung vor.

Mehr als zwanzig Jahre nach dem Tod von Lise Wolf, der Mutter, die sie immer wieder beschworen haben, auf Schritt und Tritt, versucht man, sich zu trennen, will das gemeinsame Haus verkaufen, weil Elisabeth es fordert, im Bewusstsein der Tatsache, dass sie damals der Auslöser war für seinen Kauf, nicht nur das, sie war auch Mitkäuferin.

Karolas Kinder, beide weit weg, beide gefangen in einem eigenen Leben, das ihnen all ihre Kräfte abverlangt, sind voller Unverständnis. Warum nur will man diese in ihren Augen funktionierende Symbiose auflösen? Ein Erbe hergeben?

Karola ist stark, denkt Elisabeth, sie hat so vieles geschafft, sie wird auch diesen Schritt schaffen. Und ich werde nicht weit weg sein, wir werden uns besuchen, wir werden telefonieren. Es wäre eine verdiente Chance für Richard und Isa, sich ein eigenes Heim zu schaffen, endlich nach ihren Vorstellungen zu leben, mit ihrem Kind, bevor es aus dem Haus gehen wird, und mit ihr, der Mutter, akzeptiert und zugehörig, in der Mitte der Familie, die sie ausfüllt, selbstbewusst und voller Vertrauen zu ihnen, zu sich selbst.

Bea rückt ab von ihrer Oma, sie versteht nicht, dass sie scheinbar leichten Herzens zu solch einem Riesenschritt bereit ist. Ist sie sich klar, dass sie fast alles hergeben muss? Das große Buffet mit den Löwenköpfen, Lises Tisch mit den geschnitzten Stühlen, das geliebte Sofa mit dem Kelim darauf, der ideale Platz um hineinzurutschen in einen dicken Roman, eine andere Welt, die bemalten Truhen, vielleicht sogar das Klavier?

„Aber nein", beruhigt Elisabeth das aufgebrachte Kind, „nein, deine Eltern haben mir versprochen, dass ich mitnehmen kann, soviel nur hineinpasst in das größte Zimmer im ersten Obergeschoss, denn das wird mein Zimmer sein, mein Boudoir sozusagen", und sie lächelt dabei voller Vorfreude.

Die Gespräche und Verhandlungen der jüngeren Generation sind vom Unverständnis der einen und dem unbeugsamen Willen der anderen geprägt. Spannungen bauen sich auf. Harte Worte fallen.

Bea versteht nicht, was man einwendet gegen Tante Karola, die für sie immer nur das war, eine Tante, eine, die ihr schöne Geschenke machte, die ihre Erfolge lobte, sie dann und wann ein bisschen neckte, die jedoch immer in ihrem eigenen Rahmen blieb, merkwürdig, lustig, eigenwillig, selbstbestimmt, vernarrt in ihre fernen Kinder, in das, was sie aus ihnen machte in ihren Erzählungen, mit ihren skurrilen, grotesken Wortschöpfungen, die den Karikaturen glichen, mit denen sie die Ränder ihrer Zeitung schmückte.

„Du musst nicht neben, nicht gegen, nicht mit der Tante leben. Du stehst doch schon mit dem Rücken zu uns da, klapperst mit deinen Flügelchen auf und ab, bereit zum Abflug", das wirft ihr der Vater vor.

Das ist es. Nicht ihr Leben wird hier gestaltet, es ist ein später Versuch Isas und Richards, sich ein eigenes Leben zu schaffen, endlich erwachsen zu werden, mit über 40 Jahren.

Ein Käufer wird gesucht, der einwilligt, dass Karola wohnen bleibt, dort in ihrer Wohnung in der Beletage, mitsamt ihren Hunden. Es scheint nahezu unmöglich. Alle Planungen bleiben monatelang in einem empfindlichen Schwebezustand. Man tut, als ob es gelingen könnte.

Man muss also wieder einmal alles in die Hand nehmen, jedes Bildchen, jedes Blatt Papier, sich vor jedes Möbelstück stellen, es vermessen, es prüfen auf seine Brauchbarkeit. Die Damasttischtücher und Servietten, einstmals für ein Leben in Glanz und Wohlbehagen angeschafft, das halbierte Porzellan, das halbierte Silber aus Lises Aussteuer, Lises Mokkatässchen, Lises Sekretär, der Spiegelschrank, ach Gott, ach Gott, unser Papa hat das alles doch so liebevoll entworfen und wohin geht das jetzt? Karola schüttelt den Kopf, ruckelt mit den Schultern, steigt hinauf in ihre Wohnung, sie ist gekränkt.

Bevor die Sommerferien beginnen, bricht in Israel ein Krieg aus.

Ernst ruft an aus Amerika und informiert sie, dass Klaus und Trude schon am ersten Kriegstag ausgeflogen wurden zu ihren Söhnen nach Amerika und so sind sie also sicher.

Krieg? Elisabeth bittet Richard, ihr diesen Krieg genau zu erklären. Kann das sein, dass daraus ein neuer Weltbrand wird?

„Die Endzeit, weißt du noch, dass Martin immer davon sprach, holt sie uns jetzt doch noch ein?“

Wie soll man das erklären? Richard seufzt. Kann man ihr sagen, dass in der Tat der Krieg als Möglichkeit wieder einmal über diesem Land schwebt wie ein Damoklesschwert. Aber nicht jetzt erst, sondern lange schon. Nie war die Bedrohung wirklich ganz verschwunden. Er entscheidet sich dafür, dieses Wissen für sich zu behalten und beruhigt Elisabeth.

Ein ganz lokal begrenzter Brand sei das und die Israelis haben die beste Armee auf der Welt, die besten Waffen, den besten Geheimdienst ...

Das reicht ihr, sie winkt ab. Es reicht sein Wort, dass sie diese Sorgen ablegt und sich um ihre Zukunft kümmert.

„Unsere gemeinsame Zukunft“, sagt sie lächelnd.

Der Krieg im Nahen Osten bleibt die erste Nachricht an jedem Tag, eine Woche lang. Dann kommen die Meldungen vom Sieg und man ist überall voller Hochachtung vor der Tapferkeit, der Tüchtigkeit dieses Landes, dieses Volkes.

Beas Geschichtslehrer betritt das Klassenzimmer und sagt: „Hefte und Bücher zu. Heute haben wir ein besonderes Thema: Israel."

Er stellt Fragen nach der Vergangenheit, die nur zögernd beantwortet werden. Bea staunt über merkwürdige Antworten ihrer Mitschüler.

„Hitler", sagt einer, „war doch nicht so schlimm, wie manche tun. Er hat sich große Verdienste erworben, die Autobahnen gebaut und die Kriminalitätsrate drastisch reduziert."

Da bricht es aus dem jungen Lehrer heraus: „Wer hat dir denn solch einen Mist beigebracht?" Gleich jedoch fasst er sich wieder, und beginnt damit, ein Thema aufzurollen, das sich noch jenseits ihrer Geschichtsbücher befindet.

Immer wieder tauchen Leute auf, die das Haus besichtigen wollen. Aber einen echten Interessenten gibt es nicht. Wird der Traum platzen? Isa schläft schlecht in dieser Zeit, und es kommt noch eine weitere Sorge hinzu. Ein Anruf aus dem Diakonissenkrankenhaus informiert sie, dass Frau Engelmann eingeliefert worden sei. Schlaganfall!

Ein erster Besuch ergibt, dass es Hedwig schlecht geht, sie aber sprechen kann und Herr ihrer Gedanken ist. Jeden Tag lässt sich Berta nun mit dem Taxi ins Krankenhaus fahren und sitzt an ihrem Bett. Nimmt Wünsche entgegen und strengt sich an, nichts zu vergessen, bis sie am späten Abend wieder zu Hause ist, denn sie bleibt immer über die Mittagszeit und bekommt ein Mittagessen serviert. Man hat in diesem Krankenhaus schnell erkannt, dass zwischen den beiden alten Frauen eine ganz besondere Verbindung besteht, die man akzeptiert, ohne groß nachzufragen. Wenige Tage danach allerdings muss man Berta neben Hedwig in ein Krankenhausbett legen. Sie ist am Ende ihrer Kräfte angekommen. Da liegt sie nun, ihr kleines Gesicht, die wenigen wie dünner Draht um den kahlen Kopf gewickelten Haare, ihre weit aufgerissenen Augen, und brabbelt unaufhörlich panisch vor sich hin.

„Ich hab's versprochen, ich hab's doch versprochen, dass ich für sie sorge, bis sie mich nicht mehr braucht, das hab ich doch, hab ich doch. Ach Gott im Himmel und jetzt, wer sorgt denn jetzt für sie, sie lässt doch niemanden zu sich, lässt sie doch, was mach ich nur, ach Gott, ach Gott im Himmel."

Hedwig presst die gekräuselten Lippen aufeinander und ihre Augenränder röten sich.

„Sie ist dabei zu sterben", flüstert sie, als Elisabeth und Isa kommen.

Bertas Körper wird abgeholt von ihrer Familie, Schwestern, Neffen, Nichten. Man wundert sich, dass Berta das hatte, eine eigene Familie. Nie trat sie in Erscheinung, weil Berta sich mit beharrlicher Treue an das Versprechen hielt, das sie einmal vor mehr als fünfzig Jahren gegeben hat, dass sie von nun an zur Familie Wachenheimer gehöre, für sie sorgen wolle bis an ihr Lebensende, und diesem Lebensplan folgte sie mit unnachahmlicher Beharrlichkeit.

„Wir können Frau Engelmann nicht mehr hier behalten, wir haben alles, was in unserer Macht steht, für sie getan", heißt es dann.

Zwischen den Verhandlungen mit möglichen Käufern und mit den Verwandten, zwischen allen Bemühungen, das neue Leben für Isa und Richard zu realisieren, klappert Isa nun auch Pflegeheime ab, besichtigt Zimmer und findet schließlich einen freien Platz, sitzt mit im Krankenwagen, als Hedwig schlafend transportiert wird, lässt sie beruhigt zurück. Sie kommt zu Hause an, da ruft man schon an aus dem Heim. Frau Engelmann schreie laut, schreckliche Sachen sage sie, das meiste Gott sei Dank in einer anderen Sprache, so dass man das, was sie mit Wut und Nachdruck um sich spuckt, nicht verstehe.

Eine lange Woche dauert dieser letzte Kampf, dann kann auch Hedwig einschlafen für immer. In der Nähe ihres Bruders findet sie ihre letzte Ruhestätte. Es tauchen Verwandte auf, die Schwägerin, die damals treu zu ihrem Mann hielt, die mit ihm ins Lager gehen wollte und sich abweisen lassen musste. Den Rest ihres Lebens hat sie damit verbracht zu trauern. Sie ist sehr krank, deshalb wird sie von ihrem Bruder und dessen Sohn vertreten. Man muss sein Herz in beide Hände nehmen, wenn man neben ihnen steht und zusieht, wie sie mit flinken Augen abschätzen, was sich in bare Münze verwandeln lassen könnte: Bilder, Möbel, Wäsche. Zum Erschrecken aller findet man ein Bündel Geldscheine, eine größere Summe ist es, alte verfallene Scheine, wohl verwahrt zwischen Damasttischdecken und Servietten.

Wofür? Für schlechte Zeiten? Oder für das „Nach-mir"?

Der Bankbeamte, der immer ins Haus kam und Hedwig half, ihre Bankangelegenheiten auf diesem Wege abzuwickeln, setzt sich ein dafür, dass dieses Geld noch umgetauscht wird und so verteilt wird, wie Hedwig es in ihrem Testament verfügt hat: Wenn Berta nicht mehr lebt, sollen es zu gleichen Teilen die Schwägerin und Isa erhalten, die beiden Menschen, die für sie Anlass waren, ans Leben zu glauben. Isa selbst braucht es nicht, sagt sie, sie legt das Geld an, damit Hedwigs Patenkind Bea eines Tages damit in ein eigenes Leben hineinstarten kann, denn Isa will wie alle Väter und Mütter ihrer Generation, dass ihr Kind es einmal leichter haben soll als sie selbst.

Ein neues Leben

Elisabeth hat sich einen Stuhl in die Nähe des nagelneuen, fest eingebauten Bücherregals aus warm leuchtendem Nussbaumholz gezogen. Von dort aus kann sie hinausschauen auf die beiden Hochbeete, wo Azaleen blühen in allen Farben. Sie räuspert sich, schlägt die Beine übereinander. In der Hand hält sie ihr kleines Adressbuch, hat es aufgeschlagen, und nun wählt sie die erste Telefonnummer.

„Ja", will sie sagen, „wir sind jetzt umgezogen."

Das große, helle Wohn-Esszimmer in L-form mit der Durchreiche, dem modernen Gläserschrank, den Silberschubladen, der weiche Spannteppich, graumeliert, die toskanischen Terrakottafliesen im Flur, die frei schwebenden hölzernen Treppenstufen, das Kuppelfenster im Flachdach, und ...

„ ... dann das grüne Zimmer, kannst du dir das vorstellen? Ein überdachter Sitzplatz, im Freien, mit Blick ins Grüne, ringsum hört man die Vögel zwitschern, Katzen miauen, Hunde bellen."

Sie berauscht sich an den neuen Wörtern, hält nicht zurück mit ihrem Stolz. Informiert nacheinander jeden, dessen Nummer dort im Telefonverzeichnis steht. Danach schreibt sie Briefe, wiederholt alles immer wieder, verfeinert die Formulierungen, liest es noch einmal durch und erfreut sich beim Lesen an der Gewissheit, dass es stimmt: Ja, das neue Leben hat begonnen.

Es stand auf Messers Schneide.

Karola wollte nicht, dass das Haus, das Erbe, der gemeinsame Besitz verkauft wird. Sie blieb unnachgiebig. Sie verschanzte sich hinter ihrem Nein und rief ihre Kinder zu Hilfe, die ihre Ablehnung bekräftigten. Noch einmal wirkte sich aus, dass 1938 Elisabeth nicht als Mitkäuferin und Mitbesitzerin auftreten durfte und man diese Tatsache 1945 im Überschwang des Glückes, überlebt zu haben, und im Vertrauen darauf, dass die Familie „es doch weiß", nicht dokumentiert hatte. Man musste den ehemaligen Bundesbruder von Rudolf, der Karola immer noch in Rechtsfragen beriet, zu Hilfe rufen, ihm alles erklären und nur mit seiner Unterstützung gelang es schließlich, Karola zu überzeugen. Die Suche nach einem Käufer, der alle Bedingungen akzeptierte, zermürbte und die Zeit drängte. Über all dem drifteten Lises Enkel auseinander und zwischen ihnen machten sich erbittertes Schweigen und Groll breit.

Elisabeth hielt zu ihren Kindern, auf die Gefahr hin, die Verbindung zur Schwester auf immer verloren zu haben. Was für ein Glück, dass sich dann doch ein Käufer fand! Elisabeth konzentrierte sich schließlich auf die Auflösung ihres Haushaltes und setzt sich nun voller Energie dafür ein, das neue Haus zu einem neuen Heim zu machen.

Man stellt sich den Nachbarn vor. Langsam arbeitet man sich voran in der Reihe, versucht, im Gespräch herauszufinden, mit wem man es zu tun hat, was die Männer arbeiten, ob die Frauen nett sind, hübsch, gut gekleidet und elegant. Oder einfach, aber anständig. Oder eingebildet, ungebildet, gehemmt, skurril? Spannend ist das. Jeden Tag entdeckt man Neues, verwandelt es in Geschichten, die man sich gegenseitig erzählen kann. Wie viele Kinder es hier gibt, Kinder in allen Altersstufen! Es wuselt nur so von neuem Leben! Und dann die schönen Geschäfte in Spucknähe, wie einstmals in der Karl-Friedrich-Straße. Alles ist da, Lebensmittel in einem feinen kleinen Supermarkt, Schreibwaren und Zeitschriften, ein Friseur, eine Apotheke, sogar eine Boutique, für junge Leute allerdings, aber so soll es ja auch sein. Elisabeth will vor allem, dass ihre Kinder sich wohl fühlen hier in dieser neuen modernen Siedlung, von der man immer öfter in der Zeitung lesen kann, weil sie beispielhaft ist. Besonders viel Spaß macht es ihr, fast täglich in die Drogerie zu gehen, mit dem jungen Ehepaar zu sprechen, das sich hier etwas aufbauen will, ein

Lebenswerk! Jedes Gespräch mit ihnen löst Erinnerungen aus an eine lang vergangene Zeit, als Elisabeth schon einmal ihr Leben beherzt und mit kühnem Schwung neu ausrichten musste. Aus der Ferne erinnert, sieht sie nun neben allen Sorgen, neben der vielen Arbeit, neben dem zunehmenden Mangel das andere, das Positive dieser Zeit immer deutlicher zutage treten: Enger als je zuvor rückten Martin und sie zusammen, arbeiteten Hand in Hand, wurden weit mehr als ein Liebespaar, ein Ehepaar, ein Elternpaar. Eine Einheit wurden sie, ein Wesen mit zwei Köpfen und einer Seele.

Elisabeth hat ihr eigenes Zimmer und das Kind hat sogar zwei eigene Zimmer, sehr klein zwar, aber doch groß genug, ein winziges Schlaf- und Arbeitszimmer, das ist wichtig, denn Bea bereitet sich vor auf ihr Abitur, und ein Wohnzimmer, worin sie junge Leute empfangen kann. Das ist die offizielle Version, die sie gibt, wenn man sie nach der Enkelin fragt. Damit erspart sie sich, über das Befremdliche an der Entwicklung des Kindes offen zu reden. Die Aggressionen, die aus Bea hervorbrechen, wenn sie mit ihren Eltern diskutiert, über die Todesstrafe, den Kommunismus, die zweigeteilte Welt. Ihre zunehmende Verschlossenheit.

Wie anders gestaltet sich der Alltag dieser jungen Mädchen heutzutage. Bea beschäftigt sich hauptsächlich mit Lernen. Morgens geht sie zur Schule, am Nachmittag brütet sie über ihren Büchern und Heften, dann sitzt sie stundenlang am Klavier und singt. An vielen Wochenenden ist sie weg mit ihrem Chor, übt für die anstehende Aufführung der Matthäuspassion, bei der ihr Chor den Kirchenchor verstärken wird: „Oh Haupt voll Blut und Wunden“, das trällert sie vor sich hin als ob es ein Schlager wäre, obwohl sie das dort in der Kirche nicht singen wird. Ein Kinderchor wird es singen und dieser Kinderchor wird von einem jungen Lehrer einstudiert, der Bea sehr beeindruckt.

Was sagt da ihr Freund dazu, der nette Junge?

„Sie isch halt jetzt neu verlippt!“, kommentiert Karola. Sie summt leise vor sich hin: „Die Liebe von Zigeunern stammt, sie fragt nach Rechte nicht, Gesetz, noch Macht ...“

Aus ihrem Groll spart Karola die Schwester inzwischen aus. Sie hat ihn auf die Jungen verlagert. So kann sie kommen, Elisabeth besuchen, sich auch mal für ein Viertelstündchen mit ihr ins „grüne Zimmer" setzen und die wichtigsten Neuigkeiten austauschen.

„Ich glaube nicht, dass ihr die Liebe im Augenblick wirklich das Wichtigste ist", erwidert Elisabeth, „das Lernen scheint wichtiger für sie zu sein."

„So, so, es gibt was Wichtigeres als die Liebe", Karola zweifelt an der Klugheit ihrer Schwester. Oder ist sie nun ein richtiger Blaustrumpf geworden, die Großnichte Bea?

„Ach nein, das nicht, aber weißt du, die jungen Leute heute, die diskutieren und machen Ausflüge oder gehen Ski fahren oder wandern. Man tanzt nicht mehr, und ob man noch flirtet, das weiß ich nicht."

Elisabeth lebt unter einem Dach mit ihrer einzigen Enkelin, aber sie weiß anscheinend nicht mehr über sie als Karola über ihre zehn fernen Enkelkinder, die sie ein-, allerhöchstens zweimal im Jahr sieht. Endlich ist bei Lola im Hessischen noch ein kleiner Junge angekommen. Und nachdem er nun schon laufen kann, nachdem die älteste Tochter schon zwölf ist, hat Lola angefangen, als Krankenschwester zu arbeiten, in der Notambulanz, sie ist die Stütze des Stationsarztes, er lobt ihre Tüchtigkeit, ihre Umsicht, ...

Elisabeth ist froh, dass sie sich mit ihrer Schwester wieder hat einrichten können in einem fragilen Zustand der Nähe, der grenzenloses Vertrauen so wie früher allerdings nicht mehr zulässt. Aber Karola erzählt, wie sie ihre Tage verbringt. Die langen Spaziergänge mit den Hunden sind ihr wichtig. Da trifft sie Hundeleute und unterhält sich unverbindlich über die Tiere, das Private bleibt verborgen, so wie sie es gerne hat. Jeden Montag zu Feinkost Schindele für diesen und jenen speziellen Gaumengenuss. Dort ist sie bekannt, man weiß, dass sie die geborene Wolf ist und man behandelt sie auch so. Elisabeth bezweifelt das, aber sie äußert sich nicht dazu. Während sie sich neben jeden stellen kann, um mit ihm zu reden, hat Karola die Unberührbarkeit der alten

Zeit beibehalten. Immer noch will sie nur das Besondere oder gar nichts. Mit dem Wenigen, was ihr dadurch bleibt, kann sie leben und zufrieden sein. Kann auch damit leben, dass sie fast immer allein ist, der Kontakt zu ihren Kindern und Kindeskindern sich auf die Telefongespräche mit der Tochter und wenige seltene Besuche ihres Sohnes beschränkt.

„Erzähl von den Kleinen, wann hast du sie denn zuletzt gesehen?"

„Nun, der Weg ist weit", sagt Karola, und wem soll sie die Hunde überlassen? Also schreibt sie den Enkeln Briefe. Päckchen hat sie gepackt für Ostern.

„Ach ja, und noch eins: Der Kuno lässt sich scheiden."

So, in einem Nebensatz, erfährt man nun die wichtigsten Schicksalswendungen im Leben der anderen Hälfte der Familie.

Eingeklemmt zwischen der Sympathie mit der betrogenen Ehefrau und der Blutsverwandtschaft zum Vetter, versinken sie in Regungslosigkeit. Man könnte ohnehin nichts tun, nichts verbessern. Was zwischen Liebenden geschieht, können meist nur sie selbst richtig bemessen. Sehr oft wird es erst dann möglich, wenn es kein Zurück mehr gibt. Wenn nichts bleibt als ein Scherbenhaufen. Erst 40 Jahre später werden Isa und Bea erfahren, wie es wirklich war. Welchen unsäglichen Kummer die Trennung der Eltern über die Kinder brachte und dass es so nicht stimmte, wie Karola es dargestellt hatte.

Bea verbirgt ihr wachsendes Unverständnis für ihre Familie unter einer Maske der Gleichgültigkeit. Dass die Eltern sich hier in diesem winzigen Reihenhäuschen, in diesem Garten, der kaum größer ist als der Hof zum Wäscheaufhängen in der Lebrechtstraße, so wohlfühlen, als ob es das Paradies wäre, versteht sie nicht. Dass sie all diese glatten Wände, die geheimnislosen hellen Räume, die gesichtslosen, geschichtslosen Mauern ringsumher schöner finden als das alte Haus mit seinem Flüstern und Knistern, dem unverwechselbaren Geruchsgemisch der Weihnachtsbäckerei, der Patina, die von gelebtem Leben, von Glück und Leid künden, das versteht sie nicht.

Mit Schwung ersetzen sie nach und nach alles, was an ihr altes Leben erinnert. Sie reißen die Oma mit hinein in diesen Taumel der Erneuerung und Bea fühlt, dass der Boden unter ihren Füßen schwindet.

Es gärt in ihr, sie spürt, dass sie sich lösen müsste, dass sie sich einen eigenen Rahmen schaffen müsste, aber außer dem Alten, dem sie nachtrauert, fällt ihr nichts ein. Sie trudelt auf das Ende ihrer Schulzeit zu, die ihr wie ein Abgrund vorkommt. Sie glaubt, dass sie ins Leere stürzen muss, denn da ist nichts, worauf sie sich freuen könnte. Die Liebe, ja, für die Liebe wäre sie bereit. Aber der, der sie haben will, ist ihr nicht genug, und der, den sie haben will, ist nicht erreichbar für sie.

Sie verändert sich, lässt sich die Haare wachsen und eines Tages färbt sie sie schwarz, malt dicke schwarze Ringe um ihre Augen. Trägt dieses veränderte Gesicht mit Trotz, blockt jeden Einwand ab.

Pläne? Hat sie nicht. Was geschehen soll, wird geschehen.

Nun hat man endlich ein Gästezimmer im Souterrain, das man nicht Keller nennen muss, weil es ein tief herabreichendes Fenster und indirekte Beleuchtung gibt, Teppichboden und selbst gepflückte Sträuße aus der Wiese, die immer noch das neue Wohngebiet von der alten Heimat, dem so genannten neuen, aber längst schon alten Viertel Rüppurrs trennt.

Gäste kommen. Klaus und Trude aus Tel Aviv. Klaus knüpft dort an, wo er einst die Beziehung zu seiner Tante Elisabeth abbrechen musste. Die schwärmende Bewunderung für eine schöne junge Tante, die aus dem glühenden Herzen des Pennälers strömte, verwandelt er mühelos in Verehrung für die fragile ältere, aber immer noch schöne Elisabeth. Einst führte sie seinen Onkel Martin auf Wege weg von dem, was ihm und seinen Eltern wichtig war und blieb: Zion, das neue Jerusalem. Dreißig Jahre sind inzwischen vergangen, hier Zusammenbruch, dort Aufbruch, und für beide das Glück, überlebt zu haben. Seine Söhne sind weitergezogen nach Amerika, sind dort gelandet bei ihresgleichen, in einer aufgeklärten jüdischen Gemeinde, leben einen Alltag, der sich wenig unterscheidet vom Alltag anderer deutscher, jüdischer, italienischer, russischer, irischer Einwanderer. Seine Enkel werden echte Amerikaner sein. Er ist zufrieden mit seinem Schicksal. Aus diesem Glücksgefühl heraus kann er auch den Mann genauer in Augenschein nehmen, den sich die Cousine Isa gewählt hat und der ihm lange unberührbar schien: ein Soldat aus Hitlers Truppen!

Man ist sich schnell so vertraut, dass man auch über Details sprechen kann. Klaus lässt sich erklären, wie es Richard ergangen ist, damals, als er bei der SS landete. Trude hat längst schon verstanden. Ihre ruhige gelassene Art ist wohltuend. Sie hat es immer gewusst: Onkel Martin hätte niemals geduldet, dass ein Antisemit in die Familie einheiratet. Niemals!

Als Nächstes reist auch Ernst an mit seiner Frau. In sein Gesicht geschrieben steht, dass der alte Schmerz längst überschattet wird von neuen Sorgen. Seine Frau Adele ist nach einer Gehirnoperation von Medikamenten abhängig, die nicht nur ihr Äußeres verändert haben, sondern auch ihr Wesen. Sie verstehe alles, versichert Ernst, wenn sie teilnahmslos neben ihm sitzt und man befangen versucht, sie ins Gespräch einzubeziehen. Adele sei zwar in New York geboren, da habe er sie auch kennengelernt und so habe sie ausgesehen, sagt er, reicht stolz ein Bild herum, das eine gertenschlanke junge Tänzerin im Flitterkostüm zeigt. Ja, das sei sie gewesen, ein Chorusgirl, fröhlich und kess und dennoch "decent", anständig, eine echte Amerikanerin also, aber sie habe ja zu Hause immer nur Jiddisch gesprochen mit ihrer Familie und so habe sie ihn sofort verstanden, als er unbeholfen, mit starkem Akzent Englisch radebrechend daher kam wie ein Gespenst aus dem alten Europa. Auf seiner Schule habe er nur Griechisch und Latein gelernt, somit war er auf die Auswanderung wenig vorbereitet. Und doch hat er es geschafft. Ernst malt Amerika in den schönsten Farben. Das Land, das ihm eine Heimat geworden ist, das ihn auf- und angenommen hat, ihm bescheidenen Wohlstand beschert hat. Die Grundlage dafür schuf das Geld, das er beim Ausscheiden aus der Armee bekam, wo er tätig war im Krieg bei einer „Recon Unit“. Spionage also, wirft Isa fragend ein. Ernst lächelt, Richard kommentiert „Aufklärung“. Ernst blickt ihn kurz an, dann schweift das Gespräch ab, man ist fast schon zu weit gegangen, aber man findet zurück in sicheres Terrain.

So öffnet sich nun ein anderer Horizont. Isa freut sich, dass endlich ihre väterliche Familie Gestalt annimmt. Sie hegt große Sympathie für sie, sie freut sich, als auch Ernsts Schwester Annemarie auftaucht, die andere Cousine, ein bisschen älter als Isa, aber doch vertraut und zugeneigt über alle Einwände hinweg, denn diese sind längst verschwunden.

Eines Tages bringt Richard eine kleine Hündin mit. Er löst damit ein Versprechen ein, das Bea schon vergessen hat. Ein strubbeliger schwarzer Fellwuschel, dürr und ängstlich, man traut ihm das Überleben nicht zu. Elisabeth will nichts mit diesem Tier zu tun haben, sagt sie. Bea soll sich darum kümmern. Bea kümmert sich, sie konzentriert all ihre Kraft und Zuversicht darauf, das kleine Tier lebensfähig zu machen. Sie liebt das Hündchen, sie hat endlich einen Grund, froh zu sein, etwas, worauf sie sich beziehen kann, ohne Wenn und Aber. So gut kann sie jetzt die Tante Karola verstehen, die in vielen wechselvollen Jahren ihr alltägliches Glück aus dem Zusammenleben mit ihren Hunden schöpfte.

Der kleine Hund ist ein neuer Mittelpunkt im Leben der Familie. Ein Kümmerungsanker für alle, auch für Elisabeth, der das Hündchen in den vielen einsamen Stunden, die sie damit verbringt, auf die Rückkehr ihrer Familie zu warten, ans Herz wächst.

„Das soll ein Hund sein", sagt Karola, als sie zur Besichtigung kommt. „Mein Ares schnappt einmal zu und sie ist weg." Was ist das? Ein Witz? Ein Ersatzgefecht? Sie will mich doch nicht bewusst kränken? Wie fremd ein Mensch dir scheinen kann, der einmal so nah neben dir gestanden hat, dass das Du vom Ich kaum unterscheidbar war, das versteht nur derjenige, der Geschwister hat. Isa kann das nicht verstehen, Bea kann das nicht verstehen. Deshalb kann Elisabeth nicht mit ihnen darüber reden. Richard kann es verstehen, aber er redet nicht über solche Dinge. Er reflektiert sie auch nicht. Eine Schwester ist eine Schwester. Zufällig neben dich gewürfelt vom Schicksal, mach was draus oder lass es sein. So sieht er das.

Immer wieder verliert sich Elisabeth in Betrachtungen dessen, was sie nicht weggeworfen, sondern ins neue Leben mitgenommen hat: die Fotoalben, mehrere Bündel Briefe, die Kartons mit den losen Fotografien, den schönen Fotokarten vom Hoffotografen Ruf, darauf die Mutter und der Vater, jung und lebensfroh. Dann Martin, mit Hut und Stock, ein Bonvivant in Siegerpose. Die „Kränzchen"-Bände, Lises Marlitt-Romane, Stoff, aus dem sich die fünfzehnjährige Elisabeth einst ihre Träume schuf.

Oft ist sie müde, sie trödelt, liegt lange auf der Couch und döst. Dann aber gibt sie sich einen Ruck, liest die Schlagzeilen in der Lokalpresse, setzt sich ans Klavier, spielt langsam und zaghaft die vertrauten Melodien, kauft ein, kocht, wäscht, beaufsichtigt die Putzfrau, geht mit dem Hund spazieren, unterhält sich mit den Nachbarn, telefoniert, schreibt Briefe, geht zu ihren Ärzten, zum Friseur, zum Klassentreffen ins Café Endle.

Einmal passt sie nicht auf. Sie stürzt, rutscht die Kellertreppe hinunter, blutet, der Ellbogen schmerzt, der Brustkorb. Sie sagt es den Kindern nicht, will ihnen keine Sorgen machen. Sie beißt die Zähne aufeinander. Sie versichert, das Wichtigste sei doch, dass es den Kindern jetzt so gut geht, dass es Isa so gut gefällt in ihrer neuen Stelle, dass Richard viel früher als sonst nach Hause kommt, da und dort etwas werkelt, dann in seinen Sessel sinkt und wunderbare Musik aus den großen neuen Lautsprechern in den hellen Wohnraum fließen lässt, bis man fast daran erstickt. Seine Romane liest er, raucht eine Zigarette nach der anderen, freut sich, wenn sie ihm einen Kaffee macht und lächelt sie dankbar an, wenn sie ihm ein bisschen was erzählt, fein ziselierte Informationen weitergibt, die ihn erheitern. Am späteren Abend dann fegt Isa ins Haus wie ein Wirbelsturm, lässt alles fallen, Jacke, Tasche, Schirm, mitgebrachte Akten und erzählt erst mal von den vielen Kollegen, den vielen Klienten, viele Geschichten, lustige, traurige, spannende, groteske. Irgendwann kommt auch Bea, isst schnell im Stehen ein Butterbrot und verschwindet dann in ihrem Zimmer.

Regelmäßig treffen Briefe ein aus New York, zu Weihnachten ein Abonnement für das National Geographic Magazine. Dicke Romane, Hemingway, Steinbeck. Bea ist fasziniert. Ernsts Amerika hat sie in Bann geschlagen. Dann eines Tages schickt der Onkel die Adresse einer amerikanischen Studentin. Frances ist die Tochter von Ernsts Hausarzt. Sie studiert Deutsch und würde gerne ihre Sprachkenntnisse anwenden.

Frances und Bea sind im gleichen Alter, sie haben gemeinsame Interessen, die Musik und die Literatur. Was Bea mit niemandem bespricht, nicht besprechen will, schreibt sie nun in ihre Briefe an Frances, bei der sie alles abladen kann, was sie bedrückt:

Vater und Mutter quälen mich mit ihren Zukunftsplänen. Ich soll Mathematik studieren, weil man sich damit aus allen politischen Einflüssen raus hält, sagt mein Vater. Meine Mutter will, dass ich Lehrerin werde. Aber das alles ist mir so zuwider. Ich habe mich jetzt in der Musikhochschule beworben. Ich habe die Aufnahmeprüfung nicht bestanden. Jetzt habe ich mich bei der hiesigen Schauspielschule beworben. Sie haben mich genommen. Es ist langweilig. Die anderen sind arrogant.

Dann schreibt Frances, warum kommst du nicht mal deinen Onkel besuchen? So können wir uns persönlich kennenlernen.

Bea beginnt zu sparen. Sie nimmt einen, zwei, einen dritten Nachhilfeschüler an und legt jede Mark zur Seite. Sie lässt sich als Babysitterin gewinnen, sie führt Hunde aus, sie kauft ein für eine ältere Dame in der Nachbarschaft. Gleich nach dem Abitur bewirbt sie sich um einen Job bei Karstadt, und schließlich landet sie als Aushilfe in der Arztpraxis, in der Brigitte tätig ist, eine Freundin aus dem Chor. Bea lernt Urinproben zu zentrifugieren und daneben ihr Vesperbrot zu essen, Blutsenkungen aufzuziehen und dabei über Maxi-, Mini- oder Midiröcke zu diskutieren, intramuskuläre Spritzen und Zuspruch zu geben. Fragen, antworten, annehmen, abweisen. Abends fällt sie todmüde ins Bett, beim Aufwachen überschlägt sie ihre Finanzen, irgendwann telefoniert sie aus der Zelle im Postamt mit Onkel Ernst und schwört ihn darauf ein, sie zu unterstützen, vielleicht könne so etwas wie ein Einladungsbrief kommen? Schließlich geht sie ins Reisebüro und kauft sich einen Flug nach New York.

Als der Schmerz beginnt an Elisabeth zu nagen, kann sie ihn nicht benennen. Ihr Verhältnis zu ihren Ärzten hat stets eine erotische Note gehabt, sie will sich hingeben, ganz in ihre Hände geben, tun, was sie anordnen, so als ob die Bedeutung des Schmerzes ein geheimnisvolles gemeinsames Anliegen wäre.

Das Stechen wird dick und stark, es lässt alles andere neben sich verschwimmen. Auch die Ängste um Bea, das Kind, das so weit weg ist, in einer ganz anderen Welt.

Schließlich geht es nicht mehr weiter, sie muss ins Krankenhaus, dort gibt sie sich voller Vertrauen in die Hände des Arztes, der ihr damals wie ein höheres Wesen erschienen war, als er ihre Tochter wieder gesund machen half. Aber er ist dieses Mal ratlos. Er untersucht und sucht, er wägt ab, wochenlang. Abends, bevor er nach Hause geht, kommt er noch einmal an ihr Bett und nimmt ihre Hand, fragt sie nach dem Schmerz, verspricht ihr, ihn zu bekämpfen, seinen Ursprung zu finden. Irgendwann muss er seine Ohnmacht eingestehen, sie wird ins Städtische Klinikum überwiesen und dort benennt man schließlich den Feind: Es ist ein bösartiger Tumor.

„Krebs hat der Arzt nicht gesagt", darauf besteht Elisabeth beharrlich und weder Isa noch Richard haben den Mut, etwas dagegen einzuwenden.

Man wird operieren, man wird das Böse entfernen! Es bleibt nur dieser eine Weg.

Nach einem quälend langen Tag kommt am Abend endlich der ersehnte Anruf aus dem Klinikum.

„Ich verbinde", sagt die Schwester und dann hört Isa die Stimme ihrer Mutter, fest und ruhig: „Es geht mir gut." Sieht das nicht so aus, als habe man gewonnen?

Wiedergeburt

Das Weihnachten, das auf Elisabeths mehrstündige Operation folgt, an dem sie noch im Klinikum liegt, aber schon aufgestützt auf große weiße Kissen, mit adrett frisierten Haaren und der blitzenden Perlenkette im Ausschnitt eines rosaroten, reich mit Spitzen versehenen Nachthemdes, ist so rührselig wie keines davor.

Um ihr Bett scharen sich Isa, Richard und die aus Amerika zurückgekehrte Bea, als der Professor mit seinem Tross zur Visite erscheint.

„Bleiben Sie", sagt er. Dann verkündet er stolz, es sei gelungen, den Tumor zu entfernen, sie werde bald entlassen in die Fürsorge ihrer Familie. Er erwarte sie in drei Monaten zu einer Nachuntersuchung.

Über dieses Ereignis wird geredet, nicht über die vielen bangen Monate davor, die Isa so sehr allein war mit ihrer Angst und Verzweiflung, mit ihrem ohnmächtigen Zorn auf Gott und die Ärzte, dass gerade ihrer Mutter ein solches Martyrium auferlegt ist. Nach Isas Meinung hat ihre Mutter doch Besseres verdient. Trotz dieser Sorgen muss sie sich in ihrer neuen Stelle behaupten, in der ihr mehr und mehr Verantwortung zuwächst. Sie hat keinen Kopf dafür, das zu entziffern, was zwischen den Zeilen in Beas Briefen steht.

Elisabeth erholt sich schnell. Sie geht bald schon wieder mit dem Hund spazieren, hat Appetit, freut sich auf den Sommerurlaub, nimmt die alte Gewohnheit wieder auf, reihum mit denjenigen zu telefonieren, die ihr am Herzen liegen.

Die Nachuntersuchung lässt sie nicht vornehmen.

„Wenn du mich dazu zwingst, werde ich mich so aufregen, dass ich einen Schlaganfall bekomme."

Damit weist sie das inständige Drängen ihrer Tochter zurück. Sie will das alles nicht noch einmal erleben.

Bald schon beißt der Schmerz wieder zu, und dieses Mal weiß Elisabeth, woher er kommt und was das zu bedeuten hat. Sie wehrt sich nicht, lässt alles über sich ergehen, tritt ihren langen letzten Leidensweg an.

In einer lauen Mainacht stirbt Elisabeth an einem Fieberanfall. Angesichts ihrer Krankheit, die noch lange nicht alle ihr zur Verfügung stehenden Qualen ausgereizt hat, ist das eine kleine Gnade, immerhin.

Epilog

Blauer Himmel. In den Wipfeln einer alten Zeder, die sich, vom Wind gestoßen, immer wieder über das Dach der Friedhofskapelle neigt, hängt Elisabeths Seele und blickt hinab. Eben öffnen sich die Türen. Die ersten Personen kommen heraus. Das sind die unwichtigeren, die Randfiguren: Nachbarn, die Putzfrau, die Tochter einer Freundin.

Dann Elisabeths Neffe mit versteinertem Gesicht, neben ihm seine Schwester, in Tränen aufgelöst. Sie hält ein Taschentuch vors Gesicht, wischt über die geröteten Augen, ihre Schultern zucken. Sie beide sind hier, auch stellvertretend für Karola, die nicht kommen kann, die Schwester auf dem letzten Gang, wie man es nennt, nicht begleiten kann. Der Tod ist ihr verhasst, nie wird sie sich mit ihm anfreunden können. Wenn er sie eines Tages holen will, muss er sich rücklings anschleichen und sie überwältigen.

Lola stolpert fast, sie hält sich am Arm ihres Bruders fest. Die liebeliebe Tante Is! Ach was ist das für ein todtrauriger Tag. Was soll man am meisten betrauern? Dass die gute Tante Elisabeth so leiden musste, noch einmal ein ganzes Jahr lang? Schmerzen und Übelkeit. Hoffnungslosigkeit. Gewissheit, dass der Tod immer näher rückt, eindringen lassen musste in ihre Gedanken. Oder viel schlimmer noch: die Hoffnung, die sie gehabt haben mochte! Vielleicht hatte es etwas im Leben der lieben Tante Elisabeth gegeben, das noch nicht abgeschlossen war, das sie gerne noch erlebt hätte? Oder darf man ihr die Klugheit zutrauen, dass sie die Begrenzung des menschlichen Lebens einkalkulieren konnte, ihre Handlungsweise darauf ausrichtete, dass jeder Tag ein letzter sein kann? Es klingt so banal, dass man nicht darüber reden mag. Warum nur schafft man es nicht, offen miteinander zu reden. Offen und vorsichtig zugleich. Einander die eigenen Verletzungen offenbaren sollte man, wenn man aber damit dem anderen neue Verletzungen zufügt, ist die Offenheit vergeblich.

Dort drüben geht die Biene Isa, die Hand haben sie einander gedrückt, aber nichts geredet. Lola wird abreisen und kein Wort mit ihrer Cousine gesprochen haben, dessen ist sie sich bewusst. Alles hat sich aufgelöst. Die schöne heile Welt der großen Familie ist zerbrochen.

Lola schnäuzt in ihr Taschentuch. Da sieht sie das kleine B. Das kleine, dünne und nun so hoch aufgeschossene B. An seiner Seite den jungen Mann, ihren Ehemann, mit traurig hängenden Schultern; als Kinder haben sie sich schon gekannt, und nun sind sie ein Paar geworden. Ach, was für eine wunderwunderschöne Geschichte, denkt Lola, Gott sei Dank gibt es auch die.

Elisabeths Seele hängt in der alten Zeder fest, aber ihr Blick folgt dem Zug der Trauernden.

Ihre Tochter Isa, dünn geworden im letzten Jahr, dem Jahr des langen Abschiednehmens. Fassungslos, gebrochen. War es richtig, dieses Wort nicht auszusprechen, diese schreckliche Krankheit nicht bei ihrem Namen zu nennen: Krebs? War es richtig, die Tochter zu schonen? Jahrelang hat Isa hysterisch an sich und den Ihren herumgesucht, jeden Leberfleck, jedes Kopfweh belauert und dahinter diese Bestie vermutet, die sich durch die Körper der Menschen frisst, bis sie satt ist und bis sie ihre Beute dahingestreckt hat. Isas diffuse Ängste flossen zusammen in diese eine große Angst, deshalb wollte die Mutter das Biest nicht benennen, nicht Isa gegenüber, die doch in ihrem Leben noch nie einen einzigen sorglosen Moment gehabt hat.

Anfang Januar zog Elisabeth ihre Ringe aus, legte die Perlenkette ab, Martins letztes Hochzeitstagsgeschenk, alles gab sie in die Hände ihrer Tochter.

„Nimm es mit, es könnte hier wegkommen“, sagte sie und hoffte, dass Isa verstehen würde: Es war Zeit für die Mutter, zu gehen. Es ist Zeit für Isa, nachzurücken. So wie einst Elisabeth nachrücken musste, als Lise ging, so wie Lise nachrücken musste, als die geliebte Schwiegermutter, Louise Wolf, sie verließ.

Vielleicht hätte man sagen können, wenn ich gehe, weiß ich doch, wer auf mich wartet. Vielleicht hätte dieser Satz Trost vorausgeschickt, vielleicht hätte man das Operettenhafte dieses Satzes angesichts der Ehrfurcht vor dem nahenden Tod verziehen?

Zum Schluss war es die Müdigkeit, die Elisabeth ganz und gar erfüllte, und das Staunen darüber, dass der Tod wirklich des Schlafes Bruder ist. Kein Knochenmann.

„Sei guten Muts, ich bin nicht wild, sollst sanft in meinen Armen schlafen.“ Die Töne sind aus der Friedhofskapelle hier heraufgeflogen und hängen wie Tautropfen in den Zweigen zwischen den frühlingsgrünen Blattspitzen.

Wie schön, dass sie dieses Lied für mich gewählt haben.

Elisabeth hört neben sich eine vertraute Stimme: „Komm, Isselche, meine Liebste. Ich habe schon lange auf dich gewartet. Lass sie los. Sie brauchen uns nicht. Sie haben einander. Wir kommen wieder, wenn der Nächste abgeholt werden kann.“

Weiß Martin mehr als das, was man sieht? Weiß er, dass sie wieder zueinanderfinden, eines Tages, der vielleicht noch weit in ihrer Zukunft liegt, der erst kommen kann, wenn alle Wunden heilen, wenn die Narben nicht mehr schmerzen, wenn man sich eingerichtet hat mit dem Unvermeidlichen, wenn man gelernt hat, dass man aneinandergefügt wurde, einem geheimnisvollen Plan folgend, der jenseits geschmiedet wurde, jenseits dessen, was hier zwischen diesem hellblauen Himmel und der eben wieder erwachenden Erde atmet und lebt?

Elisabeths Seele löst sich langsam aus den Zweigen des uralten Baumes. Sie spürt sich von einem Windhauch aufgegriffen und fort getragen.

Ach Gott, es ist wieder wie früher, wie am Anfang, ganz am ersten Tag, als ich begriff, dass das Glück ...

* * *

Dank

Mein Dank geht an alle meine Lektoren, die mir mit ihrer Kritik und Zustimmung geholfen haben, meinen Urtext in eine Geschichte zu verwandeln:

Dank an Isa-Carola Klumpp, die ihre Erinnerungen gegen meine gehalten hat, an Margot Eichenberg, die die ersten vorsichtigen Einwände formulierte, an Walther Beilhack, der nach Ausrutschern im Ausdruck fahndete, an Madeleine Höfele, die gerne las und dies auch sagte, an Dr. Sandra Mehrfort, ohne die ich nicht gewusst hätte, wo ich streichen muss, an Wolfram Edinger, dessen scharfes Auge nicht nur über Fehler, sondern auch über unsere Erinnerungen wachte, an Kurt Fay für die letzten Korrekturen und an Constanze und Thomas Lindemann, die aus meiner Geschichte dieses Buch gemacht haben.

Besonderer Dank gilt meiner Familie, die mir in vielen geduldigen Gesprächen immer wieder half, meinen Weg durch das Dickicht der Erinnerungen und Emotionen zu gehen.

4. Auflage · 316 Seiten
Paperback · 14,80 Euro
ISBN 978-3-88190-553-4

Von drei Generationen Karlsruher Leben zwischen 1890 und 1950 erzählt Petra Hauser in ihrem Debüt-Roman – vom angenehmen Leben inmitten der feinen Gesellschaftskreise, vom schönen Haus in der Karl-Friedrich-Straße, den Sommerfrischen auf dem nahen Dobel ...

Der großherzogliche Theatermaler Albert Wolf und seine Frau Lise sind in der Welt der Oper zuhause, mit der immer härter werdenden Realität können und wollen sie sich nicht abfinden. Die Töchter Elisabeth und Karola verleben eine traumhafte Kindheit, doch allmählich ändern sich die Zeiten auch für sie. Während Karola in die Durlacher Gesellschaft einheiratet, muss sich Elisabeth in den 1930er Jahren mit aller Kraft gegen den „deutschen" Zeitgeist stemmen, um den Mann heiraten zu können, den sie liebt.

In atmosphärischen Bildern voller Lokalkolorit schildert die Karlsruher Autorin das Schicksal einer Familie, die vom Strudel der historischen Ereignisse erfasst wird und beinahe darin untergeht.

148 Seiten
Paperback · 12,80
ISBN 978-3-88190-628-9

Die Liebesgeschichte von Hubs und Holly dauert einen Sommer. Es ist der Sommer '68. Neben Ausflügen zum Baggersee und Aufführungen im Badischen Staatstheater redet man sich im Basler Tor-Turm die Köpfe heiß. Während Holly politisch interessiert ist, gilt Hubs' Interesse eher weltlichen Dingen. Langsam wird das Bild der großen Liebe getrübt.

Im Herbst beginnen die Studentenunruhen – große Gräben reißen auf, nicht nur zwischen den Liebenden, auch zwischen Kindern und Eltern. Vieles wird in Frage gestellt, die Heuchelei der Alten ebenso wie der Idealismus der Jungen. Jetzt muss sich zeigen, ob auch in Zeiten gesellschaftlichen Wandels Liebe und Freundschaften Bestand haben.